RAFIK SCHAMI

DER FLIEGENDE BAUM

Die schönsten Märchen, Fabeln und phantastischen Geschichten

Illustriert von
Root Leeb

Carl Hanser Verlag

Der Band *Der fliegende Baum* erschien in der vorliegenden Textfassung zuvor seit 1991 in fünf Auflagen beim NEUER MALIK VERLAG, Kiel.

6 7 8 9 10 01 00 99 98 97

ISBN 3-446-19001-5

Ausstattung und Umschlag: Root Leeb
Satz und Lithos:
Satz für Satz. Barbara Amann, Leutkirch
Druck und Bindung:
Clausen & Bosse, Leck
Printed in Germany

DER FLIEGENDE BAUM

DIE ZWIEBEL

Es war einmal, so erzählen die Großväter, ein Land, das besaß alles, was ein Mensch zum Leben braucht. Das Meer gab den Fischern genug Fische; Orangen-, Apfel- und Aprikosenbäume gediehen prächtig auf dem fruchtbaren Boden, der sich von den Berghängen bis ans Meer erstreckte. Die Gemüsegärten wurden von zwei kleinen Flüssen, die sich durch die Täler schlängelten, reichlich bewässert. Dennoch lebten die meisten Menschen in diesem Land in bitterer Armut.
Der König dieses Landes dagegen lebte in Saus und Braus, und er verbrachte seine Zeit am liebsten mit Empfängen und auf der Jagd. Er ernannte vier Schlitzohren zu seinen Wesiren: Einen für die Fischer, den nannte er Fischereiminister; einen anderen für Mord und Raub, den nannte er Minister für Ordnung; und einen dritten für den Krieg, der wurde komischerweise Friedensminister genannt. Am meisten hatte aber der Minister zu tun, der für des Königs Ausgaben das Geld beschaffen mußte, das war der Schatzminister. Er mußte sich immer etwas Neues einfallen lassen, um all die ausgefallenen Wünsche des Königs finanzieren zu können. Der König langweilte sich nämlich trotz der vielen Gäste und Jagden immer mehr. So ließ er sich schließlich ein großes Schloß

mit 365 Zimmern bauen. Das Schloß kostete ein Vermögen, und der König verriet bis zum Tag der Fertigstellung nicht, aus welchem Grund er es bauen ließ.

»Großartig«, rief der König aus, als er das Prunkschloß besichtigte, »ich werde mir 365 Frauen nehmen, und jede vertreibt mir für eine Nacht die Langeweile!«

Alle Minister klatschten begeistert über diese Idee.

Der König schaute seinen Friedensminister wohlwollend an. »Das ist eine Aufgabe für dich. In drei Tagen müssen 365 der schönsten Frauen der Welt mir im Schloß verfügbar sein.«

Der Friedensminister hob sein Glas: »Auf Euer Wohl, Majestät, in drei Tagen!«

Nach dieser Frist waren tatsächlich so viele Frauen im Schloß, wie es der König befohlen hatte, und weil der König all ihre fremdartigen Namen nicht behalten konnte, beschloß er, jeder den Namen des Tages zu geben, an dem sie ihn vergnügen mußte. Viele Frauen weinten bitterlich im streng bewachten Schloß, das sie nie verlassen durften. Doch das beeindruckte den König überhaupt nicht. Im Gegenteil, er war von seiner Tat so begeistert, daß er für alle seine Minister kleine Schlösser bauen ließ, in denen Frauen eingesperrt wurden. Es waren Schlösser mit sieben Zimmern, für jeden Wochentag eines.

Nun, das alles hatte eine Menge Geld gekostet, und

die Untertanen des Königs mußten dafür kräftig bluten. Das waren vor allem die Bauern in diesem Land.
Jedes Jahr nach der Ernte kamen die Soldaten in die Dörfer. Sie brachten große Karren mit, die von sechs starken Pferden gezogen werden mußten. Auf dem Dorfplatz angekommen, bliesen die Soldaten ihre Trompeten und trommelten so laut, daß es im ganzen Dorf und ringsum auf den Feldern zu hören war. Die Bewohner des Dorfes ließen alles stehen und liegen und eilten zum Dorfplatz. Wenn alle versammelt waren, verstummten die Trompeten und Trommeln. Der Anführer der Soldaten schritt in die Mitte des Dorfplatzes, zog eine Schriftrolle aus dem Stiefelschaft, rollte sie auf und las:
»Erlaß des Schatzministers! Jeder Bauer muß seine Pflicht tun, damit Seine Majestät zufrieden bleibt! Jeder Bauer muß die Hälfte seines Getreides, seiner Früchte, seines Gemüses, die Hälfte der neugeborenen Lämmer, Ziegen und Kälber an den König abliefern.«
Einige Bauern hatten ihre Abgaben bereits zum Dorfplatz mitgebracht, die meisten eilten jedoch schnell nach Hause, um die Forderungen zu erfüllen. Während die buntgekleideten Offiziere unter einem großen Sonnenschirm am Rande des Dorfplatzes saßen und sorgfältig einen Namen nach dem anderen in ihre mitgebrachten Listen ein-

trugen, beluden die Soldaten die Karren.

Viele Bauern schleppten nur knurrend und widerwillig ihre Abgaben zum Dorfplatz, warfen sie dort vor den Karren und kehrten nach Hause zurück. Dort konnten sie endlich ihrer schlechten Laune Luft machen und beschimpften wegen jeder Kleinigkeit ihre Frauen.

»He, Alte, die Suppe kannst Du selbst essen, da ist doch viel zu viel Salz drin!«

Oder: »Sag mal, was ist denn los, kein Salz in der Suppe, das schmeckt doch nicht!«

Die Stimmung im Dorf blieb einige Tage gereizt. Auch die Kinder wußten, daß sie in dieser Zeit ihren Eltern am besten aus dem Weg gingen.

Wenige Tage später aber nahm das Leben wieder seinen gewohnten Gang. Die Bauern arbeiteten fleißig, das Essen ihrer Frauen schmeckte ihnen wieder köstlich, und die Kinder spielten vergnügt. Doch die Zeit bis zur nächsten Ernte verging schnell.

Nur wenige Bauern wagten es, ab und zu einen Teil ihrer Ernte vor den Soldaten zu verstecken. Sie freuten sich klammheimlich, den König um einen Sack Weizen oder eine junge Ziege betrogen zu haben. Nur selten traute sich ein Bauer zu fragen, warum er das alles hergeben sollte, was er mit seinem Schweiß erarbeitet hatte.

Die Offiziere antworteten, ohne ihren Kopf von den Listen zu heben: »Damit Seine Majestät bei Laune bleibt.« Sie machten ein Kreuz neben dem Namen des Fragenden.

Wer aber dann noch weiterfragte: »Und warum wird die Laune Seiner Majestät nur zur Erntezeit schlechter?«, der bekam keine Antwort, sondern nur ein zweites Kreuz neben seinen Namen.

Das Einsammeln der Abgaben dauerte Tage. Bei Sonnenuntergang standen die Offiziere auf, riefen die Soldaten zu sich, nahmen die Listen und schauten auf die am Rande des Dorfplatzes versammelten Bauern. Ein Offizier rief laut:

»Wer aufgerufen wird, raustreten!«

Die Namen, vor denen ein Kreuz stand, wurden vorgelesen. Die genannten Bauern zuckten zusammen, und es war ihnen, als fiele ihnen das Herz in die Hose, denn sie mußten ein paar Soldaten als Gäste aufnehmen und so lange bewirten, bis die Abgaben eingesammelt waren. Die Soldaten waren gefräßig wie die Heuschrecken, tranken Wein, rauchten den teuren Tabak und bedankten sich mit Fußtritten. Die erpreßten Gastgeber konnten erst wieder aufatmen, wenn die Soldaten abzogen.

Bei jedem Bauern mit zwei Kreuzen vor dem Namen ging der Besuch ganz anders zu Ende. Die Soldaten

hatten den Befehl, einen Grund zu erfinden, um das Haus auf den Kopf zu stellen.
Sie rochen am letzten Tag Birnen oder Orangen dort, wo es weder Orangen noch Birnen gab, und sie hörten das Meckern einer Ziege unter dem Sofa, auch wenn der Bauer keine einzige Ziege besaß. Nachdem die Soldaten mit ihren Karren das Dorf verlassen hatten, sah manches Haus wie ein Schlachtfeld aus.

In einem kleinen Dorf dieses Landes lebte Amin, ein alter, armer Bauer. Er lebte allein in einer Hütte am Rande des Dorfes. Er war klein und gebrechlich, nur sein Kopf schien etwas zu groß geraten auf seinen schmalen Schultern. Seine Augen funkelten aus dem breiten, knochigen, mit Falten übersäten Gesicht. Amin saß oft bei Sonnenuntergang allein auf seiner Türschwelle und redete mit seinen Blumen und Zwiebeln, die im winzigen Feld vor seiner Hütte wuchsen. Er war oft einsam, denn er hatte weder Tee noch Kaffee; nicht einmal Milch hätte er seinen Gästen anbieten können. Statt dessen erzählte er von Ländern und Menschen, die ohne König glücklich lebten und keine Abgaben entrichten mußten.
Die Leute im Dorf hielten ihn für einen Träumer. Sie achteten Menschen nicht, die weder Kühe noch Pferde, weder Öl noch Wein besaßen.

»Erzählen kann jeder«, sagten sie, wenn der Name Amin fiel.

Amin bedauerte und bemitleidete die Bauern nicht, wenn sie murrten, nachdem die Soldaten das Dorf verlassen hatten. Er stand jedoch jedem bei, der zwei Kreuze erhalten hatte. Amin half ihm, sein Haus aufzuräumen. Und als es Yasser traf, eilte er zu ihm.

»Es ist mir egal, ob der König schlecht oder gut gelaunt ist. Ich werde ihm kein einziges Weizenkorn geben«, sagte Amin damals zu ihm.

»Das fällt dir leicht, denn du hast ja nicht viel«, antwortete Yasser verzagt, während er mit einem großen Besen die Scherben zusammenfegte.

»Ob viel oder wenig, wozu müssen wir diese Laus in unserem Pelz dulden?« Amin stopfte die umherliegende Wolle in die aufgerissene Matratze.

»Aber Gott hat befohlen, sei deinem König untertan, und unser König ist ein gütiger Mensch. Er trägt für uns die große Last der Verantwortung«, mischte sich der Dorfgelehrte ein, der zu Yasser geeilt war, um sein Mitleid zum Ausdruck zu bringen.

»Wenn er als König nicht zufrieden ist, soll er Bauer werden, mir würde Königsein auch keinen Spaß machen«, erwiderte Amin und begann, den Riß in der Matratze mit einer großen Nadel zuzunähen.

»Das ist ja Gotteslästerung, denn Könige erhalten von Gott die Herrschaft über die Menschen. Es gibt

Millionen von Bauern, aber nur wenige Könige, und das ist der Wille des Himmels«, ereiferte sich der Lehrer.

Amin ließ die Matratze fallen, stand auf, reckte seinen Kopf gen Himmel und schrie: »Ist das dein Wille?« Er legte seine rechte Hand wie einen Trichter ans Ohr, um besser lauschen zu können. Die Bauern lachten vergnügt über seine Gebärde.

»Nein, nein, der Himmel antwortet nicht«, grinste Amin den Gelehrten an, der wütend das Haus verließ, als auch Yasser lachte.

»Wenn ihr euren Boden liebtet, dann hättet ihr allen Weizen behalten. Worauf seid ihr also stolz? Daß ihr Jahr für Jahr den König um einen Sack prellt!« sprach Amin und nähte weiter an seiner Matratze.

Die bei Yasser Versammelten lachten diesmal nicht über Amin; nachdenklich nickten einige.

Amin liebte in der Tat seine Blumen, vor allem aber seine Zwiebeln. Stundenlang pflegte er sie. Und wenn er die Zwiebeln fast zärtlich anschaute, wurden sie beinahe rot unter der Erde. Die Blumen schmunzelten darüber. Manchmal stach ihn eine Rose in seine verhornten, knochigen Finger, aber Amin war ihr nicht böse, sondern flüsterte der Rose zu: »Na! Habe ich dir seit langem kein Wasser mehr gegeben?« Dann wiegte sich die Rose im Winde.

Als die Soldaten im nächsten Sommer wiederkamen,

sagten drei Bauern: »Es ist uns egal, ob der König zufrieden ist oder nicht. Er soll, dieser Nichtswürdige, wenn ihm das Königsein keinen Spaß mehr macht, doch Bauer oder Ochse werden.«
Die Offiziere wußten nicht, wie viele Kreuze sie neben die Namen dieser Leute setzen sollten, denn so eine Antwort hatten sie noch nie gehört. Sie brachen das Einsammeln der Abgaben ab und eilten zum Gelehrten, der das Ganze vom Balkon seines Hauses verfolgte.
Die Offiziere fragten ihn um Rat, und der Lehrer sprach lange vom faulen Apfel, der die ganze Kiste verdirbt, und von der abtrünnigen Ziege, die den Milcheimer umstößt, den der Hirte mit Mühe vollgemolken hat. Dann kreuzte er seine Arme über seinem dicken Bauch und nuschelte: »Gott, der König aller Könige, ist gütig, aber seine Strafe ist streng.«
Die Offiziere verstanden den Wink. Sie gingen hinaus und suchten den faulen Apfel.
Es dauerte auch nicht lange, bis der Name des Unruhestifters verraten wurde. »Amin, der Träumer.«
Amin saß auf der Schwelle seines Hauses und beobachtete das Treiben auf dem Dorfplatz. Soldaten rannten die Treppe eines Hauses hinauf zu den Offizieren, die auf der schattigen Terrasse ihren Kaffee aus zierlichen Tassen tranken. Amin dachte sich nichts dabei, daß die Offiziere erregt debattierten

und einer von ihnen auf seine Hütte zeigte. Erst als zwanzig mit Säbeln und Lanzen bewaffnete Soldaten auf seine Hütte zumarschierten, bekam er Angst. Bevor er aber aufstehen konnte, um das Weite zu suchen, war seine Hütte schon umzingelt. Die Soldaten packten ihn, schlugen auf ihn ein und schleppten ihn zum Dorfplatz.

»Was machen sie mit Amin?« fragten die Zwiebeln besorgt. Die Rosen streckten ihre Köpfe mühsam über den Zaun. »Sie schlagen ihn ..., treten ihn mit den Füßen!«

»Und die anderen? Was machen die anderen?« wollten die Zwiebeln wissen.

»Sie starren erschrocken und verängstigt zu Amin hinüber. Jetzt binden die Soldaten seine Hände mit einem Seil ... Zwei von ihnen steigen auf ihre Pferde ... Sie schleifen ihn aus dem Dorf hinaus ... Jetzt sitzen die Offiziere wieder an dem Tisch, und die Bauern schleppen ihre Maissäcke und treiben ihre Zicklein heran«, berichteten wütend die Rosen.

Die Soldaten plünderten das Wenige, das Amin besaß, sie rissen die Tür und die Fenster aus ihren Angeln und luden sie auf ihre Karren. Nach einiger Zeit, als die Bauern sicher waren, daß Amin nie wieder zurückkehren würde, trugen sie die letzten Habseligkeiten weg, die die Soldaten übriggelassen hatten.

Ein paar alte Töpfe und ein alter Hammer waren ihre Beute.
Die Rosen schauten stumm auf die Habgierigen, die eilig das Weite suchten. Sie seufzten und wurden vor Kummer blaß und welk.
»Wenn diese Barbaren nicht um Amin weinen, dann werden wir sie zum Weinen bringen«, schwor eine der Zwiebeln.
»Auch wenn alle diese Bauern und ihre Könige längst unter der Erde liegen, werden die Menschen Amin beweinen«, entgegnete eine andere.
Seit diesem Tag muß jeder Mensch weinen, der eine Zwiebel schneidet. Er weiß natürlich nicht, daß er um Amin weint, weil die Zwiebeln ihr Geheimnis nicht preisgeben.

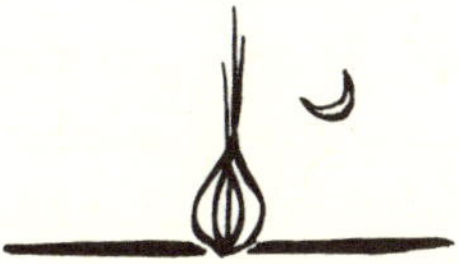

FATIMA MIT DER SCHÖNEN STIMME

Kan ya ma kan, es war oder es war nicht ein kleines Dorf. Seine Bewohner waren sehr arm, denn das Land war trocken und steinig, und die kleine Quelle am Ende des Dorfes spendete nur wenig Wasser. Von Jahr zu Jahr hofften sie auf Regen. Aber nur selten zogen Wolken über das Dorf hinweg, und noch seltener spendete eine Wolke Wasser. So verging Jahr um Jahr, ohne daß sich etwas änderte, und die Erinnerung der Dorfbewohner an Regen verblaßte.

In diesem Dorf, das man auf keiner Landkarte findet und von dem kaum jemand redet, lebte die kleine Fatima mit ihrem Vater. Sie wußte nicht, wie alt sie war. Ihr Vater sagte ihr immer wieder, daß sie im Frühjahr nach dem guten, regnerischen Winter geboren sei. Ihre Mutter kannte Fatima nicht, denn die war sehr jung gestorben.

Fatima hatte große, schwarze Augen und schwarzes, lockiges Haar, ihr Gesicht war sehr schmal, und ihre Hände waren trotz ihrer Jugend durch harte Arbeit verhornt. Fatima lief wie viele Kinder des Dorfes barfuß. Sie trug immer das gleiche Kleid, ein dunkelblaues mit aufgedruckten weißen Blüten. Mit den Jahren bekam das Kleid immer mehr bunte Flicken, die die Löcher verdeckten, und es verblaßte an den Schultern durch die Sonne so, daß man die kleinen, weißen Blüten kaum noch erkennen konnte.

Fatima mußte ihrem Vater bei der Arbeit helfen. Sie molk die schwarze Ziege und fütterte die drei Hühner. Wenn der Vater frühmorgens aufs Feld ging, öffnete Fatima das kleine Fenster der Hütte, in der sie mit ihrem Vater lebte. Dann ging sie hinaus, sperrte die Tür des Hühnerstalls auf und suchte, nachdem die Hühner gackernd hinausgerannt waren, nach Eiern. Manchmal fand sie sogar zwei Eier. An diesen Tagen erzählte sie ihrem vom Feld zurückgekehrten Vater stolz von ihm Fund, und dieser freute sich sehr; denn für zehn Eier konnten sie ein Pfund Zucker und etwas Tee beim Händler Mustafa, neben der alten Dorfmoschee, eintauschen. Das war für den Vater wichtiger als neue Kleider. Er sagte immer, von neuen Kleidern habe der Mensch nichts, aber Tee und Zucker seien wichtig für die Gäste, und von Gästen hielt der Vater viel. Er liebte es, Abend für Abend Besucher zu haben, die bei ihm Tee tranken und seinen spannenden Geschichten lauschten.
Der Vater konnte sehr gut und nächtelang erzählen. Das Geheimnis seines unerschöpflichen Vorrats an Geschichten war: Er konnte den Menschen gut zuhören und was er hörte, in eine schöne Geschichte verwandeln. Die Leute wunderten sich, daß er immer wieder neue Geschichten wußte, weil sie vergessen hatten, daß sie selbst sie ihm erzählt hatten. Vielleicht aber erkannten sie sich in den Geschichten auch nicht wieder, da er sie manchmal stark würzte.

Auch Fatima war bei den Dorfbewohnern beliebt, denn sie hatte eine wunderschöne Stimme. Sie sang den ganzen Tag, egal ob sie nun aufräumte oder auf dem flachen Stein vor der Haustür saß, um sich von der Hausarbeit auszuruhen. Manchmal wurde sie aufgefordert, zu singen oder das gerade gesungene Lied zu wiederholen. Doch dann sang sie nicht mehr. Sie errötete und entschuldigte sich stotternd. So belauschten die Nachbarn Fatima heimlich, und mancher Bauer blieb stehen, wenn er ihre Stimme hörte. Bemerkte sie das, hörte sie auf zu singen und flüchtete ins Haus. Die Nachbarn machten sich dann lustig über ihre Schüchternheit.

Eines Abends saßen wieder viele Gäste bei ihrem Vater. Als er dem Händler Mustafa Tee einschenkte, sagte dieser: »Fatima, sing mir bitte das Lied vom Schäfer und seiner Frau.«

Fatima blickte hilfesuchend auf ihren Vater, dann schaute sie zu Boden. »Ich kann nicht«, flüsterte sie.

»Oh, doch! Ich habe dir gestern zugehört, als du das Wasser von der Quelle geholt hast!« rief Mustafa und schlürfte seinen Tee.

»Ich meine«, sagte der Vater, »sage nie einem Sänger, daß er singen soll, und schon gar nicht, was er singen soll. Sonst singt er unehrlich.«

Fatima atmete erleichtert auf.

»Ich will euch eine Geschichte erzählen«, fuhr der Va-

ter fort. »Es ist die Geschichte einer Sängerin, die gesungen hat, was die anderen wollten.«

»Aber...«, wollte Mustafa widersprechen. »Nun hör doch zu, bevor du aber sagst«, rief seine Frau ärgerlich und stieß ihn in die Seite.

Kan ya ma kan, es war oder es war nicht ein Dorf, klein und arm wie unseres. In diesem Dorf mußten die Leute hart arbeiten. Sie hatten nie genug zu essen und waren so ärmlich gekleidet wie wir. Dort lebte ein junges Mädchen. Sie hieß Fatima, wie meine Tochter, und sie hatte auch eine wunderschöne Stimme. Ihre Stimme war so schön, daß die Menschen ihren Kummer vergaßen, wenn sie ihr zuhörten. Das Mädchen sang aber nur, wenn sie alleine war. Sobald jemand sich ihr näherte, hörte sie auf zu singen. Ihre Lieder waren voller Weisheiten, so mancher hörte in ihnen Antworten auf Fragen, die ihn schon lange beschäftigt hatten. Andere hörten Fragen aus ihnen heraus, die sie zum Denken anregten.

In jener Zeit geizte der Himmel mit Regen. Viele Ziegen und Schafe verdursteten, und die Pflanzen verdorrten unter der glühenden Sonne. Es half den Leuten nicht, daß sie Brot wie Leid miteinander teilten. Das Brot ging zur Neige, und das Leid wurde immer größer. Als auch noch die Quelle des Dorfes versiegte, wurde die Not so groß, daß die Bauern

einen Ausweg aus ihrer Lage finden mußten.

Der Dorfälteste schlug vor: »Wir ziehen in die Hauptstadt. Dort muß es genug zu essen geben, dort können wir die Zeit bis zum nächsten Regen überleben.«

Am frühen Morgen des nächsten Tages packten sie ihre geringe Habe auf die Rücken ihrer Esel und machten sich auf den Weg. Ihre Reise dauerte lange. Durch Steppen und Wüsten quälten sie sich. Wölfe überfielen ihre Schafe, und Räuber nahmen ihnen ihre letzten Habseligkeiten. Doch die Stadt in der Ferne mit ihren Lichtern zog sie an wie das Feuer die Nachtfalter. Zerlumpt und ausgezehrt erreichten sie die Stadt. Doch die war von hohen Mauern umgeben, und die Wachen am Tor versperrten ihnen den Zutritt.

»Es sind schon zu viele in die Stadt gekommen, denn im ganzen Land herrscht große Not. Ihr lungert nur in den Straßen herum und klaut, was euch unter die Finger kommt!« herrschten sie die Bauern an.

Die Bauern redeten auf die Wächter ein, sie seien ehrliche Leute und würden nicht stehlen, aber die Wächter blickten kalt und schüttelten den Kopf. Am Abend schlugen die Neuankömmlinge ihr Lager neben anderen Bauern außerhalb der Mauer auf.

Vom nächsten Tag an wühlten ihre Kinder, unter ihnen auch unsere Fatima, nach eßbarem Abfall, den die Stadtbewohner über die Mauer geworfen hatten, und trugen das Wenige, das sie fanden, zu ihren Eltern. Oft mußten sie sogar den Hunden Brot und Knochen streitig machen.

Der König, der über diese Stadt herrschte, lebte in einem prächtigen Palast. Er war rund wie ein Faß, sein Kopf saß groß und schwer auf seinen Schultern, so daß man denken konnte, er habe keinen Hals. Seinen Mund öffnete der König nur zum Brüllen. Seine kleinen Augen blickten listig, und seine Nase ragte hervor wie eine Gurke. Er hatte drei Söhne: Balal, Halal und Salal. Balal und Halal sahen ihrem Vater ähnlich. Sie waren genau so häßlich und noch viel unbarmherziger als er.
Salal jedoch wirkte verträumt. Er hatte ein Herz für die Armen und setzte sich bei seinem Vater für sie ein. Der König verachtete seinen jüngsten Sohn, der die Zeit mit Gesang und Tanz verbrachte, während seine älteren Brüder das Fechten erlernten.
Eines Tages ritten der König, seine Söhne und ihre Gäste auf die Jagd. Sie ritten hinaus aus dem Tor an dem Platz vorbei, auf dem die Bauern ihre Zelte aufgeschlagen hatten. Der König, seine zwei älteren Söhne und die Gäste schauten angewidert weg und gaben ihren Pferden die Sporen. Salal dagegen hörte Fatimas Stimme und verweilte. Er folgte durch die Zeltreihen dem Klang der Stimme. Viele arme Bau-

ern knieten nieder, und der Prinz blickte freundlich von seinem Roß auf sie herab.

Fatima wusch sich gerade vor dem Zelt ihrer Eltern. Sie plätscherte fröhlich singend mit dem Wasser. Plötzlich sah sie die weißen Hufe des königlichen Rosses vor sich. Sie hob ihren Kopf und blickte erschrocken in die Augen des Prinzen, der von ihrer fremdartigen Schönheit angetan war. Erschrocken verstummte Fatima und wollte ins Zelt flüchten.

»Guten Tag, meine schöne Blume«, rief der Prinz.

»Guten Tag, Eure Hoheit«, antwortete Fatimas Vater gesenkten Blickes und umfaßte seine Tochter.

»Du hast eine wunderschöne Stimme, die schönste im Land. Wie heißt du, meine Blume?« fragte der Prinz.

»Fatima, Eure Hoheit«, beantwortete der Vater die Frage, ohne seinen Blick zu heben.

»Heute abend schicke ich eine Kutsche, die sie abholt«, rief der Prinz und stob davon.

Als Fatima am späten Abend mit Tränen in den Augen die Kutsche bestieg, flehten die Eltern: »Vergiß uns nicht!« Ihre Mutter hatte besondere Mühe aufgewandt, Fatimas struppiges Haar zu bürsten. Sie war zufrieden mit ihrem Werk. Nur das alte Kleid wirkte wie ein schäbiges Gefäß, in dem eine zauberhafte Blume wuchs.

Die Kutsche fuhr in die Stadt, und Fatima wunderte sich, daß die Wächter bei ihrem Anblick ehrfürchtig salutierten. Weit entfernt vom Palast des Königs hielt die Kutsche vor einem prächtigen Schloß. Viele vornehm gekleidete Männer und Frauen klatschten Beifall, als Fatima verlegen ausstieg.

»Du mußt singen, was die Leute wünschen«, klang ihr noch die flehende Stimme ihres Vaters im Ohr.

Der Prinz empfing sie mit offenen Armen. Zwei Zofen führten Fatima ins Bad, wuschen sie mit warmen Wasser und fein duftender Seife, ölten ihr das Haar und kleideten sie in Samt und Seide. Als Fatima in den Spiegel schaute, erkannte sie sich kaum wieder. Und als sie später den Festsaal betrat, ging ein Raunen durch die Menge, das ihr bestätigte, daß sie in der Tat bildhübsch in ihren neuen Kleidern aussah.

Köstliche Speisen und Getränke waren bereitet. Fatima aß wie ein hungriger Wolf. Sie stopfte sich große Fleischstücke in den Mund, und der Prinz lächelte vergnügt. Fatima dachte an ihre Eltern, die im Zelt vor der Stadt hungerten. »Ich möchte ...«, wandte sie sich zaghaft an den Prinzen, »etwas Fleisch für meine ...«

Der Prinz aber unterbrach sie lächelnd: »Meine Liebe, fünf große Karren bringen in diesem Augenblick Essen und Trinken ins Lager.«

Fatima verspürte eine tiefe Dankbarkeit, und tatsächlich schleppten in diesem Augenblick Ochsen fünf Karren mit Speisen ins Lager der armen Leute. Fatimas Name ging dort von Mund zu Mund, als wäre sie eine Heilige, und viele Menschen erhoben ihre Hände zum Himmel und beteten dankbar: »Gott schütze unsere Fatima!«

Nachdem auch der Prinz gespeist und getrunken hatte, rief er: »Seid still! Meine Blume wird jetzt singen.«

Fatima hätte am liebsten geschlafen. Sie war sehr müde, stand jedoch auf und sang.

Die Leute hörten ihre bezaubernde Stimme und verlangten nach immer neuen Liedern, bis der Prinz die Hand hob, alle Beifall klatschten und den Saal verließen.

Tag für Tag sang Fatima vor dem Prinzen und seinen Gästen. Der Prinz verlangte immer wieder nach dem Lied vom ungerechten König. Und Fatima sang es, obwohl sie das Lied nicht besonders schön fand.

Eines Tages saß Fatima allein in ihrem prächtigen Zimmer. Sie sang ein Lied, das sie von ihrem Großvater gelernt hatte. Es erzählte von Bauern, die keine Könige über sich duldeten, und arm, aber glücklich lebten. Plötzlich ging die Tür auf, und der Prinz stand verärgert auf der Schwelle.

»Das darfst du nie wieder singen! Das werden die

Leute draußen nicht verstehen. Singe lieber das Lied, das ich dir letzte Woche beigebracht habe.«
Erschrocken stand Fatima auf und nickte, obwohl sie dieses Lied vom gerechten Prinzen nicht verstand. Von diesem Tag an sang sie nur die Worte, die sie auswendig gelernt hatte.
Immer mehr Leute wollten Fatima singen hören. Der Prinz ließ auf einem großen Platz eine Bühne errichten, von der aus Fatima weithin zu hören war. Er selbst setzte sich in die erste Reihe und klatschte wohlwollend, wenn sie vom ungerechten, kaltblütigen König sang, von den brutalen Wächtern und vom gerechten Prinzen, der die Armen rettet. Auch die Leute spendeten ihr begeistert Beifall.
Als der König von Fatima und ihrem Gesang erfuhr, stellte er seinen jüngsten Sohn Salal vor die Wahl: »Entweder verläßt du diese gottlose Sängerin, oder ich enterbe dich.«
Der König war überrascht, als Salal aufstand und spöttisch lächelnd entgegnete: »Dein Palast ist morsch. Er wird dieser Stimme nicht mehr lang widerstehen können.«
Auch die Gebete der Hofpriester halfen dem König nicht, denn die Stimme Fatimas wurde nicht leiser, wie es die Priester versprachen, sondern immer lauter. Wenn Fatima auf dem großen Platz sang, wagten die Wächter nicht, sie zu ergreifen, denn sowohl die

Armen als auch viele Reiche der Stadt schützten sie wie ein Wall.
Eines Tages verbreitete sich die Nachricht, der König wolle durch Soldaten die Armen vor der Stadtmauer vertreiben. Sie würden die Umgebung seiner Stadt verunstalten und ihr Anblick würde die Gäste des Königs anekeln. Keiner wußte, daß der junge Prinz dieses Gerücht verbreitet hatte.
Die Nachricht griff wie ein Lauffeuer um sich. Viele Arme in der Stadt wußten, daß als nächste auch sie vertrieben würden. Am stärksten aber berührte die Nachricht Fatima, denn sie hatte lange Zeit viel gesungen und so wenig an ihre Dorfbewohner gedacht. Sie ging zum Prinzen und sagte wütend, sie wolle sogleich auf dem großen Platz singen. Der Prinz stimmte lächelnd zu. Augenblicklich stieg Fatima in eine Kutsche und fuhr zum Platz, auf dem sich allmählich die Menschen versammelten. Fatima bestieg die Bühne und sang ergreifend wie noch nie in ihrem Leben. Ihre Stimme bewegte alle Zuhörer, mitsingend erhoben viele ihre Fäuste und schrien: »Nieder mit dem König!«
Das riß die Versammelten wie ein Erdbeben mit. Vor Wut rasend stürmten sie zum Palast und bewarfen ihn mit Steinen. Viele Wächter schlossen sich der aufgebrachten Menge an. Gegen Abend flohen der König und zwei seiner Söhne durch einen Geheim-

gang aus der Stadt. Als sich die Nachricht von der Flucht des Königs verbreitete, brach großer Jubel aus.

Kurz darauf betrat Salal die Terrasse des Palastes, einfach gekleidet und wie immer gütig lächelnd. Er flüsterte Fatima zu, sie solle das Lied vom gerechten Prinzen singen. Und Fatima sang mit heller und klarer Stimme.

»Es lebe König Salal!« jubelte das Volk.

Der junge Herrscher hob seine Hand, und es trat Stille ein.

»Ich werde Gerechtigkeit walten lassen, meine Stadt wird weder Armut noch Schmerzen kennen. Ihr sollt frei tanzen und singen, wie es euch gefällt. Ich werde mit meiner Frau Salali das Land mit Liebe regieren.«

Brennender Schmerz durchfuhr Fatima bei diesen Worten. Sie starrte auf den Prinzen. Der aber lächelte, umarmte sie und sagte: »Ab heute ist Fatima gestorben. Du bist meine Salali.«

Lange Tage und Nächte feierte das Volk seinen jungen König Salal und seine hübsche Gemahlin Salali. Doch Fatima wurden die Empfänge für die Händler und die reichen Bauern bald langweilig. Sie mußte stundenlang sitzen und lächeln. Die mit Juwelen verzierte Krone drückte schwer auf ihren Kopf, und die Perlenketten beengten ihren Hals. Der Name Salali blieb ihr fremd.

Eines Morgens wollte die junge Königin singen, aber ihr fielen nur noch die Lieder vom ungerechten König und dem gerechten Prinzen ein, und beide ödeten sie an. Sie versuchte sich an ein fröhliches Lied zu erinnern, aber es gelang ihr nicht. Als sie diesen Kummer ihrer Zofe anvertraute, sagte diese: »Vielleicht geht Eure Majestät auf den großen Balkon und schaut auf die Felder und Berge hinter den Mauern, das bringt Euch bestimmt wieder auf bessere Gedanken.«
Die Königin nickte und ging hinaus. Als sie jedoch auf dem Balkon stand, erschrak sie. Sie sah weder die Berge noch die Felder, weder die Blumen noch die bunten Vögel; was sie sah, ließ ihr das Blut in den Adern gerinnen. Der Platz hinter der Mauer war übersät mit Zelten armer Bauern. Es waren unzählige hinzugekommen, denn der Himmel geizte immer noch mit Regen, und die Wächter verwehrten den Armen immer noch den Zutritt in die Stadt.
Fatima war verzweifelt, weil ihr plötzlich einfiel, daß sie seit langer Zeit nichts mehr von ihren Eltern gehört hatte. Sie war zu beschäftigt gewesen, zuerst mit dem Sturz des alten Königs und dann damit, selbst eine Königin zu werden.
Auf dem großen Platz vor der Mauer hatte sich nach dem Sturz des alten Königs die Nachricht verbreitet, Fatima sei ums Leben gekommen. Anfangs hatten

die Leute es nicht geglaubt. Aber bereits einen Tag nach der Flucht des alten Königs hatte ihnen der Prinz kein Essen mehr geschickt. Die Leute weinten bitterlich um sie. Vor allem die Eltern, die sich nun gegenseitig beschuldigten, Fatima in den Tod geschickt zu haben. Wer konnte denn ahnen, daß die hübsche Königin Salali ihre Fatima war.

Diese Königin Salali war so bestürzt beim Anblick der unzähligen hungernden Bauern, daß sie in in den Saal rannte, wo der König sich gerade mit seinem Wesir beriet. Als er ihr trauriges Gesicht sah, entließ er ihn und hörte schweigend an, was seine Frau bedrückte.

»Meine liebe Salali«, sagte er, als sie geendet hatte, »auch mich bekümmert das. Aber diese armen Teufel sind schmutzig und ausgehungert und dazu noch wild wie die Tiere. Wenn ich sie in die Stadt lasse, dann zerstören sie, was wir aufgebaut haben. Du mußt mir glauben, sie sind noch nicht reif genug, um unser Paradies zu betreten.«

Die Königin weinte bitterlich. Sie weinte nicht nur über die armen Bauern hinter der Mauer, sondern mehr noch über sich selbst, denn sie spürte in diesem Augenblick, daß sie sich getäuscht hatte. König Salal aber lächelte immer noch gütig. Er faßte sie an der Schulter und sagte: »Na schön, ich lasse sie

rein, aber nur unter zwei Bedingungen: Erstens, du darfst nie mit ihnen reden, auch mit deinen Eltern nicht. Es gehört sich nicht, daß eine Königin mit einem solchen Gesindel redet. Und zweitens wird jeder, der unsere junge Ordnung stört, mit einem glühenden Stempel gebrandmarkt und für ewig aus der Stadt verbannt.«
Die Königin verließ niedergeschlagen den Saal. Sie fühlte Abscheu gegen Salal in sich aufsteigen, weil er so schlecht von ihren Eltern redete. Die Drohung, Diebe zu brandmarken, machte ihr keine Angst, weil sie sicher war, daß die armen Bauern lieber Hungers sterben würden, als etwas zu stehlen. Sie kannte die Leute aus ihrem Dorf, die nicht einmal vor Fremden die Türe verschlossen.
Der König befahl also die Tore zu öffnen, doch keiner der armen Bauern traute sich hinein. Erst nachdem ein paar Kinder neugierig das Tor passiert hatten und von den Wächtern nicht verjagt worden waren, näherten sich zwei ältere Männer den Wächtern und fragten, was das zu bedeuten habe.
»Ihr dürft hinein!« riefen diese kurz.
Zögernd ging die Menge zum Tor, aber dann entwickelte sich rasch aus allen Lagerecken eine Menschenlawine, die in die Stadt hineinrollte. Viele wußten nicht, wohin sie gehen sollten. Ziellos irrten sie

durch die Straßen und schauten verwirrt auf das bunte Treiben der Stadt.

Die anfängliche Freude verflog schnell. Als mehrere Kinder über den niedrigen Zaun eines gepflegten Gartens kletterten, um das Fallobst aufzusammeln, schrie sogleich ein Diener: »Diebe, Diebe!«

Die Kinder erschraken, denn sie wollten nur die Äpfel aufsammeln. Sie rannten auch nicht weg. Sie dachten, daß nicht sie gemeint seien. Zwei Wächter eilten herbei, ketteten die Kinder aneinander und führten sie zur Wache. Dort nahm ein großer Mann ein glühendes Eisen aus dem Feuer und drückte es auf die Stirn der Kinder. Das eingebrannte Zeichen hatte die Form eines Dreiecks. Danach schleppten die Wächter die Kinder an das Stadttor und warfen sie hinaus.

Bei Sonnenuntergang mußten die armen Bauern wieder die Stadt verlassen, und die Gebrandmarkten wimmerten vor Schmerz die ganze Nacht.

Am nächsten Tage gingen viele Bauern wieder in die Stadt, um Arbeit und etwas Eßbares zu finden. Den Gebrandmarkten wurde jedoch der Zutritt verwehrt. Viele Bauern wagten es aber auch nicht, in die Stadt zu gehen. Sie hatten Angst vor dem glühenden Dreieck. So blieben sie im Lager, obwohl das Tor offenstand. Andere trieb der Hunger hinein, und da der

Hunger stärker als die Angst vor dem Brandzeichen war, versuchten manche, ein Huhn zu fangen, oder einen Apfel, eine Gurke oder eine Tomate zu stehlen, die in den üppigen Gärten wuchsen. Die Wächter aber lauerten überall, drückten den Ertappten den glühenden Stempel auf die Stirn und warfen sie zur Stadt hinaus.

Nach ein paar Monaten stand das Tor immer noch offen, doch es ging fast niemand mehr in die Stadt hinein.

Königin Salali ärgerte sich sehr, als der König vor geladenen Händlern erzählte, daß die armen Bauern es einfach nicht verstanden hätten, in der Stadt zu leben. Er schaute dabei immer wieder vielsagend auf seine Gemahlin.

»Das sind alles Diebe!« rief ein reicher Händler.

»Das meine ich auch«, wandte sich König Salal mit tiefer Verachtung an seine Frau.

Zum ersten Mal in ihrem Leben schämte sich Fatima ihrer Eltern und ihrer Dorfbewohner. »Warum müssen sie stehlen? Können sie sich nicht besser benehmen? Warum nehmen sie keine Rücksicht darauf, daß ich nun Königin bin?« dachte sie. Die ganze Nacht konnte sie nicht schlafen. In der Morgendämmerung stand sie auf und rief nach ihrer Zofe. Als diese sich vor ihr verbeugte, fragte die Königin: »Wo ist mein Gemahl?«

»Er lauscht mit den Gästen jungen Sängern im Ballsaal.«
»Na schön, mach dich bereit und sage dem Kutscher, ich will eine Fahrt um unsere Stadt machen.«
Die treue Dienerin verbeugte sich und eilte hinaus, den Befehl der Königin zu erfüllen. Nach einer kurzen Weile verließ eine kleine Kutsche, die von vier Schimmeln gezogen wurde, den Palast. Acht Wächter in glänzenden, buntgeschmückten Uniformen begleiteten sie. Als die Kutsche das Tor passiert hatte, schaute die Königin aus dem Fenster und sah die vielen Kinder, die im Abfall an der Mauer wühlten. Die Königin verzog angewidert ihr Gesicht, denn die Kinder sahen verkommen aus.
»Zum nördlichen Teil des Lagers«, flüsterte sie ihrer Zofe zu, lehnte sich zurück, schloß die Augen und dachte an die Begegnung mit ihren Eltern.
»Bestimmt haben die keinen Stempel auf der Stirn ... Sie wohnen sicher in einem kleinen, weißgetünchten Haus, wie damals im Dorf«, beruhigte sie sich.
Endlich blieb die Kutsche auf dem kleinen Platz vor der großen Eiche stehen. Der Kutscher sprang vom Sitz, die Menschen verließen ihre Zelte und starrten auf die Wächter, die einen Kreis um die Kutsche gebildet hatten. Die Königin stieg aus und blickte verwirrt auf die Menschenmenge. Sie sah die tiefen, schwarzen Narben auf den Stirnen. Plötzlich er-

kannte sie ihre Mutter in zerfetzten Kleidern und ergrauten Haaren. Auch sie war gebrandmarkt.

»Mutter!« rief die Königin entsetzt und machte vorsichtig ein paar Schritte auf sie zu. Die alte Frau wich zurück. »Mutter!« Die Königin streckte ihre Arme aus, aber die alte Frau starrte nur mit aufgerissenen Augen auf den Schmuck und das mit Perlen verzierte weiße Kleid der Königin. Vor ihren Augen erschien wieder das glühende Dreieck, sie schluchzte auf und schlug ihre Hände vors Gesicht.

»Du bist nicht meine Tochter!« rief sie entsetzt.

»Aber Mutter ...«, rief die Königin.

»Meine Tochter ist schon lange tot! Der grausame König hat sie getötet!« rief die alte Frau und schluchzte. Sie bahnte sich in dem Gedränge der Leute einen Weg und verschwand hinter der Menschenmauer.

Die Königin drehte sich verdutzt um. »Vater ... Onkel Ismail ...!«

Aber ihr Vater und auch ihr alter Nachbar Ismail, der ihr früher so oft den Kopf gestreichelt hatte, wichen zurück.

Die Königin hielt verstört inne. Langsam drehte sie sich um und bestieg die Kutsche. »Schnell zum Palast!« stieß sie schluchzend hervor. Der Kutscher peitschte die Pferde, und sie rasten davon.

Lange Tage und Nächte lag die Königin in ihrem Bett. Sie weinte immerfort und wollte nicht aufstehen. Am vierten Tag schaute sie zum Fenster hinaus. Ein kalter Wind zog über die nackten Bäume und fegte die welken Blätter im Hof hin und her. Nur einige vergilbte Blätter klammerten sich noch an die Zweige und erzitterten. Der Himmel war bedeckt, und weit entfernt hinter den Bergen krachte der Donner, als rollten große Steine über eiserne Erde.

König Salal feierte mit seinem Gefolge ausgelassen im großen Saal. Als Königin Salali blaß und niedergeschlagen den Saal betrat, verscheuchte der König die beiden Tänzerinnen mit einem Klatschen. Der Hofnarr schlug einen Purzelbaum und trollte sich in die entfernteste Ecke des großen Saales.

»Was ist mit dir, meine Königin?« rief der Wesir und zwirbelte seinen schwarzen Schnurrbart.

»Da will man den Menschen helfen, aber was man auch macht, es ist falsch«, antwortete die Königin traurig und sank in einem der großen Sessel nieder.

Draußen blitzte es, und der Donner schlug seine gewaltigen Trommeln.

»Nichts im Leben ist es wert, daß dein gütiges Herz traurig wird«, sagte der Wesir.

»Es ist die Eifersucht«, flüsterte der König ihm zu. Beide kicherten.

»So lange schon habe ich deine wunderschöne Stimme nicht mehr gehört. Vielleicht solltest du uns über deinen Kummer singen.« Der Wesir gab den anderen ein Zeichen. Der Hofnarr und die anwesenden Gäste verließen leise den Saal und ließen den König, den Wesir und die Königin zurück. Salali wollte über ihr Unglück singen, aber sie spürte eine stechende Trockenheit im Hals. Sie hustete kurz und hob erneut an. Aber sie hatte noch nicht einmal die erste Strophe beendet, als der König rief: »Meine Liebe! Das ödet mich an, das Leben ist wunderschön, schau dir die Blumen an und lausche den singenden Vögeln. Was fehlt dir denn? Sag es mir, und ich kaufe dir die teuersten Perlen und den kostbarsten Stoff. Aber verdirb mir bitte nicht meine gute Laune! Vor allem heute nicht.«

Doch Salali, die Königin, blieb stumm, denn ihr fehlten nicht Juwelen, sondern die Wärme ihrer Freunde und die Liebe der Bewohner ihres Dorfes.

Lange blieben die drei wortlos im Saal, dann winkte der König dem Wesir und stand auf.

»Du mußt dein Gesicht erfrischen und zur Feier kommen!« befahl er seiner Gemahlin und verließ gemeinsam mit seinem Wesir den Saal.

Die Königin brach in Tränen aus, ihr Schluchzen hallte von den hohen Kuppeln des Saales wider. Ihre Zofe trat leise herein und kniete vor ihr nie-

der. Wie abwesend schaute Salali sie an.
»Auch wenn man die Leute im Kerker in Ketten wirft, singen sie. Auch als der Hunger meinen Bauch zerriß, habe ich gesungen. Aber jetzt ... jetzt umhüllen mich die schönsten Kleider, und ich kann nicht singen. Sie haben mir den Mund mit den besten Speisen verstopft und mich mundtot gemacht«, schluchzte sie laut auf, und die Tränen liefen über ihre Wangen.
In ihrem Zimmer versuchte die Königin mit duftenden Ölen und Puder die Spuren ihres Kummers zu verbergen. Doch alle Öle und Puder der Welt konnten die tiefe Trauer in ihrem Gesicht nicht verdecken.
Im großen Saal des Palastes feierten der König und seine Gäste den Jahrestag des jungen Königreiches. Nach den Festrednern traten die Musikanten, Tänzer und Hofnarren auf. Die Gäste berauschten sich am Wein und der Musik. Keiner wagte, nach der Königin zu fragen, deren Stuhl den ganzen Abend frei blieb.
In ihrem Schlafgemach hörte die Königin die Musik, Gesang und freudige Rufe durch die Palastgänge hallen. Im schummrigen Licht der Kerzen saß sie wie in einem großen goldenen Käfig. Es blitzte und donnerte immer noch, bis endlich der befreiende Regen auf die ausgedorrte Erde niederprasselte. Die Köni-

gin stand auf, öffnete das Fenster, schloß die Augen und atmete tief die frische Luft, die nach feuchter Erde roch.

»Endlich ist der Regen gekommen!« rief sie, und die Bilder ihrer Kindheit zogen an ihren Augen vorüber. Sie wünschte sich, wieder ein Kind zu sein und im Regen in den Pfützen zu spielen. Ein Lächeln umspielte ihr müdes Gesicht, und für einen Augenblick fühlte sie sich glücklich.

»Du bist noch wach!« erschreckte eine Stimme Salali. Eine eisige Kälte durchfuhr ihre Glieder. Sie drehte sich um und erblickte den König in der Tür ihres Zimmers.

»Verflucht seid ihr! Ich will zurück in mein Dorf!« schrie die Königin.

»Du bist eine primitive Wilde geblieben, die des Thrones nicht würdig ist«, antwortete der König eisig.

»Du hast mich getötet. Du hast mich mit Juwelen überschüttet und getötet. Dies hier ist nur meine Leiche!«

»Ich?! Ich habe dich aus dem Dreck geholt, ich wollte aus einer Wilden eine Königin machen!« Der König drehte sich um und ließ sie allein.

Gegen Mittag erschienen zwei Wächter und führten Salali aus ihrem Zimmer hinaus. Alle Palastdiener sahen ihr traurig nach. Auf dem großen Platz vor

dem Palast stand eine fensterlose, schwarze Kutsche. Salali erschrak, als sie das seltsame Gefährt sah.
»Nein, ich will nicht!« schrie sie verzweifelt. Doch die Wächter stießen sie unsanft in die Kutsche und verriegelten die Tür. Der Kutscher peitschte auf die Pferde ein, und sie galoppierten durch das Tor.
Es regnete immer noch stark. Die Königin erkannte durch einen Schlitz den Platz vor der Stadtmauer. Überrascht weiteten sich ihre Augen, denn die Zelte waren verschwunden. Der Regen füllte die Kuhlen, die die abgebauten Zelte hinterlassen hatten. Fatima hörte nur noch die Peitschenhiebe des Kutschers, das Rattern der Räder auf dem holprigen Weg und das Klopfen der Regentropfen auf das Dach der Kutsche.
Nach einigen Stunden vernahm sie die freudigen Gesänge der armen Bauern. Ziegengemecker, Hühnergegacker und das Klappern von Geschirr vermischten sich mit Gesang. Fatima lauschte und drückte ihre Augen an den Türschlitz. Sie sah Menschen über Menschen, die in ihren nassen Kleidern vorwärtsschritten. Sie erblickte den alten Ismail, danach ihre Mutter und ihren Vater.
Der Kutscher verfluchte die Bauern, weil sie den Weg versperrten.
»Mutter ...«, rief Fatima verzweifelt. Doch der Kutscher peitschte die Pferde und bahnte sich einen Weg

am Straßenrand. Die Räder bespritzten die Vorbeiziehenden.
»Hurensohn!« riefen die Bauern dem Kutscher nach.
Dieser feuerte die Pferde noch mehr an, und Fatima wurde in ihren Sitz zurückgeworfen. Erst gegen Abend hielt die Kutsche an. Die Wächter zerrten Fatima heraus und führten sie durch das Tor einer Burg. Eine Köchin schaute aus dem Fenster, wischte sich ihr verschwitztes, dickliches Gesicht und schüttelte den Kopf. »So jung noch«, murmelte sie. Sie wußte, daß, wer in diese Burg hineinging, nie mehr herauskam.
Weit entfernt von diesem Gemäuer erreichten die Bauern ihr verlassenes Dorf. Die Häuser waren in der Zwischenzeit verfallen, und Fledermäuse hatten sich unter ihren Dächern eingenistet. Die Bauern krempelten ihre Ärmel hoch, säuberten ihre Häuser, tünchten die Wände und reparierten die Dächer. Wasser sprudelte aus der Quelle, und an den Bäumen bildeten sich erste Knospen. Bald stieg wieder Rauch aus den Kaminen, und nach einigen Tagen sah das Dorf aus, als sei es nie verlassen gewesen.
Es war oder es war nicht, und obwohl alles gelogen ist, ist es doch genau die Geschichte unserer Vorfahren.

Fatimas Vater schaute seine Gäste an. Viele atmeten auf. Mustafas Frau wischte sich die Tränen aus dem Gesicht.

»Die Fatima aus der Geschichte tut mir irgendwie leid«, schluchzte sie.

»Die Armen sind Esel, auf denen man reitet, bis man sie nicht mehr braucht. Dann stößt man sie den Abgrund hinunter«, seufzte Mustafa.

Erst spät in der Nacht gingen die Gäste nach Hause. Fatima räumte die Tassen beiseite, während der Vater die Matratze auf dem Boden ausbreitete. Er strich über Fatimas Kopf.

»Du siehst blaß aus, Kind, was ist mit dir los?« fragte er und ohne ihre Antwort abzuwarten, fuhr er fort: »Du bist bestimmt sehr müde.«

Fatima flüsterte leise: »Nein, ich bin nicht müde« und dachte dabei an die einsame Salali.

»Träume schön, Kind«, flüsterte der Vater und küßte sie auf die Wange, drehte sich um und pustete die Öllampe aus.

Der Vollmond stand hoch am Nachthimmel und strahlte durch das Fenster. Fatima konnte lange nicht einschlafen. Sie dachte unentwegt an die Königin hinter den Burgmauern. Vorsichtig tastete sie ihre Stirn ab. Doch sie fühlte keine Narben. Noch lange hörte sie das gleichmäßige Atmen ihres Vaters, und erst, als der Mond ihren Blicken entschwand, fielen ihr die Augen zu.

Der Sommer war unbarmherzig heiß, und die Bauern

hofften vergebens auf Regen. Der Winter war eisig kalt und trocken, und die Quelle versiegte. Im Frühjahr waren die Vorräte fast aufgebraucht, und nur ein paar ausgemergelte Schafe, die den Winter überlebt hatten, suchten verzweifelt nach etwas Grünem. Als auch das nächste Jahr keinen Regen brachte, rief der Dorfälteste, ein greiser Mann mit schneeweißem Bart, alle Bewohner auf dem Dorfplatz zusammen.

»Es ist soweit, wir müssen in die Stadt ziehen, hier können wir nicht einen Monat länger überleben.«

Fatima, die neben ihrem Vater stand, faßte ängstlich seine Hand. Nachdem der Dorfälteste seine Rede beendet hatte, sammelten die Bewohner ihre wenige Habe und packten sie auf die Rücken ihrer Esel. Fatima half ihrem Vater, während dieser seinen ärmlichen Hausrat auf dem Rükken seines Esels befestigte. Langsam bewegte sich der Zug den staubigen Weg entlang, der aus dem Dorf führte. Fatima lief weinend neben dem Esel her. Weit entfernt vom Dorf drehte sie sich noch einmal um und schaute zurück. Sie schwor sich, sobald es Regen gäbe, zurückzukehren.

DAS SCHAF IM WOLFSPELZ

Es war einmal, es war keinmal, es war ein Schaf namens Hilu, das zusammen mit anderen Schafen auf einer großen Weide lebte. Das Gras wuchs reichlich. Vermischt mit den vielen Kräutern, die es dort gab, bot es den Schafen schmackhafte Nahrung.
Die Schafe lebten zufrieden miteinander. Nur Hilu war meistens unzufrieden. Er wollte immer bewundert werden, und wenn es Mittag wurde und kein Schaf ihm gesagt hatte, wie schön seine Augen seien und wie geschickt er die Grashalme abfressen könne, war er den ganzen Nachmittag schlecht gelaunt.
Die Schafe spielten oft miteinander. Natürlich wollte jedes einmal gewinnen. Doch keines war so erpicht darauf wie Hilu, der immer gewinnen wollte. Im Rennen wie im Singen, im Springen wie im Fressen.
Hilu hatte tatsächlich eine besondere Fähigkeit. Er konnte den Gesang der Vögel, das Bellen der Hunde, das Meckern der Ziegen und das Miauen der Katzen so gut nachahmen, daß er sogar die Vögel, die Hunde, die Katzen und die Ziegen damit zu täuschen vermochte. Die Schafe bewunderten ihn, und manches Schaf beneidete ihn auch, nachdem es vergeblich versucht hatte, ein Miauen über seine Lippen zu bringen.
Das Lob der Schafe wegen dieser Fähigkeit reichte

aber Hilu nicht aus, er wollte auch im Rennen und Springen Siegen. Doch das konnte er nun mal nicht.

Alle Schafe hatten Angst vor den Wölfen. Hilu gab seine Angst aber nicht zu. Er weidete sich daran, die anderen zu schmähen, wenn sie ängstlich vor den Wölfen herumirrten.

»Was seid ihr für Feiglinge! Ihr hättet mal sehen sollen, wie viele Wölfe ich schon in den Bauch gestoßen habe.«

Die anderen Schafe schauten ihn beschämt an, weil sie ihn wirklich nicht gesehen hatten, denn auf der Flucht dreht sich kein Schaf um.

Immer häufiger griffen die Wölfe die Schafherde an und rissen viele Lämmer. Dem Schäfer wurde es zuviel, er kaufte sich eines Tages eine Flinte und lauerte den Wölfen auf. Als das Wolfsrudel wieder einmal in die Herde einfiel, erschoß er den Leitwolf. Die anderen Wölfe erschraken und suchten das Weite.

Der Schäfer zog mit einem scharfen Messer dem Wolf den Pelz ab, denn dieser war im Dorf sehr wertvoll. Wer an der Wand seines Hauses ein Wolfsfell hängen hatte, galt als mutiger Mann, und Mut war in diesem Dorf eine Seltenheit, die daher von den Männern gerne zur Schau gestellt wurde.

Alle Schafe schauten angewidert weg, als der Schäfer den Wolf abhäutete und das Fell sorgfältig wusch.

Nur Hilu beobachtete ihn aufmerksam. Die Schafe grasten bereits wieder, als der Schäfer das nasse Fell auf einem großen flachen Stein ausbreitete, damit es unter den Sonnenstrahlen trockenete. Hilu jedoch betrachtete gebannt das Fell, aus dem das Wasser über die Steinkanten tropfte.

Mittags suchten sich die Schafe einen schattigen Platz hinter dem Felsen oder unter den großen Bäumen, während der Schäfer neben seinem Hund in einer aus Zweigen und Laub gebauten Hütte schlief. Hilu, der immer noch vor dem Wolfsfell stand, warf einen Blick auf die im Schatten dösenden Schafe und grinste hinterhältig.

»Ich werde ihnen ein bißchen Angst einjagen«, flüsterte er.

Er zog mit seinen Zähnen das Fell vom Stein herunter und drehte es um. Danach legte er sich so auf das Fell, daß er seinen Kopf in den ausgehöhlten Wolfsschädel stecken konnte. Er stand auf. Das nasse Fell saß wie angegossen auf seiner Haut. Hilu war begeistert, denn es gelang ihm sogar, das Maul mit den scharfen Zähnen auf- und zuzuklappen. Durch die beiden Löcher in der Kopfhaut, dort, wo die Wolfsaugen gesessen hatten, blickten nun Hilus überglückliche Augen. Dann jedoch fiel sein Blick auf seine Beine, und seine Freude trübte sich, denn das Fell

reichte nur bis zu seinen Knien. Verzweifelt besah er sich seine Hufe.

»Verdammt!« fluchte er. Doch plötzlich fiel ihm ein, daß mit ein bißchen Schlamm seine Hufe verdeckt werden könnten. Er schlich sich zum Fluß, stieg ins Wasser und stampfte anschließend mit seinen Hufen so lange in die trockene Erde, bis eine dicke Schlammschicht die Hufe bedeckte.

»Nun kann man sie nicht mehr sehen«, atmete Hilu erleichtert auf. Dann bewegte er sich leise im Schutz des hohen Grases auf drei Schafe zu, die im Schatten eines Kastanienbaumes dösten.

Das Schaf im Wolfspelz hielt inne, knurrte wie ein Wolf, was ihm auch prächtig gelang, und schoß dann aus dem hohen Gras. Die Schafe erschraken fürchterlich. Blitzschnell fuhren sie hoch und stoben davon. Hilu versteckte sich wieder im hohen Gras.

»Komisch«, sagte eines der Schafe, als es sicher war, daß der Wolf es nicht mehr verfolgte. »Ich habe überhaupt nicht den Geruch der Wölfe gewittert. Plötzlich war einer da.«

Die anderen Schafe zweifelten.

»Das hast du dir eingebildet«, sagte ein älteres Schaf. Aber die anderen beiden, die den Wolf auch gesehen hatten, schworen, daß es sich wirklich um einen Wolf gehandelt habe, und bevor sie noch einmal

ihre Geschichte erzählen konnten, vernahm man wieder das gefährliche Knurren. Das Schaf im Wolfspelz hatte sich herangeschlichen. Plötzlich schoß es aus dem hohen Gras, und acht Schafe verstreuten sich erschrokken in alle Himmelsrichtungen.
Das Schaf im Wolfspelz war überglücklich, denn es hatte zum ersten Mal in seinem Leben dem großen Hammel Angst eingejagt, vor dem es bisher immer einen großen Respekt gehabt hatte. Hilu beobachtete schadenfroh, wie dieser noch bebend vor Angst den Hund des Schäfers aus seinem Mittagsschlaf weckte.
Der jedoch fühlte sich gekränkt.
»Nein, nein, mein Lieber«, sagte er, »auf meinen Geruchssinn ist Verlaß, und weit und breit rieche ich keinen Wolf. Die Hitze bringt euch durcheinander.«
Zum ersten Mal fühlte sich das Schaf im Wolfspelz den anderen Schafen weit überlegen.
»Ich kann jedem Angst einjagen, wenn ich will«, flüsterte Hilu und rieb sich vergnügt die Vorderhufe.
Der Schäfer war inzwischen durch die Unruhe in seiner Herde aufgewacht. Er schaute verwirrt auf den wieder eingeschlafenen Hund.
»Du bist auch älter geworden«, murmelte er, nahm seine Flinte und trat ins Freie. Hilu, der den Schäfer kommen sah, versteckte sich schnell hinter einem Ge-

büsch. Es dauerte eine Weile, bis der Schäfer seine Schafe wieder beieinander hatte. Danach setzte er sich mißtrauisch auf einen großen Stein und legte seine Flinte auf den Schoß. Doch weit und breit erblickte er keine Gefahr.

Plötzlich fiel sein Blick auf den Stein, auf den er das Wolfsfell ausgebreitet hatte. Er erschrak. Das Fell war verschwunden, und der nasse Fleck auf dem Stein sah wie das höhnische Gesicht eines Teufels aus.

»Um Gottes willen«, flüsterte der Schäfer, der sich an die Geschichte vom unsterblichen Teufelswolf erinnerte. Seine Großmutter hatte sie ihm erzählt.

»Aber die Eingeweide sind noch da«, beruhigte er sich wieder. Doch die Ungewißheit zehrte weiter an seinen Nerven, und immer wieder mußte er an die Geschichte seiner Großmutter denken.

»... Ein Teufelswolf stirbt nie. Er kommt noch am selben Abend zurück und rächt sich an denen, die auf ihn geschossen haben.«

Schaudernd beschloß der Schäfer, die ganze Nacht vor seiner Hütte zu wachen.

Das Schaf im Wolfspelz verharrte regungslos in seine Versteck, denn der Schäfer saß ihm genau gegenüber.

Erst als die Dunkelheit hereinbrach, trieb der Schäfer seine Herde zusammen. Immer wieder hetzte er seinen Hund um die Herde.

Hilu wollte gerade sein Versteck verlassen, den Wolfs-

pelz abstreifen und sich unter die Schafe der Herde mischen, als er hinter sich die Stimme eines Wolfes hörte.

»Du bist der mutigste Wolf, den ich je gesehen habe«, sagte der Wolf zu Hilu, dem das Blut in den Adern vor Angst erstarrte. »Noch nicht einmal vor dem Schäfer und seiner Flinte hast du Angst gehabt. Wir haben dich die ganze Zeit beobachtet und gesehen, wie du die Schafe gehetzt und furchtlos vor der Flinte des Schäfers gesessen hast.«

Hilu genoß die Bewunderung des Wolfes. »Sogar die Wölfe haben Respekt vor mir«, dachte er.

»Komm mit, wir reißen uns ein saftiges Schaf«, rief der Wolf, der natürlich nicht ahnte, daß der Wolf im Gebüsch nur ein Schaf war.

»Oder hast du jetzt plötzlich Angst?« fragte ein hinzugekommener Wolf argwöhnisch.

»Nein, … warum … ich und Angst haben!« Das Schaf schlotterte und zitterte vor Angst. »Was passiert, wenn der Wolfspelz abfällt?« überlegte es, und ein Schweißtropfen kitzelte Hilu an der Nasenspitze. »Aber nein, das Fell klebt so fest, daß du keine Angst zu haben brauchst«, beruhigte ihn eine innere Stimme. Hilu atmete tief auf.

»Nun los!« rief ein dritter Wolf, und die anderen folgten ihm. Auch Hilu rannte hinter ihnen her. Gemeinsam hetzten sie ein kleines Lamm, das abseits von

der Herde lag. Der Schäfer erschrak, und er vermochte seine Flinte nicht so ruhig zu halten, wie er es sich vorgenommen hatte. Erst als die Wölfe weit entfernt von der Herde das gehetzte Lamm zu Boden warfen und zerrissen, schoß der Schäfer ziellos in die Dunkelheit.

»Es hat ohnehin heute keinen Zweck«, sagte er zitternd und unterwarf sich der Rache des Teufelswolfs.

Hilu schaute schaudernd zu, wie die Wölfe gierig das Fleisch des Lammes fraßen.

»Nichts wie weg!« dachte er. »Das ist ja ekelhaft.« Doch bevor er weiter überlegen konnte, stieß ihm einer der Wölfe in die Rippen.

»Du bist aber ein komischer Wolf«, sagte er und schmatzte genüßlich an einer Keule. »Erst lauerst du und riskierst dein Leben, und dann rührst du kein Stück Fleisch an.«

»Vielleicht hat er Angst vor uns. Komm, junger Bursche, wir tun dir schon nichts.« Der jüngste Wolf grinste.

»Ach, ... ich habe keinen Hunger«, sagte Hilu.

»Du kennst doch die Regel, wer nicht mitfrißt, ist ein Verräter.« Der älteste Wolf schaute Hilu streng in die Augen. Aber Hilu hatte von Wolfsregeln natürlich keine Ahnung.

»Oh, nein ... ich werde aus Freundschaft ein Stück mitessen«, stotterte Hilu und näherte sich dem zer-

rissenen Lamm. Als er jedoch das Blut sah, wandte er angewidert seinen Blick ab.

»Greif zu, Mann!« rief ihm der junge Wolf zu.

Hilu schloß die Augen und biß ins Fleisch. Eine warme, klebrige Masse füllte seinen Mund. Mühsam und angewidert kaute er. Und da er noch nicht gelernt hatte, die Wolfszähne zu gebrauchen, schluckte er das Stück ganz hinunter.

»Na also!« rief der große Wolf, und Hilu trat einige Schritte zurück und öffnete erleichtert die Augen.

Der Vollmond über den Bergen warf sein Licht auf die Ebene. Hilu wurde sehr müde, denn als Schaf schlief er früh ein. Nun bemerkte er staunend, daß die Wölfe immer munterer wurden.

»Seht den Vollmond, nun ran ans Heulen!« rief der jüngste Wolf, der sich nichts Schöneres vorstellen konnte, als im Kreise seiner Gefährten die runde Scheibe am Nachthimmel anzuheulen. Hilu dagegen wollte am liebsten schlafen. Doch er zwang sich, aufmerksam zuzuhören, wie der älteste Wolf seine langgezogenen, klagenden Schreie in den Nachthimmel schickte. Dem Schaf im Wolfspelz zitterten die Beine. Der älteste Wolf verstummte, atmete tief ein und drehte sich zum zweitältesten Wolf.

»Nun bist du dran«, sagte er zu ihm. Die Stimme des

zweitältesten war noch kräftiger als die des ersten Wolfes.

»Gleich bin ich dran«, dachte Hilu und verfolgte das Geheul angespannt.

»Und nun ist unser Gast dran!« kündete der Älteste an.

»Nein, ich!« widersprach aufgebracht der jüngste Wolf.

»Aber er ist doch älter und kräftiger als du«, entgegnete ihm der älteste Wolf.

Hilu hätte natürlich am liebsten dem jüngsten Wolf den Vortritt gelassen, aber das ließ der Rudelführer nicht zu. »Wenn ich sage, der Gast kommt vor dir dran, dann hältst du das Maul, verstanden?!« bellte er und biß den Jüngsten in die Seite, der sich – als Zeichen seiner Ergebenheit – knurrend auf den Boden warf.

»Nun leg schon los«, ermunterte der Wolf Hilu, und der heulte, so laut er konnte, und versetzte die drei Wölfe in großes Erstaunen.

»So ein schönes Geheul habe ich noch nie gehört.« Der älteste Wolf blickte Hilu anerkennend an. »Und nun bist du dran«, forderte er den Jüngsten auf, »aber mache es kurz, ich habe einen Wolfshunger.«

Der Benjamin des Rudels heulte so jämmerlich, daß selbst Hilu darüber lachen mußte.

»Seht euch diesen kräftigen Hasen an, den nehme ich mir zur Brust.« Der zweitälteste Wolf rannte

hinter dem Hasen her, der im Mondschein auf dem nahe gelegenen Hügel in panischer Angst seine Haken schlug. Nach einer kurzen Weile hörte Hilu den Hasen ängstlich wimmern. Totenstille!
»Den hat er schon.« Der älteste Wolf lächelte, und diesmal mußte Hilu ein Stück des Hasen fressen. Das fiel ihm etwas leichter, nur der Magen tat ihm langsam weh. Erst als die Morgendämmerung hereinbrach, begaben sich die Wölfe zur Ruhe. Hilu mußte lange warten, bis die drei eingeschlafen waren, und die Minuten verrannen so langsam, als wären sie Jahre. Endlich erhob er sich und wollte davonschleichen. Doch eine laute Stimme erschreckte ihn.
»Halt! Wohin?« Hilu erkannte die Stimme des zweitältesten Wolfes.
»Nirgends, ... einfach nur ... ein paar ... Schritte«, stotterte er.
»Nein, Freund, das geht nicht. Wir wollen uns ausruhen, du wirst die Hunde auf uns aufmerksam machen.«
Auch die anderen Wölfe erwachten. »Hiergeblieben! Du machst keinen Schritt, bevor du mich nicht gefragt hast. Hast du verstanden?« wies der älteste Wolf Hilu an seinen Platz.
Hilu nickte und legte sich auf den Boden.

»Also, ich finde ihn komisch«, dachte der jüngste Wolf laut nach. Als Hilu erwachte, stand die Sonne schon hoch am Himmel, und die Wölfe spielten vergnügt miteinander. Sie stießen sich gegenseitig zu Boden, knurrten gefährlich und bissen sich in den Hintern. Das Schaf im Wolfspelz erschrak zu Tode und meinte noch zu träumen, denn die Wölfe in seiner Nähe taten ihm nichts. Er schaute auf sein Fell und überlegte, ob er nicht doch ein Wolf sei. »Vielleicht war mein Leben als Schaf nur ein Traum.«

»Willst du mit uns spielen?« fragte der jüngste Wolf.

»Nein, ich bin heute etwas müde.« Hilu lächelte verlegen.

»Was bist du nur für ein Wolf!« rief der Anführer. Er wollte Hilu gerne im Spiel unterwerfen.

»Ich sage es euch, ich rieche bei ihm eher den Geruch eines Schafes als den eines Wolfes«, flüsterte der Jüngste ihm daraufhin zu.

»Nun erzähl doch mal, woher du kommst und was du bis jetzt alles erlebt hast«, griff der Zweitälteste ein, und alle drei näherten sich Hilu. Sie starrten ihn mit großen Augen an, und fletschten ihre häßlichen, gelben Zähne, daß es Hilu angst und bange wurde.

Hilu erzählte eine lange Geschichte über sein Leben. Seine Mutter sei eine besonders schöne Wölfin gewesen und sein Vater ein besonders starker Wolf. Er

habe die ganze Welt gesehen und große Enttäuschungen in mehreren Wolfsrudeln erlebt. Deshalb halte er sich gerne abseits, und nun wolle er weiterziehen.
»Das kommt nicht in Frage. Du hast allein genug gelitten, und ich finde dich ganz in Ordnung. Du bleibst hier!« Der Anführer glaubte die rührende Geschichte, die Hilu erzählt hatte.
»Und warum riechst du so stark nach einem Schaf?« wollte der jüngste Wolf neidisch wissen.
»Du bist ein Dummkopf. Jeder erfahrene Wolf weiß, daß jedem, der so viele Schafe gerissen hat, der Geruch der Schafe an seinem Fell hängenbleibt«, ergriff der Zweitälteste für Hilu Partei.
Der jüngste Wolf zitterte vor Wut.
»Es schadet nichts, wenn sie ein bißchen Angst vor mir haben«, besänftigte Hilu sein aufgeregtes Herz und fühlte sich wieder stark.
Die Tage vergingen, und das Schaf im Wolfspelz vergaß seine Angst vor den Wölfen gänzlich. Er spielte mit ihnen, schlief wie sie nur kurze Zeit und heulte immer schöner. Das Fell klebte fest an seiner Haut, als wäre es sein eigenes. Er fing sogar an, seinen Pelz zu lecken, und sah noch prächtiger aus als die anderen Wölfe. Immer wieder klebte er heimlich Schlamm auf seine Hufe. Doch die Wölfe achteten gar nicht darauf, denn ihre Pfoten waren auch immer

dreckig. Nur eines konnte Hilu nicht so gut wie die Wölfe: Er konnte nicht so schnell rennen, und so entwischten ihm alle Hasen, denen er nachstellte. Die drei Wölfe verwöhnten ihn auch nicht mehr. Nach wenigen Tagen gaben sie ihm nur noch die schlechtesten Stücke der Beute. Doch das Schaf im Wolfspelz fraß diese Reste zufrieden. Ab und an aber sehnte es sich nach einem Mundvoll saftigen Grases, und wenn die Wölfe es nicht bemerkten, füllte Hilu seinen Bauch mit Kräutern und Gräsern.

Der jüngste Wolf aber, dem die letzte Stelle in der Rangordnung zufiel, drängte Hilu immer mehr: »Es wird Zeit, daß du auch mal eine saftige Beute schlägst.« Hilu hatte ihn um ein Stück des Hasen gebeten, den er erlegt hatte.

»Ja, aber ...«, wollte das Schaf im Wolfspelz eine Ausrede vorbringen. Er blickte den ältesten Wolf hilfesuchend an, aber dieser war zum Entsetzen Hilus inzwischen ziemlich abweisend geworden.

»Was heißt hier *aber*! Eine Rangordnung muß immer auf dem neuesten Stand sein, und alle, die ihres Ranges nicht würdig sind, müssen gestürzt werden. Sonst verfault die Rangordnung und bricht in sich zusammen. Ein Wolf, der nur von den Resten der anderen lebt, verdient in unserer Gemeinschaft die letzte Stelle.« Er blickte nachdenklich in die Ferne. »So ist es nun mal.

Auch ich muß eines Tages abtreten«, flüsterte er abwesend.
Der junge Wolf strahlte: »Jawohl, genau so ist es! Die Stellen der Rangordnung müssen immer neu verteilt werden.«
»Ihr irrt euch! Ich kann Dinge machen, die der stärkste Wolf nicht kann.«
Das verschlug den Wölfen die Stimme.
»Was sagst du da?« erboste sich der Anführer.
»So ein Angeber«, fiel der zweite ein.
»Aber nein, ich gebe nicht an«, rief Hilu wütend. »Ich kann vielleicht nicht so gut rennen wie ihr, dafür habe ich mehr Mut.«
»Das kann jeder sagen«, unterbrach ihn der jüngste Wolf.
»Ich kann am hellichten Tag zur Schafherde gehen und euch den dicksten, stärksten Hammel in die Arme treiben«, fuhr das Schaf im Wolfspelz unerschrocken fort.
»Hört euch unseren Neuling an, jetzt schnappt er gänzlich über«, belustigte sich der jüngste Wolf.
»Das kannst du nicht im Ernst gemeint haben«, versuchte der Anführer Hilu zu bremsen.
»Doch, ich kann es!« beharrte Hilu entschieden.
»Ich meine, es ist lebensgefährlich, was du dir ausgedacht hast«, fiel der zweitälteste Wolf, der die Unsicherheit des Rudelführers sichtlich genoß, in den Streit ein.

»Gut! Wir wollen es sehen. Ihr bleibt, wo ihr seid, und ich treibe euch diesen herrlichen Hammel da unten in die Fänge, und das jetzt am Tage, und vor der Nase des grausamen Hundes.« Hilu schlich davon.

»Er ist ein komischer Wolf.« Der Rudelführer war tatsächlich unsicher geworden.

»Aber Mut hat er.« Der Zweitälteste witterte seine Chance und verfolgte Hilu mit den Augen.

Hilu schlich im hohen Gras der Weide an einen großen, weißen Hammel heran, der abseits der Herde die Blätter einer Maispflanze genoß. Er versteckte sich hinter dem dichten Gestrüpp aus Granatapfelbäumen. Hilu kannte den Hammel gut. »Aha, das ist der ewig Verliebte.« Nach einer kurzen Weile flüsterte Hilu so, daß der Hammel ihn hören mußte: »Laß mich doch ... ich liebe dich nicht! Ich liebe nur den großen weißen Hammel. Er wird dich umbringen, wenn er dich erwischt.«

Der weiße Hammel hob verwirrt den Kopf, denn die Stimme war die seines geliebten Schafes. Als er herausgefunden hatte, woher diese Stimme kam, rannte er zornig auf das Gebüsch zu. »Ich werde ihn umbringen!« Seine Augen funkelten wütend.

Hilu schlich geschickt zu einem anderen Gebüsch, das unmittelbar am Fuße des Hügels lag, in der Nähe der sich versteckt haltenden Wölfe. Von dort

lockte Hilu erneut mit der Stimme des schönen Schafes, und wieder rannte der weiße Hammel auf das Gebüsch zu, verzweifelte aber, da er auch hier sein geliebtes Schaf nicht entdeckte. Plötzlich hörte er jedoch das Gejammer mitten im hohen Gras am Fuß des Hügels. Er sah, wie sich das Gras bewegte, und rannte wütend bockend auf die Stelle zu, wo er sein Schaf vermutete. Doch Hilu hatte sich bereits in einem Bogen um ihn herumgeschlichen und griff knurrend den verwirrten Hammel an. Der wußte sich nicht anders zu retten, als hinauf auf den Hügel zu flüchten, direkt in die Klauen der lauernden Wölfe.

»Das war ein Meisterstück«, entfuhr es dem zweitältesten Wolf bewundernd.

»Ein bißchen riskant, aber alle Achtung. Du bist ab heute der zweite in unserer Rangordnung«, lobte der Anführer Hilu.

Der jüngste Wolf näherte sich auch und warf sich vor Hilu auf den Boden. »Entschuldige bitte, ich habe mein Maul zu voll genommen«, jaulte er demütig.

Das Schaf im Wolfspelz spuckte ihn an und trat ihm in den Hintern. »Nicht in den Beinen liegt es, was die Rangordnung bestimmt, sondern im Kopf«, belehrte ihn Hilu und dachte dabei: »Diesen dämlichen Wolf habe ich nun erledigt. Aber warum bin ich eigentlich nur der zweite? Der Angeber erteilt uns nur Befehle,

das kann ich auch. Der erste Platz wird mir gehören!«

Die Zeit verstrich, und Hilu wartete geduldig auf eine Gelegenheit, den großen Wolf hereinzulegen. Jedesmal, wenn er an der Reihe war, Beute zu besorgen, schlich er sich am hellichten Tag den Hügel hinunter auf die Weide, ahmte die Hilferufe eines Lammes nach, das seine Mutter rief, oder die eines Hammels, der nach einem Freund schrie, damit dieser ihn aus der Klemme hole. Das fiel Hilu nicht schwer. Die Schafe waren gutmütig und hilfsbereit, und er kannte sie alle mit Namen. Und so liefen die Schafe, Hammel und Lämmer in seine Fallen.

Der Rudelführer stachelte seine Untergebenen zu immer neuen Jagden an, und die rissen so viele Schafe, daß große Stücke Fleisch ungefressen verfaulten. Hilu war der fleißigste Jäger.

Eines Tages lauerte das Schaf im Wolfspelz hinter einem dichten Gebüsch. Plötzlich sah er ein Schaf, das alleine und weit entfernt von der Herde saß und schluchzte.

»Hier, Mutter, hier bin ich … hilf mir doch!« stöhnte Hilu laut, damit das traurige Schaf ihn hörte.

»Mein geliebtes Lamm«, beweinte das Schaf immer aufs neue sein Junges, das die Wölfe vor einigen Tagen gerissen hatten, als sie das Gestöhne Hilus vernahm. »Ich komme, ich komme!« Sie eilte von Gebüsch zu Gebüsch den Hilferufen nach, die Hilu ausstieß.

Doch dann hörte Hilu die weinende Mutter vor sich hin flüstern: »Ich bin ja verrückt geworden, wie die Mutter Hilus, die Tag um Tag und Nacht um Nacht ihren Sohn sieht. Was für ein Schicksal haben doch Mütter, die den Tod ihres Kindes überleben müssen!« Hilu erstarrte, denn er hatte die ganze Zeit, die er unter den Wölfen weilte, seine Mutter vergessen. »Aber ich lebe doch«, rief er laut, und das Schaf staunte, denn diese Stimme war nicht die Stimme ihres Sohnes, sondern die von Hilu.

»Hilu! Bist du das?« rief sie unsicher.

»Ja! Aber komme nicht näher. Sage meiner Mutter, daß ich lebe, warne sie aber, an diesen Platz zu kommen.«

»Aber wieso? Warte doch! Deine Mutter wird sich freuen.« Und bevor Hilu dem Schaf erklären konnte, warum es gefährlich sei, rief das Schaf fröhlich nach Hilus Mutter, die nicht weit entfernt graste. »Komm! Dein Hilu ist da.«

Hilus Mutter hob ihren Kopf. »Machst du dich lustig über mich?«

»Nein, ich schwöre dir, er ist hinter dem Gebüsch. Ich sehe sogar seinen Schatten.«

Die Mutter näherte sich dem Gebüsch, und den Wölfen lief bereits das Wasser im Munde zusammen, als

sie von ihrem Versteck aus sahen, wie ein zweites Schaf herankam. »Wo ist mein Hilu?« fragte sie erregt.
Hilu sah das traurige Gesicht seiner Mutter und wollte sie am liebsten umarmen. Sie kam immer näher. Hilu wußte, daß beiden Schafen der Tod sicher war, wenn er noch länger in seinem Versteck verweilte.
»Wo bist du, mein Herz?« rief seine Mutter.
Hilu drehte sich zu den Wölfen um und sah, wie sie bereits ihre Zähne bleckten. »Nein, meine Mutter bekommen sie nicht, ich werde ihnen ein anderes Schaf besorgen«, sprach er zu sich und schoß knurrend aus dem Gebüsch auf die zwei Schafe zu, die erschrocken flüchteten und von Hilu zurück zur Herde getrieben wurden.
»Der ist doch verrückt geworden«, rief der jüngste Wolf, als er sah, wie sich Hilu der Herde näherte.
Unten auf der Weide rief Hilu: »Mutter, laß dich umarmen.« Er rannte hinter den Schafen her.
»Das ist aber merkwürdig, ein Wolf, der wie Hilu redet«, wunderte sich das Schaf an der Seite von Hilus Mutter.
»Ein Teufel ist das!« Die Mutter stöhnte auf und bemühte sich, noch schneller zu rennen.
Die Herde, die durch das Geschrei der zwei Schafe aufgeschreckt worden war, rannte wild durcheinan-

der. Der Hund wurde aus seinem Schlaf gerissen. Bellend raste er auf das Schaf im Wolfspelz zu.
Hilu erkannte die Gefahr. Er stoppte, als er sah, daß seine Mutter unter den Schafen in Sicherheit war, drehte um und rannte so schnell er konnte dem Hügel zu, um auch sich in Sicherheit zu bringen.
»Der bringt es doch fertig, den Hund auf uns zu hetzen«, rief der jüngste Wolf entsetzt.
»Warten wir es ab«, beruhigte ihn der älteste Wolf.
Bevor aber Hilu den Hügel erreichte, packte ihn der wütende Hund und warf ihn zu Boden. Ein wilder Kampf entbrannte. Eine große Staubwolke umhüllte die beiden und nahm den Wölfen die Sicht.
Plötzlich rief der jüngste Wolf erstaunt: »Das ist unglaublich, ein Schaf taucht aus der Staubwolke auf und rennt auf uns zu.«
»Wie schafft er nur solche Kunststücke!« Die beiden älteren Wölfe standen sprachlos mit offenen Mündern und sahen, wie der Hund weiterhin Staub aufwirbelte, während ein Schaf den Wölfen auf dem Hügel zustrebte.
Der Hund, der das Fell von Hilus Rücken heruntergerissen hatte, kämpfte immer noch wütend und verbissen, ohne zu merken, daß das Schaf sich bereits aus dem Staub gemacht hatte. Er trampelte auf dem Fell herum, warf es hoch und zerrte es wild hin und her.

Erst als es eine Zeitlang regungslos auf dem Boden lag, beruhigte er sich.

»Haut ab, der Hund ist heute wahnsinnig geworden!« rief Hilu atemlos den Wölfen zu. Sein Erstaunen war groß, als er merkte, daß die Wölfe nicht davonliefen, sondern ihn ansprangen. Erst als der jüngste Wolf sein Bein packte, neigte Hilu seinen Kopf und beschaute die schmerzende Wunde. Fassungslos bemerkte er, daß er den Wolfspelz verloren hatte. Es war zu spät.

Auf der Weide wunderte sich der Schäfer, als sein Hund stolz mit dem Wolfspelz angetrottet kam und diese Beute vor seinen Füßen niederlegte. Er atmete erleichtert auf, denn nun war er doch davon überzeugt, daß die Geschichte vom Teufelswolf tatsächlich nur ein Ammenmärchen war.

DIE HÖLLE

Die Schüler des Meisters Kein Lei Stung fragten, ob es stimme, daß die Hölle sehr heiß sei und nach Schwefel stinke. Der alte Meister lachte herzlich und sagte: »Glaubt ja den Pfaffen nicht, sie erzählen euch diese Gruselgeschichten über die Hölle nur, damit sie euch um das irdische Paradies bringen.« Und er erzählte die wahre Geschichte der Hölle …

Wie bekannt ist, kamen seit Tausenden von Jahren nur die lebenslustigsten und die aufrichtigsten Menschen in die Hölle: angefangen bei den Künstlern über die Wissenschaftler bis zum letzten Säufer. Denn wer früher sagte, die Erde sei rund, kam in die Hölle, und wer gar zu sagen wagte, die Erde drehe sich um die Sonne, sicherte sich einen Platz tief in den brodelnden Töpfen der Teufel.

Auch viele Schwarze und Indianer kamen in die Hölle, weil sie dem weißen Gott nicht gehorchten. Später kamen auch die Muslime, Inder und Chinesen dazu; denn sie glaubten angeblich an furchtbare kriegerische Götter, vom blonden Gott mit den verträumten blauen Augen hielten sie nichts. Die Kommunisten aller Länder und die Sozialisten mancher Länder waren ohnehin Stammgäste der Hölle.

Die Teufel mußten mit der Zeit gehen. Es wurde kein

Schwefel mehr verbrannt, zum Heizen nahm man erst Kohle, dann Erdöl. Das Erdöl wurde aber mit der Zeit knapp, und von Gott bekamen die Teufel keine Entwicklungshilfe. Da wandte sich Luzifer, der Chef aller Teufel, an die Physiker in der Hölle; denn viele von ihnen, die zu Lebzeiten gegen die Kernenergie waren, landeten auch in der Hölle. Sie brachten Luzifer auf die Idee, die Sonnenenergie zum Heizen zu verwenden. Sie überzeugten ihn aber auch, mit Energie nicht leichtfertig umzugehen, denn diese ständige Überheizung sei letzten Endes eine Verschwendung. Luzifer wurde nachdenklich; denn er sah mit eigenen Augen, wie schnell der Schwefel, die Kohle und das Erdöl zur Neige gingen, und den Verbrannten in der Hölle bereitete ein Grad mehr keinen zusätzlichen Schmerz.

»Sie lachen sich kaputt über meine schwitzenden Teufel«, dachte Luzifer und schlug mit der Hand gegen seine Stirn. Dann eilte er zu den Physikern, die im Topf 375, mitten im brodelnden Öl, Drähte zu Schaltungen verbanden, um ihre Zeit zu vertreiben.

»Nun gut«, rief Luzifer, »ich brauche eure Hilfe.« Die Physiker grinsten, standen auf, schüttelten sich wie Hunde, um das Öl von der Haut zu bekommen, und stiegen aus den Töpfen.

Nach einer Weile erlosch das Höllenfeuer. Die Höllenbewohner halfen den Teufeln, die Töpfe in einem großen Lager aufzustellen. »Die kann man als Warmwasserbehälter gebrauchen«, rief ein Ingenieur, als die Teufel daran dachten, sie einfach wegzuwerfen. Sonnenkollektoren wurden gebaut, und eine angenehme Wärme verbrei-

tete sich in der Hölle, die nunmehr Platz genug bot, um bequem eingerichtet zu werden. Luzifer genoß seine erste warme Dusche und schaute danach zufrieden in den Batterieraum, in dem die Sonnenenergie gespeichert wurde. »Die Hölle ist unabhängig geworden«, rief er begeistert.

Die Tage wurden lustiger, Theater- und Musikgruppen, selbst Zeitungen wurden gegründet – alles unzensiert. Die Sänger, Maler und Schriftsteller nahmen kein Blatt vor den Mund; denn sie waren bereits in der Hölle, und tiefer konnten sie nicht fallen. Besonders gut aber hatten es die Kinder. Da viele Kindergärtnerinnen in der Hölle waren, gab es für je fünf Kinder eine Kindergärtnerin, und so spielten sie munter den ganzen Tag. Wenn ein Kind etwas angestellt hatte und die Mutter in ihrer Aufregung vergaß, daß sie nicht mehr auf der Erde lebte, und ihr Kind anschrie: »Der Teufel soll dich holen!« oder »Geh zum Teufel!«, lachten alle vergnügt, und die Mutter errötete.

Nun, das geschah nicht ohne Gottes Wissen. Er weiß schließlich alles. Er dachte aber am Anfang: »Das legt sich schon.«

Viele Heilige im Himmel rochen nicht mehr den Gestank der Hölle, und mit der Zeit staunten sie über das lustige Freudengeschrei, das aus der Hölle drang. Aber sie hielten es für eine Versuchung und beteten laut, damit sie der Lärm nicht anfechte. Aber mancher Heilige sehnte sich nach lustiger Geselligkeit, zumal die Mehrheit von ihnen an öden Plätzen leben mußte, da die schönsten Orte des Himmels im Privatbesitz der Barone, Generäle und Päpste waren. Mancher begann die absolute Ruhe im Himmel furchtbar zu finden, und das Hosianna der herumfliegenden Engel ging ihm auf die Nerven.

Eines Nachmittages machten Gott, Petrus und der Engel Gabriel einen Spaziergang. Plötzlich sahen sie, wie ein schwarzer Heiliger auf dem Boden des Himmels lag, um dem Geschrei aus der Hölle besser lauschen zu können. Ein breites Grinsen breitete sich auf dem Gesicht des einzigen Vertreters aus Afrika aus. Petrus war entsetzt.

»Was machst du da, mein Sohn?« fragte er den Schwarzen, der sich langsam und furchtlos erhob.

»Lustig da unten, Mann!« sagte er grinsend.

»Hab Gnade mit seiner schwachen Seele, o Gott«, flüsterte Petrus seinem Erschaffer zu.

»Ja, hab Gnade«, sprach Gabriel mit gesenktem Kopf nach.

»Wieso Gnade, Mann! Ich sage dir, da unten ist die Musik ganz schön heiß, Baby!« rief der Schwarze.
Die Wangen des greisen Gottes schwollen an, bis sie wie reife Tomaten aussahen.
»Du bist verflucht für alle Zeiten«, rief er wütend.
»So ist es«, sprach Gabriel ehrfürchtig wieder seinem Meister nach.
Der schwarze Heilige aber lachte schallend, als er sah, wie seine Flügel vergilbt abfielen, als seien sie zwei welke Blätter. Gabriel holte mit einem langen Stock den Heiligenschein herunter, der schief über dem Kopf des Schwarzen schwebte. Gott und Petrus waren restlos empört, als sie das Lachen des verfluchten Heiligen hörten, der langsam im Boden versank.
»Ich komme, Baby«, rief die Stimme des Schwarzen immer wieder, während er in die Hölle stürzte.
»Nun schau dir die Typen an«, sagte Gott zu Petrus, und dieser erschrak; denn auf der weiten Ebene des Himmels lagen viele auf dem Boden und lauschten den lasterhaften Gesängen der Hölle.
Gott rief daraufhin Luzifer zu sich und fragte ihn mit bebender Stimme: »Luzifer, was soll das?«
Luzifer antwortete: »Das alles ist durch die Selbstbestimmung entstanden. Ich kann wirklich nichts dafür.«
»Nichts! Daß ich nicht lache!« rief Gott empört.
Gabriel nickte. »So ist es«, flüsterte er.

Luzifer schaute Gabriel wütend an. Dieser Scheinheilige, dachte er und rief empört: »Ihr habt es hier leicht mit euren dummen Schafen, aber probiert es doch einen Monat da unten.« Er spuckte und fuhr fort: »Jedes Kind in der Hölle hat mehr Tricks auf dem Kasten als meine ausgekochten Teufel.«

»Ja, aber kannst du sie denn nicht bestrafen?« fragte Petrus verlegen.

»Ja, genau, bestrafen ...«, wiederholte die Stimme Gabriels wie ein Echo.

»Womit denn, bitte schön? In die Hölle schicken vielleicht? Oder wollt ihr sie hier oben haben?« fuhr Luzifer den blassen Petrus an.

Gott verstand schnell, was Luzifer meinte. »Ein Himmel ohne Hölle«, sprach er zu sich, »das überzeugt nicht einmal einen Idioten.«

»So ist es«, jauchzte Gabriel begeistert.

»Geh zurück in deine Hölle«, sprach Gott, »aber laß deine Chemiker Stinkbomben um die Hölle herumschmeißen und laß deine Physiker Lautsprecher gen Himmel richten, die deutliches Schmerzensgeschrei ausstrahlen, so daß die umherfliegenden Engel immer wieder die Schreckensschreie der Hölle hören und den Gestank riechen und uns neue Kunden bringen. Ihr bekommt ja genug. – Sonst mache ich«, warnte Gott, »mit einer Bewegung meines kleinen Fingers die Hölle dem Erdboden gleich!«

Gabriel echote: »Ja, so ist es.«
Luzifer verabschiedete sich und ging zum Himmelstor. Gabriel sperrte ihm die Tür auf und fragte ihn leise und neidisch: »Bist du nun zufrieden?«
Luzifer versetzte Gabriel einen kräftigen Schlag in den Bauch, rief lachend: »Ja, so ist es!« und flog hinunter in die Hölle.
Und so stinkt es in der Umgebung der Hölle, und die versteckten Lautsprecher senden ununterbrochen die von Schauspielern perfekt nachgeahmten Hilferufe leidender Geschöpfe in den Himmel.
Die Heiligen fanden ihre Ruhe wieder. Viele freuten sich über ihren Widerstand gegen die Versuchung der letzten Monate, und Gott hörte zufrieden seine Spähengel, die um das Himmelreich herumflogen, wenn sie ihm und den anderen weinend und hustend vom schrecklichen Geruch der Hölle erzählten. Die Engel kamen immer wieder auf die Erde und erzählten den Pfaffen, wie schrecklich die Hölle sei, und die Pfaffen, wenn sie nicht gestorben sind, erzählen es unverzagt bis heute.

DER BÄCKER UND DER GAUNER

Vor langer Zeit lebte in Damaskus ein Bäcker namens Salem. Dieser Mann arbeitete Tag und Nacht und sparte jeden Piaster. Er trug immer ein altes geflicktes Gewand, kaufte nur schlechtes Gemüse und billiges fettes Fleisch. Seine einzige Freude war, am Ende eines jeden Monats sein schwer verdientes Geld in einen Beutel zu stecken und damit zum Goldschmied Elias zu gehen. Dort tauschte er seine Geldscheine gegen Goldmünzen ein. Salem hielt von Geldscheinen wenig. Für ihn galt nur das Gold, und davon sammelte er eine Menge im Laufe der Jahre.

Salem lebte mit seiner Frau in einem kleinen, verfallenen Haus. Dieses hatte neben der Bäckerei zwei Zimmer, eine kleine Küche und einen kleinen Hof, in dem uralte Orangenbäume wuchsen. Das große Zimmer schloß Salem immer ab, wenn er in die Bäckerei ging, denn das war sein Zimmer, und es beherbergte seinen Schatz. Er trug den Schlüssel an einem Lederband um seinen Hals, und wenn er von der Bäckerei nach Hause kam, wusch er sich, trank schnell einen Kaffee und ging in sein Zimmer. Er schloß die Tür hinter sich ab und öffnete den Kasten, in dem er seinen Schatz verbarg. Nicht einmal seine Frau durfte ihn sehen, denn er hatte Angst, sie

würde sein Gold nehmen und an ihren nichtsnutzigen, verwöhnten Bruder verschenken. Salem zählte jeden Tag seine Goldmünzen, in der Hoffnung, daß irgendeine Münze schwanger werden und ihm eine kleine glitzernde Goldmünze gebären würde. Salem war Mitte Fünfzig, aber sah abgekämpft aus wie ein Siebzigjähriger. Er sammelte das Gold, als würde er ewig leben. Seine Frau dagegen wünschte ihm den baldigen Tod, wenn er sie beschimpfte, weil sie verschwenderisch gutes Öl zum Braten gebrauchte. Salem genoß es, sie immer wieder mit Spott über ihre arme Familie zu quälen.

»Und wenn du stirbst«, erwiderte seine Frau Jasmin dann weinend, »werde ich dein Gold den Tänzern schenken, die ich sieben Tage und sieben Nächte über deinem Grab tanzen sehen will.«

Nicht nur seine Frau, auch die Nachbarn litten unter Salem wegen seines Geizes. Sie mochten auch seine andauernde schlechte Laune nicht. Salem aber backte das beste Brot des Viertels, und so kauften die Nachbarn bei ihm ein, ohne viele Worte mit ihm zu wechseln.

Nur wenn Salem die Goldmünzen vom Goldschmied Elias holte, war er gut gelaunt, hatte ein Lächeln im Gesicht, als wollte er sich damit den Weg nach Hause friedlich erkämpfen. Doch die Leute gaben nichts auf

dieses Lächeln, denn schon am nächsten Tag war Salem wieder schlecht gelaunt.

Nur einer ließ Salem nicht in Ruhe, der Nachbar Ali. Der war immer guter Laune. Gut gekleidet stellte er in seinem blütenweißen Gewand einen Mann von Welt dar. Ali konnte es sich nicht verkneifen, zu sticheln, wenn er sein Brot bei Salem kaufte. »Du Geizhals, du sparst für die Katz!« rief Ali jeden Morgen. »Was hast du davon? Wann willst du das Leben genießen? Wenn deine Knochen erst unter der Erde vermodern, hast du nichts mehr von deinem Schatz!«

Salem antwortete selten auf Alis Sticheleien.

»Ich sage dir, es gab Völker, die ihre Toten so begruben, daß die leeren Hände der Toten aus der Erde ragten. Das besagt: Schaut her, die leeren Hände zeigen euch, daß kein Mensch den Reichtum mitnehmen kann. Eine Weisheit.«

Salem aber hielt von den Weisheiten des Gauners Ali nichts, denn dieser ging keiner ordentlichen Arbeit nach. Er lief hinter den Touristen her, um ihnen Schlüssel, Vasen und alte Flaschen anzudrehen, so als wären es echte Antiquitäten. Dabei waren es ganz gewöhnliche Dinge, die er mit Säure behandelt und ein paar Wochen in der feuchten Erde seines Gartens vergraben hatte. So verdiente er sich jeden Tag etwas Geld, das er jedoch gleich wieder großzügig ausgab.

Er sah so vornehm aus, daß die Touristen schnell Vertrauen zu ihm gewannen.

Ab und zu rang Salem sich zu einer Antwort auf die Sticheleien Alis durch:
»Das ist Diebstahl, was du da machst!«
Doch Ali lachte nur. »Diebstahl! Die Franzosen plündern unser Land aus, und ich hole nur ein paar Krümel zurück. Wer ist da wohl der Dieb?«
Salem schwieg verärgert, weil er sich dem Mundwerk Alis nicht gewachsen fühlte.

Dies geschah zu einer Zeit, als die Franzosen in Paris über Aufklärung und Freiheit debattierten und viele Länder der Erde besetzt hielten.
Eines Tages betrat ein junger Franzose die Bäckerei. Er war blond, einfach gekleidet mit einer alten Hose, Sandalen und einem hellblauen Hemd, das sein sonnengebräuntes Gesicht noch dunkler erscheinen ließ.
»Salam aleikum«, grüßte er auf arabisch.
Salem erwiderte den Gruß freundlich, denn er hatte großen Respekt vor den Franzosen.
»Ein schöner Tag, nicht wahr?« fragte der Franzose in perfektem Arabisch.
Salem war verdutzt. »Ja ..., es ist ... schön«, stotterte er, und da in diesen heißen Stunden des Tages kaum Kunden in die Bäckerei kamen, fragte Salem aus Höf-

lichkeit, warum denn der Franzose so gut Arabisch sprechen könne und wohin er denn weiterfahren wolle. Der Franzose, der einen alten Reisekoffer bei sich trug, erzählte ihm, daß er aus einer reichen Familie stamme, die in der Nähe von Paris ein Schloß besitze. Er spreche zehn Sprachen und gehe jetzt nach Jerusalem, um für seine Sünden zu büßen.

»Was für Sünden?« fragte Salem, als nähme er Anteil am Schicksal des Fremden.

»Oh, das ist eine lange Geschichte. Eines Tages, während ich spazierenging, sah ich ein Kind in einen Fluß stürzen. Ich sprang von der hohen Brücke in den reißenden Fluß, kämpfte gegen die Strömung und konnte das Kind im letzten Augenblick retten.«

Salem fand die Geschichte langweilig und übertrieben. »Na wunderbar, dann hast du ja eine große Tat begangen.« Er drehte sich um und ordnete die Brotlaibe im Regal, um Geschäftigkeit vorzutäuschen.

»Ja, eine große Tat, denn als ich das Kind ans Ufer gezogen hatte, strahlte sein Gesicht so hell, daß ich mich geblendet abwenden mußte. Das Kind flüsterte: ›Weißt du, wen du gerettet hast?‹ Ich wußte es natürlich nicht. Da sagte es: ›Du hast Jesus gerettet. Du hast dein Leben riskiert, und ich werde dich belohnen.‹«

Salem zuckte mit seinen Schultern und ordnete die

Brote bereits zum zweiten Mal.
»Dann ist ja alles wunderbar«, brummte er und wünschte, daß die Geschichte endlich ein Ende habe.

»›Von diesem Tag an werden deine Hände das Gold vermehren, wie die Erde die Weizenkörner‹, verhieß mir das Kind und flog hinauf in den Himmel«, fügte der Franzose mit gedämpfter Stimme hinzu.
Salem traute seinen Ohren nicht. Blitzschnell drehte er sich zu seinem Kunden um. »Was hast du da gesagt? Gold vermehren? Vielleicht hast du nur geträumt?«
»Ja, das dachte ich anfangs auch. Ich rieb mir die Augen und stellte fest, daß ich wach war. Meine nassen Kleider klebten an meinem Leib, und auch die Vorübergehenden sahen das Kind, das in den Himmel aufstieg. Alle knieten nieder und beugten ehrfurchtsvoll ihr Haupt. Aber als ich das alles später meinem Vater erzählte, lachte er mich aus. Er gab mir trotzdem zehn Goldmünzen. Ich verzog mich in mein Zimmer, betete das Kind an, und es erschien mir tatsächlich. Es warnte mich vor der Gier meines Vaters, aber ich drängte es, meinen Wunsch zu erfüllen, und siehe da, aus den zehn Münzen wurden dreißig. Zunächst fiel mein Vater in Ohnmacht, doch dann wollte er immer mehr. Er quälte mich, erneut zum Kind zu beten. Doch da sprach das Kind: ›Du darfst mich nur zwei-

mal im Monat rufen.‹ Mein Vater aber wurde immer gieriger. Das Gold verwandelte ihn von einem liebenden Vater in ein wildes Tier.«

Salem hatte mit offenem Mund der Erzählung des Franzosen gelauscht und drängte ihn fortzufahren.

»Ich weiß nicht, warum ich dir das alles erzähle. Es ist eine zu grausame Geschichte.« Traurig schüttelte der Franzose den Kopf.

»Oh, bitte! Erzähle doch weiter! Ich möchte auch das Ende der Geschichte hören. Willst du einen Kaffee? Es ist so Sitte bei uns Arabern.«

»Ich will dich doch nicht mit meinem Schicksal belästigen.«

»Jasmin! Jasmin!« rief Salem seine Frau und schaute auf die hintere Tür der Bäckerei, die zum kleinen Hof des Hauses führte.

»Was willst du denn?« hörte er seine Frau aus dem Hausinneren keifen.

»Mach sofort einen Kaffee und bringe ihn unserem Gast!« Salem bot dem Fremden einen kleinen Hokker an.

Seine dicke Frau schaute zur Tür herein. »Einen Gast?« Erstaunt blickte sie auf den Franzosen, der sie höflich anlächelte.

»Ja doch, mach schon!« scheuchte Salem Jasmin in den Hof zurück.

»Meine Familie brach auseinander«, setzte der Franzose seine Geschichte fort. »Ich zog herum und wußte nicht, ob das göttliche Kindlein mich mit einem Fluch oder einer Gabe des Himmels bedacht hatte. Ich betete Tag und Nacht. Es erschien mir wieder und sagte mir, ich solle mich vorsehen und nur gutherzigen Menschen das Gold vermehren. Aber es half mir alles nichts. Selbst wenn ich für die besten Zwecke das Gold anhäufte, richtete ich Unheil bei den Leuten an, denen ich eigentlich helfen wollte.«

»Das verstehe ich nicht!« unterbrach Salem, gab einem wartenden Kunden einen Laib Brot, warf das Geld in die Schublade und kratzte sich am Kopf.

»Sobald ich Mitleid mit jemandem hatte und seine Goldmünzen verdreifachte, wurde er ein anderer Mensch. Das Gold verdarb seine Tugenden. Das hat mich so geschmerzt, daß ich ganze Nächte hindurch weinen mußte. Endlich begab ich mich in ein Kloster. Ich wünschte, weit entfernt von jeder Sünde zu leben. Aber auch dort lebte ich nicht ungestört. Aus Mitleid mit den armen, hungernden Klosterbrüdern habe ich erneut das Kind um Hilfe gebeten. Und was geschah? Das fromme, einfache Klosterleben verwandelte sich in einen Sündenpfuhl. Das war vor fünf Jahren, und seitdem irre ich durch die ganze Welt, von China bis Marokko und von Indien bis Namibia.«

Salem wußte nicht, wo Namibia liegt, aber er pfiff bewundernd durch die Zähne.

Draußen ging Ali, der Gauner, an der Bäckerei vorbei. Als er durch das Fenster den Franzosen erblickte, machte er jedoch kehrt und trat ein. »Bon jourr, Musio«, sagte er galant in seinem gebrochenen Französisch.

»Guten Tag«, antwortete der blonde Franzose höflich.

Ali verbeugte sich vor ihm und holte einen großen blauschimmernden Schlüssel aus seiner Tasche. »Ich habe hier eine Rarität für Sie. Einen Schlüssel vom Sultan Murat dem Ersten.«

»Hau bloß ab!« wurde Salem böse. »Der Herr will weder den Schlüssel von Murat noch die Flasche von Kleopatra.«

»Entschuldige, Bruder«, wandte sich der blonde Mann an Ali und lächelte sanft, »mich interessieren solche Dinge nicht, denn ich suche den Schlüssel zur Wahrheit, und den kann man nicht kaufen.«

Ali schüttelte den Kopf. »Die Touristen werden immer dämlicher«, brummelte er, als er die Bäckerei verließ.

»Ein übler Gauner ist das!« schimpfte Salem hinter ihm her. Der Franzose schüttelte lächelnd den Kopf.

»Wo waren wir stehengeblieben?« fragte Salem, nachdem seine Frau ein Mokkakännchen und zwei Tassen

auf einem Tablett hereingetragen hatte und ins Haus zurückgekehrt war.

»Ich habe viel gelernt auf meinen Reisen, und nun will ich nach Jerusalem gehen. Dort will ich mein Leben verbringen, denn ich weiß, in der heiligen Stadt des Herrn kann mir nichts passieren.« Der Franzose nahm die Tasse und genoß den starken, nach Kardamom duftenden Mokka.

»Ist das Gold echt, das du mit Hilfe des Kindes vermehrst?« Diese Frage brannte Salem schon lange auf der Zunge.

»Sicher. Doch das ist unwichtig. Ich will es vergessen und die letzten Jahre meines Lebens als Diener der heiligen Sache widmen.« Der Franzose trank in kleinen Schlucken seinen Kaffee.

»Und kann man das Gold von normalem Gold unterscheiden? Wieviel Karat hat es?«

»Genau wie alle guten Münzen, 24 Karat. Aber nun, Bruder, habe ich dich schon zu lange aufgehalten. Ich muß in die Kirche zur Abendmesse. Ich möchte auch noch zur Beichte gehen, um diese Sündenstadt mit reiner Seele zu verlassen. Man erzählt, daß Aufständische und Straßenräuber die Pilger auf ihrem Weg nach Jerusalem überfallen. Vielleicht ist es übertrieben, aber wenn es mir passiert, möchte ich mit reinem Gewissen meinem Schöpfer vor Augen treten. Morgen verlasse ich Damaskus.«

Salem, der das Gerede von der reinen Seele nicht verstand, versuchte, den Franzosen zum Verweilen zu überreden. »Bleib doch zum Abendessen.« Er faßte ihn am Jackenärmel, als wollte er ihn festhalten.

»Du bist zu gütig, Bruder. Ich habe deine Güte sofort erkannt, aber ich muß nun aufbrechen. Hab vielen Dank für deine Gastfreundschaft.« Er drückte Salem fest die Hand. »Salam aleikum.«

»Aber versprich mir, daß du morgen noch kurz bei mir einkehrst, bevor du nach Jerusalem fährst«, flehte der Bäcker.

»Ich verspreche es dir.« Der Franzose machte sich auf den Weg zur Kirche.

Am späten Nachmittag schloß Salem die Bäckerei und verschloß sich in seinem Zimmer. Er zog den Kasten mit den Goldmünzen unter seinem Bett hervor, ging auf Zehenspitzen zum Fenster, schob den Vorhang etwas zur Seite und schaute, ob seine Frau ihm nachspionierte. Aber Jasmin war in der Küche und spülte Geschirr. Salem lächelte zufrieden und kehrte zu seinem Kasten zurück. Er setzte sich auf den Boden, schloß mit einem Schlüssel den Kasten auf, kippte die Goldmünzen auf ein Tuch und zählte sie. Es dauerte lange, bis er von seinen dreitausendfünfhundert Münzen gleich hohe Türmchen von je zehn Münzen gebaut hatte. »Wenn er jede Münze verdrei-

fachen kann, dann sind es zehntausendfünfhundert, und das mal drei wären einunddreißigtausendfünfhundert ... Dann noch mal und noch einmal ... Eine Viertelmillion. Aber was rechne ich da!« Salem schloß den Kasten. »Vielleicht ist er nur ein armer Irrer.« Seine Frau rief ihn zum Essen. Er schob den Kasten wieder unter das Bett und eilte hinaus.

Salem wechselte an diesem Abend kaum ein Wort mit seiner Frau, die immer wieder auf den Franzosen zu sprechen kam.

»Das ist Männersache! Was versteht ihr Frauen schon davon.«

»Aber wenn er ein Betrüger ist!« meinte Jasmin besorgt.

Salem stand auf, um in sein Zimmer zu gehen. »Du glaubst wohl, ich sei dumm. Du wirst noch sehen, wer Salem ist!«

Die Nacht legte ihre schwere, feuchte Luft über Damaskus, und Salem empfand in dieser Nacht die Luft noch drückender. Unruhig wälzte er sich im Bett herum, richtete sich auf, rauchte eine Zigarette nach der anderen und ging in seinem Zimmer auf und ab. Dann versuchte er wieder zu schlafen, doch vergeblich. Gegen vier Uhr stand seine Frau auf und kochte für ihn einen starken Kaffee, wie ihn Salem jeden Morgen trank.

Wie staunte sie, als ihr Mann sofort die Tür aufsperrte und ihr dicker Zigarettendunst entgegenschlug.

»Du bist ja schon wach!« Sie reichte ihm den Kaffee. Salem nahm ihr das kleine Tablett ab, und Jasmin zog sich gähnend in ihr Zimmer zurück.

An diesem Morgen erschien Salem den Kunden besonders gereizt. Selbst Ali erstarben seine gewöhnlichen Späße auf den Lippen beim Anblick des mürrischen Mannes, der mit routinierten Bewegungen das Brot wog, Wechselgeld zurückgab und sich wieder in seine Gedanken vertiefte. Auch mit dem Gesellen hinter dem Ofen, der immer wieder mit Holzbündeln das Feuer speiste, den Teig hineinschob und das dampfende Brot herausnahm, redete er kein Wort.

Plötzlich erschien der Franzose. Er trug wieder seinen Reisekoffer, der ziemlich schwer zu sein schien. »Salam aleikum!« grüßte er und stellte seinen Koffer ab.

Ein Lächeln breitete sich auf dem mehlbestäubten Gesicht Salems aus.

»Ich kam, um mich von dir zu verabschieden.«

Salem erschrak, und bevor der Franzose wußte, wie ihm geschah, packte Salem ihn an der Hand und zog ihn durch die seitliche Tür der Bäckerei, die zum Hof des Hauses führte.

»Jasmin! Jasmin! Geh an die Kasse! Ich muß mich mit meinem Freund unterhalten.«

Jasmin, die gerade Kartoffeln schälte, legte das Messer zur Seite, streifte ihre Hände an der Schürze ab und ging an dem verlegenen Franzosen vorbei in die Bäckerei.

»Nun, mein Freund«, eröffnete Salem das Gespräch und reichte dem Franzosen einen kleinen Hocker. »Du weißt, wie hart die Arbeit in der Bäckerei ist.« Salem zog eine Schachtel Zigaretten aus seiner großen Tasche, bot dem Fremden eine an, nahm sich selbst eine und entzündete ein Streichholz. »Ich wollte dich um einen Gefallen bitten. Könntest du nicht noch einige Tage bei uns verbringen, und wenn es dir nicht zuviel Mühe bereitet, für mich ein paar Münzen machen.«

Der Franzose zog schweigsam an seiner Zigarette, schaute auf den Boden und hustete.

»Ich meine ... nicht viele ... nur so ein paar, und ich werde dir mein ganzes Leben lang dankbar sein.« Gespannte Stille herrschte. Dann lächelte der Franzose.

Salem war erleichtert. »Ich wußte, daß du ein gutes Herz hast und daß wir schnell Freunde werden.« Bevor der Franzose noch ein Wort sagen konnte, stand Salem auf. »Ich hole die wenigen Münzen, die ich habe«, fügte er hinzu und eilte in sein Zimmer, verschloß die Tür und holte mit zitternden Händen zwei Goldmünzen aus der Kiste. Er eilte zurück in den

Hof, wo der Franzose mit gesenktem Kopf im Schatten des alten Orangenbaumes saß.

»Hier ist mein ganzer Reichtum«, flüsterte Salem und übergab dem Franzosen die zwei Goldmünzen.

Mit leiser, bedächtiger Stimme sprach der Franzose: »Ich benötige nur ein kleines Zimmer, wo ich in aller Ruhe die Münzen vermehren kann.«

»Jawohl, ich habe ein sehr, sehr ruhiges Zimmer.« Salem zeigte auf das kleine Zimmer neben der Küche. »Dort stört dich niemand.« Er zwang sich zu einem Lächeln.

»Du bleibst vor der Tür stehen und läßt niemanden zu mir herein!« befahl der Franzose und verschwand in dem kleinen Zimmer.

Salem setzte sich auf einen Hocker vor die Zimmertür. »Was mache ich nur, wenn er herauskommt und sagt, das Jesuskind hätte die Münzen geborgt?« Er dachte an ein altes arabisches Sprichwort: »Was sich vermehrt, muß auch einmal sterben.« Ein kalter Schauder kroch über seinen Rücken. »Ich werde ihn so lange schlagen, bis er die Münzen wieder ausspuckt.« Er grinste und zog eine seiner billigen Zigaretten aus der zusammengequetschten Packung. »Wenn es aber klappt, wie bekomme ich dann diesen Trottel dazu, meine restlichen Münzen zu vermehren?«

Während Salem noch grübelte, hörte er plötzlich hinter der Tür ein gequältes Stöhnen und Geflüster. Jemand sprach flehend, ein anderer barsch und befehlend. Salem verstand kein Wort. Angenehmer Weihrauchgeruch entströmte dem Zimmer. Salem zerdrückte seine Zigarette und näherte sich leise der Tür. Er schaute durch das Schlüsselloch und erblickte wilde Gestalten, die im Rauch tanzten.

»Es fehlt noch, daß er mir das Haus anzündet.« Salem hatte sich wieder auf dem Hocker niedergelassen und hörte plötzlich den Franzosen mit ehrfurchtsvoller, klarer Stimme rufen: »Ich danke dir für diese Gabe, o Herr, denn dieser einfache Bäcker glaubt an dich.«

Salems Augen weiteten sich, und sein Herz schlug schneller. Langsam öffnete der Fremde die Tür und betrat müden Schrittes den Hof. Salem versuchte, mit seinen Blicken die Rauchschwaden zu durchdringen, dann schaute er auf den schweißgebadeten Franzosen, der sich schweigend auf den Boden niedergelassen hatte.

»Nun, wo sind die Münzen?« fragte der Bäcker mit heiserer Stimme.

Der Franzose hob zitternd seine Hand. »Dort, wo der Herr sie zurückgelassen hat.« Erschöpft stützte er seinen Kopf in beide Hände.

Salem stürzte ins Zimmer und erschrak freudig, denn

trotz der Dunkelheit und des Weihrauchs sah er sechs Goldmünzen in Form eines Kreises auf dem alten Teppich liegen. Hastig sammelte er die Goldstücke ein und trat ins Freie. Er strahlte, als sie im glänzenden Licht der Sonne funkelten. Er drehte sie in den Fingern und warf dann eine Münze nach der anderen auf den Boden und lauschte dem Klang. »Das ist Gold. Ein wahres Wunder!« Salem fiel dem Franzosen um den Hals. »Du bist ein wirklicher Freund.«

Der Franzose schwieg.

»Das müssen wir feiern!« Ausgelassen schlug der Bäcker dem Franzosen auf die Schulter, der erschrocken zurückwich: »Ich muß jetzt weiterziehen«, wandte er ein.

»Nein, du fährst nicht, zumindest bis morgen früh bleibst du bei mir. Ich richte dir Proviant, und dann kannst du fahren.«

Der Franzose machte ein unglückliches Gesicht. Doch dann lächelte er und fügte sich in sein Schicksal.

Salem eilte in die Bäckerei. »Laß ihn nicht aus den Augen, bis ich zurückkomme. Ich laufe schnell zu Elias.« Jasmin schüttelte den Kopf und schaute über Salems Schulter hinaus auf den Hof, wo der Fremde sich gerade unter dem Orangenbaum auf eine Matratze legte.

»Und was soll ich machen, wenn er abhaut?«
»Dann fängst du zu schreien an, er habe dir deinen Schmuck gestohlen«, antwortete ihr Mann, und obwohl Jasmin noch nie Schmuck besessen hatte, nickte sie. Salem nahm seine Jacke vom Haken und eilte hinaus.
Die alte Goldschmiedestraße von Damaskus lag nicht weit entfernt von Salems Bäckerei. Hunderte von kleinen Läden umsäumten den engen Platz vor der Omaijaden-Moschee. Von diesem Platz aus führten mehrere Gassen in eine Art Labyrinth, so daß ein Kunde, einmal hineingeraten, länger als er beabsichtigt hatte, vor den kleinen Schaufenstern verweilen mußte.
Elias war ein angesehener Goldschmied, sein Geschäft lag direkt am Platz. Sein Schaufenster war mit Ringen, Halsketten, Broschen und Goldmünzen überfüllt, die er fein säuberlich aufgereiht hatte und durch Glühbirnen zum Glitzern brachte.
Als Salem Elias' Geschäft erreichte, saß dieser hinter seiner Theke und zählte seine Geldscheine. Er blickte erstaunt auf. »Was führt dich in dieser Hitze zu mir?«
»Ich wollte von dir prüfen lassen, ob diese Goldmünzen echt sind.« Salem legte die sechs Goldmünzen auf die Theke.
Elias nahm die Münzen, betrachtete sie kritisch und

wendete sie mehrmals in seinen Händen. »Ich glaube, die sind echt. Aber warum fragst du?«
»Bist du sicher?«
»Warte einen Moment.« Elias nahm eine Münze und ging damit in seine Werkstatt, die durch einen kleinen Vorhang vom Laden getrennt war. Nach einer Weile kam er zurück. »Mein Freund«, rief Elias, »sie sind echt.«
Salem atmete erleichtert auf. »Nun, dann will ich sie verkaufen.«
Elias war erstaunt, aber bevor er Salem nach dem Grund fragen konnte, gab ihm dieser bereits eine Erklärung.
»Weißt du, ich habe nun genug Gold, und ich möchte umsteigen auf andere Werte. Häuser und Boden bringen mehr Gewinn und schwanken weniger im Wert als Gold. Wie steht der Kurs eigentlich heute?«
»Hundert Lira für die Münze, wie immer.«
»Dann gib mir die sechshundert Lira und richte deine ganzen Scheine her, denn morgen komme ich mit einer großen Ladung Münzen«, sprach der Bäcker.
Elias nickte und zählte lächelnd aus seinem großen Beutel sechs Scheine auf den Tisch.
Salem verabschiedete sich, und Elias rieb sich die Hände. Er hatte ein gutes Geschäft gemacht, denn Salem hatte keine Ahnung vom gewaltigen Anstieg des Goldpreises in den letzten Wochen. Er hätte

viel mehr für seine Münzen verlangen können.

Der Gemüsehändler, der Metzger und der Weinhändler wunderten sich, denn sie kannten den geizigen Salem bereits seit dreißig Jahren und hatten es noch nie erlebt, daß er so reichlich einkaufte wie heute. Sie trieben ihre Laufburschen an, damit diese schnell die vielen Körbe in Salems Haus trugen. Salem dagegen schlenderte vergnügt nach Hause. Er schaute auf die Jungen, die unter der Last der Körbe stöhnten, und war zufrieden, denn das ganze hatte ihn nur fünfzig Lira gekostet.

In einiger Entfernung erblickte er Ali, der bemüht war, einer alten Touristin eine vergammelte kupferne Schüssel anzudrehen. Ein breites Lächeln überzog Salems Gesicht. »Jetzt werde ich ihm alles heimzahlen, was er mir in den letzten Jahren angetan hat.« Er rief den Jungen zu, sie sollten anhalten. Die drei Laufburschen blieben stehen und stellten die schweren Körbe ab.

»Siehst du nun, du Gauner, was ehrliche Arbeit einbringt? Schau dir nur diese vollen Körbe an. Die sind für die heutige Feier bestimmt, und ab jetzt werden jeden Tag drei solcher Körbe in mein Haus gebracht.«

Ali drehte sich erschrocken um, schaute Salem an und erblickte die drei Körbe. »Jetzt ist keine Zeit zum Spaßen. Du siehst doch, ich habe Kundschaft«, flü-

sterte er zornig und wandte sich mit verlegenem Lächeln wieder an die Touristin.

»Gnä' Frau, diese Schüssel Alexander der Große gebrauchen. Schönes Gesicht von Alexander hier, waschi, waschi«, sagte er und schöpfte mit der Hand das unsichtbare Wasser aus der Schüssel.

Salem lachte schallend. »Alexander der Große? Der hat sich doch überhaupt nicht gewaschen, und wenn, dann nicht aus solch einer Schüssel, die du überall für zwei Lira bekommst.«

Ali erblaßte vor Wut und fauchte den lachenden Salem an: »Verschwinde, du Hurensohn!« Und wieder an die Touristin gewandt: »Gnä' Frau, Sie kommen Haus bei mir. Ich viele, viele Sachen. Alles extra prima antik. Ich auch haben Kreuzstück Jesus.« Die Touristin erbleichte, denn sie dachte an die vielen Geschichten, die sie vor ihrer Reise nach Damaskus zu Hause gelesen hatte. »Nein, nix Hause«, rief sie entsetzt, »ich nix dein Harem. Schüssel nur zwei Lira, nix dreihundert.« In panischer Angst eilte sie die Straße hinunter.

Ali folgte ihr mit den Blicken. Er fühlte sich gedemütigt und hätte Salem am liebsten geohrfeigt. Aber als er sich umdrehte, war dieser bereits verschwunden.

»Kümmere dich nun um das Essen«, forderte Salem Jasmin auf, als er die Bäckerei betrat und bereits

von der Kasse aus den Franzosen im Schatten des Orangenbaumes schlafen sah.
Salem überraschte Kunden wie auch Mitarbeiter durch seine plötzliche Redseligkeit und Großzügigkeit. Selbst sein Geselle freute sich, denn zum ersten Mal seit Jahren wurde er zwei Stunden früher nach Hause geschickt.
Salem schloß die Bäckerei und trat in den Hof hinaus zu dem Fremden, der inzwischen aufgewacht war und einen Kaffee trank. »Nun sind wir Freunde geworden, und ich möchte dich um einen Gefallen bitten. Bevor du uns verläßt, mußt du mir eine Wohltat ermöglichen.« Salem hielt inne.
Der Franzose lächelte gütig. »Was für eine Wohltat?«
»Ich wollte schon immer zusammen mit guten Freunden ein Waisenhaus errichten lassen, in dem all die Kinder aufgenommen werden, die auf der Straße zu Dieben und Messerstechern werden. Ein großes Haus also mit Werkstätten, einer Schule und einer Kirche.«
»Eine gute Tat!« Der Franzose nahm die ihm angebotene Zigarette.
»Das kostet aber einen Haufen Geld. Und ich dachte mir, ich gehe zu meinen Freunden und bitte sie um Spenden. Ich bitte dich, das Gold zu vermehren, damit ich mein Lebenswerk vollenden kann. Denn, weißt du, ich selbst habe keine Kinder, und diese

Waisenkinder brechen mir das Herz«, heuchelte Salem.
Der Franzose klopfte ihm auf die Schulter: »Du bist der edelste Mensch, den ich je traf.«
Nach einer Weile trug Jasmin das Essen auf: Schnitzel mit Mandeln und Reis, gefüllte Hähnchen und unzählige Salate. Salem lief das Wasser im Mund zusammen, aber er folgte der Bitte des Franzosen, vor dem Essen zu beten, obwohl er das seit zwanzig Jahren nicht mehr getan hatte. Nach dem Essen kochte Jasmin, wie bei den Arabern üblich, einen starken Mokka mit Kardamom, den der Franzose schweigend aus einer kleinen Tasse schlürfte. Plötzlich stand er auf.
»Wohin?« fragte Salem.
»In die Kirche, ich muß das Abendgebet sprechen.«
»Gut, ich gehe inzwischen zu meinen Freunden und sammle das Gold ein. Aber warum nimmst du deinen schweren Koffer mit?«
»Ich trenne mich nie von meinem Koffer«, antwortete der Franzose. Er strich mit der Hand über den Griff und fügte hinzu: »In ihm sind einfache Steine, die ich auf meinen Reisen gesammelt habe. Wunder der Natur. In ihrer einfachen Schönheit übertreffen sie alles Gold dieser Welt.«
»Du hast recht.« Salem lächelte.
Als der Franzose das Haus verlassen hatte, flüsterte Salem: »Ein verrückter Heiliger!« Er stand auf und

eilte in sein Zimmer. Bereits nach kurzer Zeit kehrte er mit der kleinen Kiste zurück. Seine Frau kam gerade aus der Küche, wohin sie das Geschirr getragen hatte.

»Und was ist, wenn er das Gold klaut?« fragte sie besorgt.

»Ach was! Er macht sich nichts aus Gold. Hast du das nicht gehört? Er sammelt Steine, die wahren Wunder der Natur.« Salem verschluckte sich fast vor Lachen. »Mach dir nur keine Sorgen. Er wird mein Haus nicht lebend verlassen, bevor ich das Gold nicht in meinen Händen halte. Aber bereite auf jeden Fall reichlich Proviant. Wir wollen nicht kleinlich sein, vielleicht kommt er mal wieder vorbei, wenn ihm Jerusalem auf die Nerven fällt. Sobald ich das Gold zu Elias bringe, läßt du ihn laufen! Hast du verstanden? Sollte er fragen, wann ich nach Hause käme, sagst du, daß ich viel zu tun hätte und erst spät in der Nacht wieder zurückkehre.«

Jasmin hatte verstanden. Salem schaute auf die Kiste und träumte von seinen zukünftigen Reichtümern. »Bevor ich nicht das ganze Geld in Händen halte, mache ich kein Auge zu«, sprach er verzückt. »Ich werde Häuser kaufen und diese verdammte Bäckerei für immer verlassen, sie hat mich kaputt gemacht. Von heute an werde ich meinen Wohlstand genießen.«

Erst spät am Abend kam der Franzose zurück. Sein Koffer schien schwerer denn je.

»Ich habe inzwischen eintausendfünfhundert Goldstücke besorgt.« Die Augen des Franzosen weiteten sich vor Staunen. »So viel haben die Leute dir anvertraut?«
»Ja, es sind gute Freunde von mir, und einem guten Freund vertraut man blind«, antwortete der Bäcker, obwohl er selbst bisher niemandem vertraut hatte.
Der Fremde nickte. »Dann laßt uns zur Tat schreiten.« Er blickte Salem durchdringend in die Augen. »Aber laß keinen in das Zimmer. Sonst geschieht eine Katastrophe. Man sagt doch auf arabisch Katastrophe, wenn etwas sehr Schlimmes passiert, wenn zum Beispiel das Gold verschwindet oder ich blind werde?«
»Ja, ja doch, große Katastrophe.« Salem lächelte zerstreut und spürte wieder den kalten Schauder über seinen Rücken laufen.
Der Franzose zog sich in das kleine Zimmer zurück. Nach kurzer Zeit öffnete er die Tür einen Spalt, streckte seinen Kopf heraus und rief Salem leise zu: »Die Münzen, bringe bitte die Münzen.«
Salem übergab dem Franzosen die kleine Kiste.
»Macht er kein Licht?« fragte Jasmin und schaute gebannt auf das dunkle Fenster des kleinen Zimmers. Auch Salem konnte seinen Blick nicht vom Fenster abwenden. Sein Herz pochte laut. »Mach mir eine große Kanne Kaffee und hole mir das Klappmesser

aus meiner Jacke.« Seine Kehle erschien ihm ausgedörrt.

Jasmin eilte in das große Zimmer, brachte ihm das Klappmesser und ging danach in die Küche.

Salem wog das Messer eine Weile in seiner Hand, dann verbarg er es in seiner Tasche. Leise hörte er hinter der Tür den Franzosen beten.

»O Herr, komm und hilf mir, deine Waisenkinder auf den richtigen Weg zu lenken. O Herr, komm und hilf.« Immer wieder hörte Salem diese Sätze, den starren Blick auf das dunkle Fenster gerichtet. Sehen konnte er nichts, denn der dicke Vorhang war undurchdringlich.

Aus dem Zimmer drang Geflüster. Salem hörte einige Worte heraus, verstand aber nicht ihren Sinn.

»Verstehst du, was er sagt?« wollte seine Frau wissen, als sie den Kaffee brachte. Salem verneinte. Plötzlich blitzte es hinter dem Vorhang auf. Eine grelle Lichtkugel bewegte sich von der niedrigen Decke hinunter auf den Boden und schien irgendwo im Zimmer hängen zu bleiben. Salem und seine Frau erstarrten. Aber dann erholte er sich von seinem Schreck und näherte sich leise dem Schlüsselloch. Der Franzose kniete auf dem Boden und starrte in das Licht, dessen Quelle vom Schlüsselloch aus nicht auszumachen war. Der Fremde verkrampfte sich, zitterte und sprach eindringlich in die Richtung, aus der das grelle Licht strahlte.

Salem verstand wieder den Sinn nicht, obwohl er die Stimme vernahm. Dann entströmte Rauch und umfing den Franzosen, der seinen Oberkörper wie eine Schlange hin und her wand, sich aufrichtete und rhythmisch bewegte. Salem konnte nur noch die Beine erkennen. Nach einer Weile verschwanden sie aus seinem Blickfeld, und Salem sah nur noch den Rauch, der sich mal rot und mal weiß färbte. Er trat vom Schlüsselloch zurück und setzte sich neben seine Frau. Von ihrem Platz aus konnten sie den Schatten des tanzenden Franzosen sehen. Plötzlich durchschnitt ein Schrei die Stille. Der wild zuckende Schatten erstarrte hinter dem Vorhang. Zwei Stimmen redeten aufeinander ein, die eine tief und bedrohlich, die andere leise und untertänig bittend.

Salem zwirbelte aufgeregt seinen Schnurrbart und achtete nicht auf seine Frau, die befürchtete, die Nachbarn könnten etwas hören. »Sie werden wie die Hyänen über uns herfallen.«

Inzwischen war die leise Stimme lauter geworden, und die tiefe Stimme hatte ihren bedrohlichen Klang verloren. Auf dem Vorhang zeichneten sich plötzlich wieder wild tanzende Schatten ab, bevor eine gespenstische Stille eintrat. Salem schlürfte leise seinen Kaffee und zündete sich die nächste Zigarette an. Das Licht wanderte vom Boden über die Kante des

Fensters hinauf an die Decke. Es verlosch. Starker Weihrauchduft hatte sich ausgebreitet.
»Danke, o Herr, danke. Ich wußte, daß du mich nicht im Stich läßt.«
Salem lächelte. Und in der erneut eingetretenen Stille vernahm er das Klirren von Münzen, die zu Hunderten von der Decke herabzuregnen schienen.
Langsam öffnete sich die Tür. »Es ist vollbracht«, sprach der Fremde erschöpft, »kann ich ein Glas Wasser haben?«
»Schnell, bringe ihm das Wasser«, rief Salem und stürzte ins Zimmer.
»O Gott!« rief er laut, als er die Goldmünzen sah, die mitten auf dem Teppich einen großen Kreis bildeten. Er streckte beide Hände nach ihnen aus. »Goldmünzen ... so viele Goldmünzen ... Ich bin reich, reich!« Erschreckt hielt er inne, denn ihm fiel plötzlich ein, daß der Franzose alles mithörte. Er schaufelte gierig das viele Gold in die Kiste, merkte aber bald, daß die Kiste viel zu klein für die Münzen war. »Hol schnell einen großen Beutel«, fauchte er seine Frau an, die gebannt an der Türschwelle verharrte.
Jasmin eilte in die Küche und holte einen alten Stoffbeutel. Während Salem eifrig die Münzen in den Sack schaufelte, merkte er nicht, daß zwei der Goldstücke weggerollt waren. Seine Frau, die hinter ihm stand, ergriff sie geschickt und versteckte sie blitzschnell in

ihrem Ausschnitt. Salem schaufelte und schaufelte.

»Mein Gott, er ist fast voll! So viel Gold habe ich mein ganzes Leben noch nicht gesehen.«

»Jetzt mußt du dich aber um den Fremden kümmern«, flüsterte seine Frau. Beide verließen das kleine Zimmer. Salem verschloß die Tür.

»Wie kann ich dir nur danken, lieber Freund?« rief er dem Franzosen zu, der noch erschöpft auf dem Hokker saß und seinen Kopf mit beiden Händen stützte. »Du bist wirklich ein wahrer, ein selbstloser Freund.«

Der Franzose zuckte mit den Schultern. »Ich muß morgen in aller Frühe aufbrechen. Ich bitte dich um eine kleine Hilfe. Ein Stück Käse, etwas Brot und einige Oliven reichen mir. Ich bin jetzt sehr müde.«

»Aber sicher, du sollst mein Bett bekommen, wir Araber bieten unseren Freunden nur unser Bestes.«

Der Fremde stand auf und schleppte mit müden Schritten seinen schweren Koffer in das große Zimmer. Salem rannte ihm voraus und öffnete lächelnd die Tür.

»Schlaf gut, bester Freund.«

Während Jasmin sich hinlegte und nach einer Weile in tiefen Schlaf fiel, blieb Salem die ganze Nacht lang wach. Immer wieder betastete er den prall gefüllten Beutel und dachte an die vielen Häuser, die er kaufen wollte. Er sah sich in seidenen Kleidern in einem Haus

mit Marmorboden sitzen, und neben ihm plätscherte das Wasser in einen Springbrunnen, in dem Goldfische schwammen. Vor ihm standen die Mieter seiner vielen Häuser mit gesenkten Köpfen und baten um Gnade. Er hatte ein gutes Wort für diesen oder jenen – nur dem Hurensohn Ali gab er einen kräftigen Tritt in den Hintern. Erst in der Morgendämmerung nickte er für eine Weile ein. Als er erwachte, blickte er ängstlich um sich. Aber als er den Beutel mit den Münzen unter seinem Kopf spürte, lächelte er beruhigt. Der Sack war prall gefüllt wie in der Nacht zuvor.

Jasmin kam aus der Küche und brachte eine Kaffeekanne mit zwei Täßchen.

»Du bist schon wach?« Sie stellte die Kanne auf den Boden.

»Ich habe schlecht geträumt, ich sah den Gauner Ali, der auf mich zustürzte. Der Beutel öffnete sich, und Ali lachte: Siehst du dieses Gold, wenn ich darauf pinkle, verschwindet es. Ich habe nur gelacht, doch er begann auf den Beutel zu pinkeln, und das ganze Gold verschwand.«

»Na, beruhige dich, das Gold ist doch noch da.« Die Frau goß Kaffee in die Täßchen, und Salem schlürfte ihn schweigend.

»Höre gut zu, wenn der Franzose aufsteht, sagst du ihm …«

»Ja, ja! Ich weiß, ich sage ihm, er soll abhauen ...«, unterbrach Jasmin ihren Mann.

Salem stand auf und schaute auf den Wecker, es war sechs Uhr morgens, und obwohl er genau wußte, daß die Goldschmiede erst um neun Uhr ihre Läden öffnen, packte ihn eine große Unruhe. Die Zeiger seiner alten Uhr schienen festzukleben. Er machte sich auf den Weg zu Elias. In der Goldschmiedestraße traf er nur zwei Straßenkehrer, die verschlafen mit ihren großen Besen den naßgespritzten Platz kehrten. Der ältere schaute neugierig Salem an, der unruhig vor Elias' Geschäft auf und ab wanderte, immer wieder den schweren Sack mit den Münzen auf den Boden stellte, eine Zigarette rauchte, den Sack wieder aufnahm und seine unruhige Wanderung fortsetzte.

Gegen neun Uhr öffneten immer mehr Goldschmiede ihre Geschäfte. Einige setzten sich vor ihre Läden und tranken Kaffee, den der alte Diener des nahe gelegenen Restaurants ihnen brachte. Nur Elias erschien nicht. Salem hockte vor seinem Laden und rauchte eine Zigarette nach der anderen. Erst gegen zehn Uhr betrat Elias seinen Laden. Die geschwollenen Augen über von Schnaps geröteten Backen ließen auf eine durchfeierte Nacht und kurzen Schlaf schließen.

»Salem! Was machst du hier?« rief Elias erstaunt und reichte ihm die Hand.

Salem atmete erleichtert auf, aber murrte: »Goldschmied müßte man sein, um den Schlaf zu genießen.«
Als Elias die eiserne Tür seines Geschäftes aufgeschlossen hatte, ließ er Salem den Vortritt und warf einen überraschten Blick auf den schweren Sack.
»Nun, was hast du?« fragte er verschwörerisch.
»Ich habe mein ganzes Gold gebracht, ich will es dir verkaufen. Du weißt ja, Gold kann immer gestohlen werden. Ich will auf Häuser umsteigen.« Salem bemühte sich, diese lange vorbereiteten Sätze glatt über die Lippen zu bringen.
»Und wo ist das Gold?« fragte Elias.
»Hier!« Salem stellte den Beutel auf die Theke.
Elias' Augen weiteten sich. »So viel? Woher soll ich so viele Scheine nehmen?«
»Ach was, du schaffst das schon!« winkte Salem ab. »Bei den Goldschmieden sind selbst die Knochen aus Gold.«
»Wenn du nur wüßtest, was für eine schlechte Zeit es ist. Unter Freunden, der Goldpreis sinkt. Aber wem erzähle ich das? Wir werden uns schon einigen. Zeig mir mal, was du angeschleppt hast.« Elias klopfte Salem freundschaftlich auf die Schulter.
Salem knotete den Beutel auf, griff mit seiner rechten Hand hinein und holte eine Handvoll Goldmünzen heraus, die er auf die Theke legte. Elias' lächelndes

Gesicht versteinerte, als er mit seinem Goldschmiedgehör das Klirren der Münzen vernahm. Er nahm die eine auf, wendete sie zwischen den Fingern, suchte sich eine zweite, schaute sie lange an, dann drehte er sich zur Vitrine, um mehr Licht zu haben. Salems Blick wechselte gespannt von Elias' Gesicht auf dessen Finger und wieder zurück.

»Was ist? Da staunst du, was? So viel Gold hast du noch nie gesehen! Du dachtest vielleicht, dieser arme Bäcker schuftet umsonst.«

Elias schaute Salem fest in die Augen. Dann warf er eine der Münzen auf den Boden und hob sie wieder auf. »Woher hast du dieses billige Kupfer?«

»Was sagst du da ... Kupfer?«

»Salem, ich denke, wir sind Freunde, und Freunde sind nun mal ehrlich zueinander. Woher hast du diesen Tand?«

»Ja ... Durch meine ... harte Arbeit. Meine ganzen Jahre ...«

»Nun wach doch auf, Salem, verdammt und zugenäht. Es sind Kupfermünzen, die gut gefälscht und mit einem goldenen Belag versehen sind. Aber einer wie du müßte das doch wissen. Höre doch selbst.«

Elias warf erneut eine Münze auf den Boden.

»Ja, ich höre, das ist Gold!« Salems Stimme klang hohl, als käme sie aus einem tiefen Brunnen.

»Salem, was ist mit dir los? Du bringst mir einen Haufen Kupfermünzen und willst sie mir als Gold andrehen ... Aber warte!« Elias holte aus einem eisernen Schrank eine Goldmünze. »Sieh dir die an, und vergleiche sie mit den Münzen, die du für Gold hältst. Schau das Datum an, den Rand und die Feder über dem Kopf des Sultans, siehst du denn nicht den Unterschied!«

Salem nahm beide Münzen und verglich sie. Jetzt sah er, daß der aufgedruckte Sultanskopf auf seinen Münzen sehr verschwommen war. Auch das Datum und der Rand seiner Münzen war nicht so gestochen scharf wie auf der echten. »Das sind nun mal alte Münzen«, flüsterte Salem verzweifelt.

»Das ist doch unmöglich! Dich wird doch nicht der Ali beschissen haben? Aber ihr Bäcker seid ja stur!« Elias entnahm einem Schubfach eine kleine Feile und ritzte eine der vielen Münzen, die auf der Theke lagen. »Siehst du das rote Kupfer und den hauchdünnen Überzug? In letzter Zeit kommen immer wieder Bauern zu mir mit einem ähnlichen Mist. Die Leute sind verrückt geworden. Ich habe gehört, es ist eine gut organisierte Bande von Franzosen, die dumme Bauern reinlegen. Und nun haben sie dich betrogen!«

Salem stand regungslos und schien noch immer nicht zu begreifen. »Nun sag, du willst sie nicht. Sag, du hast kein Geld!« Salem schaufelte mit zitternden

Händen den Münzenhaufen zurück in seinen Sack.

»Salem, mach dich bei den anderen Goldschmieden nicht lächerlich.« Elias packte Salem am Ärmel.

»Laß mich los!« schrie Salem. Tränen liefen ihm über das Gesicht. Er riß sich los und packte den Beutel mit den falschen Münzen. Er ging von Goldschmied zu Goldschmied, aber alle winkten höhnisch ab, beim vierten brauchte er nicht einmal mehr den Beutel aufzumachen, denn es hatte sich schnell herumgesprochen, daß wieder einer mit falschen Münzen ein Geschäft machen wollte.

Salem stand mitten auf der Straße. Heulend und tobend warf er die falschen Münzen über die Köpfe der Passanten. »Heiliger … mich reingelegt … Dreißig Jahre … Hurensohn …!« hörten die Leute ihn mit heiserer Stimme schreien. Die Kinder rannten hinter ihm her, um mit den glänzenden Münzen ihre Taschen vollzustopfen. Als der Beutel geleert war, taumelte Salem nach Hause. Er hatte es nicht einmal eilig, denn er war sicher, daß der Franzose über alle Berge war.

DAS SCHWARZE SCHAF

Kan ya ma kan, es war oder es war nicht eine Schafherde. Wenn die schneeweißen Schafe auf der Weide ihre Köpfe senkten, um das üppige Gras zu genießen, sahen sie von weitem wie kleine weiße Wolken aus, die über die bunte Weide dahinzogen. Nur ein einziges Schaf war pechschwarz und sah wie ein Brocken Steinkohle aus, der inmitten dieser weißen Wolken hin- und herrollte.

An einem sonnigen Morgen fragte ein weißes Schaf seinen schwarzen Nachbarn wie schon seit Jahren, warum es schwarz sei.

»Ja, das weiß ich nicht, du fragst mich zum hundertstenmal, warum ich schwarz bin«, antwortete das schwarze Schaf.

»Deine Mutter wird wohl irgend etwas angestellt haben«, meldete sich ein junges Lamm zu Wort.

»Wieso meine Mutter? Sie ist doch auch weiß.« Das schwarze Schaf war ganz verwirrt.

»Na, gerade deshalb, du Dummkopf. Sie hat sich mit dem schwarzen Hammel herumgetrieben, den der Schäfer letztes Jahr in den Topf geworfen hat«, fuhr ein älterer Hammel das schwarze Schaf barsch an.

Es errötete. Traurig schlich es zu seiner Mutter und fragte sie, ob das, was der Hammel erzählte, stimmen würde.

»Ja, mein Kind, ich habe den schwarzen Hammel sehr geliebt. Er war auch sehr zärtlich zu mir. Er war ein mutiger Kerl mit messerscharfen Hörnern.« Die Stimme der Mutter stockte, eine Träne lief ihr die rechte Wange hinunter.
»Habe ich auch ganz scharfe Hörner?« fragte das schwarze Schaf.
»Ja, mein Kind«, antwortete die Mutter und lächelte wieder, als sie sah, daß ihr Kind erleichtert aufatmete.
»Lieben denn die anderen Mütter den weißen Hammel, der die Herde führt?« wollte das schwarze Schaf wissen.
»Ach was«, winkte die Mutter ab, »sie warten jedes Jahr auf den Sieger, und den lieben sie.«
»Und hat mein Vater alle besiegt?«
»Nein, mein Kind, er hat mit niemandem gekämpft, und obwohl er mit einem Stoß seiner Hörner einen Hammel umlegen konnte, verzieh er nachsichtig auch schwachen, einjährigen jungen Burschen, die ihn beleidigt hatten. Deshalb habe ich ihn geliebt.«
Am nächsten Tag hörte das schwarze Schaf, als es neben dem Bach graste, ein kleines Lamm seine Mutter fragen:
»Ist die Milch von schwarzen Schafen auch immer schwarz?«
»Nein«, antwortete die Mutter und blickte verlegen das schwarze Schaf an.

»Aber warum sagt ihr dann, sie ist widerlich und macht krank?« fragte das junge Lamm ungeniert weiter.

»Sei leise!« Die Mutter stieß ihr Kind in den Bauch. Dann rief sie tadelnd: »Ich weiß nicht, woher du solche Unverschämtheiten hast.«

Das Lamm heulte vor Schmerz laut auf. »Ihr sagt es doch immer selbst.«

Das schwarze Schaf war wütend. Es konnte das Gras nicht mehr richtig genießen. Es zog einige Schritte weiter und legte sich an den Bach. Es schaute ins Wasser und dachte an seinen Vater, daran, wie dieser damals auf dem Boden gelegen hatte und die Schmähung der anderen ertrug, die ihn anspuckten.

»Warum hat er sich das gefallen lassen?« flüsterte es immer wieder.

Es schluchzte auf und spürte einen starken Druck auf seiner Brust, als stünden plötzlich alle weißen Schafe auf ihr.

Ein junger, schneeweißer Hammel näherte sich ihm. »Du weinst ja, was hast du denn?« fragte er freundlich, und das schwarze Schaf erzählte ihm von seinem Schmerz. Und als es geendet hatte, klopfte der weiße Hammel ihm auf die Schulter und beruhigte es.

»Du bist zu empfindlich. Nicht alle denken so von dir. Ich zum Beispiel finde deine Augen wunder-

schön, und deine Beine werden in ihrer Schönheit von keinem anderen Schaf übertroffen.«
»Und was ist mit meinem schwarzen Fell?«
»Stört mich nicht.«
»Wirklich nicht?« Das schwarze Schaf schaute den weißen Hammel sehnsüchtig an.
»Ja, ich glaube, wir könnten Freunde werden«, sagte der weiße Hammel so laut, daß einer der drei starken Hammel ihn hörte. Dieser brüllte kurz auf und rannte dann wütend auf den jungen Hammel zu. Er rammte ihn in den Bauch und rief: »Das fehlt uns noch, daß du mit einer Schwarzen gehst.«
Er stach immer wieder mit seinen spitzen, kräftigen Hörnern auf den jungen schreienden Hammel ein und warf ihn zu Boden.
»Das schwarze Schaf hat doch niemandem etwas getan!« schrie der junge Hammel verzweifelt, aber keiner half ihm, viele weiße Schafe schüttelten nur den Kopf und riefen: »Er hat es verdient.«
Das schwarze Schaf wurde wütend, es stand auf und rannte auf den großen Hammel zu und stieß ihm mit aller Kraft in den Bauch, bis dieser blutete. Erst dann ließ es von ihm ab und ging zu dem heulenden jungen Freund.
»Komm, mein Freund«, rief es ihm aufmunternd zu.
»Laß mich in Ruhe, ich habe heute schon genug Schläge bekommen.«

»Aber wir sind doch Freunde!« widersprach das schwarze Schaf. Der weiße Hammel sah aber, wie alle anderen Schafe ihn verächtlich und drohend anblickten. Das machte ihm mehr angst als die Hörner des großen Hammels. Er antwortete nicht, sondern schüttelte nur den Kopf. Das schwarze Schaf drehte sich um und ging zum Bach. Ängstlich gingen ihm die versammelten Schafe aus dem Weg.

»Sieh dir das Blut auf seinen Hörnern an«, flüsterte eines. »Es ist widerlich«, entsetzte sich ein anderes und verdrehte die Augen.

»Woher dieser Bastard nur diese Frechheit hat. Sein Vater war zwar schwarz, aber gutmütig.«

Gegen Nachmittag schlich sich der junge weiße Hammel zum Bach, wo bereits das schwarze Schaf lag. »Komm, ich will mit dir reden«, flüsterte er und tat so, als würde er aus dem Bach trinken.

»Ja, gut, dann rede.«

»Ich kann doch hier nicht mit dir reden. Können wir uns nicht hinter dem Gebüsch treffen, wo uns keiner sieht?« flüsterte der junge Hammel.

»Nein, wenn du dich meiner schämst, dann bist du kein Freund.« Das schwarze Schaf atmete tief durch. »Freundschaft ist doch kein Verbrechen, das man verbirgt. Wenn du mein Freund bist, so sage es laut.« Der junge weiße Hammel wurde blaß,

schaute um sich und ging traurig davon.
Seit diesem Tag sprach er kein Wort mehr mit dem schwarzen Schaf, denn immer, wenn er mit ihm reden wollte, spürte er die Blicke der Hammel und der weißen Schafe wie Stiche in seinem Rücken.
Nicht weit von der Weide entfernt lebte ein Wolf. Immer wieder schlich er sich an die Herde heran und hetzte eines der Schafe so lange, bis er das arme Tier am Hals packen konnte und es zu Boden warf. Er fraß sich satt. Den Rest schleppte er in seine Höhle und lebte eine ganze Woche von seiner Beute. Die Schafe vergaßen schnell das überfallene Tier.
»Das ist nun mal sein Schicksal«, bemerkte lakonisch der Leithammel.
»Das kommt davon, wenn ein Schaf sich zu weit von der Herde entfernt«, sagte ein anderes Schaf.
Manche Schafe bemerkten aber auch Tränen in den Augen des Wolfes, die er bekam, wenn das Stück Fleisch, das er gerade hinunterwürgte, zu groß war.
»Er weint ja«, sagten sie dann. »Ein Wolf hat auch ein Herz. Ihm bleibt nichts anderes übrig, Wölfe fressen eben kein Gras.«
Ab und zu hörte eines der Schafe sogar den Wolf »Entschuldigung« sagen, bevor er seinem Opfer den tödlichen Biß versetzte.
Eines Tages graste die Mutter des schwarzen Schafes

abseits der Herde. Das schwarze Schaf suchte sie, um sie wieder einmal nach seinem Vater zu fragen. Plötzlich bemerkte es, wie der Wolf sich an seine Mutter heranschlich. Das Blut kochte in seinen Adern, und es rannte wütend auf den Wolf zu. Da der Wolf damit beschäftigt war, sich so nah wie möglich an das ahnungslose Schaf heranzuschleichen, merkte er nicht, daß sich ihm das schwarze Schaf mit den messerscharfen Hörnern näherte. Plötzlich verspürte der Wolf einen Schmerz in seinem Hintern. Er schoß vor Schreck in die Höhe und fiel kopfüber auf den Boden. Als er das schwarze Schaf sah, knurrte er: »He, du Bastard, was soll das! Dich bekomm ich auch noch vor meine Klauen.«
Aber das schwarze Schaf stieß erneut zu und traf ihn diesmal in den Bauch. Immer wieder griff es den jaulenden Wolf an, bis dieser blutend und mit eingezogenem Schwanz das Weite suchte und einen großen Bogen um die Weide machte, um zu seiner Höhle zurückzukehren.
»Ich bin stolz auf dich, mein Kind«, rief die Mutter und leckte dankbar das Gesicht ihrer Tochter, die immer noch schwer atmend den Wolf mit den Augen verfolgte.
»Das war aber brutal. Sieh dir das Blut auf dem Gras an«, rief eines der Schafe. »Igittigitt, wer soll das noch fressen!« beschwerte sich ein anderes angeekelt.

»Willst du gegen das Schicksal kämpfen?« Der größte und stärkste Hammel der Herde war herangetreten.

»Ob unter dem Messer der Metzger oder unter den scharfen Zähnen des Wolfes, das ist doch egal«, meinte der zweitgrößte Hammel weise. Alle Schafe nickten, nur nicht das schwarze und seine Mutter.

»Dann bringt euch doch gleich um!« rief die Mutter aufgebracht.

»Ihr seht doch, daß es möglich ist, sich zu wehren«, bekräftigte das schwarze Schaf und fuhr dann fort: »Bietet ihm doch eure Hörner anstatt eure Hintern, und ihr werdet sehen, ob der Wolf ein Wolf bleibt.«

»Ach, was bist du doch für ein Angeber«, riefen mehrere Schafe, und die Herde begann wieder zu grasen und vergaß schnell die Erlebnisse des Tages.

Seit diesem Tag achtete der Wolf teuflisch genau darauf, daß ihn bei seinen Beutezügen nicht das schwarze Schaf erwischte. Er riß nach wie vor jede Woche ein Schaf, aber niemand hat je wieder Tränen in seinen Augen gesehen, und kein einziges Schaf hörte ihn Entschuldigung sagen. Die Schafe dagegen schimpften seitdem auf das schwarze Schaf, weil es das alles verursacht hatte.

UND DIE GRILLE SINGT WEITER

Meine Großmutter erzählte mir einst die bekannte Geschichte von der fleißigen Ameise und der faulen Grille, die im Sommer nur sang und fiedelte und im Winter vergeblich um Nahrung bettelte. Als meine Großmutter ihre Geschichte beendet hatte, fragte ich sie: »Und wovon lebt eine Grille im Winter?«
Meine Großmutter schaute mich erst mit großen Augen an, doch dann antwortete sie gütig: »Mein Kleiner! Sie überlebt den Winter nicht. So wie alle Faulenzer. Und nun schlaf ein.«
Ich konnte aber nicht schlafen. Ich mochte die Grille lieber als die Ameise, aber ich konnte meiner Großmutter nicht erklären, warum. In jener Nacht aber hatte ich beschlossen, den ganzen Winter über zu warten, um zu sehen, ob nicht doch zumindest eine Grille den Winter überleben würde.

Es war in einer heißen Juninacht. Es war sehr schwül, und das Kopfkissen schien mit Nägeln gefüllt zu sein. Ich konnte nicht schlafen. Plötzlich hörte ich das muntere Zirpen der Grillen. Ich sprang aus dem Bett und ging hinaus auf den Hof. Dort hörte ich erstaunt, wie mehrere Grillen sich unterhielten. Die eine unter dem Granatapfelbaum hatte besondere Ausdauer und

musizierte am längsten, die zweite irgendwo hinter der Mülltonne besaß eine besonders schrille Geige, und die dritte Grille, die im Gerümpel unter der hölzernen Treppe fiedelte, wurde von den anderen andauernd unterbrochen.

Ich rannte zu meiner Großmutter, die auf einer alten Matratze unter freiem Himmel schlief. »Großmutter! Die Grillen leben doch!« Ich schüttelte sie an den Schultern. Erschrocken fuhr die alte Frau aus dem Schlaf.

»Ja, und?« fragte sie mürrisch.

»Aber du hast doch gesagt, die Grille würde den Winter nicht überleben!« rief ich verärgert.

Meine Großmutter kratzte sich den stark ergrauten Kopf. »Mein Kind! Natürlich lebt die Grille. Es ist doch nur ein Märchen.«

»Also hast du gelogen!« fuhr ich sie an.

»Nun schlafe, mein Kind, es ist spät. Dein Vater wird böse, wenn du ihn mit deinem Geschrei aufweckst.«

Ich schleppte mich stumm in mein Bett. Aber ich konnte wieder nicht einschlafen. Ich war froh, daß die Grillen doch den Winter überlebten, und traurig, weil meine Großmutter mich belogen hatte.

Jahre vergingen, und meine Großmutter starb an Unterernährung, obwohl sie so hart wie die Ameisen arbeitete und nie wie die Grille sang oder fiedelte.

Ich hatte die Geschichte mit der Grille fast vergessen, als mich mein Französischlehrer wieder darauf aufmerksam machte. Dieser Lehrer kam eines Tages in die Klasse und las uns die Geschichte von der Grille und der Ameise von Jean de La Fontaine vor. Er las den Dialog parteiergreifend für die Ameise und gab sich besondere Mühe, mit seiner Stimme die Grille schlechtzumachen:
»Die Ameise fragte: ›Was hast du denn im Sommer getan?‹ – Die Grille antwortete: ›Ich bin hin und her durch die Zäune gesprungen und hab' gesungen.‹ – Da lachte die Ameise und sprach: ›Hast du im Sommer gesungen, so magst du im Winter tanzen.‹«
Ich wurde wütend, bemühte mich aber, höflich zu bleiben. Ich hob meinen Finger und fragte den Lehrer, ob er sicher sei, daß die Geschichte mit der Grille und der Ameise auch stimme. Die Mitschüler lachten verschwörerisch, und der Lehrer bekam wie so oft einen roten Kopf. Er empfahl mir mit Nachdruck, das Gedicht von La Fontaine dreißigmal abzuschreiben. Ich schrieb ein ganzes Heft voll. Als ich es nach ein paar Tagen dem Lehrer reichte, zählte er nach, lächelte und zerriß das Heft. Er warf es in den Papierkorb und fragte: »Und nun? Glaubst du nun die Geschichte?«
»Nein«, sagte ich gutmütig.

»Dann schreib das Gedicht bis zum nächsten Dienstag vierzigmal ab. Vielleicht verbessert das nicht nur deinen Glauben, sondern auch dein miserables Französisch.«

Und ich schrieb erneut, aber nur bis zum siebzehnten Mal, denn der Lehrer verließ am Freitag die Schule und handelte von diesem Tag an mit gebrauchten Autos, was ihm viel mehr Geld einbrachte.

Die Jahre vergingen, und ich vergaß die Grille und die Ameise, meine Großmutter und den Autohändler. Ich mußte mein Land verlassen und kam in die Bundesrepublik. Hier dauert der Winter bekanntlich länger als in meinem Land. Hier hörte ich oft im Radio Loblieder über die fleißigen Ameisen und Schimpfereien über die Grille, als hätte meine Großmutter diese Menschen erzogen und als würden alle Kinder hier zum Autohändler in die Schule gehen.

Eines Tages ging ich mit einem Bekannten und seiner siebenjährigen Tochter spazieren. Auf der Hauptstraße stand ein junger Straßenmusikant, der auf einer Gitarre lustige Lieder spielte und dazu sang. Das kleine Mädchen war begeistert. Wir blieben stehen und klatschten Beifall. Mein Bekannter jedoch zerrte seine Tochter weg.

»Komm«, herrschte er sie an, »das ist doch bloß einer von diesen Faulenzern.«

Seine Tochter wurde traurig. Ich versuchte ihn zu besänftigen. Doch der schrie:
»Die leben nur auf unsere Kosten! Diese Brüder sollen lieber arbeiten gehen!«
Ich konnte dieses Gerede nicht mehr ertragen, ließ meinen Bekannten ohne Abschied stehen und ging zu dem Musikanten zurück. Aber dort standen inzwischen zwei Polizisten, die ihn aufforderten, seine Gitarre einzupacken und zu gehen.
Ich irrte lange in den Straßen umher. Es war eine warme Sommernacht, und ich spürte in mir eine Wut aufsteigen, weil ich die Suche nach der wahren Geschichte von der Grille und der Ameise so lange aufgeschoben hatte. Deshalb beschloß ich in jener Nacht, endlich damit zu beginnen. Da ich aber wußte, daß Autos und Hochhäuser keinen Platz für Grillen gelassen hatten, nahm ich mein Fahrrad und fuhr aus der Stadt hinaus, bis ich ein deutliches Zirpen vernahm. Ich hielt an, legte mein Fahrrad auf eine Wiese und setzte mich auf einen flachen Stein.
Der Wind rauschte unheimlich im Tannenwald am Rande der Wiese, aber ich war entschlossen und flüsterte gegen den Wind: »Ich will die wahre Geschichte der Grille und der Ameise heute und hier erfahren.« Ich hörte ein Knurren hinter mir, drehte mich um und sah einen großen Wolf. Ich bückte

mich, nahm einen Stein und warf ihn fluchend in seine Richtung.
»Ich will es jetzt erfahren, und keine Macht der Welt kann mich daran hindern.«
Der Wolf verschwand so plötzlich, wie er gekommen war.
Ich hatte mich noch nicht wieder beruhigt, da tauchte ein großer Mann auf. Er starrte mich mit funkelnden Augen drohend an: »Was machst du hier auf meinem Stein?«
Ich antwortete ihm: »Dieser Stein gehört niemandem, er ist für alle da.«
Da stürzte er sich auf mich und versuchte, mich herunterzureißen. Ich klammerte mich am Stein fest und trat dem Mann in den Bauch. Da spürte ich überall seine eisernen Fäuste. Ich trat so lange mit den Füßen, bis ich keine Schläge mehr spürte. Als ich aufblickte, war der Mann verschwunden. Ich hörte nur noch meinen eigenen Atem.
»Ich will die wahre Geschichte erfahren!« Entschlossen wischte ich meine nasse Stirn.
»Du hast Geduld, junger Mann, das gefällt mir«, hörte ich plötzlich eine Stimme. Ich drehte mich um und sah eine kleine Grille neben mir. »Du willst die Geschichte erfahren?« zirpte sie. Ich nickte, und die Grille erzählte mir ihre Geschichte:
»Damals, als meine Ur-Urgroßmutter den Sommer lang fiedelte und für alle Tiere sang, dachte sie, daß

diese sie im Winter beherbergen würden. Sie dachte, sie habe Musik gemacht, damit die anderen ein bißchen Freude hätten. So würden sie sie auch nicht im Stich lassen. Als der Winter kam, klopfte sie an die Türen, aber die Ameisen machten nicht auf und gaben meiner bettelnden Ur-Urgroßmutter nichts zu essen. Überall lag Schnee, und der eiskalte Wind trieb die Kälte in ihre Glieder. Meine Ur-Urgroßmutter weinte bitterlich, aber die Ameisen verschenkten nichts, sie ließen lieber ihre Vorräte verderben. Auch die Mäuse und die Hamster waren nicht besser. Sie taten so, als hätten sie die Grille nie gekannt.

Diese setzte sich traurig unter einen Baum und sang ein Lied über ihr Schicksal. Ein Hirschkäfer tauchte auf.

›Warum weinst du?‹ fragte er, und meine Ur-Urgroßmutter erzählte ihm ihr Erlebnis mit den undankbaren Ameisen, Mäusen und Hamstern.

›Ich kann dir helfen, so daß du und deine Kindeskinder weiterhin glücklich singen können.‹

Die Grille traute kaum ihren Ohren, aber der Hirschkäfer redete weiter: ›Du wirst von diesem Tag an nie wieder betteln müssen. Ich helfe dir.‹

›Und warum tust du das?‹ fragte die Grille zweifelnd und noch immer schluchzend.

›Weil ich Musik liebe!‹ rief der Hirschkäfer.

›Und was willst du dafür haben?‹ fragte die Grille.
›Nur meine Unkosten‹, antwortete der Hirschkäfer gütig.
So folgte meine Ur-Urgroßmutter dem Hirschkäfer und bekam bei ihm gutes Essen. Sie traf drei Flöhe, die der Hirschkäfer auch beherbergte.
Am nächsten Morgen schickte der Hirschkäfer seine drei Söhne in den Wald. Die drei hasteten von einem Ameisenhaufen zum anderen und klapperten alle Mäuselöcher ab. Sie riefen immer wieder im Chor: ›Hört alle her! Die Winternächte sind lang. Ihr werdet euch doch nicht die ganze Zeit langweilen wollen. Kommt zur Höhle am Waldrand und schaut die tanzenden Flöhe an und lauscht den fröhlichen Weisen der Wundergrille. Hört alle her! Für ein Weizenkorn oder drei Roggenkörner könnt ihr einen lustigen Abend erleben.‹
Viele Ameisen, Mäuse und Hamster schüttelten lächelnd den Kopf. ›Dummes Zeug‹, sagten sie und blieben lieber in ihren Häusern. Aber manche, denen die ruhigen, kalten Nächte auf die Nerven gingen, dachten an den Sommer und verspürten in sich eine große Sehnsucht.
›Ein bißchen Abwechslung wäre doch gut‹, dachten sie. ›Und wenn ich einen schönen Abend verbringe, ist es für ein Korn nicht zu teuer.‹
Zögernd nahmen einige ein Weizenkorn und gingen

hinaus zur Hirschkäferhöhle am Waldrand. Dort gaben sie das Korn einem Marienkäfer, der an der Tür höflich die Gäste begrüßte.

Die Flöhe tanzten, und die Grille fiedelte, und die Zuschauer verbrachten eine lustige Zeit bis zum Morgengrauen. Sie erkannten die Grille nicht wieder und ahnten auch nicht, daß die tanzenden Flöhe dieselben waren, die ihnen den ganzen Sommer über auf dem Feld vorgetanzt hatten.

Abend für Abend tanzten die Flöhe und fiedelte die Grille. Die Höhle wurde immer voller, denn die Neuigkeit von den lustigen Abenden sprach sich unter den Waldbewohnern herum.

Selbst als der Hirschkäfer den Eintrittspreis erhöhte, blieb die Höhle bis zum letzten Platz gefüllt. Die Zuschauer zahlten nun drei Weizenkörner, neun Roggenkörner oder eine große Möhre, um dem Schauspiel beiwohnen zu dürfen.

Die Grille und die Flöhe bekamen ausreichend zu essen und spielten munter Abend für Abend.

Abend für Abend aber stritten sich auch die Zuschauer am Eingang. Jeder wollte ganz vorne sitzen, um besser sehen und hören zu können. Sie bemerkten nicht, wie schnell ihre Vorräte dahinschwanden, während der Hirschkäfer einen großen Vorrat Korn, Möhren, Samen und Kräuter anhäufte.

Eines Morgens erwachte die Grille und hörte an der

Tür eine Ameise betteln: ›Für meine Kinder und nicht für mich, gnädiger Hirschkäfer.‹ Aber der Hirschkäfer wies ihr unbarmherzig die Tür.
Die Grille dachte an die Tage, als sie selbst von Tür zu Tür gezogen war, und ärgerte sich über den habgierigen Hirschkäfer. Als sie ihn deswegen tadelte, sagte er: ›Ach was! Es sind nur die Faulen und Dummen, die hungern. Wer fleißig und klug ist, hungert nie.‹
Die Grille wurde sehr wütend. Sie schrie den Hirschkäfer so laut an, daß die schlafenden Flöhe aufwachten und erschrocken herbeieilten.
›Gib mir meinen Anteil!‹ verlangte die Grille.
Der Hirschkäfer zählte seine Unkosten auf.
›Du lügst, ich habe nicht so viel gegessen.‹ Die drei Flöhe waren entrüstet, denn für so gemein hatten sie den Hirschkäfer nicht gehalten. Gemeinsam mit der Grille verließen sie die Höhle.
›Ihr werdet noch auf den Knien zu mir gekrochen kommen!‹ schrie der Hirschkäfer, und Schaum trat ihm vor den Mund.
Meine Ur-Urgroßmutter fiedelte auf dem kleinen Platz vor der Höhle. Die Ameisen, Mäuse und Hamster wunderten sich, an diesem sonnigen Februartag bereits die Grille zu hören, strömten aus ihren Löchern und versammelten sich auf dem Platz. Da merkte die Grille, daß die Zuhörer sich nicht richtig

an ihrem Spiel erfreuen konnten, denn das Knurren ihrer leeren Mägen übertönte die Klänge ihrer Musik.
›Worauf wartet ihr denn?‹ flüsterte sie dem einen Floh zu.
›Wir machen ja schon‹, antwortete dieser und zwinkerte seinen beiden Freunden zu. Sie hüpften in weiten Sprüngen über die Köpfe der Söhne des Hirschkäfers, die vor der Vorratshöhle Wache hielten. Unbemerkt beförderten sie, Korn für Korn, die sämtlichen Vorräte des Hirschkäfers auf den Platz.
›Haltet die Diebe!‹ rief der Hirschkäfer. Aber die Zuhörer meiner Ur-Urgroßmutter aßen sich satt, schmatzten laut und lachten sich halbtot über den hilflosen Hirschkäfer.
Von nun an machten die Grillen Musik für alle Tiere, und diese wiederum verwahrten etwas Nahrung für sie, so daß sie genug Essen für den langen Winter hatten.
So, das ist die Geschichte«, sagte die Grille. »Und jetzt entschuldige mich, die Ameisen feiern ein Fest. Sie brauchen mich.« Sie hüpfte vergnügt in den Wald hinein, und ich konnte noch lange ihr Zirpen hören.

DIE AUFSEHER

In einem tiefen Loch unter der Erde lebten einst viele Ameisen. Sie bauten fleißig an ihrem großen Ameisenstaat, sorgten für Vorräte und für ihren Nachwuchs. Sie verstanden sich gut, und sie stritten sich auch, so wie Tausende, ja Millionen von anderen Ameisen es tun.

Es war wieder einmal Sommer geworden. Auf den Feldern glänzte golden das Korn, Kornblumen und der Klatschmohn wiegten sich im Wind. Es gab viel zu tun für die Ameisen. Frühmorgens standen sie auf und krabbelten aus dem Eingangsloch.

Eines Abends war eine Ameise nicht heimgekommen. Als es immer dunkler wurde, beunruhigten sich die anderen immer mehr.

»Ob sie sich verlaufen hat?«

»Vielleicht ist sie verwundet?« fragten sich die Ameisen immer wieder, und eine große Unruhe breitete sich im Ameisenstaat aus.

Endlich, um Mitternacht, kam Nana. Zitternd und mit blassem Gesicht betrat sie die Höhle, wo sie sofort mit Fragen überhäuft wurde.

»Was ist denn los mit dir?«

»Warum bist du bis jetzt draußen gewesen?«

»Erzähle uns, was dir passiert ist.«

»Jetzt erzähl doch schon«, drängten die Ameisen

Nana, ihre Geschichte zu erzählen. Und sie erzählte:
»Nach der Arbeit wollte ich noch spazierengehen, da packte mich ein großes, aschgraues Ungeheuer. Seine Augen blitzten, und sein Maul hatte gewaltige Zähne. Es sagte, es habe uns in der Hand und könne uns mit einem Schlag vernichten.«
Die Ameisen erstarrten vor Schreck. Nana setzte ihren Bericht fort: »Wenn wir ihm aber jeden Tag zehn Ameisen abliefern, will es uns leben lassen.«
Sali fragte aufgeregt: »Und wie will es uns töten?«
»Es kann das Meer überlaufen lassen und uns darin ertränken.«
»Warum bist du auch spazierengegangen? Du bist schuld an unserem Unglück!« fuhr eine ältere Ameise Nana bissig an. »Wärst du nämlich nicht gegangen, hätte das Ungeheuer dich nicht erwischt«, steigerte sie sich in ihrer Wut.
»Was glaubst du, wer du eigentlich bist, um über Nana zu richten!« verteidigte Samia ihre beste Freundin. »Oder willst du sogar behaupten, wenn Nana nicht spazierengegangen wäre, gäbe es das Ungeheuer nicht.«
»Ach, du weißt ja nicht, wovon du redest«, fauchte die ältere Ameise zurück.
»Ich verstehe es wohl, aber statt den Schuldigen unter uns zu suchen, sollten wir lieber überlegen, wie

wir uns gegen das Ungeheuer zur Wehr setzen können.« Samia legte ihren Arm um Nana.

»Und was passiert, wenn wir uns weigern, ihm die zehn Ameisen abzuliefern?« fragte eine junge Ameise.

»Oh, daran mag ich gar nicht denken. Vor Jahren habe ich eine Überschwemmung überlebt. Du warst noch nicht geboren. Es war grauenhaft«, erinnerte sich eine alte Ameise.

»Du hast recht«, stimmte eine andere zu. »Ich war damals noch sehr jung und bin nur durch einen Zufall den Fluten entkommen.«

»Wir müssen uns überlegen, wie wir das Ungeheuer besänftigen können. Ich meine, wenn zehn Ameisen sich opferten, um das Leben von Tausenden anderen zu retten, wäre das eine große Tat.« Nachdem eine dritte Ameise dies gesagt hatte, herrschte plötzlich Totenstille im großen Raum.

Nach einer Weile unterbrach Lali die Stille: »Was heißt hier eigentlich Opfer? Das Ungeheuer hat noch nicht einmal seine Zähne gezeigt, und schon suchen wir ihm die Opfer aus.«

»Was willst du aber als Ameise gegen ein Ungeheuer ausrichten, vielleicht beißen?« entgegnete eine andere Ameise spöttisch.

»Das hat sie doch gar nicht gesagt«, verteidigte Sali ihre Freundin.

»Ach, ihr seid doch viel zu jung, um die Gefahr richtig einschätzen zu können«, ergriff jetzt wieder eine ältere Ameise das Wort, und viele der Alten und Erwachsenen stimmten ihr zu.

Aber wer sollte sich freiwillig melden? Die ganze Nacht stritten die Ameisen. Es bildeten sich Gruppen, und jede Gruppe hatte ihre eigene Vorstellung, wer am besten dafür geeignet sei, dem Ungeheuer geopfert zu werden. Aber keine Ameise wollte dies freiwillig tun.

Am nächsten Morgen war weit und breit keine einzige Ameise zu sehen. Unter der Erde jedoch tobte der Streit weiter.

»Wir haben nicht mehr viel Zeit. Bereits morgen abend will das Ungeheuer die zehn Ameisen haben«, nuschelte eine alte Ameise.

»Ich meine, wenn niemand sich freiwillig meldet, dann müssen wir die Ameisen auswählen, die nicht fleißig genug arbeiten. Überhaupt sind in letzter Zeit viele ziemlich faul gewesen und haben auf Kosten der anderen gelebt.« Dies war die Wortmeldung einer besonders kräftigen Ameise. Zunächst fanden die meisten diesen Vorschlag schlecht, aber nach und nach glaubten immer mehr, daß es keine andere Möglichkeit gäbe. Im stillen trösteten sich viele: »Ich bin doch sehr fleißig, warum soll ich Angst haben.«

Die Ameisen wählten aus ihrer Mitte zehn zu ihren

Aufsehern, und die, die den Vorschlag gemacht hatte, wurde zum Oberaufseher ernannt.

Am nächsten Morgen standen viele Ameisen früher als gewöhnlich auf.

»Du siehst aber müde aus.«

»Was meinst du damit? Ich bin bereits viel länger wach als du.« So fingen sie bereits am frühen Morgen an zu streiten. Das Lächeln war ihnen vergangen. Sie waren zu sehr in ihre Arbeit vertieft, schleppten ächzend große Körner und rollten verbissen lange Halme.

»Die Stunden vergehen heute so langsam«, flüsterte eine Ameise ihrer besten Freundin zu, mit der sie zusammen ein Weizenkorn schleppte. Die schaute auf die Aufseher und nickte verstohlen.

»Was? Hast du eine solche Angst, daß du nicht einmal ein Ja über deine Lippen bringst?«

»Sei still! Du willst mich nur reinlegen. Du weißt, daß ich keine Angst habe, aber ich habe immer Pech«, flüsterte die zweite Ameise zornig zurück.

»Von wegen keine Angst! Du zitterst ja.«

»Nun sei aber endlich still!« Die zweite Ameise schrie es vor Wut. Und – sie hatte Pech, denn in diesem Augenblick drehte sich einer der Aufseher um.

»Wie heißt du?« rief er.

Vor Schreck ließ die Ameise das Weizenkorn fallen.

»Hala, ich heiße Hala.«

Die andere Ameise freute sich, daß sie davongekommen war. Sie tat ganz geschäftig, um ja nicht noch aufzufallen.
Gegen Mittag schauten die Aufseher auf ihre Listen und staunten, daß bisher nur drei Namen erfaßt waren.
»So geht es nicht, wir suchen vergeblich nach faulen Ameisen.«
»Wir werden bis zum Abend kaum fünf aufgeschrieben haben, und deshalb sollt ihr nicht nach faulen Ameisen Ausschau halten, sondern nach weniger fleißigen«, wies der Oberaufseher seine Gehilfen an.
»Aber das ist doch nicht das, wofür uns die anderen gewählt haben«, widersprach einer der Aufseher.
»Das weiß ich auch. Aber willst du wieder die ganze Nacht Ansprachen halten, oder traust du dich, mit nur drei Ameisen zum Ungeheuer zu gehen«, fuhr der Oberaufseher den zweifelnden Kollegen an.
»Nein, nein, ich meine ...«, stotterte der Aufseher und hatte vergessen, was er eigentlich meinte.
»Na also!« rief der Oberaufseher. »Ich überlasse es eurem Gewissen, zwischen fleißigen und weniger fleißigen zu unterscheiden.«
Der Aufseherstab nahm wieder seine Arbeit auf, und schnell befanden sich genügend Ameisennamen auf den Listen. Wenn eine nur hinkte, wurde sie aufgeschrieben, wenn eine andere nach der schweren

Arbeit etwas länger nach Luft schnappte, wurde auch sie erfaßt. Tränenden Auges verließen bei Sonnenuntergang zehn Ameisen das Loch. Zwei Aufseher begleiteten sie über den Feldweg, durch den Wald und übergaben sie dem fürchterlichen Monster, das am Meer wartete. Als die Aufseher zurückgekehrt waren, erzählten sie, wie schrecklich und kräftig das Ungeheuer sei. Sie erzählten aber auch, daß sie andere Aufseher dort gesehen hätten, die dem Ungeheuer Ameisen ablieferten.

»Ich werde abhauen«, flüsterte Lali ihrer Freundin Sali zu.

»Wohin denn?« Sali riß erschreckt die Augen auf.

»Dorthin, wo die Ameisen noch glücklich miteinander leben.«

»Aber bist du sicher, daß dort nicht auch eines Tages ein Ungeheuer auftaucht?«

Lange redeten die zwei Freundinnen miteinander, und Lali entschloß sich zu bleiben.

Der Sommer zog übers Land, und Abend für Abend lieferten zwei Aufseher dem Ungeheuer zehn Ameisen ab. Sie schmückten in ihren Erzählungen immer mehr seine Allmacht aus. Dennoch wich unter den Ameisen nach und nach die Furcht vor dem Untier, da sie es nie zu Gesicht bekamen. An ihre Stelle trat dagegen die Angst vor den Aufsehern, die Tag für Tag strenger die Arbeit der Ameisen überwachten.

Wenn einer von ihnen sie nur anblickte, zitterten sie bereits. Und so versuchten sich viele Ameisen bei den Aufsehern lieb Kind zu machen. Manche schrieb eine Lobeshymne auf sie, manch andere besorgte ihnen die beste Rosine, und wiederum andere bauten einen Sonnenschirm aus vielen Halmen, damit die Aufseher bei ihrer Arbeit im Schatten sitzen konnten. Die Aufseher bedankten sich für diese Geschenke, indem sie auch einmal ein Auge zudrückten, wenn sie die Spender bei einer Nachlässigkeit ertappten.

»Belohnung ist die Schwester der Strafe«, sagte Lali empört, als eine Ameise ihr stolz erzählte, daß sie einen Nachmittag frei bekäme, weil sie sehr fleißig gewesen war. Diese Ameise verschwieg aber die drei Rosinen, die sie dem Oberaufseher geschenkt hatte.

Eines Abends riefen die Aufseher die an diesem Tag erfaßten zehn Ameisen zusammen. Aber nur neun erschienen. Die zehnte Ameise hatte sich schon am späten Nachmittag aus dem Staub gemacht. Der Oberaufseher schien sichtlich unsicher und erregt, denn darauf war er nicht vorbereitet. Die Arbeit des Tages war getan, so daß er niemanden mehr wegen Faulheit aufschreiben konnte.

»Wir brauchen eine zehnte Ameise!« rief er mehrmals in die Runde. Doch keine der erschöpften Ameisen trat freiwillig vor.

»Nun gut, ich habe mir etwas einfallen lassen.« Der Oberaufseher hob seine Hände, das Gemurmel verstummte. »Zwei Ameisen werden miteinander kämpfen, und die Verliererin wird als zehnte dem Ungeheuer ausgeliefert. Ihr beide da, kämpft miteinander!« Er zeigte auf zwei Ameisen, die etwas abseits saßen.
»Wir wollen aber nicht kämpfen!«
»Was aber getan werden muß, muß geschehen. Wenn ihr euch weigert, wird heute die eine und morgen die andere von euch eingetragen.«
Viele Ameisen empfanden dieses Unrecht empörend. Andere flüsterten aber: »Das ist nun mal ihr Schicksal, und gegen das Schicksal ist nichts auszurichten.«
Die beiden Ameisen erhoben sich, blickten einander entschuldigend und bedauernd an. Der Oberaufseher gab das Zeichen zum Angriff. Die beiden stürzten sich aufeinander und schlugen erbarmungslos zu, um die eigene Haut zu retten. Nach und nach fanden einige Zuschauer Spaß an diesem Kampf. Sie jubelten bei jedem Schlag. Andere dagegen drehten sich entsetzt um. Endlich war der Kampf zu Ende. Eine der beiden Ameisen war zerschunden auf den staubigen Boden gesunken.
»Gratuliere!« beglückwünschte der Oberaufseher die Siegerin, die atemlos und traurig auf ihre am Boden liegende Freundin starrte.

Die Dunkelheit war bereits hereingebrochen, als die Aufseher die zehn Ameisen zum Ungeheuer führten.

»Warum kommt ihr so spät?« Drohend hallte die Stimme des Monsters aus der Dunkelheit. »Ab morgen müßt ihr elf Ameisen bringen, sonst ertränke ich euch alle im Meer.«

Beflissen eilten die Aufseher zurück und berichteten von der Wut des Untiers. Erleichtert atmeten aber die verzweifelten Ameisen auf, als die Aufseher mitteilten: »Die Siegerin von heute ist bereits so angeschlagen, daß sie morgen nicht arbeiten kann. Deshalb werden wir sie jetzt schon aufschreiben. Morgen brauchen wir dann nur noch wie gewohnt zehn Ameisen.«

»Aber ich kann doch arbeiten«, flehte die Siegerin, die jetzt sah, daß sie die Geschlagene war.

»Jetzt schreiben sie schon im voraus auf«, flüsterte Lali ihrer Freundin Sali zu. Und diese schrie aufgeregt und laut: »Und übermorgen? Was wird übermorgen sein?«

»Was kümmert dich übermorgen?« übertönte ein Aufseher ihre Stimme.

Doch Sali ließ nicht locker: »Ja, ich will wissen, ob das Ungeheuer dann zwölf Ameisen will.« Damit sprach sie nur aus, was auch die anderen gedacht hatten.

»Ach was, wir werden ihm klar machen, daß es mit

uns nicht alles machen kann«, beruhigte der Oberaufseher die aufgeregten Ameisen. Er drehte sich zu seinen Aufsehern um. »Die beiden müßt ihr euch merken.«
In dieser Nacht blieben Lali und Sali lange wach und redeten erregt miteinander.
»Die Aufseher scheinen Spaß daran zu haben, daß es ein Ungeheuer gibt.«
»Ja, die Geschenke und die Macht sind ihnen zu Kopf gestiegen.«
Am nächsten Morgen krabbelten die Ameisen traurig und müde an ihre Arbeit. Sali merkte bald, daß sie von einem Aufseher verfolgt wurde. Immer wieder schüttelte er unzufrieden den Kopf. Sie spürte eine Angst, die sie vorher nicht gekannt hatte. Es war nicht die Angst vor dem Ungeheuer, denn das hatte sie noch nie gesehen. Und Nana hatte ihr doch erzählt, die Angst vor einem Monster sei wie ein Schock, sie komme plötzlich und verschwinde genauso schnell. Nein, die Angst vor den Aufsehern war eine andere, eine andauernde. Sie nagte unablässig an ihren Nerven.
Entschlossen hielt sie inne, schaute den Aufseher an, der sich von den anderen Ameisen nicht unterschied. Dennoch brauchte sie Mut, ihm fest in die Augen zu blicken.
»He, du da!« schrie sie ihn mit erregter Stimme an.

»Du sollst mich nicht so anglotzen! Das macht mich krank.«
Der Aufseher erbleichte vor Wut.
»Was fällt dir ein?«
»Wenn du mich weiterhin so anglotzt, werde ich nicht mehr arbeiten.« Sali wurde immer wütender.
Zwei weitere Aufseher kamen dem ersten zu Hilfe.
»Was, du weigerst dich zu arbeiten? Das werden wir nicht dulden!«
»Verbieten! Wer hat euch dazu die Macht gegeben? Ihr könnt mir überhaupt nichts verbieten.«
Die Ameisen waren auf die Streitenden aufmerksam geworden und verfolgten gespannt die Auseinandersetzung.
»Ihr habt uns gewählt, weil wir gerecht sind«, griff der herbeieilende Oberaufseher ein. »Und du, meine liebe Sali, warum regst du dich eigentlich so auf? Vielleicht mußt du dich ein bißchen ausruhen.«
»Halt den Mund, du Heuchler. Ich bin nicht deine Liebe, und ich brauche mich auch nicht auszuruhen. Schon gar nicht, wenn du es mir empfiehlst.«
»Aber Sali, er meint es doch gut mit dir«, wollte eine ältere Ameise in mütterlichem Ton Sali beruhigen.
»Nein, ein Geschenk aus seiner Hand bedeutet doch letztlich eine Strafe. Ihr wollt, daß sie gerecht sind, aber wollt ihr denn, daß sie euch Angst einjagen?«
»Aber wovon redest du denn? Angst, wem mache ich angst?« Der Oberaufseher drehte sich der Menge zu.

»Dir vielleicht?« Er deutete auf eine Ameise, die heftig erschrak und nur ein ängstlich gestottertes Nein über die Lippen brachte.
»Oder dir, oder dir, und dir...?« Er wandte seinen Blick von einer Ameise zur anderen, die alle ängstlich den Kopf schüttelten.
Als er aber auf Nana deutete, platzte diese heraus: »Ja, du machst mir viel mehr angst als das Ungeheuer!«
»Mir auch!« fiel Lali ein. Sali blickte triumphierend in die Runde.
»Nun aber wieder an die Arbeit, wir haben genug geredet!« befahl der Oberaufseher mit sich überschlagender Stimme, und viele Ameisen begaben sich sofort wieder an ihre Arbeit.
»Nun, und was ist mit euch?«
»Nein!« rief Sali und setzte sich in den Schatten der großen Steine. Lali und Nana folgten ihr, und nach ein paar Minuten gesellten sich noch drei andere Ameisen zu ihnen.
»Wenn ihr wollt, könnt ihr uns alle aufschreiben.« Nach kurzer Zeit hatten sich weitere fünf Ameisen ein Herz gefaßt. »Ihr könnt uns mal«, riefen sie den Aufsehern zu, warfen ihnen ihre Last vor die Füße und begaben sich stolz zu den anderen.
Der Oberaufseher hatte nun vollends seine Fassung verloren. »Nun«, rief er, »für heute ist genug gearbei-

tet, die elf Ameisen sind bereits zusammen, und die anderen können den Nachmittag ausruhen. Wir wollen nicht, daß ihr euch zu Tode schuftet.«

Die elf Aufrührer aber lachten nur über das fürsorgliche Getue. Als die Aufseher sie aufforderten, den Weg zum Ungeheuer anzutreten, waren sie weder müde noch traurig. Ihre Augen glänzten sogar. Unterwegs fing eine Ameise jedoch zu zittern an. Lali ging an ihrer Seite.

»Ich habe große Angst.«

»Ich auch«, gestand Lali, »aber meine Mutter sagte mir früher einmal, die Angst einer einzelnen Ameise wird kleiner, wenn sie sich mit anderen zusammenschließt. Laß uns deshalb unsere Angst zusammentun.«

Die Ameise lächelte und in der Tat spürte sie, wie ihre Angst geringer wurde. Nach und nach faßten sich alle bei den Händen und spürten, daß die Angst von ihnen wich.

»Als ob sie zu einer Hochzeit gingen«, flüsterte verwirrt ein Aufseher.

»Aber was für eine ...«, spottete der andere. Beide lachten gemein. »Ihr werdet schon früh genug vor dem Ungeheuer erzittern.«

»Ist das Ungeheuer tatsächlich so groß?« fragte Sali hinterlistig und zwang sich zu einem Lächeln.

»Ja, so groß wie ein Baum«, antwortete einer der Aufseher und streckte seine Hände gen Himmel.

»Dann bin ich ja beruhigt.« Sali lachte schallend. Damit verunsicherte sie nicht nur die Aufseher, sondern auch ihre Freundinnen, die sie mit geweiteten Augen anstarrten.

»Kennt ihr eigentlich die Geschichte von der Wespe und dem Elefanten?« Sali blickte keck.

»Nein. Was ist das für eine Geschichte?« fragte ein dicker Aufseher neugierig.

»Eine Wespe hörte eines Tages einen Elefanten damit protzen, er sei das stärkste Tier auf der Erde, sogar der Löwe würde ihn meiden. Die Wespe sagte dem Elefanten, er solle nicht so angeben, sie sei viel stärker als der größte Elefant seiner Herde. Der Elefant war natürlich beleidigt. ›Hau ab, sonst zermatsch ich dich!‹ Aber die Wespe rief ihm zu: ›Wollen wir wetten, daß ich dich zum Weinen bringen kann?‹ ›Aber gerne‹, antwortete der Elefant. ›Na gut‹, meinte die Wespe. ›Du beißt zuerst mich, und dann beiße ich dich.‹ Der Elefant lachte laut, so laut, daß alle Tiere Angst bekamen. Er sperrte sein Maul auf, um die Wespe, die um seinen Rüssel kreiste, zu beißen. Blitzschnell flog die Wespe in sein großes Maul und stach ihn in seine weiche Zunge. Der Elefant schrie auf vor Schmerz und sperrte natürlich sein

Maul dabei weit auf. Da konnte die Wespe entwischen. Der Elefant aber tobte und weinte bitterlich. Alle Tiere lachten vergnügt über ihn.«
»Also, ich habe keine Lust, mir deine dummen Geschichten anzuhören«, erboste sich ein Aufseher, und der andere drängte: »Beeilt euch endlich.«
Die elf Ameisen aber hatten großen Mut bekommen und schritten nun sicherer voran.
Auf einer Lichtung im Walde hielten die Wächter an. »Wir sind da!« riefen sie in das Dickicht hinein. Der Boden bebte, und aus dem Unterholz der Bäume trat ein widerliches Ungeheuer. Es lachte schallend. »Ihr seid heute aber früh dran.«
Die Ameisen zitterten. Doch Lali hatte sich schnell wieder gefaßt. »Es kann doch mit seinen Pranken überhaupt kein Wasser schaufeln«, flüsterte sie in Nanas Ohr. »Sie sind zwar scharf wie Messer, aber schaufeln kann es damit nicht.« Nana fiel es jetzt auch auf und gab diese Beobachtung an die anderen weiter.
»Ja, wir sind heute deshalb so früh dran, weil diese Ameisen an deiner Kraft zweifeln«, sagten die Aufseher unterwürfig.
Das Ungeheuer tobte und rollte seine blutunterlaufenen Augen.
»Ja, wir möchten deine Macht sehen, bevor wir ster-

ben!« Sali richtete sich kerzengerade auf, damit das Ungeheuer nicht ihre Angst bemerkte.
»So, so!« rief das Ungeheuer. »Dann folgt mir, ich zeige es euch.« Es stampfte in das Dikkicht zurück, und die Ameisen folgten ihm.
Hinter dem Wald begann das große Meer. Das Ungeheuer überquerte den Sandstrand und trat einige Schritte in die Brandung, und mit seinen Pranken zog es Welle für Welle an den Strand heran.
»Es soll aufhören!« Zwei Ameisen schlossen ängstlich ihre Augen.
»Nein, seht doch, das Wasser fließt wieder zurück.« Lali hüpfte aufgeregt von einem Bein auf das andere.
»Natürlich, ich habe es ihm befohlen«, zischte das Ungeheuer.
Sali und Lali sahen aber, daß auch, während das Ungeheuer redete und mit seiner Pranke in der Luft fuchtelte, die Wellen hin und her rollten.
»Dann versuche doch, es festzuhalten.«
Das Ungeheuer blickte verärgert. »Das werde ich, aber kommt näher, damit ihr besser seht.«
Mehrere Ameisen wollten auf den Strand hinaustreten.
»Halt! Das ist ein gemeiner Trick. Wenn wir auf den Strand gehen, kann es uns leicht fangen.« Sali drehte sich zu den Aufsehern. »Ihr beide glaubt ihm ja, wie-

so geht ihr nicht näher heran, um besser zu sehen?«
Die zwei Aufseher schleppten sich mühsam über die Hügel des Strandes. Immer wieder strauchelten sie.
»Nun mach schon, es wird langsam langweilig!« rief eine junge Ameise keck.
Das Ungeheuer stampfte wütend ins Wasser, beugte sich nieder und breitete seine Vorderpranken aus, um das zurückflutende Wasser aufzuhalten. Aber neue Wellen schlugen wuchtig über ihm zusammen und warfen es um, so daß sein Kopf ins Wasser tauchte und seine Hinterpranken aus dem zurückflutenden Wasser in den Himmel ragten. Hustend, prustend und fluchend richtete es sich wieder auf und spuckte das salzige Wasser aus.
»Nichts wie weg!« Die Ameisen verschwanden schnell unter den Blättern der Büsche. Sie hörten das Ungeheuer noch schreien: »Ihr dämlichen Idioten, warum habt ihr mir diese Abtrünnigen gebracht!« Die Hilferufe der beiden Aufseher verstummten jäh.
Die elf glücklichen Ameisen machten sich unverzüglich auf den Heimweg. Zu Hause angekommen, erzählten sie den Versammelten, was sie erlebt hatten. Alle fielen sich vor Freude um den Hals und atmeten erleichtert auf. Nur die Aufseher waren wütend. Der Oberaufseher erhob sich bebend: »Ob es nun Ungeheuer gibt oder nicht, der Beschluß, Aufseher aufzu-

stellen, war klug. Ich meine, meine Lieben, was wir einmal beschlossen haben, sollte beibehalten werden.«

»Damit du immer fetter wirst!« schrie Sali empört, und diesmal widersprachen auch die Älteren nicht.

Der Oberaufseher wurde immer unsicherer. »Ich meine, seitdem wir eure Arbeit betreuen, haben sich unsere Vorräte verdoppelt.«

»Ja, und ein Drittel von uns ist täglich damit beschäftigt, den verfaulten Weizen hinauszuwerfen!«

»Ich habe die dürrsten Jahre zusammen mit den anderen Ameisen auch ohne Aufseher überlebt. Habe aber noch keinen Aufseher gesehen, der ohne uns einen einzigen Winter überleben könnte.« Die Ameisen beklatschten begeistert diesen Einwurf. Die Aufseher duckten sich immer mehr unter den Angriffen.

»Entweder arbeitet ihr wie wir, oder ihr könnt das Weite suchen«, ergriff Nana das Wort, und alle stimmten ihr jubelnd zu.

Der Oberaufseher und seine Aufseher merkten, daß sie endgültig verspielt hatten. Sie ergriffen die Flucht und machten sich auf den Weg, einen neuen Ameisenstaat zu suchen.

DER SÜDWIND

Vor langer Zeit lebte ein reicher Mann in der Nähe von Damaskus. Ihm gehörte ein prunkvolles Schloß. Ein prächtiger Rasen erstreckte sich über die Ebene vor dem Schloß wie ein grüner Teppich. In geringer Entfernung vom Schloßtor lag ein kleiner See. In mühevoller Arbeit hatten die Knechte den Boden des Sees mit Marmorplatten bedeckt, und aus einem kleinen Bach floß das Wasser durch mehrere Siebe gefiltert in den See. Zwei Knechte pflegten den See Tag für Tag. Sie zupften jedes Wasserpflänzchen, das sich in den Ritzen zwischen den Marmorplatten anzusiedeln versucht hatte, heraus. Sie verscheuchten jeden Vogel und jede Mücke, die dort am Wasser nisten oder tanzen wollten.

Nach den langen mühevollen Jahren, die verstrichen waren, dieses Paradies zu erschaffen, saß nun der Reiche eines Morgens mit seiner Frau auf der Terrasse seines Schlosses und genoß den heißen Kaffee. Seine Blicke wanderten über die Rabatten roter und weißer Nelken, die in Reih und Glied den Rasen säumten. Sie erstreckten sich bis zu einem Zypressenhügel und verliefen in einem Bogen um den weißgetünchten Pferdestall herum.

»Oh, Gott!« rief der Reiche. »Diese scheußliche

Hütte steht immer noch da. Wann fällt sie endlich zusammen?« In der Ferne erblickte er die baufällige Hütte und das Feld des alten Omar und schauderte. Wie die Keule eines Höhlenmenschen drängte es zwischen seine Nelkenbeete und schien auf seinen gepflegten Rasen einhauen zu wollen.

»Wo kommt nur diese Wildnis her?«

Seine Frau, die mit dem Rücken zum Feld saß, drehte sich nicht einmal um.

»Die war schon immer da.« Sie stellte ihre Tasse, an der sie gerade genippt hatte, auf den kleinen Tisch, der vor ihr stand.

»Das glaube ich nicht. Ich habe dieses Feld noch nie gesehen«, sagte der Mann.

Seine Frau schwieg, denn sie wußte, daß es keinen Sinn hatte, mit ihrem Mann über das Feld zu streiten. Er bemühte sich seit langem, dieses Stück Land dem Bauern Omar mit allen Mitteln abzujagen. Der Bauer aber blieb hartnäckig. Er gab sein Feld nicht her, auch nicht für alles Geld der Welt. Sie wußte, daß ihr Mann schließlich versucht hatte, diese Angelegenheit zu vergessen. Er vertiefte sich in die Gartengestaltung und widmete seine Zeit der Verzierung des Schlosses.

Der Reiche hoffte aber, der alte Bauer würde eines Tages ein Einsehen haben und das häßliche Feld

und die wildwachsende Wiese in einen gepflegten Rasen verwandeln und Blumenbänke anlegen, so daß man den Anblick als nicht allzu störend empfinden würde. Doch der Bauer hatte statt dessen einige struppige Bäume hinzugepflanzt, und nun sahen die verfallene Hütte, der kleine Stall für den Esel und die zwei Ziegen, die der alte Omar besaß, noch viel häßlicher und ungepflegter aus.

An diesem Morgen bemühte sich der Reiche erneut, Omars Wildnis zu übersehen. Er wandte seinen Blick ab, erfreute sich an seinem Rasen, dem weißgetünchten Stall und den Zypressen, merkte aber, daß sie für ihn ihren Reiz verloren hatten, und immer wieder zog gerade das verwilderte Feld seine Aufmerksamkeit auf sich.

»Mein Gott, drei Millionen Goldstücke habe ich bezahlt, um diese Perle unter den Gärten zu erschaffen. Doch dieser Barbar verdirbt mir alles. Nicht einmal eine Tasse Kaffee kann ich in Ruhe trinken. Haben solche Leute denn überhaupt kein Mitleid?«

Vor seinem inneren Auge sah er entsetzt, wie Omars Hütte tiefe schwarze Wurzeln in den Boden schlug, und der Esel genüßlich die rot-weißen Beete zertrampelte.

»Früher hätte mein Vater nur zu husten brauchen, und solche Barbaren wären von der Erde verschwun-

den. Unser jetziger Sultan ist wirklich ein Schwächling. Er erlaubt es nicht mehr.«

»Nun trink schon deinen Kaffee! Er wird kalt«, riß ihn seine Frau aus seinen schweren Gedanken.

»Ich mag nicht mehr«, jammerte der Reiche und begab sich in seine Bibliothek. Hastig suchte er die Regale ab, bis er endlich ein kleines, aber dickes Buch mit dem Titel: »Mittel zur Verbesserung des Zusammenlebens« fand. Gedankenverloren blätterte der Reiche in dem Buch und stockte, als er den Titel eines Kapitels las: »Dreihundertsiebenunddreißig bekannte und unbekannte Tricks der Ehefrauen.« Für einen Augenblick vergaß der Reiche das Feld und las mit Interesse. Vieles, was er seiner Frau bisher als harmlos abgenommen hatte, erschien ihm nun in einem anderen Licht. Ein Lächeln umspielte seine Lippen, als er ein anderes Kapitel erreichte. »Beseitigung der untreuen Ehefrau.« Vierzehn verschiedene Gifte waren mit ihren Wirkungen aufgelistet.

Der Reiche blätterte weiter und vertiefte sich wieder in ein Kapitel. Sein Herz klopfte so stark, daß er bis in den Hals hinauf das Pochen spürte. Das Kapitel beinhaltete nicht weniger als siebenundneunzig Rezepte zur Beseitigung eines lästigen Nachbarn. Der Reiche las aufmerksam Absatz für Absatz und staunte, daß er, ohne dieses Kapitel je gelesen zu haben, viele Rezepte bereits angewandt hatte. Sie hatten ihm bei den anderen Nachbarn geholfen, aber bei diesem einen halfen weder die aufgeführten Drohungen noch Versprechungen.

Das Rezept einundachtzig jedoch hatte er noch nie probiert. Er schöpfte Hoffnung. Dieses Rezept versprach, die zerstörerischen Kräfte des Windes gegen den unliebsamen Nachbarn zu leiten. Interessiert erreichte der Reiche die Stelle, an der die Opfer beschrieben wurden, die diese Beschwörung erforderte: »Fünfzig Lämmer müssen vom Bittsteller eigenhändig geschlachtet werden, in nicht mehr als fünf Metern Entfernung vom verfluchten Nachbarn.«

Der Reiche verdrehte die Augen, denn er konnte kein Blut sehen. Es graute ihm vor der Vorstellung, dieses Massaker auf seinem sauberen Rasen durchzuführen. »Und das dazu noch eigenhändig …« Er blätterte weiter.

Rezept zweiundachtzig überschlug er, nachdem er gelesen hatte, daß von Anfang an der Bittsteller zweiunddreißig Fremdsprachen beherrschen müsse, um die Zerstörungskräfte der Erdbeben auf den Verfluchten zu richten. Der Reiche kannte nur seine eigene Sprache, das Arabische, und ein paar Sätze auf Türkisch, die er auf Empfängen auswendig herleierte: »Es lebe der Sultan« und »Unser Sultan ist der

beste« oder »Hoch und lang soll er leben.«

Erst das Rezept dreiundachtzig zog wieder sein Interesse an, denn die Beschwörung der Sonnenkräfte war nicht schwierig. Man brauchte nur eine Handvoll Weihrauch, hundert schwarze Haare aus einem Pferdeschwanz, ein Stück Horn einer schwangeren weißen Ziege, eine Handvoll Vogelmist und Geduld. Der Sonnenanbeter mußte ein kleines Feuer in einem kupfernen Kessel anzünden, kniend den Rauch einatmen, der bei der Verbrennung der Zutaten entstand, und immer wieder rufen: »Sonne! Du Mutter des Lebens! Halte deine Strahlen fern vom ungläubigen Nachbarn.« Dann mußte der Bittsteller deutlich den Namen des Verfluchten aussprechen, indem er die Augen auf die Sonne richtete. Der Reiche las das Rezept mehrmals, um sich zu vergewissern, daß es kein Blutopfer verlangte. Er schrieb die Zutaten säuberlich auf einen Zettel, versteckte das Buch hinter anderen in einem kleinen Schrank und verließ fröhlich pfeifend das Zimmer. Er rief seinen Diener und erteilte ihm den Befehl, schnellstens die Zutaten zu beschaffen. Dieser verbeugte sich und eilte davon, um den Befehl seines Herrn auszuführen.

Omar war ein kleiner, leicht gebeugter Mann. Sein stark ergrautes Haar ließ ihn älter erscheinen. Er trug

immer eine alte, weite schwarze Hose, die er mit einer ehemals weißen Schnur zuband. Seine einzige Jacke trug er nur, wenn er in das entfernt gelegene Dorf ging, um beim Händler Tee, Zukker und Öl gegen ein paar Eier, Tomaten oder Äpfel zu tauschen. Dies geschah fast wortlos. Die Leute im Dorf kannten Omar schon lange und hatten großen Respekt vor ihm, weil er seinen Boden liebte und ihn vor dem habgierigen Reichen verteidigt hatte. Die wohlhabenden Damaszener kauften damals die fruchtbaren Felder der Bauern, verwandelten sie in Gärten und errichteten in ihnen Prunkschlösser. Die Dorfbewohner hatten aber auch Mitleid mit dem wortkargen Mann, weil seine Frau, die er über alles geliebt hatte, sehr früh gestorben war.

»Mein Herz ist halbtot, ich lebe nur noch mit der anderen Hälfte«, sagte er mit trauriger Stimme, wenn die Leute ihn nach seinem Befinden fragten.

Seine ärmliche Hütte hatte nur einen Raum, den mußte sich Omar mit seinen beiden Söhnen Ali und Hassan teilen. Der ältere war sechzehn, sein Gesicht mit der großen Nase und den kleinen Augen unter den stark wuchernden Augenbrauen ähnelte dem seines Vaters. Er war auch genauso wortkarg. Hassan, der jüngere, spiegelte dagegen das Bild seiner Mutter wider. Er hatte große Augen, eine kleine Nase und

einen schmächtigen Körper. Er liebte wie sie das Reden und redete sogar im Schlaf. Omar und Ali mochten Hassan sehr, weil er ein wenig Leben in die stille Hütte brachte.

Als der Reiche immer mehr Felder in der Umgebung aufkaufte und auch Omar zusetzte und drohte, bekam dieser große Angst. Aber wenn er in seiner Verzweiflung mit seinen zwei Söhnen darüber sprach, erinnerte Hassan ihn immer wieder an das Versprechen, das der Vater am Sterbebett seiner Frau gegeben hatte, nie den Boden zu verlassen.

Der Abend war bereits hereingebrochen, als der Diener vorsichtig an die Tür des großen Saales klopfte, wo sein Herr und dessen Gemahlin saßen.

»Das hat aber lange gedauert«, fuhr der Reiche ihn tadelnd an.

»Ja, Herr! Wir hatten bereits am Nachmittag fast alles zusammen, aber es war schwer, eine weiße, schwangere Ziege zu finden.«

»Und …?«

»Wir fanden sie schließlich bei einem Schäfer im Dorf. Doch dieser Halsabschneider wollte für das Stück Horn zwei junge, gesunde Ziegen haben.«

»Habt ihr sie ihm etwa gegeben?« entsetzte sich der geizige Schloßherr.

»Nein, nein«, beruhigte ihn sein Diener. »Wir haben ihn auf eine Ziege heruntergehandelt.«
»Dieser Hurensohn, eine Ziege für ein Stück Horn! Früher hätte man so einem Betrüger die Hände abgehackt. Aber heute …« Der Reiche hielt inne. »Nun, wo sind die Sachen?« Der Diener holte ein Tablett, auf dem die Zutaten fein säuberlich in Silberschälchen geordnet lagen.
»Schön, wir werden sehen.« Der Reiche rieb sich vergnügt die Hände.
Diese Nacht schien für ihn kein Ende zu nehmen. Er wälzte sich in seinem Bett von der einen Seite auf die andere, während seine Frau neben ihm tief und ruhig atmete. Als fröhliches Vogelgezwitscher die Morgendämmerung verkündete, stand der Reiche auf und schlich auf Zehenspitzen zum Fenster, schob den schweren Vorhang beiseite und schaute in den Himmel. Die Sonne war noch nicht aufgegangen, aber der klare Himmel kündigte einen sonnigen Frühlingstag an. Schnell trat er auf die Terrasse und kniete sich auf den Teppich vor den kupfernen Kessel, in dem der Diener Holzscheite stapelte.
»Zünde das Holz an!«
Während der Diener das trockene Holz anzündete, prüfte der Reiche die Zutaten genau.
»Du kannst gehen!« befahl er schließlich dem alten

Diener, der sich ehrerbietig verbeugte und verschwand.
Das Holz knisterte, doch der Reiche mußte sich gedulden, denn das Rezept besaß erst Wirkung, wenn die Flammen erloschen waren und weiße Glut den Kessel füllte. Ungeduldig stocherte er immer wieder mit einer silbernen Zange in dem Feuer, daß die Funken sprühten. Endlich war es soweit. Der Reiche warf die Zutaten in die Glut, und sofort stieg weißer Rauch auf. Tief beugte er sich über den Kessel und atmete den widerlichen Rauch ein. Dann richtete er sich auf und blickte in die aufsteigende Sonne.
»Sonne, du Mutter des Lebens. Halte deine Strahlen fern vom ungläubigen Nachbarn Omar!« rief er laut in ihre Richtung.
Er beugte sich wieder über den Kessel, atmete erneut tief ein, blickte in die Sonne und wiederholte seinen Spruch. Sein Gesicht färbte sich rot, seine Augen quollen hervor, und krampfhaftes Husten erschütterte seinen Leib.
Seine Frau war inzwischen erwacht und beobachtete entsetzt das Schauspiel auf der Terrasse. Ihr Mann beugte sich immer wieder über den Kessel und schrie wild seine Beschwörungsformel gegen die Sonne. Erbärmlich hustend und spuckend wischte er sich die Tränen aus den Augen.
Plötzlich stieg eine schwarze Wolke vom Horizont

auf und schirmte die Sonne ab. Erleichtert blickte der Reiche auf und bemerkte, daß nur Omars Feld im dunklen Schatten lag, während seine Wiese, die Hügel und das Schloß im Morgenrot erstrahlten.
»Was machst du denn da?« rief seine Frau aus dem Fenster.
»Das siehst du doch! Der dämliche Hund wird nie wieder einen Sonnenstrahl sehen, seine Bäume werden welken, und auf Knien wird er mich bitten, daß ich ihm sein dreckiges Stück Land abkaufe.«
Die Frau, die einen Augenblick lang ihren Mann für verrückt gehalten hatte, betrachtete Omars Feld. In der Tat, es lag im Schatten, und die schwarze Wolke stand wie festgenagelt am Himmel. Doch der widerliche Geruch, der von der Terrasse zu ihr hinaufstieg, war unerträglich. Deshalb schloß sie das Fenster. Sie lief unruhig auf und ab und warf immer wieder einen Blick hinaus, um die schwarze Wolke zu beobachten. Tief im Inneren bewunderte sie ihren Mann, der nicht nur Sultane und Soldaten seinem Willen gefügig zu machen verstand, sondern auch die Natur bändigen konnte. Doch plötzlich blieb sie wie angewurzelt vor dem Fenster stehen. Eine leichte Brise trieb die Wolke beiseite. Ihr Schatten wanderte über die Wiese und löste sich hinter dem Hügel auf.
Entgeistert rieb sich der Reiche seine geschwolle-

nen Augen, als er die Wolke entschwinden sah. Und als er weit und breit keine andere bemerkte, verwünschte er laut die Sonne und alle Zauberbücher der Welt.
»Verbrennen sollte man alle Hexen und Zauberer. Alles Gauner!« rief er aufgelöst seiner Frau zu, die zu ihm auf die Terrasse gerannt kam.
»Ja, ja, du hast recht«, versuchte seine Frau ihn zu beruhigen.
»So viel Vogelmist habe ich noch nie eingeatmet.« Wütend schlug er mit der Faust auf den Boden. »Aber ich gebe nicht auf!« Ein neuer Hustenanfall schüttelte seinen Körper. Schwer atmend stand er auf und ging grollend ins Haus.

Omar und seine Söhne hatten verständnislos das Schauspiel auf der Terrasse vor dem Schloß verfolgt.
»Er vertreibt die Mücken aus seinem Schloß«, meinte Hassan beim Frühstück belustigt.
Den ganzen Tag verbrachten die drei auf dem Feld, um das Unkraut zu jäten. Erst bei Sonnenuntergang richtete der Vater seinen schmerzenden Rücken auf. Zufrieden betrachtete er das Gemüsefeld und den Haufen Unkraut.
»Jetzt haben die Ziegen etwas zu fressen«, bemerkte er lächelnd und ging zur Hütte.
Während der Vater kochte und Ali Brotfladen backte,

führte Hassan den Esel zur Quelle. Dort wusch er sich, füllte die zwei großen ledernen Beutel auf dem Rücken des Esels mit Wasser und kehrte zur Hütte zurück. Die drei aßen und genossen danach ihren Tee, während sie im Schein der Öllampe Karten spielten.

Am frühen Morgen des nächsten Tages riß sie ein ungewohnter Lärm aus dem Schlaf. Hassan stürzte als erster aus der Hütte und sah ungläubig staunend eine große Kolonne von Knechten weiße, geschliffene Steine auf dem Rücken zum Feldrand tragen. Dort mischten andere Knechte Mörtel, während wiederum andere bereits angefangen hatten, eine Steinreihe auf die andere zu mauern. Auch Omar und Ali waren inzwischen aus der Hütte gerannt und standen sprachlos hinter Hassan. Ohne an das Frühstück zu denken, setzten sich die drei auf die Türschwelle ihrer Hütte und beobachteten die Knechte, die hastig Stein auf Stein setzten.

Gegen Mittag erreichte die Mauer, die am einen Ende wie eine Pfeilspitze auf das Schloß wies, bereits Manneshöhe. Hassan war sichtlich beunruhigt. Er näherte sich der Mauer und fragte einen der Knechte: »Was baut ihr denn hier?«

Der junge, bärtige Knecht schaute ängstlich um sich und flüsterte dann über die Mauer hinweg: »Der Herr will eine hohe Mauer um euer Feld bauen.«

»Und warum?« wollte Hassan besorgt wissen.

»Das weiß ich nicht.« Der Knecht zuckte mit den Schultern und warf mit der Kelle neuen Mörtel auf die Steine.

Bei Sonnenuntergang überragte die Mauer bereits Omars ärmliche Hütte.

»Wenn das Gemüse kein Licht bekommt, verkümmert es.« Omar drückte seine Zigarettenkippe in den sandigen Boden vor der Türschwelle.

»Mach dir keine Sorgen, Vater! Keine Mauer der Welt kann die Sonne aufhalten«, tröstete ihn Ali.

Bis tief in die Dunkelheit hinein sprachen die drei Männer erregt über ihr Schicksal. Sie fielen in einen unruhigen Schlaf.

Aber bereits in der Morgendämmerung wurden sie wieder vom Lärm der arbeitenden Knechte aufgeschreckt.

Tag für Tag wuchs die Mauer um ein beträchtliches Stück, und es gelang Omar nicht, mit seinem wütenden Protest die Knechte aufzuhalten. Nach ein paar Tagen war die Mauer bereits so hoch, daß die Knechte auf dem hohen Baugerüst sein Gezeter nicht mehr hörten.

Ab und zu begab sich auch der Schloßherr auf das Gerüst und schaute triumphierend in die Tiefe.

»Bald haben wir es geschafft!« Vergnügt rieb er sich die Hände.

Nach weiteren Tagen war die Mauer bereits so hoch, daß erst um die Mittagszeit die ersten Sonnenstrahlen auf das Feld fielen.
An einem Abend saß Omar, den Rücken zur Mauer gekehrt, und trank schweigsam seinen Tee. Ihm gegenüber hockten seine zwei Söhne und starrten die Mauer an, die wie eine gewaltige Zange ihr kleines Feld umklammerte.
Plötzlich stand Omar auf. »Um Gottes willen, schaut euch diesen Stern an!« Er ging zum kleinen Zaun hinter der Hütte. Die Söhne erhoben sich und folgten ihm träge. Sie konnten am klaren Himmel keinen besonderen Stern entdecken.
»Welchen Stern?« Hassan blickte in die Richtung, in die sein Vater wies.
»Etwas links vom Gipfel des Berges. Dort sind noch andere helle Sterne. Gemeinsam sehen sie aus wie ein Schlüssel«, erklärte der Vater.
»Ja, ich sehe sie auch«, rief Ali, und auch Hassan hatte inzwischen die Sternengruppe ausgemacht.
»Rechts über dem Schlüssel flackert ein Stern etwas rötlicher als die anderen.«
»Etwas gelblicher«, korrigierte ihn Ali.
»Dieser Stern erscheint nur, wenn ein Sturm aus dem Süden aufzieht. Wenn er erlischt, bricht der Sturm los. Er dauert eine Woche und fegt alles hinweg.« Niedergeschlagen ging Omar zur Hütte zurück.

»Zweimal in meinem Leben habe ich diesen Sturm erlebt. Nicht nur die Bauern kennen ihn, auch die Tiere werden unruhig. Es steht uns eine Katastrophe bevor.«

»Eine Katastrophe? Warum? Ich glaube, das ist die Lösung!« Hassan starrte die Mauer an. »Du hast doch mit Brechstange und Spitzhacke versucht, die Mauer zu zerstören. Aber die Steine sind zu hart«, wandte er sich an Ali, der ihn zwar nicht verstand, aber trotzdem nickte. »Was ist eine Spitzhacke im Vergleich zu einem Sturm? Ein Nichts!«

»Und was wird geschehen?« fragte Ali, verärgert über den redseligen Bruder.

»Wir müssen uns in Sicherheit bringen. An einen Ort, an dem wir unsere Vorräte, den Esel, die Ziegen und unsere Hühner verstecken können. Die Mauer müssen wir untergraben, damit sie den Sturm nicht überdauert«, antwortete Hassan aufgeregt.

»Wir müssen eine Grube tief in den Erdboden graben und mit einer festen Decke sichern. Dann kann es stürmen, soviel es will«, ergänzte der Vater. »Aber wie sollen wir der Mauer beikommen?« wollte er von Hassan wissen.

»Wir schaufeln einen Graben entlang der Mauer und füllen ihn mit Wasser, das die Mauer unterspült. Wenn es dann stürmt, kann der Reiche machen, was er will; die Mauer wird einstürzen.«

»Und wo bauen wir unsere Sturmhöhle?« fragte Ali.
»Am entferntesten Ende des Feldes«, antwortete der Vater und zeigte auf einen Platz jenseits der Hütte.
»Aber dort wachsen doch unsere besten Pappeln, Aprikosen und auch unsere einzige Eiche«, rief Ali entsetzt.
»Wir müssen sie opfern und aus ihrem Holz die feste Decke für die Höhle bauen«, sagte Hassan entschlossen.
Ali stimmte schweren Herzens dem Plan zu.
Am frühen Morgen des nächsten Tages gingen Omar und seine Söhne an die Arbeit. Während Ali verbissen den Boden für die Höhle aushob, schlugen die beiden anderen mit ihren Beilen auf die Pappeln ein. Gegen Mittag fiel bereits die dritte Pappel auf das Feld. Gegen Abend fielen die Eiche und ein Aprikosenbaum.
»Das reicht!« Verschwitzt warf der Vater sein Beil beiseite.

»Was habe ich gesagt!« Vom hohen Gerüst hatte der Reiche vergnügt dem Treiben der Bauern zugeschaut. »Sie werden vernünftig, und bald kommen sie auf allen vieren zu mir gekrochen.« Gut gelaunt begab er sich ins Schloß. Er erwartete an diesem Abend viele Gäste zum Fest. Und während Omar

und seine Söhne erschöpft mit schmerzenden Gliedern schliefen, feierten die Gäste die gute Nachricht, daß der sture Bauer eigenhändig seine Bäume gefällt hatte.

»Die Mauer sieht eigentlich recht schön aus«, rief ein untersetzter Mann.

»Ihre Form ist einfach genial«, bestätigte eine Frau in einem langen, grün schimmernden Kleid und nippte an ihrem Glas.

»Wie soll ich sie besingen?« fiel ein Dichter ein. »Sie sieht aus wie zwei weiße Hände, die etwas Widerliches deiner wunderschönen Wiese fernhalten. Wie zwei Flügel einer weißen Riesentaube, die sich anschickt, in den Himmel zu steigen.«

Der Schloßherr lächelte zufrieden. »Ich denke, es soll ein Mahnmal sein, ein Zeichen des Sieges der Vernunft über die Sturheit, der Kultur über die Barbarei!«

Die Gäste klatschten begeistert Beifall.

»Als hätten Sie mein neuestes Werk gelesen«, schwärmte der Dichter. »Denn das, was Sie mit einfachen, ja, genialen Worten sagten, steht wortwörtlich in meinem Buch.«

Am nächsten Tag nahm Ali die Arbeit in der großen Grube wieder auf, während der Vater die Äste von den gefällten Bäumen schlug. Hassan trieb den Esel immer wieder zur Quelle, füllte die großen leder-

nen Beutel mit Wasser und lenkte seinen Esel zur Mauer, wo er das Wasser in den ausgehobenen Graben goß. Abends hatte sich bereits ein kleiner See entlang der Mauer gebildet. Ali war in der tiefen Grube schon nicht mehr zu sehen. Der Vater schälte unermüdlich Baumstamm für Baumstamm. Drei Tage lang arbeiteten sie von Sonnenaufgang bis Sonnenuntergang und fielen Nacht für Nacht erschöpft in einen tiefen Schlaf.

»Morgen früh wird die Decke fertig sein. Dann kann uns nichts mehr passieren.«

Der Vater schaute beruhigt auf den flackernden Stern. »Er ist noch da.«

Am nächsten Morgen eilte Hassan ins Dorf, um Zucker und Tee zu kaufen. Ali backte indessen Brot im kleinen Herd. Als Hassan zurückkehrte, berichtete er, daß eine große Aufregung im Dorf herrsche. Manche Bauern hätten ihr Vieh und ihre Vorräte in Gruben versteckt, andere in den Höhlen, die vor uralter Zeit in die Felsen gemeißelt worden waren.

Nach einigen Stunden hatten sie die Erde mit ihren Füßen festgestampft, so daß nur noch ein unscheinbarer Hügel sich über ihrer Höhle erhob. Sie trugen die Vorräte hinein. Nur der Esel weigerte sich störrisch, das dunkle Loch zu betreten. Erst ein

kräftiger Schubs Alis beförderte ihn letztendlich doch in die Grube. In der Tat sah das Innere der Höhle im dämmrigen Schein der Öllampe unheimlich aus, denn aus den Wänden ragten Wurzeln und Steine, als wären sie blasse Adern und Knochen eines überirdischen Wesens.

Als es schließlich dunkel wurde, herrschte tiefe Stille.

»Der Stern ist weg«, rief Hassan.

Spät in der Nacht entfaltete sich der Südwind. Er wurde stärker und stärker, so daß die drei in ihrer tiefen Grube schon deutlich das Rauschen des Windes vernehmen konnten.

Ali umarmte seinen Bruder Hassan und seinen Vater. »Ich habe gestern etwas gezweifelt«, gestand er.

Am nächsten Morgen jaulte der Südwind über der Grube schon so stark, daß Hassan davon erwachte. Sein Vater war bereits aufgestanden.

»Es stürmt schon kräftig, aber das ist erst der Anfang.«

Draußen stürmte es aber bereits so stark, daß viele Knechte Angst hatten, auf das hohe Gerüst zu steigen.

»Feiglinge!« schrie der Reiche und wies die Wächter an, die Knechte anzutreiben. Doch viele wollten lieber die Schmerzen der Peitschenhiebe ertragen,

als auf dem schwankenden Gerüst dem Tod ins Auge zu schauen. Nur zögernd stiegen einige hinauf und mauerten weiter.
»Wir müssen die Sonne erreichen!« Die Stimme des Reichen überschlug sich.
Der Sturm knickte inzwischen Bäume, als wären sie Streichhölzer. Er schleuderte Felsbrocken von den Gipfeln des Berges und riß mit teuflischem Geheul die Mauern der Hütten nieder.
Nur mühsam konnten sich die Knechte auf dem hohen Gerüst halten. Ein gefährliches Rumoren in der Mauer kündigte die Katastrophe an.
»Die Mauer! Die Mauer stürzt ein!« Dieser panische Schrei übertönte für kurze Zeit das Geheul des Windes. Die Wächter erblaßten. Sie versuchten, ihre Angst zu unterdrücken, um die hektischen Befehle ihres Herrn zu erfüllen. Unbarmherzig schlugen sie mit ihren Peitschen auf die davonstürzenden Knechte ein. Mit lautem Getöse nahm die Katastrophe ihren Lauf. Die Mauer wankte, als stünde sie auf schwankendem Boden, bröckelte zuerst langsam im mittleren Teil, barst auseinander und stürzte laut krachend in sich zusammen.
In ihrer Höhle hörten Omar und seine Söhne die dumpfen Schläge der herabfallenden Steine. Die entsetzten und verzweifelten Schreie des Reichen und seiner Knechte, die von den fallenden Steinen

erschlagen und unter ihnen begraben wurden, vernahmen sie nicht, denn das Toben des Sturmes schwoll erneut an, als wäre er ein Vorbote der Hölle. Der Esel in der Grube schlug bockig mit seinen Hinterhufen in die Luft, das ängstliche Gemecker der Ziegen vermischte sich mit dem aufgeregten Gackern der Hühner.

Nach einer Weile konnten die drei nur noch den tosenden Südwind vernehmen.

Tag und Nacht stürmte es, dann wurde es plötzlich still, und Omar schaute seine beiden Söhne fragend an. Zögernd kroch er aus der Grube. Der Anblick, der sich ihm bot, erschütterte ihn. Der Sturm hatte die Umgebung dem Erdboden gleichgemacht.

»Die Mauer ist weg!« rief Hassan, der seinem Vater nach draußen gefolgt war. Die weißen Steine führten wie ein getünchter Weg vom Feld aus über die Trümmer des Schlosses und hatten die Nelkenbeete unter sich begraben. Leise regten sich am Marmorsee die ersten Vögel, die jetzt beim Nesterbau nicht mehr verscheucht wurden.

»Auch wir müssen unsere Hütte wieder aufbauen«, sagte Ali, der lange und schweigend die Vögel am See beobachtet hatte.

»Ja, der Himmel hat uns genug Steine gegeben.

Weiße, geschliffene Steine«, grinste Hassan, und alle drei lachten vergnügt.

»Aber erst einmal trinken wir einen Tee«, rief der Vater und stieg noch einmal hinab in die Höhle, um die Teekanne, den Zucker und Tee zu holen.

DER FLIEGENDE BAUM

Auf einem kleinen Feld lebten einst ein alter, knorriger Apfelbaum und ein junger, hochgewachsener Aprikosenbaum. Sie hatten genug Platz zum Leben und standen so weit auseinander, daß keiner im Schatten des anderen leben mußte. Von Jahr zu Jahr brachte der Aprikosenbaum immer mehr Blüten hervor, und der alte Apfelbaum regte sich über seinen Nachbarn auf.

»Du trägst viel zu viele Blüten. Die Bienen haben kaum noch Zeit, die meinen zu befruchten.«

»Ich bin nun mal fleißig«, antwortete der Aprikosenbaum stolz, »und die Bienen auch. Du bist alt und taugst höchstens noch für den Ofen.«

Diese Zankereien hörten zum Ende des Frühlings hin auf, denn die emsigen Bienen hatten die Blüten beider Bäume bestäubt. Im Sommer strahlte dann der Apfelbaum.

»Was für miese Früchte trägst denn du? Es sind viel zu viele, bei der kleinsten Windböe fallen sie dir herunter. Schau her, jeder Apfel ist ein Stern. Kein Wunder, daß der Bauer euch nur noch zu Marmelade zerquetscht. Ein jämmerlicher Marmeladenheini bist du!« spottete der Apfelbaum und schaute stolz auf seine großen, rotbackigen Äpfel.

»Wasserkopf! Aus dir wird ja nur ein geschmackloser

Saft gepreßt. Ein ganz billiger Saftladen bist du!«
Doch als der Herbst ins Land zog, redeten die Bäume immer weniger miteinander; denn ihre Früchte waren geerntet, und sie wußten nicht, worüber sie sich noch streiten sollten. Sie langweilten sich den ganzen Tag, bis der Winter den Herbst ablöste, dann fielen sie in tiefen Schlaf.
Eines schönen Tages im Frühjahr jedoch drängte sich ein kleiner Baum aus dem Boden ans Licht der Welt. Als erster bemerkte ihn der Apfelbaum.
»Dieser Aprikosenschuft hat heimlich einen Kern in den Boden geschlagen, und bald wird der Bauer mich abholzen und nur noch Aprikosenbäume auf seinem Land beherbergen. Ich bin alt und trage von Jahr zu Jahr weniger. Der Bauer läßt nicht einen Apfel am Boden verkommen, so daß ich mich an keinem einzigen Sprößling erfreuen kann!«
»Guten Morgen!« grüßte der kleine Baum fröhlich und erschreckte den Aprikosenbaum, der damit beschäftigt gewesen war, den Bienen den Hof zu machen.
»Guten Morgen! Wer bist denn du?« fragte dieser erstaunt zurück. Er dachte dabei im stillen, der Apfelbaum wolle den Bauern auf seine alten Tage mit einem Sproß verführen.
»Iiich? Ein Baum!«

»Ja, gut, aber was für einer?« fragten die beiden Alten im Chor.

»Das weiß ich nicht. Genügt es nicht, ein Baum zu sein?«

»Nein, du mußt etwas Bestimmtes werden! Schau, Aprikosen sind am fleißigsten. Gefallen sie dir nicht?« sprach der Aprikosenbaum schmeichelnd.

»Ja, doch«, antwortete der junge Nachbar und bekam sogleich zwei zierliche Aprikosenblätter.

»Laß dich, junger Freund, von dem Marmeladentrottel nicht einmachen. Äpfel sind das Schönste auf der Welt!« Der Apfelbaum sprach so überzeugend, daß der kleine Baum zwei Apfelblätter bekam.

»So geht es nicht! Du mußt dich entscheiden. Apfel oder Aprikose?« erboste sich wieder der andere Nachbar.

»Ich weiß es noch nicht! Ich brauche doch Zeit!« wunderte sich der junge Baum.

»Armer Trottel!« stöhnten die beiden Alten und kümmerten sich wieder um die Bienen. Der kleine Baum beobachtete die Sonne, und sie gefiel ihm, weil sie so rund und leuchtend war. Kurz vor ihrem Untergang bekam er ein rundes Blatt. Es wurde dunkel, aber der junge Baum war so aufgeregt, daß er nicht schlafen konnte. Es war seine erste Nacht. Die Sterne grüßten ihn, und alsbald erkannte er, daß kein Stern dem anderen glich, jeder hatte eine andere Geschichte. Der Mond verzauberte seinen Zuhörer mit

Erzählungen, bis er in der Dämmerung in Schlaf fiel.

Am nächsten Morgen staunten die Nachbarn über die vielen neuen Blätter, einige sahen wie Sterne aus, und aus dem Wipfel ragte ein kleiner Stiel, der einen grünen Halbmond trug.

»Das kann ja heiter werden«, spottete der Apfelbaum.

»Du Nichtsnutz, jeder Baum trägt nur eine Art von Blättern und kümmert sich um seine Früchte«, belehrte ihn der Aprikosenbaum.

»Warum denn? Ist es nicht wunderbar, Sterne und Monde zu tragen?«

»Nein, wozu?«

»Sie erzählen doch die schönsten Geschichten!«

»Was nutzt einem Baum das schönste Märchen. Früchte mußt du tragen.«

»Ich finde aber Geschichten sehr schön. Könnt ihr mir auch welche erzählen?«

»Das wird ja immer lustiger! Geschichten, sagst du?«

»Ja! Ihr seid doch alt genug, oder?« fragte der junge Baum.

»Ich kann keine Geschichten erzählen. Ich kann dir aber die Wahrheit sagen«, stöhnte der Aprikosenbaum.

»Und was ist die Wahrheit?«

»Die Erde ist eine große Aprikose! Das ist die Wahrheit.«

»Er lügt«, unterbrach giftig der Apfelbaum. »Das ist ein Märchen. Die Wahrheit ist, die Erde ist ein runder Apfel.«

Über diesem Streit vergaßen die beiden Nachbarn den kleinen Baum. Eine Schwalbe jagte mit graziösem Flug eine Mücke. Plötzlich sah sie den prächtigen Baum.

»Du siehst aber komisch aus. Was bist du denn für einer?«

»Ich weiß es noch nicht. Ich bin ein Baum, genügt das nicht?«

»Doch, doch! Ich finde dich toll«, rief die Schwalbe. »Kannst du Geschichten erzählen?«

»Na, du bist vielleicht ein komischer Kerl! Aber warte, ich komme gleich mit einer Freundin zurück. Sie erzählt am besten von uns allen!« und sie flog davon.

Nach kurzer Zeit kam sie mit einer anderen Schwalbe zurück. Die kicherte erst einmal, als sie die wundersame Blätterpracht sah; denn sie hatte gedacht, daß ihre Freundin reichlich übertrieben hätte. Sie ließ sich auf einem wippenden Zweig nieder und kramte ihre schönsten Geschichten aus dem Gedächtnis hervor. Schwalben sind die besten Märchenerzähler. Sie reisen um die ganze Welt und nisten unter den Dächern der Häuser und Ställe. Sie sehen und hören viel und können sich an alles erin-

nern. Die Schwalbe erzählte dem jungen Baum lange über die bunte Welt, und als er am Schluß voller Bewunderung fragte, ob die Erde wie eine Schwalbe aussähe, fiel sie vor Heiterkeit fast von ihrem Zweig. Seitdem glaubte der junge Baum nicht, daß die Erde wie ein Apfel oder wie eine Aprikose aussieht.

Als der Herbst kam, verabschiedeten sich die Schwalben schweren Herzens und flogen in den Süden. Der junge Baum dachte traurig die ganze Nacht an seine Freunde, und in der Morgendämmerung entfalteten sich zwei Schwalbenblätter an seinen Ästen.

»Höre endlich auf, neue Blätter in die Welt zu setzen, der Herbst kommt«, riet ihm der Apfelbaum. Doch der kleine Baum wunderte sich nur über die Blässe, die alle Blätter der beiden Nachbarn verfärbte.

»Warum werdet ihr so bleich?«

»Das muß so sein, sonst können wir den Winter nicht überleben.«

»Warum?«

»Das war schon immer so!« rief der Aprikosenbaum, und der Wind fegte viele seiner Blätter hinweg.

»Laß deine Blätter fallen!« brüllte der Apfelbaum in den tosenden Wind.

»Ich liebe aber meine Blätter!« Der Kleine umklammerte sie trotzig und verteidigte sie verbissen gegen die Wut des Sturmes.

Der Winter zog ins Land und verbreitete eisiges Schweigen. Einsam und verlassen fühlte sich der kleine Baum. Er zitterte mehr vor Angst als vor der Kälte. Um seine Angst zu besiegen, fing er an, sich die Geschichten der Schwalben zu erzählen. »Laß uns schlafen!« schimpfte der Apfelbaum. »Früchte tragen will er nicht, aber eine große Klappe hat der junge Nachbar«, nörgelte der Aprikosenbaum, und die beiden Gegner waren sich zum erstenmal einig.

Es war ein kalter Winter, der Himmel geizte mit Regen und Schnee. Je kälter es wurde, um so mehr dachte der junge Baum an die Schwalben und träumte von ihren Geschichten.

Ermüdet und fast verdurstet erwachten die Bäume aus ihrem Winterschlaf. Sie schlugen ihre Wurzeln tief in die ausgedörrte Erde, um etwas Feuchtigkeit aufzuspüren. Ihre Zweige streckten sich weit hinauf, den spärlichen Tau aufzusaugen. Verzweifelt versuchte auch der junge Baum, seinen Durst zu stillen. Seine feinen Wurzeln stießen auf der Suche nach Wasser aber immer wieder auf die kräftigen Wurzeln seiner Nachbarn. Sie versperrten ihm den Weg, und als er sie um etwas Platz bat, riefen sie:

»Tut uns leid, Junge, wir müssen später unsere Früchte ernähren.«

Oft träumte der Baum vom Regen und von den

Wolken, und seine jungen Blätter ähnelten den Bildern seiner Träume.

Die Schwalben hörten sich den Kummer ihres Freundes an, der keine Märchen mehr hören wollte. Wenn ein Baum Durst und Hunger hat, mag er keine Geschichten hören.

»Meine Nachbarn lassen mir kaum Platz. Könnt ihr mir nicht helfen?«

»Wie denn?« fragten die Schwalben besorgt.

»Ich will mit euch in den Süden ziehen, denn hier werde ich den nächsten Winter nicht überleben.«

Als die Schwalben sich im Herbst sammelten, um in den Süden zu fliegen, verabschiedete sich der kleine Baum von seinen Nachbarn.

»Was heißt hier, lebt wohl! Ein Baum reist nirgendwohin!« empörte sich der Aprikosenbaum.

»Doch! Wenn einer nichts mehr zu essen und zu trinken hat, dann reist er fort, egal ob er ein Baum oder eine Schwalbe ist.«

Der junge Baum packte mit seinen Wurzeln etwas Erde und reckte seine Zweige hoch hinauf. Hunderte von Schwalben zogen ihn aus der staubigen, trockenen Erde und flogen mit ihm davon.

»So einen verrückten Baum habe ich noch nie gesehen!« sagte der Aprikosenbaum und gähnte herzhaft, und der Apfelbaum nickte zustimmend.

Die Schwalben flogen immer höher. Sie eilten ohne

Rast in den Süden. Der kleine Baum erblickte staunend Berge, Täler und Flüsse. Nach mehreren Tagen erreichten sie gemeinsam ihr Ziel.

»Wo wollt ihr hin?«

»In die Felswand dort drüben«, antworteten die Schwalben.

»Können Bäume in Felsen leben?«

»Nein, das nicht, aber du kannst dort unten im Wald leben!«

Der kleine Baum schaute sich den dichten Wald an.

»Nein! Dort gibt es keinen Platz. Tragt mich hinunter zum silbernen Fluß! Dort kann ich leben.«

Die Schwalben glitten hinab und setzten den kleinen Baum sanft auf das Wasser.

»Wir werden dich besuchen!« riefen sie und flogen zu ihren Nestern in der Felswand.

Das Wasser trug den Baum hinunter bis zu einer ruhigen Flußbiegung. Erfreut über das kühle Wasser, begann der Baum, sich den Staub der weiten Reise von seinen Blättern abzuwaschen.

»Was bist du für ein komischer Fisch?« hörte er plötzlich eine leise Stimme. Ein kleiner roter Fisch starrte ihn verwundert an.

»Der liegt einfach so auf dem Wasser und schwimmt. Meine Güte, wir müssen uns abrackern, damit wir nicht umkippen.«

»Wer bist du?« drängte sich ein schwarzer Fisch vor.
»Ich bin ein Baum!«
»Ein Baumfisch? So etwas habe ich noch nie gehört!«
»Können Baumfische alle so gut schwimmen?« fragte neugierig der rote Fisch.
»Weiß ich nicht! Ich kann es«, antwortete der junge Baum verlegen.
»Bäume müssen ganz tolle Fische sein«, schwärmte der schwarze Fisch, und der junge Baum fühlte sich überglücklich. Er erzählte von seiner Reise, und nach einer Weile hörte ihm ein großer Fischschwarm zu. Viele junge Fische schwärmten davon, eines Tages zu fliegen, aber ältere Fische schüttelten den Kopf über den kleinen redseligen Baum. Ob alt oder jung, einerlei, sie lauschten seinen spannenden Geschichten und freuten sich über den neuen Nachbarn. Fische reden in der Regel wenig und hören gerne zu. Während aber der junge Baum sich wusch und den Fischen erzählte, löste das Wasser die Erdkrumen aus seinen Wurzeln.
»Ich habe Hunger«, rief er.
»Und was essen Baumfische?« fragte ihn ein kleiner roter Fisch.
»Erde und Sonne schenken mir das Leben, dafür muß ich gerade stehen. Wir Bäume können nur aufrecht leben. Helft mir, bitte, meine Wurzeln in den

Boden zu schlagen.« Ein großer Fischschwarm packte seine Wurzeln und zog sie in die Tiefe. Das Wasser tat das seine dazu, und nach mehreren Versuchen stand der Baum aufrecht. Er grub seine Wurzeln tief in den weichen Boden. Stolz, doch etwas ermüdet schauten die Fische den Baum an und staunten über die vielen jungen Blätter, die wie grüne Fische aussahen. An diesem ersten Tag erzählte der Baum den Fischen Märchen bis in die Nacht hinein.

Als er erwachte, stand die Sonne bereits hoch am Zenit. Kein einziger Fisch war weit und breit zu sehen. Er rief nach ihnen, aber sie schienen seine Stimme nicht zu hören.

»Ein Pelikan lauert in der Nähe«, erklärte ihm eine Schwalbe, die vorbeisegelte und seine besorgten Rufe vernahm. »Deshalb flüchten alle Fische.«

Plötzlich fühlte sich der junge Baum an seine Einsamkeit im Norden erinnert. Eine große Wut auf den Pelikan packte ihn.

»Habt keine Angst vor dem Pelikan! Ich bin doch euer Freund!« rief der junge Baum den Fischen zu. »Solange ich in der Nähe bin, wird kein Pelikan der Welt euch auch nur eine Schuppe ausreißen.«

Erst nach mehreren Rufen wagte sich ein kleiner schwarzer Fisch aus seinem Versteck heraus.

»Hast du keine Angst vor dem Pelikan?« fragte

er den jungen Baum mit dünner Stimme.

»Nein! Ich werde ihm zeigen, was ein Baum ist!« Seine Zweige peitschten das Wasser. Er kannte den Pelikan nicht, und Bäume haben keine Angst vor jemandem, den sie nicht kennen. Fische jedoch kennen den Pelikan. Deshalb wagten sich nur drei kleine Fische heraus und drückten sich eng an den Stamm ihres Freundes.

Plötzlich krachte es. Hoch aufspritzendes Wasser nahm dem jungen Baum die Sicht. Wie durch einen Schleier sah er aus dem Sprudel den Pelikan auftauchen. Die drei Fische waren verschwunden. Wütend streckte der junge Baum seine Zweige aus und packte den Pelikan am Hals. Dieser zappelte wild, konnte sich aber nicht befreien. Der Baum zog den Pelikan zu sich heran und haute ihm mit einem kräftigen Ast über den Kopf.

»Tu das nicht noch einmal! Gib sofort meine Freunde heraus!« brüllte er den erschrockenen Vogel an.

»Was geht das dich an! Du bist doch nicht ihr Vater!« krächzte der Pelikan heiser und japste nach Luft, denn die Zweige schnürten ihm den Hals zu.

»Ich bin nicht ihr Vater, doch wohl ihr Freund. Spuck sie aus!« Er schüttelte den Pelikan und gab ihm noch einen Hieb auf den Kopf.

Der Pelikan fürchtete um sein Leben. Er sperrte sei-

nen großen Schnabel auf, und die kleinen Fische konnten ins Wasser springen.

»Kommt alle heraus und schaut euch den Pelikan an!« rief der Baum, und immer mehr Fische kamen aus ihrem Versteck. Sie lachten zum erstenmal über den Pelikan, der gefangen in den Zweigen hing und wütend mit seinen Flügeln schlug.

»Verschwinde und laß dich hier nie wieder blicken!« befahl der Baum und versetzte dem Pelikan noch einen Schlag auf den Hintern.

Die Fische sahen erfreut zu, wie der Vogel das Weite suchte.

»Es gibt kein größeres Unglück als die Freundschaft der Bäume mit den Fischen«, fluchte der Pelikan und verschwand.

Doch dieses Unglück bereitete den Fischen ein großes Vergnügen. Fröhlich tanzten sie um den Stamm ihres Freundes herum wie leuchtende Ringe. Und wer sie genau belauschte, der konnte die Fische zum erstenmal singen hören.

KNOB

In einem fernen Land lebte einst ein reicher Bauer mit seinen drei Söhnen. Der älteste von ihnen hieß Snob: Er war ein gutaussehender, hochgewachsener Mann mit pechschwarzen Haaren und leuchtenden blauen Augen. Weder die Kamele noch die Ländereien seines reichen Vaters kümmerten ihn. Er genoß den Reichtum und wanderte von einer Feier zur anderen. Seine Freigebigkeit und sein Charme verhalfen ihm dazu, bei jedem Fest im Mittelpunkt zu stehen.

Der zweitälteste Sohn Fob war das genaue Gegenteil von Snob. Er war herrschsüchtig und grob. Er feierte nie. Wie sollte er auch mit Gegnern oder Sklaven, und etwas anderes wollte Fob nicht in den Menschen sehen. Mit siebzehn Jahren war er der heimliche Herr über das Gut seiner Familie. Die Knechte und Mägde fürchteten ihn mehr als seinen Vater.

Knob, der jüngste der drei Söhne, war keinem seiner Brüder ähnlich. Er war klein und schmächtig. Sein Haar war schon im Kindesalter ergraut, und so glich er eher einem alten Mann denn einem Jugendlichen. Er besaß weder den Charme von Snob, noch hatte er Fobs Grobheit.

Snob verspottete oft seinen jüngsten Bruder, der barfuß und in einem abgewetzten grünen Gewand her-

umlief, als gehörte er nicht zur reichsten Familie der Umgebung. Und Fob beschimpfte Knob, weil dieser sich unter den Knechten großer Beliebtheit erfreute und zu ihnen stand, wenn Fob sie quälte.

Jahr für Jahr im späten Sommer kamen die Zigeuner ins Dorf. Sie reparierten Töpfe und Schüsseln. In den Abendstunden führten sie ihre Künste vor: Sie zauberten, jonglierten und erzählten Märchen von vergangenen Zeiten und fernen Ländern. Wann immer die Zigeuner auftauchten, fühlte Knob sich zu ihnen hingezogen. Er half ihnen, ihre Zelte aufzuschlagen, und übernachtete bei dem alten Karam, den Knob am meisten verehrte. Karam konnte nicht nur Töpfe reparieren, Märchen erzählen und Träume deuten, er war auch ein großer Entfesselungskünstler. Erst wenn die Zigeuner weiterzogen, kehrte Knob erschöpft, aber glücklich nach Hause zurück.

Die reichen Bauern erreichten damals ein hohes Alter. An seinem fünfundsiebzigsten Geburtstag wollte der Vater ausreiten und seine Augen an seinem Besitz weiden. Sein Rappe trat ihm jedoch in die Rippen. Der alte Mann stürzte und verletzte sich am Kopf. Sein Herz schlug von Tag zu Tag schwächer, und als er anfing, häufiger von seinen Ahnen und Urahnen zu träumen, war er gewiß, daß sein Ende nahte. Er rief seine Söhne Snob, Fob und Knob zu sich.

»Ich habe euch zu mir gerufen«, sprach er mit schwacher Stimme. »Mein Ende naht. Damit meine Seele in Frieden ruht, teile ich lieber jetzt meinen Besitz unter euch auf. Was willst du, mein Sohn?« schloß der Vater mit der Frage an seinen Ältesten, wie es die Sitte vorschrieb.

Snob schaute seinen Vater traurig an. »Vater! Ich wünsche mir nichts sehnsüchtiger, als die schönste Frau im Lande zu heiraten.«

»Ist das alles?« stöhnte der Vater in seinem Sterbebett.

»Ja, Vater!«

»Du Dummkopf! Es gibt Wichtigeres im Leben als die Weiber, aber sei es drum. Dir gehören meine Schafe, Kamele und Pferde. Nur mein liebster alter Esel bleibt im Stall. Bei diesem Reichtum und deinem großen Maul wird jede Prinzessin wünschen, dein Weib zu werden. Mögen dir Glück und Kinder beschert sein.«

Snob küßte die zitternde Hand seines Vaters und eilte hinaus. Er teilte dem Schäfer und Stallmeister mit, daß sie von nun an auf sein Wort zu hören hätten. Er gab ihnen den Befehl, zur Hauptstadt aufzubrechen. Nicht nur sein Dorf, auch die Mägde und Bauerntöchter ödeten ihn an.

Der dicke Fob wartete nicht einmal, bis der Vater ihn fragte. Kaum hatte Snob den Raum verlassen, platzte er gleich mit seinem Wunsch heraus:

»Ich, ich will der mächtigste Mann im Lande werden.«

»Du Dummkopf! Reicht es dir nicht, daß wir die Mächtigsten im Dorf sind?« zürnte der alte Vater hustend.

»Nein!« brummte Fob. »Das ganze Land muß meinem Befehl folgen!«

»Na schön, dir gehören alle meine Häuser und Felder. Nur den alten Esel läßt du im Stall. Du wirst Macht und Ruhm erringen, tue deshalb unserem Namen keine Schande an! Sei gnädig mit deinen Feinden und weitsichtig mit deinen Freunden!«

»Mal sehen!« war die lakonische Antwort des zweiten Sohnes, die er beim Hinausgehen nuschelte. Doch draußen befahl er sofort mit peitschender Stimme: »Ab heute wird hier gearbeitet! Es ist Schluß mit der Faulheit!«

Der Vater verdrehte seine Augen und stöhnte. »Vater, soll ich dir einen Tee machen?« unterbrach Knob die traurigen Gedanken des Sterbenden.

»Nein, liebster Sohn, komm zu mir, und leg deine Hand auf meinen Kopf!«

»Vater, du fieberst ja! Soll ich dir kalte Umschläge machen?«

»Laß es sein, mein Sohn. Das Eis der Erde vermag nicht das Feuer der verlorenen Jahre zu löschen. Wozu habe ich mich abgeschuftet? Der eine will ein Gockel und der andere ein Hammel werden. Was für

Söhne habe ich bloß in die Welt gesetzt? Und nun zu dir, mein liebster Sohn, was wünschst du dir?«

»Vater! Nicht deine Felder will ich und nicht deine Häuser. Ich will wissen, wohin der Bach fließt, woher der Wind kommt und was die Sonne während der Nacht macht.«

»Dein Haus ist die Unruhe, dein Tag die Ungewißheit, doch in der Suche liegt dein Glück. Dir soll mein Esel gehören.«

Knob weinte bitter über die letzten Worte seines Vaters, der seine Seele in seinen Armen aushauchte. Auf einem kleinen Karren, den er hinter den Esel spannte, fuhr er den Leichnam zum Friedhof. Zwei ältere Diener begleiteten ihn. Seine Brüder waren schon verschwunden. Der eine war auf der Suche nach der schönsten Frau, der andere auf dem Weg zur Macht im Lande.

Nach drei Tagen und drei Nächten erreichte Snob die Hauptstadt. Er ließ seine Herde vor den Stadttoren weiden und ging des Abends in das vornehmste Gasthaus. Dort fragte er nach der schönsten Frau und erfuhr, daß es die Tochter des Goldschmieds Abu Dahab sei.

Am nächsten Morgen legte Snob sein schönstes Gewand an. Mühelos fand er den Weg zum Gold-

schmied. Abu Dahab war der Reichste in der Stadt. Jeder kannte ihn. Nach der Begrüßung fragte der Händler den vornehmen Fremden, was sein Begehren sei.

»Dein schönstes Juwel, deine Tochter. Ich will sie glücklich machen und ihr viele Kinder schenken.«

Abu Dahab war sprachlos.

Er war ein erfahrener Händler und als solcher die direkte Art des Bauernsohnes nicht gewohnt. Zunächst wollte er den Unverschämten einfach hinauswerfen, doch die Händlerseele in ihm gewann die Oberhand, und er vergewisserte sich erst einmal, mit wem er es zu tun hatte. Snob sah ansprechend aus, und nachdem er alle seine Reichtümer aufgezählt hatte, wurde er dem Goldschmied schon viel sympathischer. Er nahm Snobs Einladung an, die Schafe, Kamele und Pferde zu besichtigen. Besänftigt rechnete er schnell die Hälfte der Herde in Goldbarren um und lächelte zufrieden.

»Gut, meine Tochter soll dein Weib werden. Das Brautgeld beträgt die Hälfte deiner Herde.«

Snob fühlte sich am Ziel seiner Träume und freute sich unermeßlich. Für die verbliebenen Kamele kaufte er sich ein großes Haus im vornehmsten Viertel der Stadt, für die edlen arabischen Pferde die erlesensten und schönsten Möbel, die er auftreiben

konnte. Seinem Schäfer und seinem Stallmeister wünschte er von ganzem Herzen viel Glück bei ihrer Suche nach einer neuen Arbeit.

Die Hochzeitsfeier sollte sieben Tage und sieben Nächte dauern. Am ersten Hochzeitstag trafen sich Freund und Feind beim triefenden Hammel und genossen mit der gleichen Gier den Schmaus. Als der letzte Gast in der Morgendämmerung lallend das Haus verlassen hatte, eilte Snob voller Lust und Ungeduld ins Gemach seiner Frau. Er stieß die Tür auf und war verdutzt, denn seine schöne Frau mit den langen goldenen Haaren saß auf einem kleinen Hocker vor dem Spiegel und heulte bitterlich. Als er sie nach dem Grund fragte, winselte sie:

»Der Spiegel antwortet nicht.«

»Was? Was soll der Spiegel denn antworten?«

»Seit Stunden frage ich ihn, wer die Schönste im Land sei. Er antwortet aber nicht!« schluchzte sie.

»Du bist doch die Schönste im Land«, antwortete Snob und streichelte ihr die goldenen Locken.

»Du lügst, nur um mich zu trösten. Wenn das die Wahrheit wäre, hätte der Spiegel geantwortet.«

Einen Augenblick lang glaubte Snob, daß der Wein seine Sinne benebelt hätte.

»Ein Spiegel kann doch nicht reden!«

»Doch, früher hat er immer geantwortet, wenn ich

ihn fragte. Jetzt tut er es nicht. Ich bin häßlich geworden«, und sie brach erneut in lautes Gejammer aus.

Verzweifelt eilte Snob zu seiner Schwiegermutter und war über ihre Gelassenheit überrascht. Sie erzählte ihm, daß sie einen Diener hinter den Spiegel gestellt hatte, der Tag für Tag die Frage der Tochter beantwortet hatte, bis sie in den Schlaf fiel. Die erfahrene Goldschmiedegattin gab ihrem besorgten Schwiegersohn den Rat, Geduld mit ihrer Tochter zu haben.

Verschlafen und schlecht gelaunt wohnte er der Feier des zweiten Tages bei, als wäre sie seine Beerdigung. Wie sollte er erdulden, daß ein Mann das Schlafgemach seiner Frau mit ihm teilte? Seine Frau hatte in der ersten Nacht nicht aufgehört zu weinen, zu nörgeln und den Spiegel zu befragen. Sie feierte am zweiten Tag nicht mit, sondern ließ sich ihre Mahlzeiten vorm Spiegel auftischen und schlief abends davor ein.

»Wer ist die Schönste im Land?« fuhr sie erschrocken hoch, als Snob betrunken ins Schlafzimmer eintrat.

Am dritten Tag schimpfte der Goldschmied auf seinen Schwiegersohn. Er wollte den Bauerntölpel zum Teufel jagen, der den Freunden immer noch nicht den Nachweis der Jungfräulichkeit seiner Tochter zu zeigen vermochte. Abu Dahab sah sich den Gerüch-

ten der Neider ausgesetzt, die seine Ehre als Vater in den Dreck zogen.

Seine verschlagene Frau versuchte Snob zu überreden, einen blinden Diener hinter den Spiegel zu stellen. Snob lenkte erst am siebten Tag ein. Er ließ heimlich den von der Mutter ausgesuchten jungen Diener in das Schlafgemach seiner Frau bringen.

»Nun kannst du den Spiegel befragen«, rief er ihr fröhlich zu.

Sie saß im Schatten des Granatapfelbaumes, eilte aber sofort entzückt in ihr Schlafzimmer.

»Wer ist ...«, fragte sie ganz außer Atem, »wer ist die Schönste im Land?«

»Du bist die Allerschönste im Land«, antwortete der Diener wie vereinbart. Die Frau wiederholte begierig die Frage und erfreute sich an der warmen Stimme des Spiegels.

»Siehst du? Oh, wie erleichtert ich bin!« rief sie strahlend und fiel Snob um den Hals. Snob nahm seine Frau in die Arme und legte sich zu ihr ins Bett. Nach ein paar Minuten war der ersehnte Nachweis der Jungfräulichkeit erbracht.

So war es Sitte in diesem Land. Die Blutstropfen auf dem Bettlaken waren wichtiger als das Glück oder Unglück einer Frau. Die wartenden Tanten, Mütter und Großmütter trillerten und jodelten, und die

Nachricht ging von Haus zu Haus.
Die Tochter des Goldschmieds war also doch jungfräulich. Es lag an dem Deppen, der sieben Tage für den Nachweis gebraucht hatte.
Erleichtert vernahm auch der Goldschmied diese Botschaft. Doch Snob selbst hatte kaum Freude dabei empfunden. Er fühlte sich durch den Diener beobachtet. Sicher, der Diener war blind, aber Snob spürte, daß er mit ihm das Bett teilte. Voller Groll wälzte er sich hin und her, und am frühen Morgen eilte er wieder zu seiner Schwiegermutter.
Als seine Frau aufwachte, hörte sie jemanden hinter dem Spiegel schnarchen. Sie schob den Spiegel beiseite und entdeckte den Diener, der eingezwängt zwischen Spiegel und Wand schlief.
Erschrocken fuhr der junge Mann auf, aber die Frau beruhigte ihn und bat darum, ihr die Wahrheit zu sagen. Der Diener erzählte ihr, daß die Schönheit weder im Spiegel noch durch die Augen der anderen zu sehen sei. Auf der Suche danach habe sie vergessen, daß jeder Mensch schön sei. Wie verzaubert lauschte die Frau den Worten des Dieners. Er kannte viele Geschichten von fernen Ländern und vergangenen Zeiten. Erfreut wie noch nie in ihrem Leben, drückte sie den jungen Mann an ihre Brust.

Erschreckt hörten sie beide die Schritte des Gatten. Schnell glättete die Frau ihre Kleider, rückte den Spiegel wieder an seinen Platz und setzte sich davor.
»Wer ist die Schönste im Land?« fragte sie, als ihr Ehemann die Tür öffnete.
»Du bist die Schönste im Land«, antwortete der Diener.
Tagelang suchte Snob nach einer Lösung, doch er bestätigte seiner Frau sogar vor den Gästen, daß der Spiegel mit ihr spreche. Die Gäste lächelten höflich, insgeheim dachten sie jedoch, er spinne.
An einem grauen Morgen griff Snob in seinen Geldkasten und stellte entsetzt fest, daß keine einzige Münze übriggeblieben war. Voller Kummer ging er zu seinem Schwiegervater und bat ihn um Geld, damit er seiner Frau ein Geschenk machen konnte.
»Geschenk!« rief der Goldschmied erbost. »Du kannst meine Tochter nicht einmal ernähren!«
»Ernähren?« wiederholte Snob wie gelähmt, denn in diesem Augenblick fiel ihm der blinde Diener ein, der seit über zwei Wochen hinter dem Spiegel steckte.
»Wie ernährt sich dieser Halunke? Wo schläft er, ohne daß meine Frau es merkt?« fragte er laut und versetzte seinen Schwiegervater in Erstaunen, denn dieser verstand nicht, was Snob meinte und warum er, wie von einer Tarantel gestochen, aufsprang.

»Irgendwas stimmt hier nicht!« Kopflos stürzte er hinaus. Zu spät! Seine Frau war mit ihrem Geliebten über alle Berge.
Snob lief von Kneipe zu Kneipe, bettelte und ertränkte seinen Kummer. Stockbetrunken lallte er: »Wer ist der Schönste im Land?«
»Du natürlich, du Dummkopf!« belustigten sich seine Saufkumpane.

Die Geschichte des zweiten Bruders, Fob, läßt sich auf zweitausendeinhundertfünfundsiebzig Seiten erzählen. Ich begnüge mich mit vierunddreißig Wörtern: Fob strebte die Alleinherrschaft an. Er scheute weder Ehe noch Mord. Fast hätte er sie errungen. Aber der Sultan war gerissener. Er entkam dem Mordanschlag und ließ Fob vor den Toren der Hauptstadt erhängen.

Auf seinem alten Esel ritt Knob aus dem Dorf. Die alte Haushälterin gab ihm aus Mitleid Oliven, Käse und einen Brotlaib mit auf den Weg. Der Esel schien die Gedanken Knobs zu erahnen. Fragte sich Knob, wohin wohl der Bach fließe, so trippelte der Esel den Bach entlang, bis er den reißenden Fluß erreichte, in dem viele Bäche sich vereinten. Der Esel galoppierte schnell den Fluß entlang bis zum weiten Meer, wo alle Flüsse, ermüdet durch die lange Reise, sich ausruhten.

Fragte sich Knob, was die Sonne während der Nacht mache, schwebte der Esel schnell über Berge und Täler, und Knob erkannte, daß die Sonne die Nacht nicht kennt.
Fragte sich Knob aber, wie die tote Erde des Winters im Frühjahr all die Blumen und Gräser hervorbringe, trippelte der Esel langsam, so langsam, daß alle vier Jahreszeiten vorbeizogen, bevor er einen Schritt gemacht hatte, und Knob sah die Erde aus ihrem tiefen Winterschlaf erwachen, und der Kreis von der Blüte bis zum Korn vollzog sich vor seinen Augen.
Als Knob sich die Frage nach der Wahrheit über die Menschen stellte, galoppierte der Esel auf eine Stadt zu. Je näher er der Stadt kam, desto langsamer wurden seine Schritte. Kurz vor dem Tor der kleinen Stadt blieb der Esel stehen. Verwundert stieg Knob ab. Das Tier machte ein paar taumelnde Schritte in den Schatten eines Walnußbaumes, fiel dort zu Boden und starb.
Den Tod seines geliebten Weggefährten begriff Knob als einen weisen Rat; denn um die Wahrheit über die Menschen zu finden, braucht man keinen Esel.
Knob wollte gerade die Stadt betreten, als er ein großes Gedränge vor dem Stadttor sah. Ein alter Mann rief laut: »Heute abend könnt ihr das Unmögliche mit eigenen Augen sehen. Seht diese schwarze Kette!

Wie auch immer ich damit gefesselt werde, ich komme wieder los. Drei Goldstücke soll jeder haben, der mich so fesselt, daß ich mich nicht davon befreien kann!«

Knob erkannte die Stimme seines alten Freundes Karam und schob sich durch die Menge bis zur ersten Reihe. Da stand Karam, kaum gealtert, als wären die Jahre nur an den anderen vorbeigegangen.

»Sei gegrüßt, alter Freund!« rief Knob erfreut, und Karam strahlte, als auch er ihn erkannte.

»Hier ist mein Helfer, er kann die Wahrheit meiner Worte bestätigen. Bindet mir die Hände und Füße, und ich werde euch zeigen, daß ich die Ketten lösen kann.«

Die Menschen lächelten über den redseligen, alten Zigeuner und gingen weiter. Mancher jedoch dachte insgeheim, er würde den Alten am Abend so einschnüren, daß er sich nie im Leben daraus befreien könnte.

Als wären sie erst gestern voneinander geschieden, als wäre es die selbstverständlichste Sache der Welt, Knob hier in der fernen Stadt zu treffen, fragte Karam weder nach dem Grund noch nach dem Ziel seiner Reise. Er sammelte seine Sachen und schaute auf Knob, der nicht so recht wußte, ob er in die Stadt gehen sollte oder zu seinem Freund vor die Stadtmauer, wo die Zigeuner ihr Lager aufgeschlagen hatten.

»Ja, was ist? Willst du mir nicht helfen? Trage die Kette und den Hocker und komm! Es ist Zeit für einen Kaffee!«
Knob begann, Karam zu erzählen, daß er auf der Suche nach der Wahrheit bereit sei, bis ans Ende der Welt zu gehen.
»Ich weiß, ich weiß«, unterbrach ihn der alte Zigeuner schon nach den ersten Worten. »Alle Suchenden treffen sich, deshalb war ich gewiß, daß auch unsere Wege sich wieder einmal kreuzen würden.«
Von diesem Tag an lebte Knob unter den Zigeunern, die ihn als ihren Sohn betrachteten. Er half Karam bei seinen abendlichen Vorstellungen und teilte mit ihm Freud und Leid.

Der alte Karam war ein leidenschaftlicher Entfesselungskünstler. Abend für Abend faszinierte er die Zuschauer. Seine Hände und Füße zusammengeschnürt, in einen Sack hineingezwängt, konnte Karam sich trotzdem befreien. Knob lernte fleißig die schwere Kunst, und alsbald beherrschte er sie so gut wie sein Meister.
Nach ein paar Jahren starb der alte Mann, und Knob führte von nun an seine Künste dem erstaunten Publikum vor. Er lernte, Töpfe zu reparieren und Märchen zu erzählen. Knob zog mit seiner kleinen Sippe von Land zu Land, sie waren überall gerngesehene Besu-

cher, weil sie die ödesten Plätze mit Leben und Farbe füllten. Nur einige Barbaren verboten ihnen den Zutritt zu ihrem Land, da sie Angst hatten, ihre Untertanen würden gesprächig und flink wie die Zigeuner.

Eines Tages aber ritten Soldaten zum Zigeunerlager am Rande einer kleinen Stadt. Sie begrüßten den Ältesten der Sippe höflich und verlasen einen neuen Erlaß des Königs. Dieser mochte die Zigeuner, nicht aber ihre Entfesselungskünste; denn, so erzählten die Soldaten, viele Gefangene lernten Tag und Nacht nur noch, sich zu befreien, und die Ausbrüche aus dem Gefängnis nähmen überhand.

Als die Soldaten weggeritten waren, berichtete der Älteste Knob, was die Soldaten ihm gesagt hatten: »Dir bleibt es überlassen. Du bist frei, deine Kunst vorzuführen oder dich dem Erlaß des Königs zu beugen. Machst du weiter, so schütze ich dich mit meinem Leben.«

Knob hörte dem Mann aufmerksam zu: »Nein, Großvater, der Mut eurer Opferbereitschaft ist mein Lebensstolz. Lange Tage beugen sich die Knospen der Kälte, und doch brechen sie am ersten Frühlingstag auf, als hätten sie während der langen Winternacht nur davon geträumt. Meine Kunst ist mir teuer. Ich werde sie vervollkommnen. Doch ihr sollt keinen Schaden davontragen.«

Von diesem Tag an ging Knob bei dem Magier der Sippe in die Lehre. Abends schlich er sich fort von den Zelten, dorthin, wo einige Freunde in einem entlegenen Bauernhof sich versammelten, und führte ihnen die Kunst des Entfesselns vor. Von Stadt zu Stadt und von Dorf zu Dorf zogen die Zigeuner, und Knob lernte am Tag die Künste des Zauberers, und in der Nacht traf er sich mit den vertrauten Freunden und zeigte ihnen die neuesten Griffe, die er inzwischen entwickelt oder von anderen Schülern in anderen Städten gelernt hatte. Von Tag zu Tag wuchs das Vertrauen des alten Magiers zu seinem Schüler, und er weihte ihn immer tiefer in seine geheimnisvollen Künste ein. Magier vertrauen ihre Geheimnisse nur wenigen und nach langer Probezeit an. Knob las begierig alle alten Bücher, die der Magier ihm gab. Seine geschickten Hände beherrschten aber auch schnell die lustigen Spiele, mit denen Magier das Publikum erheitern und ihr Geld verdienen. Die wahre Zauberkunst bringt, wie jede Kunst, ihren Inhaber zwar in den Genuß der Wahrheit, aber selten in den des Brotes.

In einem fernen Land treffen sich alle Hexen und Magier am vierten Tag des vierten Monats um vier Uhr morgens an einem geheimen Ort, wo sie ihre Erfahrungen austauschen und einen Wettbewerb zur

Wahl des Hexen- und Magiermeisters austragen. Reden und Gegenreden werden nicht gehalten. Hexen und Magier zeigen, was sie können. Wer die größte Achtung bei den versammelten Meistern der verborgenen Wissenschaft genießt, wird zum Meister aller Hexen und Magier ernannt. Ein besonderer Ring schmückt seinen Finger bis zum vierten Apriltag des nächsten Jahres. Knob freute sich über das Vertrauen seines alten Lehrers, als dieser ihm offenbarte, er dürfe ihn zum nächsten dieser Treffen begleiten. Die Reise dauerte viele Tage, und erst um Mitternacht erreichten der Meister und sein Schüler Knob den geheimen Platz. Der alte Magier führte seinen staunenden Schüler in die Versammlung ein. Alte und junge Hexen, Magier aus allen Erdteilen sprachen miteinander, um ein großes Feuer geschart.

Punkt vier Uhr des vierten Tages im April herrschte plötzlich Stille. Die Morgendämmerung und die Nebelschwaden des Frühjahrs gaben dem Bild dieser geheimnisvollen Versammlung seine besondere Färbung.

Eine Hexe, die Meisterin des letzten Jahres, stand am Feuer, gestützt auf ihren knorrigen Stab, gebeugt wie ein Zweig, der sich unter seinen Früchten zu Boden neigt.

»Hexen und Magier aller Länder, vereinigt euch!« Sie

hielt eine feurige Rede über die Rechte der Hexen und Magier, die in manchen Ländern mit Füßen getreten wurden.
Knob staunte über die Kraft der Frau, mit der sie ihre Zuhörer in den Bann zog.
»Laßt euch etwas einfallen«, schloß sie ihre Rede lächelnd, »denn der Ring ist es wert, und wir werden den Trunk des Meisters auskosten, ob er uns wohl oder übel bekommt, das ist unser Schicksal!«
Der Trunk des Meisters schloß die jährliche Versammlung ab. Er war der Ausdruck der Ergebenheit und des Vertrauens aller Hexen und Magier dem neuen Meister gegenüber.
Knob tastete bei diesen bedeutsamen Worten nach seiner großen Gewandtasche. Er war beruhigt. Er hatte die Kräuter und exotischen Blätter nicht vergessen, die er im Falle seines Sieges dem Trunk beimischen wollte.
Mehrere Tage und Nächte dauerte der Wettstreit. Es ist schwer, vor Meistern ein Meisterstück zu vollbringen. Knob war als jüngstes Mitglied der Gemeinschaft als letzter an der Reihe. Alle hatten sich bis zu dieser Stunde fast einstimmig für einen Magier namens Assa entschieden. Assa, der größte Magier am Hofe des Königs, schaute gelassen dem jungen Kollegen zu, der schüchtern in der Mitte des großen Platzes stand. Doch Knob bannte bereits nach kur-

zer Zeit mit seiner Entfesselungskunst seine Zuschauer, als wären sie selbst verzaubert. Er beeindruckte die versammelten Hexen und Magier so sehr, daß sie ihn zum Meister des Jahres kürten. Diabolisch lachend übergab die Alte ihm den Ring. Alle gratulierten ihm ehrfurchtsvoll. Nur Assa brummte voller Neid: »Dieser Grünschnabel!«

Bedächtig braute Knob seinen Trunk, rührte die exotischen Kräuter hinein und murmelte leise seinen Zauberspruch. Der Trunk mundete mit seinen ausgesuchten Kräutern den Hexen und Magiern sehr. Das war eine Seltenheit; denn Zaubertränke schmecken in der Regel ekelhaft. Nur Assa mogelte sich davon und drückte sich davor, das köstliche Getränk mit den anderen zu teilen.

Die Hexen und Magier verabschiedeten sich und kehrten in ihre Länder zurück. Auch Knob war bald wieder bei seinen Freunden, und diese feierten stolz seinen Erfolg als den ihrigen. Seine Vorstellungen wurden von unzähligen Menschen besucht; denn sein Ruhm als Meister aller Magier eilte ihm über Berge und Täler voraus. Bescheiden lehnte Knob die Einladung des Königs ab, Magier des Palastes zu werden. Er blieb lieber bei seinen Freunden, den Zigeunern, die treu all die Jahre zu ihm gehalten hatten. Nacht

für Nacht aber schlich er sich wieder zu den geheimen Treffen, wo er den Versammelten die letzten Entwicklungen der Entfesselungskunst zeigte. Wäre der alte Meister und Lehrer Knobs nicht im Herbst gestorben, Knob wäre der glücklichste Mensch in jenem Jahr auf Erden gewesen.
Als das Jahr vergangen war und als auch der dritte Monat des neuen Jahres zu Ende ging, machten sich Hexen und Magier wieder auf den Weg. Voller Spannung und mit neuen Plänen strebten sie dem geheimen Ort zu. Nur Assa lauerte in einem dichten Wald auf Knob.
Als Knob den Wald erreichte, war es schon dunkel. Ein kleines Feuer zog ihn an. Assa grüßte ihn fröhlich und bot ihm einen Tee an. Knob trank dankbar das heiße Getränk und fiel alsbald in einen tiefen Schlaf; denn sein Rivale hatte ihm ein Schlafmittel in den Tee gegeben. Als Knob zu sich kam, konnte er sich kaum bewegen, er war an Händen und Füßen gebunden. Assa lachte laut.
»Bruder, kannst du meine Hände und Füße befreien, irgend jemand muß mich gefesselt haben«, sagte Knob erstaunt.
Assa triumphierte. »Warum? Du kannst dich doch hier ausruhen, und auf dem Rückweg schaue ich bei dir vorbei.« Er begann eilig, seine Sachen einzupacken.

»Nicht nötig, Bruder, wir werden zusammen zurückkehren«, rief Knob dem davonhastenden Assa nach. »Aber Humor hast du, das muß man dir lassen!« brüllte dieser und suchte das Weite.

Große Aufregung herrschte unter den Hexen und Magiern, als Assa ihnen mitteilte, er wäre bei Knob vorbeigegangen, und dieser wollte aus einem ihm unverständlichen Grund nicht kommen.

»Und der Ring?« fragte eine alte Hexe besorgt. In diesem Augenblick erkannte Assa seinen Fehler. In der Eile hatte er vergessen, den Ring mitzubringen.

»Er hat gesagt ...«, brummte Assa, »der Ring gehöre ihm.«

Der Ältestenrat der Hexen und Magier setzte sich abseits zusammen und beriet die schwierige Lage.

Es war zwei Uhr des vierten Tages im April, als Knob auftauchte. Lächelnd grüßte er die Versammelten. Und als er Assa erreichte, flüsterte er ihm zu: »Ich sagte dir doch, wir würden zusammen zurückkehren.« Assa antwortete nicht. Sein Gesicht war fahl, und seine Lippen zitterten vor Wut.

Knob eröffnete die Sitzung um Punkt vier.

Der Wettbewerb begann. Knobs Entfesselungskünste faszinierten die erfahrensten Hexen und Magier. Mehrere besonders kräftige Magier banden ihm Hände und Füße, steckten ihn in einen Sack, verschnürten ihn, warfen ihn in eine Höhle und sperrten

den Höhleneingang mit riesigen Steinen zu. Doch Knob stand nach ein paar Minuten wieder lächelnd vor ihnen.
»Ich komme immer heraus«, rief er und hob seine Arme. Die Versammelten klatschten.
»Halt! Das ist kinderleicht und gehört eher in einen Zirkus. Wenn ich dir einen Trunk verabreiche, wirst du dich nie im Leben mehr befreien können«, rief Assa, und die Versammelten staunten.
»Ich werde immer herauskommen!« rief Knob mit fester Stimme.
Assa ergriff seine Chance und kochte über dem Feuer einen übelriechenden Brei. »Hier, trink das!«
Knob nahm den Becher und trank ihn aus. Das Wunder, das sich vollzog, verknotete die Zungen der Anwesenden. Knob begann, am ganzen Körper zu dampfen. Grünliche Schwaden stiegen auf und verdichteten sich nach einer kurzen Weile zu einer Nebelsäule. Als der Nebel zurückwich, war Knob verschwunden. An seinem Platz stand eine kleine Pflanze mit grünem Stiel, so grün wie Knobs Gewand. Dieser wuchs aus einer runden Knolle, so weiß wie Knobs Gesicht. Und neben der Pflanze lag der Ring.
»Da ist euer Knob. Nun ist er nur noch ein lächerlicher Lauch! Jetzt versuche, dich zu befreien!« rief Assa und lachte laut.

Die Versammelten klatschten begeistert und riefen: »Assa ist der neue Meister!«
Assa lachte dämonisch. Zum Schrecken aller Umstehenden fiel er jedoch plötzlich auf die Knie, seine Augen quollen aus ihren Höhlen. Er griff sich ans Herz.
»Er kommt nie wieder heraus, dieser Teufel«, keuchte er, und sein Gesicht verfärbte sich rot. Erstickend schnappte er nach Luft.
»Assa ... Assa ...!« riefen viele besorgt, als Assa auf den Rücken fiel und sein ganzer Körper im Krampf zuckte.
»Sag schnell die Auflösungsformel!« drängte eine alte Hexe, aber Assa schüttelte den Kopf. Kurz darauf starb er.
»Was für ein bösartiger Magier!« Empört begruben sie Assa fern vom heiligen Ort.
Diesmal war es wieder eine Hexe, die den Ring gewann. Beim Verlassen des geheimen Ortes schauten sie die merkwürdige weiße Zwiebel an, der Hunderte von weißen, kleinen Zehen gesprossen waren. Hexen und Magier gingen traurig an ihrem Freund vorbei, und jeder pflückte eine Zehe. Als hätte die Pflanze genau gewußt, wie viele Hexen und Magier anwesend waren, zupfte der letzte Magier die letzte Zehe.

In Erinnerung an ihren tapferen Freund pflanzten die Hexen und Magier diese merkwürdige Zehe ein, und der Knoblauch verbreitete sich in Windeseile über die Erde und eroberte die Herzen vieler Menschen. Sie essen ihn gerne, und da sie danach oft wichtige Gespräche mit Leuten führen, die den Knoblauch nicht ausstehen können, spülen sie ihre Münder. Der Knoblauch aber kommt immer wieder heraus. Auch wenn sie den Mund halten. Dann kommt er eben durch die Haut. Darin war Knob ja immer ein Meister!

DAS LETZTE WORT DER WANDERRATTE

Die Stunde des Abschieds naht. Eure Anwesenheit vertreibt meine Angst und erfüllt mich mit Trauer. Ich weiß jetzt, welch einen Verlust ich auf mich nehme, wenn ich euch verlasse.
Mein Leben lang habe ich den Tod überlistet, und wenn ich ihn jetzt aufsuche, tue ich es, um die Sicherheit für meine Gemeinschaft zu erkaufen.
Überall liegt die Nahrung so reichhaltig wie noch nie, und doch riecht sie verdächtig nach Jasmin. Der Hunger treibt uns zu ihr, doch die Angst hält uns zurück. Meine Absicht ist, die Grenze zwischen unserer Vermutung und der Gewißheit zu durchbrechen.
Ich werde diese Nahrung kosten, und wenn ich sterbe, meidet bitte alles, was nach Jasmin riecht, vermehrt euch und erzählt unermüdlich euren Kindeskindern: Nicht alles, was nach Jasmin duftet, ist die begehrte Blüte. Der Tod lauert auch hinter manchem angenehmen Geruch.
Ihr werdet euch schon gefragt haben, warum ich euch zu mir gerufen habe. Ich schaue in diesem Augenblick dem Tod ins Auge und habe vor nichts in der Welt Angst. Mein Wunsch, euch das zu erzählen, bevor ich euch verlasse, ließ mich nicht mehr schlafen. Er brannte immer stärker in meiner Brust. Behal-

tet ihn als mein letztes Geschenk in eurem guten Gedächtnis!

Keiner von euch hat mich je gefragt, woher ich komme. Das ist das schönste in unserer Gemeinschaft. Nicht die Herkunft ist wichtig, sondern das Dasein. Heute will ich es euch aber erzählen: Meine Eltern lebten in Ägypten. Mein Vater starb sehr früh, und meine Mutter war immer sehr ängstlich. Jahrelang regnete es kaum. Die Dürre hat uns und die Menschen gequält. Wir hörten aber, daß im Hafen einige Menschen Mais und Reis horteten. Das ist eine Sitte bei den Menschen. Immer wenn die einen hungern, horten die anderen die Nahrung. Ich wollte, wie viele junge Ratten, zum Hafen laufen. Meine Mutter heulte vor Angst. Der Hafen, sagte sie, verschluckt die jungen Ratten, und der Dämon der Schiffe verzaubert sie, daß sie den Weg nach Hause vergessen. Aber ich verließ trotzdem unser kleines Haus im Nildelta und eilte mit einigen Freunden zum Hafen. Ich hatte, ehrlich gesagt, keine Angst. Mein Magen knurrte lauter als eine Katze. Wie sollte ich da vor Dämonen Angst haben. Einige Freunde blieben am Ufer, einige andere schlichen mit mir in eines der Schiffe. Im großen Laderaum, wo es genug zu essen gab, traf ich ein wunderschönes Weib, und wir verbrachten einige zärtliche Stunden miteinander. Meine Freunde und ich debattierten lange, ob wir auf

dem Schiff bleiben oder ans Ufer zurückkehren sollten. Plötzlich donnerte es, und ein fürchterliches Geheul versetzte mich und meine Freunde in Angst. Sofort dachten wir an den Dämon und rannten schnell hinaus, um ans Ufer zu flüchten, aber das Schiff war bereits auf See. Na schön, sagte ich zu mir, woanders wirst du auch leben können. Wie ihr wißt, ist die Welt die Heimat der Ratten, nur die Menschen werden durch Stacheldrähte getrennt und ausgesiedelt.

Über fünf Tage lebte ich im Bauch dieses Schiffes. Es gab genug Mais, Weizen und Zwiebeln, aber, ich werde es nie vergessen, alles schmeckte ziemlich salzig, als tränkten die Bauern Ägyptens ihre Felder mit ihren Tränen.

Ob auf den Feldern oder in den Kellern der Häuser, überall fand ich Freunde! Welch eine Bereicherung war das für mich, mit euch zu leben! Reich ist unsere Gemeinschaft an Erfahrung durch die vielen Rattenvölker, die sie bilden. Die Sparsamkeit der Wüstenratten paart sich mit der Großzügigkeit der Weidenbewohner. Wir genießen gerne und hungern nie. Die Erfahrung der Brüder aus dem Norden, mit der sie jede Kälte überleben können, vermischt sich mit den Erfahrungen der Brüder aus dem Süden, wo die Hitze manchmal tödlich wird. Wir sind jedem Wetter gewachsen. Das ist unsere

Stärke. So nah beieinander und doch so verschieden.
Seht euch unsere Brüder und Schwestern, die Laborratten an. Seitdem sie in die Hände der Menschen gefallen sind, macht sie der Mensch blaß wie der Schnee und pfercht sie in Käfige. Seitdem reden sie nicht mehr miteinander. Sie haben einander nichts mehr zu sagen, weil sie nur noch Spiegelbilder ihrer selbst sind. Sie leben nicht. Sie warten auf den Tod. Sie schlafen nach Uhren, essen und trinken nach Uhren und bekommen Spritzen nach Uhren.
Einst schlich ich vom Garten durch ein offenes Fenster ins Labor. An die hundert Schwestern und Brüder piepsten erbärmlich in einem eisernen Käfig. Ich kochte vor Wut und vergaß meinen Hunger. Stundenlang dauerte mein Kampf mit dem Riegel, bis ich die Tür aufmachen konnte. Verschwitzt rief ich ihnen zu, sie sollten sich beeilen. Denkt ihr, sie hätten sich gefreut, wie eine der Unsrigen, der aus der Falle geholfen wurde und die die Schmerzen eines blutenden Beines im freudigen Jubel unserer Gemeinschaft vergißt? Sie schauten mich nur mit stumpfen, roten Augen an. Und was nun? Rennt doch weg! Die schöne Nacht im Wald wartet auf euch. Die hellen Sterne erleuchten euch den Weg. Und wer wird uns das Frühstück bringen? fragten die einen. Habt ihr Uhren? wollten andere wissen. Ich erklärte ihnen,

daß die Freiheit besser schmeckt als alle Uhren der Welt. Aber der Mensch hat ihren Geist vergiftet und in ihre Herzen unsichtbare Riegel gepflanzt, die keine Ratte der Welt mehr zertrümmern kann. Sie verstanden meine Worte nicht und lachten über die Freiheit. Ja, einige fingen sogar an, sich lustig über mein verdrecktes Fell zu machen, und sagten mir, lieber blieben sie im Käfig und behielten dafür ihr samtweiches Fell, das ihnen der Mensch geschenkt habe. Was für ein Wahnsinn! Keine Ratte dächte im Traum daran, hochnäsig zu werden, nur weil sie ein rötliches oder braunes Fell hat.

Anders der Mensch. Wenn ein Mensch nichts anderes findet, um seine Nase in den Wind zu stecken, schaut er seinen Bruder verächtlich an und ruft mit aufgeblasenen Wangen: Euch Südländern werden wir zeigen, wer Herr im Haus ist. Ja, ihr kichert mit Recht, denn der Mensch ist dumm. Wir werden nur klüger, wenn wir seine Dummheiten vermeiden. Der Mensch hat ein schlechtes Gedächtnis. Er lernt nicht aus seiner Geschichte. Für uns Ratten ist die Vergangenheit die Mutter unserer Gegenwart. Für meine jungen Freundinnen und Freunde werde ich deshalb eine Geschichte erzählen, die ihnen zeigt, wie kurz das Gedächtnis der Menschen ist.

Hameln ist ein kleines Städtchen im Norden, es liegt

an der Weser. Einst lebten dort Tausende von Menschen und einige hundert Ratten friedlich miteinander. Eines Tages kam ein Mörder nach Hameln und erzählte jeden Tag Schauergeschichten über uns. War jemand krank, so sagte dieser Kerl, die Ratten hätten den Kranken gebissen; wenn ein Händler schlechte Geschäfte machte, die Ratten hätten seinen Vorrat gefressen. Die Menschen glaubten dem Mörder, und sie berauschten sich am Blut unserer Väter und Mütter. Nur wenige Ratten konnten den Schwertern und dem Feuer entkommen. Der Mörder entführte danach die Kinder der Stadt. Einhundertdreißig Kinder sollen es gewesen sein, bis die Menschen ihn endlich aus ihrer Stadt vertrieben hatten. Aber atmet nicht erleichtert auf. Die Menschen sind vergeßlich. Statt sich ihrer gräßlichen Taten zu schämen, vergessen sie sie. In Hameln steht ein Haus mit dem scheußlichen Namen Rattenfängerhaus. Doch nicht nur Rattenmörder werden vergessen, sogar Menschenmörder werden etwas später verehrt.

Der Mensch hält sich für das klügste Wesen aller Zeiten. Sein Hochmut ist grenzenlos. Wenn ein Wesen addieren und multiplizieren, aber nicht sehen kann, daß sein Zuhause zugrunde geht, dann ist dieses Wesen ein Rechenidiot. Wer hat die Flüsse in Kloaken, die Städte in Müllhalden und die Meere in verseuchte

Todesfallen verwandelt? Das sind weder die Fische noch die Möwen. Wir nicht, meine Lieben. Wir nicht! Vielleicht hat Mutter Natur eine Weisheit darin gesehen, ein solch gewalttätiges Wesen mit etwas weniger Verstand auszurüsten, denn wenn der Mensch klüger wäre, könnte keine Ratte überleben, dann hätte er unser Geheimnis gelüftet. Welches heimtückische Gift auch der Mensch im Krieg gegen uns einsetzen wird, nichts in der Welt kann unseren Willen zum Überleben vernichten. Erinnert ihr euch an das Gift, das nach Äpfeln roch? Es sollen für seine Produktion Tausende von Menschen beschäftigt worden sein. Eine Hausratte aus dem Ruhrgebiet opferte sich, und die Menschen wußten nicht mehr, wohin mit den vielen Giftfässern, die ungenutzt herumstanden. Stellt euch vor, unzählige riesige Fässer waren auf einmal verschwunden. Die Menschen bekamen Angst, denn es konnte in jedem Garten Gift gelagert sein. Die Firma wußte nicht mehr, wo die Fässer geblieben waren. Einfach verschwunden. Doch das Gift lauert auf die Menschen. Keine Ratte in unserer Gemeinschaft dagegen verschweigt es, wenn sie Gift entdeckt hat. Wir wissen, daß nach dem Leben des einzelnen das Nichts ist, während das Leben der Gemeinschaft eine unendliche Zukunft hat. Die Menschen sind unwissend, deshalb arbeiten sie so, als würden sie bis in

Ewigkeit leben, und leben so hastig, als würden sie die Nacht nicht überleben. Wir haben es vom langen Leben unserer Gemeinschaft gelernt, daß eine Ratte nur ein Leben hat, in dem sie arbeiten muß und genießen kann.

Nun, liebe Freundinnen und Freunde, werde ich hinüberschreiten und das Stück Fleisch kosten. Beobachtet mich genau, liebt und vermehrt euch.

Die weise Wanderratte schritt zum Fleischbrocken. Sie drehte sich noch einmal nach den Versammelten um und lächelte. Viele wischten sich eine Träne aus den Augen und starrten traurig die tapfere Freundin an. Erst am fünfundvierzigsten Tag fielen der Wanderratte die Haare aus. Die Ratten bedeckten ihren zitternden Leib mit Laub. Am achtundvierzigsten Tag starb sie. Hunderte von Ratten trugen sie zum Fluß und überließen ihren Leichnam den mächtigen Wogen. Sie kehrten zurück, entfernten die nach Jasmin duftende Nahrung, liebten und vermehrten sich.

DER SCHNABELSTEHER

Auf einem alten Walnußbaum lebten einst viele Raben. Der Baum, der früher genug Platz geboten hatte, verlor mit den Jahren seine morschen Zweige und Äste. Keiner der Raben aber dachte daran, deswegen in den nahen Wald umzuziehen, denn dort war es finster, und von keinem Baum aus hatten sie eine solche Sicht wie von dem großen Walnußbaum, der einsam auf dem weiten Feld stand.
In einem der Nester lebte ein kleiner Rabe allein mit seiner Mutter. Sein Vater war einem mächtigen Adler zum Opfer gefallen, kurz nachdem der kleine Rabe aus dem Ei geschlüpft war. So mußte die Mutter mit ihrem Sohn ihr Nest räumen und in eine ärmliche Behausung auf den untersten Ästen ziehen. Oft saß der kleine Rabe einsam im Nest, denn seine Mutter mußte allein für ihn sorgen, und wenn es ihm langweilig wurde, kletterte er aus dem Nest und hüpfte über die Zweige zu den anderen Rabenkindern. Die Nachbarn ärgerten sich darüber und verscheuchten ihn.
»Eine schlampige Rabenmutter hat dieser Bengel«, krächzten sie. Sie waren entsetzt, denn ihre Kinder wollten genau wie der kleine Rabe aus dem Nest springen und von Zweig zu Zweig hüpfen.
»Es ist noch zu früh«, mahnten die Eltern und waren

erbost darüber, daß der kleine Rabe immer wieder rief: »Meine Mutter ist die beste Mutter der Welt. Sie sagt, es ist nie zu früh.«

»Scher dich zum Teufel mit deiner Mutter!« zürnten die Nachbarn.

Ob es kalt war oder warm, der kleine Rabe spielte den ganzen Tag und wagte es, jeden neuen Tag etwas weiter zu springen. Manchmal war sein Sprung zu weit, und er purzelte auf den Boden, dann rief er nach Hilfe, aber die Nachbarn krächzten verächtlich:

»Deine Beine haben dich hinuntergetragen, laß deine Flügel dich wieder hinauftragen!«

Der kleine Vogel mußte dann warten, bis seine Mutter nach Hause kam und ihm ins Nest half.

»Gräme dich nicht! Deine Flügel werden bald stark genug sein, dann kannst du dir selbst helfen«, tröstete die Mutter und streichelte den Kopf ihres zornigen Sohnes.

Von Tag zu Tag erfand der kleine Rabe neue Spiele, und eines Tages hüpfte er kopfüber und stellte sich auf seinen Schnabel. Er streckte seine Flügel aus und schaffte es, eine Weile das Gleichgewicht zu halten.

»Bravo!«

»Toll machst du das!« Die Rabenkinder spendeten ihm herzlichen Beifall. Der kleine Rabe war außer sich vor Freude. Ein wackeres Getümmel der Kinder und entsetztes Geschrei der Eltern überzog die

Nester, als nun alle Rabenkinder sich auf ihre Schnäbel stellen wollten und ihre Behausungen zerwühlten.

»Er ist verrückt geworden. Stellt sich auf den Schnabel und verdirbt unsere Kinder. Nicht zu fassen! Nur Flausen hat er im Kopf!« empörte sich ein kräftiger Nachbar.

»Kinder brauchen das Spiel. Was haben sie sonst von der Kindheit?« nahm die Mutter ihren Sohn in Schutz. Viele Kinder, die den Streit mit anhörten, nickten ihr heimlich zu, und sie lächelte zurück.

Eines Tages hörte der kleine Rabe eine Großmutter im Nachbarnest ihren Enkeln zurufen: »Wenn ihr artig seid und nicht mehr auf dem Schnabel steht, erzähle ich euch ein Märchen.« Da die Kinder Märchen über alles lieben und wissen, daß Omas ein gutes Herz und ein schlechtes Gedächtnis haben, versprachen sie hoch und heilig, nie wieder auf dem Schnabel zu stehen. Die Großmutter hüstelte kurz, und der kleine Rabe sperrte wie die drei Enkel die Ohren auf.

»Es war einmal ein Rabe, der lebte zufrieden und glücklich mit den anderen Raben zusammen. Eines Tages hörte er vom König aller Vögel, dem Pfau. Der Pfau ist der schönste Vogel auf Erden. Er kann von Sonnenaufgang bis Sonnenuntergang seine wunderschönen Federn zu einem Rad schla-

gen, das die Schönheit der Sonne und des Mondes übertrifft. Er bezaubert die Welt mit seiner Kunst.
Der Rabe wollte seine Freunde auch bezaubern und der König der Raben werden. Er reiste zu dem Pfau, der hinter dem finsteren Wald auf seiner königlichen Wiese lebte. Nach einer beschwerlichen Reise konnte er, verzückt wie alle Tiere, den Pfau bestaunen. Er atmete tief ein, daß seine Brust anschwoll, und reckte sich zu einem stolzen Gang. Schritt für Schritt folgte er dem Pfau.
›Du dummer Vogel!‹ rief der Pfau seinem schmächtigen Nachahmer zu. ›Ein Rabe bleibt ein Rabe, auch wenn er sich aufbläst.‹
Aber der Rabe wollte nicht auf den Rat seiner Majestät hören. Er übte tagelang. Seine Glieder schmerzten ihn ungemein. Zu wandeln wie ein Pfau ist für Raben nicht einfach. Nach vielen Tagen konnte der Rabe so herumstolzieren wie sein Vorbild.
Na ja, sagte er sich, ein Rad kann ich mit meinen kurzen Federn zwar nicht schlagen, aber ich kann genau wie ein Pfau mit erhobenem Haupt herumstolzieren.
Er kehrte zu den Raben zurück und marschierte vor ihnen auf und ab. Doch sie lachten nur über den Raben, der immer wieder rief:
›Schaut her! Schaut her, wie schön ich gehen kann!‹
›Paß auf, daß du nicht platzt!‹ höhnten einige

Vögel, und andere fragten hämisch: ›Hast du eine Melone verschluckt?‹

Dem Raben taten Brust und Rükken weh, aber am schmerzhaftesten traf ihn der Hohn seiner Freunde. Nach ein paar Tagen gab er sein pfauenhaftes Getue auf und wollte wieder wie ein Rabe gehen. Aber er hatte es verlernt. So ging er einen Schritt wie ein Rabe und den nächsten wie ein Pfau, und die anderen lachten nun erst recht über ihn. Der Rabe lebte unglücklich bis ans Ende seines verpfuschten Lebens. So wird es jedem ergehen, der vergißt, daß ein Rabe kein Pfau werden kann«, betonte die Großmutter die Moral der Geschichte.

»Den ganzen Tag radschlagen?« fragte der kleine Rabe vorlaut.

»Ja, den ganzen Tag«, antwortete die Großmutter freundlich.

»Das ist ja langweilig! Was tut der Pfau sonst noch?« wollte der neugierige Junge wissen.

»Ja, Oma! Was tut er noch?« riefen die Enkel. Die Großmutter schaute den kleinen Raben mißmutig an.

»Was verstehst du, Schnabelsteher, vom Leben? Es ist nur Seiner Majestät möglich, ein Rad zu schlagen. Scher dich zum Teufel!«

Der kleine Rabe entfernte sich vom Nachbarnest und grübelte den ganzen Tag. Als die Mutter abends nach

Hause kam, wunderte sie sich über ihren Jungen, der nicht einmal essen wollte.

»Mutter! Warum schlägt der Pfau den ganzen Tag ein Rad?«

»Das ist nun mal so, mein Sohn. Er ist von Geburt an König!«

»Mutter, ich will zu dem Pfau gehen und ihn fragen, warum er das tut.«

Die Mutter bemerkte die glänzenden Augen ihres Kindes und begann zu weinen.

»Du kannst doch nicht fliegen. Die wilden Tiere werden dich fressen. Denk an deinen seligen Vater! Bleib hier, und mach mich nicht unglücklich!« bat sie und schluchzte, denn sie hatte als Kind auch das Märchen vom unglücklichen Raben gehört.

Die Tage vergingen, aber von Tag zu Tag wuchs die Unruhe des kleinen Raben. Des Nachts träumte er, daß ihm mächtige Flügel wuchsen, mit denen er über den Wald und den hohen Berg flog. Am Tage aber landete er immer wieder nach ein paar hilflosen Flügelschlägen auf dem Boden.

Eines Morgens jedoch entschloß sich der Rabe, den Pfau zu suchen. Er wartete nicht, bis seine Mutter zurückkehrte, denn immer, wenn sie weinte, fühlte er sich wie gelähmt. So hüpfte er auf das Feld, sammelte ein paar bunte Blumen und flog zum niedrigen Ast zurück. Das konnte er inzwischen gut. Er legte die Blumen als Dank für seine Mutter ins Nest, verab-

schiedete sich von den Nachbarn und machte sich auf den Weg.

»Armer Trottel. Das hat diese Schlampe nun davon«, hörte er die Nachbarn gehässig über seine Mutter lästern.

Da er noch nicht richtig fliegen konnte, hüpfte er ein paar Schritte, flatterte ein Stück, hüpfte wieder und ruhte sich etwas aus, um wieder eine kurze Strecke fliegen zu können. Gegen Mittag erreichte er den finsteren Wald.

»Ach! Hätte ich doch starke Flügel, ich könnte dann leicht über den Wald fliegen. Jetzt muß ich hindurch«, seufzte er und zitterte vor Angst. Nach einer Weile nahm er all seinen Mut zusammen und hüpfte in den Wald hinein.

»Ach, was sehe ich da?« zischte plötzlich eine Schlange. Sie lag in einer kleinen Lichtung und sonnte sich.

»Wer bist denn du?« fragte der kleine Rabe erstaunt, denn er sah zum erstenmal eine Schlange.

»Ich bin der Freund aller Raben. Komm, laß dich umarmen!« säuselte die Schlange und schlürfte begierig ihre Spucke, die ihr im Mund zusammengelaufen war, daß der kleine Rabe vor Schreck zusammenfuhr.

»Du hast aber keine Flügel. Was hast du für spitze Dinge im Schnabel?« fragte er mißtrauisch, als er die Giftzähne der Schlange sah.

»Ach die, sie sind mein Schmuck«, beschwichtigte

ihn die Schlange und kroch langsam auf den Raben zu.
»Halt! Komm nicht näher! Dein Schmuck macht mir angst. Nimm ihn ab, bevor du mich umarmst«, sagte er und trat ein paar Schritte zurück.
»Ich wollte ihn dir schenken. Trage ihn am Hals, und du wirst der schönste Rabe weit und breit sein«, flüsterte die Schlange verführerisch.
»Ich will aber keinen Schmuck am Hals haben. Meine Mutter sagte mir immer, wir Raben sollen den Hals frei halten«, rief der kleine Rabe störrisch und eilte weiter auf seinem Weg, die Flüche der Schlange hinter sich zurücklassend.
Der Boden im Wald war mit Zweigen und morschen Stämmen bedeckt, und der Rabe hatte Mühe, all die Hindernisse zu überwinden. Er stolperte, stand wieder auf, fluchte kräftig und ging weiter. Nach langen Stunden der Angst und Mühe erreichte er die Weiden am anderen Ende des finsteren Waldes.
Er flog in den Wipfel einer Tanne, um den weiteren Weg zu erkunden, und wunderte sich, daß er nach den Anstrengungen im Wald so leicht den höchsten Zweig der mächtigen Tanne erreichte. Die grüne Wiese war unendlich groß. In weiter Ferne sah er mehrere weiße Tauben, die im Streit lagen. Die Tauben unterbrachen ihren Streit, als sie den kleinen schwarzen Vogel sahen, schüttelten sich und lächel-

ten verlegen. Als der Rabe sie nach dem Weg fragte, fingen sie an zu lachen.

»Da ist schon wieder so ein Rabe, der zum Pfau will!« Die Tauben gurrten belustigt.

»Ich bin die schönste aller weißen Tauben. Ich habe es nicht nötig, den Pfau zu suchen. Ich bin der Traum vom Frieden«, gurrte eine von ihnen.

»Du doch nicht!« unterbrach eine zweite Taube sie. Dir fehlen zwei Federn vom rechten und eine vom linken Flügel. Hier, schaut meine Schwingen an. Sind sie nicht prächtig?« Sie flatterte stolz mit ihren Flügeln. Keine Feder fehlte ihr.

»Du? Daß ich nicht lache!« rief eine dritte mit zerfranstem Schwanz. »Du hast doch eine Glatze«, kicherte sie boshaft und zeigte verächtlich auf den mit Narben übersäten Kopf ihrer Vorrednerin.

»Du hältst den Schnabel! Du Strohbesenschwanz, du!«

Keifend begannen sie wieder, aufeinander einzuhacken. Der Rabe flog weiter; er schüttelte den Kopf und murmelte: »Der Frieden der Tauben ist Krieg.«

Nachdem der kleine Rabe seinen Hunger auf der Weide gestillt hatte, flog er in die Höhe, um nach Wasser zu suchen. Er sah einen kleinen Fluß in der Ferne. Dort angekommen, traf er einen Waschbären.

Er grüßte ihn höflich und fragte nach dem Weg zum Pfau.
»Schau diesen Hügel in der Ferne! Die Wege gabeln sich dort. Du fliegst über den linken Pfad, bis du einen kleinen See erreichst. Dort auf einer Wiese lebt dieser Angeber.«
Der kleine Rabe bedankte sich bei dem hilfsbereiten Waschbären und flog davon. Nach einer kurzen Zeit erreichte er die Pfauenwiese an dem kleinen See. Ein Pfau stolzierte mit seinem prächtigen Rad umher, während Frau Pfau in ihrem bescheidenen Kleid nach Essen suchte und ihren Kindern zuredete, die gefundenen Körner aufzupicken. Hasen, Amseln, Fasane und Spatzen schauten verzaubert auf den Pfau.
»Warum bist du so stolz?« fragte ihn der kleine Rabe vorwitzig.
»Siehst du das denn nicht, dummes Ding? Ich kann von Sonnenaufgang bis Sonnenuntergang ein Rad schlagen.«
»Ja, und?!« erwiderte der kleine Rabe wütend.
»Das kann kein anderer Vogel«, antwortete der Pfau.
»Hast du keine Augen im Kopf? Sieh doch die farbige Pracht seiner Federn, so etwas hat nicht jeder, dummer Schnabel!« zürnte die Gans.
»Ja, aber jeder Vogel ist in seinen Federn schön. Schaut, wie meine Federn im Sonnenlicht glänzen und bläulich schimmern«, antwortete der Rabe und

versuchte, mit seinen Flügeln die Sonnenstrahlen aufzufangen.

»Bläulich glänzen, haha!« lachte der Pfau laut.

»Du bist doch pechschwarz!« rief die Gans.

»Ja, und?! Jeder Vogel ist schön, aber du langweiliger Pfau kannst nichts anderes als radschlagen. Kannst du kein Spiel, das die anderen auch spielen können?« wollte der Rabe wissen.

»Ich kann alles«, antwortete der Pfau angeberisch.

»Kannst du auf dem Schnabel stehen?«

»Auf dem Schnabel?« wiederholte der Pfau verdutzt.

»Ja, auf dem Schnabel«, nickte der kleine Rabe, steckte seinen Schnabel in den Sand, und mit einem Ruck reckte er seine dünnen Beine in die Luft. Mit seinen Flügeln versuchte er das Gleichgewicht zu halten.

»Irre!« rief die Elster.

»Toll!« klatschten die Spatzen.

»Sagenhaft!« grunzte ein Frischling.

»Nichts leichter als das!« sagte der Pfau eifersüchtig und versuchte es. Kreischend fiel er auf den Rücken und knickte drei seiner langen Federn um.

»Der Wind hat mich umgestoßen«, rief er wütend und schlug ein Rad. Beim nächsten Versuch fiel er aber wieder um, knickte zwei weitere seiner schönen langen Federn, und seine Krone war ganz durcheinandergeraten. Der kleine Rabe krächzte belustigt, als

der Pfau wieder sein Rad schlug, denn er sah mit den geknickten Federn wirklich jämmerlich aus. Nun hüpften viele Vögel kopfüber ins Gras und versuchten, sich auf den Schnabel zu stellen. Den Spatzen gelang es gleich, die Gans fiel flach auf den Bauch, und die Elster schimpfte laut, weil der Fasan über sie gestolpert war, als sie es beinahe geschafft hatte.

»Das ist ja Unsinn! Schaut lieber zu, wie schön ich mein Rad schlagen kann!« rief der Pfau wütend und stolzierte aufgeregt vor ihnen herum. Doch kein Vogel interessierte sich mehr für ihn, nicht einmal Frau Pfau. Sie fand das Spiel nämlich lustig und lachte, weil sie laufend umfiel, und freute sich, als es ihrem jüngsten Küken gelang.

»Ja, es ist Unsinn, aber es macht mehr Spaß, als immer nur dir zuzuschauen«, rief der kleine Rabe und krächzte vergnügt, als auch er flach auf den Boden fiel, denn er hatte vergessen, daß er nicht den Schnabel aufmachen durfte, wenn er darauf stand.

»Frecher Bengel, dir werde ich Benehmen beibringen!« rief der Pfau und rannte hinter dem kleinen Raben her, der eilig in einem Brombeerstrauch verschwand. In seiner Wut vergaß der Pfau, daß er noch seine Federn ausgebreitet hatte, und verfing sich in den dornigen Ranken, so daß er weder vorwärts noch rückwärts konnte. Der kleine Rabe aber

tauchte auf der anderen Seite wieder auf.

»Wir müssen ihm helfen«, rief er und zupfte eine lange Feder aus dem Rad. Die anderen Vögel kamen ihm lachend zu Hilfe, rupften dem Pfau die Federn und halfen ihm, rückwärts aus den Brombeerranken herauszukommen. Wütend schrie der Pfau auf und wollte ein Rad schlagen. Die Vögel lachten über seinen nackten Hintern.

»Du siehst aus wie ein Brathähnchen«, rief Frau Pfau und schloß sich dem Gelächter der anderen an.

Die Vögel aber erfanden viele lustige Spiele mit den Federn. Sie kitzelten sich gegenseitig, fächerten sich Luft zu und schmückten sich damit, als wäre es Karneval. Sie warfen eine Feder in die Luft und schauten zu, wie sie sanft auf den Boden segelte.

Der kleine Rabe jedoch trug eine der bunten Federn, so schnell er konnte, nach Hause. Seine Mutter war überglücklich, ihn heil und gesund wiederzusehen, und freute sich über das schöne Geschenk, mit dem sie stolz ihr Nest schmückte. Sie küßte ihn, streichelte lange seinen Kopf und hörte aufmerksam seiner Geschichte zu. Auch viele Rabenkinder hörten die Erzählung des tapferen Raben, hüpften aus ihren Nestern und baten ihn, ihnen den Weg zu zeigen. Als sie die Pfauenwiese erreichten, sahen sie, wie die anderen Vögel mit den Pfauenfedern spielten. Das machte ihnen soviel Spaß, daß sie an diesem Tag zehn anderen Pfauen die Schwanzfedern raubten und damit nach Hause zurückflogen.

Seit diesem Tag schlägt der Pfau nie mehr sein Rad von Sonnenaufgang bis Sonnenuntergang. Nur kurz entfaltet er seine Federn und kreischt dabei laut, weil er sich an diesen bösen Tag erinnert. Auch paßt er höllisch auf, daß kein Rabe in der Nähe ist.

DIE WAHRHEIT ÜBER VAMPIRE UND KNOBLAUCH

Über Graf Dracula wurden viele Horrorgeschichten geschrieben. Die Filmindustrie sparte nicht mit diversen Bearbeitungen. F. W. Murnau drehte »Nosferatu« schon 1922. R. Polanski machte mit dem »Tanz der Vampire« eine der lustigsten Fassungen.

»Keiner dieser Filme und Märchen erzählt die Wahrheit«, sagte der Redakteur für Serien. Für ihn waren all diese Bearbeitungen zu einseitig.

»Es ist an der Zeit, daß die wahre Geschichte dieses umweltfreundlichen und friedliebenden Grafen ans Licht kommt.«

Ich verstand den Zusammenhang zwischen Dracula und der Friedensbewegung nicht, aber in letzter Zeit treten ja auch Generäle und Waffenkonstrukteure als Friedensengel auf. Mein Chef blieb durch meine Bedenken unbeeindruckt.

»Daß der Graf den Knoblauchgeruch gehaßt hat, das versteht jeder vernünftige Mensch, diese üble Pflanze kann einen Feinschmecker richtig anwidern.«

Das hatte zwar mich und meinen Geschmack beleidigt, aber die Wohnungsmiete stand an, und mein Konto litt unter dauernder Unterernährung.

»... aber daß der Graf Blut gesaugt und Angst vor

dem Kreuz gehabt hat, das ist eine doppelt üble Unterstellung.«
Ich solle mir Zeit nehmen und den Sachverhalt untersuchen. Wenn ich als muslimischer Journalist etwas Entscheidendes zur Verteidigung der Kultur des Abendlandes fände …

… könnte eine Titelgeschichte oder gar eine Serie dabei herauskommen.

»Graf Dracula, wie er lebte und speiste«, ergänzte ich scherzend, aber mein Chef lachte nie über meine Einfälle, denn seit dreißig Jahren entwirft er sensationelle Schlagzeilen und Titel.

Ich war froh; denn mit dem Vorschuß konnte ich die Miete bezahlen und einen Monat auf Kosten der Zeitschrift in Rumänien verbringen. Aber warum hatte er gesagt: »Sie als muslimischer Journalist?« Diese Frage beunruhigte mich. Ich rief meinen Kollegen Uwe an und lud ihn zu einem Wein ein. Uwe ist einer der erfahrensten Journalisten dieser Zeitschrift und hatte schon einige Serien bei meinem Chef durchgebracht.

»Warum gerade ich?« kam ich schnell zum Thema.

»Das Zeitschriftengeschäft ist hart. Die Bundesrepublik ist nicht nur das Land der VWs. Sie ist auch das Land mit den meisten Zeitschriften. Was ist heutzutage schon eine große Sensation, wenn sie in 70 Zeitschriften plattgedroschen wird?«

Ich verstand wieder einmal den Zusammenhang nicht, und Uwe erklärte ihn mir mit seinem besonders feinen Humor.

»Also, nehmen wir an, ein christlicher Reporter macht einen Bericht, irgendeine Story, daß das Kreuz doch heilig ist und Wunder vollbringt. Das kauft uns doch keine Oma mehr ab, da muß schon ein Muslim ran!« Er lächelte verschmitzt.

»Aber ich glaube weder an euren Jesus noch an unseren Mohammed.«

»Spielt doch keine Rolle. Du heißt doch Mohammed Abdulla Amarsaman, das ist wichtig, und dein Boß läßt so unauffällig wie nur möglich unter den Artikel in fetter Schrift ›jordanischer Reporter‹ drucken. Na, wenn das keine Sensation ist!«

Wir lachten. Ich mußte Uwe recht geben.

Ich fuhr nach Bukarest, da Graf Dracula aus Rumänien stammt. Aber was ich schon nach einer Woche herausfand, ließ mich erkennen, daß meine ganze Mühe und Hoffnung auf eine Titelgeschichte umsonst war.

Vlad Tsepesch, geboren 1430, gestorben 1476 bei Bukarest, war der Fürst der Walachei. Er entstammte einem Adelsgeschlecht. Sein Vater hieß Fürst Vlad Dracul. Dracula bedeutet nichts anderes als »der Sohn des Dracul«. Dieser Fürst Dracula wehrte die

Angriffe der Osmanen erfolgreich ab und war grausam gegen seine Feinde: Er ließ sie pfählen. Sein Name Tsepesch bedeutet »der Pfähler«. Ich suchte lange in Bukarest nach Anhaltspunkten, weshalb Dracula Angst vor dem Kreuz gehabt haben könnte, wenn er doch Christ war. Die Rumänen haben den Grafen aber schon zum Nationalhelden erhoben, und wie das immer ist, findet man kaum noch Lebendiges über Nationalhelden. Nur glatte Märchen und Lobeshymnen, die in allen Ländern gleich sind, als hätte derselbe Schriftsteller am Fließband und nach Bestellung für alle Nationalhelden denselben Lebenslauf geschrieben.

Graf Dracula hatte genau wie viele Nationalhelden zahlreiche eheliche Söhne. Die Zahl seiner unehelichen Kinder bleibt wie die seiner Rivalen in den Nachbarstaaten unbekannt. Einer seiner Urenkel hieß Karl. Er wurde König und herrschte grausam über Rumänien von 1930 bis 1940. Er paktierte mit den Nazis, war ihnen aber noch viel zu weich. So stürzte ihn sein eigener General Antonescu – auch ein Urenkel des Grafen. Dieser General rief den jungen Sohn Karls zum König der Rumänen aus.

König Michael hieß der Kerl. Ein Schwächling. General Antonescu errichtete eine faschistische, blutige Diktatur, und die Nazis gewährten ihm Unterstützung. Als es aber Anfang 1944 den Nazis an den

Kragen ging, ließ König Michael seinen General verhaften, trat schlaumeierisch zu den Alliierten über und erklärte dem Deutschen Reich den Krieg, um seiner Krone den Frieden zu bringen.

»Tsu spääät!« riefen die Sowjets in akzentreichem, aber deutlichem Rumänisch und tippten sich mit dem Zeigefinger gegen die Stirn. Michael reiste Ende 1947 beleidigt in die Schweiz, das Altersheim der Herrscher und Mafiabosse, und lebt dort zwar sehr zufrieden, aber immer noch beleidigt. Zwei andere Urenkel waren schlauer als Michael, sie reisten ins Deutsche Reich und tauchten unter. Man fand vor lauter Spuren keine Spur mehr von beiden.

Eigentlich hätte ich für diese dürftige Information zu Hause bleiben können. Ich packte, wie gesagt, nach einer Woche Recherchen meinen Koffer und wollte zurückfahren, da klopfte es an meiner Zimmertür in der kleinen Pension am Rande von Bukarest.

Ein hagerer Sechzehnjähriger stand unbeholfen vor mir. Ich dachte erst, er wollte mir beim Koffertragen helfen.

»Willst du ein echtes Dokument über Dracula?« fragte er mich leise in gebrochenem Englisch.

Ich lachte herzlich, weil ich mich in ihm wiedererkannte. Wie oft hatte ich vor zwanzig Jahren in Jordanien dummen Touristen Sachen angedreht, die

ein alter Handwerker herstellte. »11. Jahrhundert, Mister. Original!« flüsterten wir geheimnisvoll den erstaunten Amerikanern zu und kassierten für alte Schlüssel, kaputte Dosen und Flaschen zwei Dollar, obwohl sie für zehn Piaster zu bekommen waren.

Ich machte dem Jungen klar, daß ich kein Geld hatte und auch kein Interesse, weder am Schädel Napoleons noch an der Unterhose Cäsars.

»Ich will kein Geld«, rief der Junge entsetzt, »aber ich dachte, daß es wichtig für dich sei!« Er wollte wütend das Zimmer verlassen, aber ich hielt ihn mit der Bitte zurück, mir das Dokument zu beschreiben.

Der Junge überzeugte mich von seinem Fund, und wir reisten mit einem Bus in das Dorf, wo er das seltene Dokument versteckt hielt. Lange dauerte die Reise, und die Wege wurden immer unheimlicher. Der Junge saß neben mir, wortlos blickte er nach vorne. An klaffenden Abgründen vorbei und durch dichten Nebel fuhr der kleine Bus. Unerwartet hielt er immer wieder auf menschenleeren, schmalen Straßen an, und Leute stiegen aus. Mich wunderte das, weil weit und breit kein Dorf zu sehen war, nicht einmal eine Scheune.

»Warum steigen sie aus?« fragte ich, als die letzten Fahrgäste, zwei alte Frauen, am schmalen Rand der Straße den Bus verließen.

»Nur wer genügend Geduld besitzt, kann zur Wahrheit vordringen«, sprach der Junge. Mir wurde bei diesen pathetischen Worten etwas bange.

Endlich hielt der Bus auf einem Dorfplatz. Wir stiegen aus, und der Junge eilte davon. Ich folgte ihm. Seine Schritte wurden immer schneller, je weiter er sich vom Dorf entfernte. Etwas außerhalb blieb er vor einer verfallenen Hütte stehen.

»Hier ist der Platz«, sagte er, und bevor ich noch Atem holen konnte, betrat er die verlassene Hütte. Sie roch stark nach Schafmist. Laub, Zweige und Papierfetzen bedeckten den Boden. Ein paar alte Zeitungen lagen ausgebreitet bei einer Feuerstelle in der Mitte des Raumes. Der Junge lockerte ein morsches Brett und scharrte hastig mit den Fingern in der feuchten Erde. Bald kam der Deckel einer länglichen Dose zum Vorschein. Er nahm die Dose heraus und streifte vorsichtig mit der flachen Hand die Erdklumpen ab. Behutsam hielt er die Dose in seinen Händen, als berge sie die Juwelen Salomons.

»Hier ist das Papier«, flüsterte er leise. »Ich habe es im Keller von Draculas Schloß gefunden«, fügte er hinzu und öffnete den Deckel. Eine vergilbte Papierrolle lag in dem Kasten. Ich nahm die Rolle und breitete sie vorsichtig aus.

»Arabische Schrift«, rief ich erstaunt, als ich die in

bläulich-violetter Tinte verfaßten Zeilen sah. Ich eilte hinaus, um das Dokument bei Tageslicht zu betrachten. Die Schrift war arabisch, die Sprache aber türkisch, das erkannte ich schon an den ersten Worten. Die Osmanen schrieben bis zur Sprachreform durch Mustafa Kemal Atatürk 1928 in arabischen Buchstaben. Einige Worte konnte ich verstehen, aber die Satzbrocken brachten mich nicht weit. Was könnte das sein? Meine Augen wanderten ratlos über die Zeilen.
Da! Was war das? Im letzten Drittel des Textes tauchte das Wort Dracula mehrmals auf. Ich behielt das Wort fest in den Augen. Es konnte auch UraKola sein (D und U sind in der arabischen Handschrift sehr ähnlich, ein O gibt es nicht, dafür setzt man U). DraKola, DraCola, Ura Cola. Vielleicht wußte dieser merkwürdige Junge etwas mehr. Ja, der Junge! Wo war er denn?
Ich eilte in die Hütte, aber er war verschwunden, als hätte er sich in Luft aufgelöst. Träumte ich oder stand ich in einem rumänischen Dorf am Ende der Welt? Das Blatt in meiner Hand war Realität. Nein, ich träumte nicht.

Lange rätselte und deutete ich an den Wörtern herum. Das Papier erzählte von Sultanen, vom Krieg und von Dracula, aber was erzählte es? Ali, mein türkischer Kollege, auch ein exilierter Journalist, erzählte mir einst, daß nur wenige Gelehrte diese Schrift entziffern könnten. Ja, Ali könnte mir weiterhelfen. Ich nahm ein Taxi zur nächsten Poststelle und rief Ali in Köln an. Ich hatte Glück, er war zu Hause. Ich erzählte ihm ohne Umschweife von meinem Fund, und Ali war wie immer hilfsbereit. Er gab mir die Adresse eines Islaminstituts in Istanbul, an dem einer der berühmtesten Gelehrten arbeitete. Ich konnte in jener Nacht kaum schlafen, und am nächsten Tag schlug ich mich auf abenteuerliche Weise zur nächsten Großstadt durch und nahm von dort die erste Maschine nach Istanbul.

Der Islamgelehrte war ein sehr beschäftigter Mann. Junge Wissenschaftler gingen bei ihm ein und aus, und ich wartete geduldig im Vorraum. Meine Tätigkeit als Journalist lehrte mich schon früh, das Wasser mit dem Feuer zu versöhnen und ungeduldig doch Ruhe zu bewahren. Nach drei Stunden Wartezeit geleitete mich der Assistent zu seinem Chef. Dessen orientalisches Lächeln ließ meine Wut über die Wartezeit schwinden. Ich zögerte etwas und wollte nicht gleich mit der Sprache herausrücken, aber der alte Gelehrte lächelte gütig, dieses wunderbare Lächeln, das die Unruhe in den Gliedern löst. Er sprach ein exzellentes Arabisch. Einfach gekleidet, umgeben von einem großen Durcheinander aus Büchern, Heften und Pflanzen,

verkörperte er den Typ des mittelalterlichen Gelehrten. Ich erzählte ihm von meinem Fund und reichte ihm das Papier.

»Das ist nicht türkisch«, sagte er mit ruhiger Stimme. »Das muß altosmanisch sein, wenn es aus dem 14. Jahrhundert stammt.« Er setzte seine staubige Brille auf und vertiefte sich in die Zeilen. Seine Gesichtszüge änderten sich unter dem Eindruck der Worte, die er entzifferte. Manchmal runzelte er die Stirn, dann lächelte er kurz oder schüttelte den Kopf.

»Was steht darin, Meister?«

»Der Mann ist entweder verrückt oder ein Genie. Er schreibt alles durcheinander. Er muß es kurz vor seinem Tod niedergeschrieben haben.«

»Was schreibt er denn?«

»Wollen Sie es wissen? Wirklich? Es steht nicht viel drin.«

»Ja, bitte, aber warten Sie bitte einen Augenblick!« Ich nahm schnell meinen Kassettenrecorder aus der Tasche und stellte ihn auf den Tisch.

»Bism illah el ruhman el rahim«, sprach der Gelehrte den Namen Gottes, so wie alle Islamgelehrten es tun, bevor sie irgend etwas lesen oder schreiben.

»Der Anfang fehlt«, sagte er und schaute mich über den Rand seiner Brille an.

»Macht nichts, beginnen Sie bitte dort, wo es anfängt …«, beruhigte ich das Gewissen des Gelehrten.

»... weshalb, und wir warten hier auf den Tod. Warum? Was suche ich hier? Ich will in das Zelt meiner Mutter zurück, aber morgen muß ich sterben. Warum? Wer hat uns hierhergeschickt? Ich kenne doch die Leute nicht, gegen die ich einen Krieg im Namen Gottes führe. Meine Freunde freuen sich auf den Märtyrertod. Ich habe Angst. Sie verachten mich deshalb, und das quält mich mehr als der Gedanke an den Tod. Die Gefangenen werden aufgepfählt. Sind wir Hammel? Ja, wir sind dümmer als Hammel, was hätten wir sonst hier zu suchen. Ich bin verloren. Ich hätte durch das Lesen und Schreiben, das ich lernte, ein reicher und glücklicher Mann werden können. Die schönsten Verse hätte ich schreiben können, und was mache ich hier? Ich schreibe meine Dummheit auf dieses Papier. In- und auswendig kann ich den Koran, aber die Wächter verstehen nicht einmal, was der Koran überhaupt ist. Sie fressen Schweine und trinken Alkohol. Sie tun das nicht heimlich. Vielleicht erlaubt es ihnen ihr Gott. Wie viele Götter gibt es eigentlich? Ihr Gott muß stärker sein als unserer, sonst hätten sie uns nicht besiegen können. Warum bekriegen sich nicht die Götter auf der Erde vor den Augen der Menschen? Wenn einer von ihnen übrigbleibt, sparen sich die Menschen den Krieg und folgen ihm oder ...«

Der Gelehrte stockte.
»Und???« flehte ich ihn gespannt an.
»Wollen Sie wirklich alles wissen? Der Kerl muß wirklich verrückt sein.«
»Ja, bitte!!!« ermunterte ich ihn.
»... oder bringen ihn um, damit seine Söhne nicht wieder streiten und Kriege verursachen, dann können die Menschen ohne Götter in Ruhe leben. Warum lassen die Wächter die Verurteilten drei Tage lang vor ihrer Hinrichtung Knoblauch essen? Nur frischen Knoblauch und Wasser. Ich bin seit zwei Tagen hier gefangen und kann keinen Knoblauch mehr sehen. Ein Bündel nach dem anderen muß ich aus Hunger fressen. Graf Dracula soll daran Genuß finden, das Blut der Hingerichteten zu lecken, bis er besoffen ist. Er mag das Blut nur, wenn es nach Knoblauch riecht. Was ist das für ein Barbar, dieser Dracula? Was ist ...«
Der alte Gelehrte legte das Papier beiseite. »Das ist alles«, sagte er und nahm seine Brille ab. »Wie Sie sehen, ein Durcheinander eines armen Teufels. Was wollen Sie damit anfangen? Hat sich Ihre weite Reise gelohnt?« fragte er höflich und lächelte gütig beim Abschied.

Der Gelehrte konnte nicht ahnen, daß meine Strapaze sich sehr wohl gelohnt hatte. Das ganze Gerede

über die abstoßende Wirkung des Knoblauchs auf Vampire war also eine Lüge.
In die Bundesrepublik zurückgekehrt, teilte ich dem Redakteur den Inhalt des Dokuments mit. Man könnte, fuhr ich fort, eine Serie mit dem Titel ›Vampire lieben Knoblauch‹ starten und das Dokument abbilden.
»Mager, mager, mein Lieber«, schmetterte der Redakteur meine Begeisterung ab.
Die Jahre vergingen, und ich verdrängte die bittere Erfahrung: Rumänien, meine mühseligen Recherchen und die ganze Sache mit Dracula. Ich bekam den Auftrag, etwas Fröhliches über den Orient zu berichten. Der Redakteur für Aktuelles gab mir den Tip, nach München zu fahren. Jeden Tag landen dort Flugzeuge aus dem Orient. Unter den vielen unbedeutenden Flügen gibt es einige bedeutsame. Familien der Ölscheichs fliegen einen Tag nach München, kaufen ein, verbringen den Tag in den exklusivsten Geschäften und kehren schwer beladen am selben Abend nach Hause zurück. In München wartete ein Fotograf auf mich, und wir sollten einen Bericht verfassen, als unterhaltsamen Ausgleich zu den Kriegsberichten aus Irak und Iran.
»Es gibt auch anderes aus dem Morgenland«, sagte der Redakteur, und ich machte mich auf den Weg.
Ich nahm zu meiner Unterhaltung ein Buch mit, in

das ein Freund seine Gefühle als Gastarbeiter hineingelegt hatte. Ich sollte ein paar Worte darüber schreiben. Früher lachte ich über die Deutschen, die nichts Besseres in einem Zug zu tun haben als zu lesen. Nach zwölf Jahren Aufenthalt in der Bundesrepublik aber habe ich meine Belästigung der friedlichen Fahrgäste aufgegeben, die lieber die Reklame einer Elektrofirma drei Stunden lang anstarren, als sich mit ihrem Nachbarn zu unterhalten. Zwölf Jahre Niederlagen machten mir die Anpassung schmackhafter, und so packe ich Unterwäsche, Hemden und Handtücher ein und vergesse nie, ein Büchlein mitzunehmen.

Ich betrachtete gerade den Buchdeckel und wollte zu lesen anfangen, als die Tür des Abteils aufging.
»Ist hier ein Platz frei?«
»Ja!« antwortete ich dem etwa vierzigjährigen Gastarbeiter. Ich war ja allein in dem Abteil. Seine Mütze, sein Schnurrbart und der Rosenkranz deuteten auf seine Herkunft: ein türkischer Gastarbeiter.
»Heute viel kalt«, sagte er, rieb sich die Hände und setzte sich mir gegenüber. Er schaute das Buch in meinen Händen an. »Sie Lehrer?« fragte er und zeigte auf das Buch.
»Nein, Journalist!« sagte ich und lächelte, weil bei uns die Bauern auch jeden, der ein Buch bei sich hat, für einen Lehrer halten.

»Was sind Sie für ein Landsmann?« fragte ich so höflich, wie ich es gelernt hatte, aber der Mann schien nicht zu verstehen.

»Landsmann? Landsmann? Ne, nix Mannesmann. Mein Bruder im Ruhrgebiet. Ein anderer in Heidelberg ich jest besuchen. Ich Metallfabrik in München.«

»Nein, nein! Woher kommen Sie? Aus der Türkei?«

»Ach so!« rief der Mann und lachte. »Nein, ich aus Marokko, verstehen? Maghreb, verstehen?«

»Bist du ein Marokkaner, Bruder?« frohlockte ich auf arabisch, und das Gesicht des Mannes entspannte sich zu einem breiten Lächeln. »Ich bin Jordanier«, fügte ich hinzu. Ich steckte das Buch in den Handkoffer und unterhielt mich mit Ali, meinem Weggenossen, über Palästina – darüber sprechen Araber zwei Minuten nach ihrer Begegnung, wenn sie nicht über Frauen reden. Vor allem die nordafrikanischen Araber haben einen viel tieferen emotionalen Bezug zu Palästina als die im asiatischen Teil Arabiens. Die Kriege und die unmittelbare Nähe haben uns ernüchtert. Ali reichte mir eine Zigarette. Er wollte sich selber eine anstecken und beeilte sich zugleich, mir Feuer zu geben, dabei fiel seine Zigarette zu Boden. Ali bückte sich, um sie aufzuheben. Sein Schal rutschte etwas zur Seite und ich sah, daß er am Hals blutete.

»Du blutest ja!« rief ich entsetzt.
»Macht nichts, das hört bald auf.«
»Wo hast du dich verletzt? In der Firma?«
»Nein, Dracula hat mich gebissen«, sagte er, zündete seine Zigarette an und betastete seine Wunde. Dabei blickte er ins Weite, als hätte er mir gesagt, er wäre ausgerutscht. Zwei Blutstropfen sah ich auf der verhornten Haut seiner flachen Hand. Frisches Blut! Mir wird schlecht, wenn ich Blut sehe, aber ihm schien es nichts auszumachen. Er schaute mich an, dann seine Hand und wischte sie an seiner alten Kordhose ab.
»Habe ich dich richtig verstanden, Bruder? Sagtest du Dracula?«
»Ja!«
»Wo denn?«
»In München.«
»Du machst dich lustig über mich!«
»Sehe ich so aus, Bruder? Nein! Ich schwöre es dir beim Propheten, ich ...«
»Aber Dracula ist schon im fünfzehnten Jahrhundert gestorben!« unterbrach ich ihn und winkte mit der Hand ab.
»Ja, aber nicht sein Urenkel.«
»Na ja, vielleicht ähneln sich die Namen. In jeder Stadt gibt es Müller und Meier ...« wollte ich seine Gewißheit möglichst höflich in Frage stellen.

»Nein, nein, wenn ich dir sage, er ist ein Urenkel, dann ist er ein Urenkel, und er saugt mir jeden Tag einen halben Liter...«, fuhr er mich etwas ungeduldig an.

»Was für einen halben Liter?«

»Blut! Was sonst? Kennst du die Geschichte von Dracula nicht?«

»Und ob!« rief ich verzweifelt und erzählte ihm meine Dracula-Geschichte. Ich bemühte mich, den Text des Dokuments in genauem Wortlaut wiederzugeben. Der Mann hörte mit gespanntem Gesicht meiner Geschichte zu.

»Das ist die Wahrheit!« rief er, »jedes Wort ist wahr, und alle anderen lügen. Das mit dem Kreuz und mit dem Knoblauch ist doch Schwachsinn. Ich habe alles probiert, aber es hat nichts geholfen. Die Zeitschriften wollen nur Lügen veröffentlichen, deshalb hat dein Chef deinen Bericht abgelehnt. Er ist bestimmt auch ein Enkel von Dracula.«

»Mein Chef?« rief ich und lachte bei der Vorstellung, der kleine, hagere Kettenraucher Schmidt stünde auf einem Stuhl, um an meinen Hals heranzukommen. »Nein, nein, Dracula-Enkel können kein Blut saugen!« sagte ich lächelnd und bot ihm eine Zigarette an, um auf ein anderes Thema zu kommen, aber der Mann nahm die Zigarette nicht, sondern starrte mich mit großen Augen an.

»Und das? Was ist das hier?« rief er und schob seinen

Schal beiseite. Zwei Löcher waren am unteren Hals zu sehen.
»Hier, noch frisch! Er hat mich vorgestern abend erwischt. Ich fuhr zu meinem Bruder nach Heidelberg. Er lauerte mir in der Toilette auf.«
Zwei Löcher, tief und trichterförmig mit vernarbtem Rand, konnte ich nun deutlich sehen. Eine Mischung aus Verwirrung und Scham übermannte mich. Ist er verrückt? Oder ist es ein Zufall, daß gerade ich ein Dracula-Opfer treffe? Sitzt dieser Mann hier und redet gelassen über Dracula? Oder wird er sich bald in Luft auflösen und mich mit meiner Verwirrung allein zurücklassen? Die Narben, das Blut und das verrauchte kleine Abteil sind Tatsachen. Wenn aber alles echt wäre, wie beleidigend mußten dann meine zweifelnden Fragen und der verächtliche Ton wirken? Sollte ich ihn anfassen und rütteln? Unentschlossen stand ich auf und ging wie benommen auf die Toilette. Dort blickte ich in den Spiegel und sprach leise zu mir: »Nein, das hast du nur geträumt. Jetzt kehrst du zurück, und der Mann ist verschwunden.«
Ich ging ins Abteil zurück, aber Ali starrte aus dem Fenster auf die vorbeirauschenden Felder. Er schaute mich nicht einmal an, als ich ins Abteil trat. Ich wußte nun, daß ich ihn beleidigt hatte und daß er weder verrückt war noch gelogen hatte. Ich bot ihm eine Zigarette an, aber er lehnte ab.

»Es tut mir leid, daß ich deine Geschichte angezweifelt habe. Ich glaube schon, daß es Dracula gibt«, sagte ich, und Ali schüttelte den Kopf und lächelte.

»Weißt du, ich bin nicht böse auf dich, nicht einmal meine Brüder und meine Frau glauben es mir. Aber ich kann mich nicht daran gewöhnen, als Lügner abgestempelt zu werden, bloß weil die anderen es nicht selbst erleben.«

Ich schüttelte nachdenklich den Kopf, denn er rührte bei mir an eine offene Wunde. Ich reichte ihm wieder eine Zigarette. Diesmal nahm er sie freudig an.

»Erzähl mir deine Geschichte, ausführlich, wir haben ja Zeit«, bat ich ihn.

»Kurz nach meiner Ankunft in Deutschland fand ich Arbeit bei einer Firma in München. Ich freute mich sehr, weil ich Glück hatte. In Marokko arbeitete ich als Dreher, und hier fand ich gleich eine Arbeit an der Drehbank. Das ist eine Kunst, Bruder! Eines Tages arbeitete ich in der großen Halle, ich war ganz allein. In der Nebenhalle machten drei oder vier Kollegen Überstunden, aber hier war ich allein. Plötzlich sah ich einen Mann im schwarzen Anzug in die Halle eintreten. Ich wunderte mich, weil er einen Zylinder aufhatte und weiße Handschuhe trug. Ich habe in so einer Werkshalle noch nie einen so fein angezogenen

Typen gesehen, weder in Marokko noch in Deutschland.
›Hier bist du also, und ich suche dich überall‹, sagte er in feinstem Arabisch. Ich dachte, das sei der marokkanische Botschafter. Weißt du, Bruder, ich habe den Botschafter ja noch nie gesehen.
›Mich? Warum?‹ wollte ich wissen und war voller Sorge, daß meiner Frau etwas zugestoßen war, weil er so nach Beerdigungsinstitut aussah. Er hatte helle Augen. Irgendwie wußte ich, das konnte nicht der Botschafter sein.
›Marokkanisches Blut habe ich noch nie gekostet. Du bist doch aus Marokko, nicht?‹
›Ja, ... aber was haben Sie noch nie gekostet?‹ fragte ich.
›Siehst du? Mein Computer weiß alles. Ein Knopfdruck, und schon erscheinen die Namen und daneben die Nationalität. Der erste Marokkaner in München, stand bei deinem Namen!‹
Ich verstand gar nichts mehr. Der Mann ist verrückt, dachte ich. Blut ... Computer ... Nationalität ... was für ein Quatsch! Der Mann kam mir immer näher, und ich hatte Angst, er könne sich an der Maschine schmutzig machen.
›Bleiben Sie weg von der Drehbank! Wenn etwas passiert, bin ich dran!‹
Der Mann lächelte, als hätte er meine Warnung nicht

gehört. ›Du heißt doch Ali Turki, nicht wahr? Du bist Marokkaner, wieso dann Turki?‹

Ich war gelähmt. Wieso wußte er meinen Namen? Alle nennen mich Ali, auch die Leute im Personalbüro.

›Auf arabisch bedeutet das, aus der Türkei stammend. Wahrscheinlich waren meine Urgroßeltern Gastarbeiter in Marokko. Aber ... bleiben Sie weg, sonst passiert doch etwas!‹ rief ich, als er sich an die Drehbank lehnte.

›Es passiert gar nichts. Ich nehme meinen halben Liter und gehe.‹

›Ja, was für einen halben Liter denn?‹

›Blut, mein Freund, Blut!‹

Ich fragte ihn, ob er denn vom Roten Kreuz sei, und da antwortete dieses Monster:

›Nein! Wo denkst du hin! Ich bin Graf Dracula!‹

Ich hab' mir dann gedacht, Johann und Karl aus der Nebenhalle haben mir einen von diesen besoffenen Heinis geschickt. Es war ja Oktoberfest. Da hab ich dann plötzlich keine Angst mehr gehabt. Nein, Johann und Karl können mich, den Marokkaner Ali, nicht erschrecken.

›Erstens‹, sagte ich lachend, ›stimmt das nicht mit Dracula. Der saugt doch die Leute zu Tode und bestellt sich nicht einfach einen halben Liter. Das ist ja lächerlich, was für ein jämmerlicher Dracula bist du!

Du kommst her und willst mich überreden, dir einen halben Liter von meinem Blut zu geben. Bin ich eine Tankstelle? Zweitens, wenn du Dracula wärst, wärst du bei diesem Neonlicht schon längst abgehauen. Nein, da sollen die Kerle sich einen anderen Witz ausdenken, mit Ali aber nicht!‹

›Was redest du für einen Unsinn! Zu Tode saugen! Oh wie brutal und primitiv! Das waren doch meine Vorfahren, sie haben drauflosgesaugt, bei allem, was ihnen in die Hände fiel, ob Katze oder Mensch, Alkoholiker oder Hepatitiskranker, ihnen war alles egal. Oh, wie dumm sie waren! Sie schufen mit jedem zu Tode Gesaugten neue Konkurrenz. Bis es zur Katastrophe kam. Es gab mehr Saugende als auszusaugendes Material. Nein! Wir sind auch schlauer geworden. Einen halben Liter täglich, und damit hat es sich. Leichen! Oh, es wird mir schlecht bei dem Gedanken, über Leichen zu stolpern. Licht? Man muß ein Denkmal für Edison setzen, unzählige Denkmäler … Es gibt nichts Besseres, als die Dinge im richtigen Licht zu sehen. Stell dir vor, ich beiße einen x-Beliebigen, statt die Auslese zu genießen!‹
Also, ich hielt den Mann für vollkommen verrückt.
›Ja, dann geh doch in die Nebenhalle. Dort sind mehrere kräftige Kerle, da kannst du dich vollsaugen.‹
›Das habe ich schon, weißt du's noch nicht? Am

Fließband und in den Kneipen. Das ist mein tägliches Hauptgericht, und jetzt will ich meinen Nachtisch. Sei kein Spielverderber! Du bist jetzt aufgeregt, und ich mag kein aufgeregtes Blut!‹

›Aufgeregt? Ich bin überhaupt nicht aufgeregt, aber mein Blut stinkt nach Knoblauch und ist scharf, sehr scharf, wegen der Harissa, die ich esse, da brennt dir die Zunge. Wir essen Harissa zu allem‹, sagte ich scherzend, aber ich fühlte mich gar nicht wohl in meiner Haut.

›Ja, gerade das will ich. Meinem Computer sei Dank, daß ich es heute erfahren habe. Der erste Marokkaner arbeitet seit einer Woche in München. Wo hast du dich bloß versteckt?‹

Er schlürfte laut seine Spucke, und es hörte sich an, als ob eine Schlange zischt. Ich drehte mich zu ihm um und sah auf einmal seine Eckzähne, so groß wie die eines Tigers, und seine Augen quollen aus ihren Höhlen. Ich wußte nicht, ob ich träume oder ob ich der unglückliche Ali, der Sohn von Hassan Turki aus Marokko, war. Ich rief laut: ›A'us billah minal Schaitan el rajim‹, um diesen Teufel von mir fernzuhalten, aber der heilige Spruch nützte nichts, der Kerl schritt auf mich zu. ›Herr! Ich will nicht sterben!‹ flehte ich ihn an und trat einen Schritt zurück. Ich war wie gelähmt, als wären meine Schuhe aus Blei gegossen.

Er lachte widerlich. ›Sterben? Wer redet denn vom Sterben, Junge! Ich sagte doch, einen halben Liter, verstehst du nicht?‹

›Doch … doch …‹, hab' ich gestöhnt und versucht, den großen Schraubenzieher zu erwischen, aber ich bin ausgerutscht und hingefallen.

›Vorsicht! Ich mag keine Brutalität, sonst zerbrichst du noch etwas und mußt dafür zahlen‹, sagte er und beugte sich über mich. Ich versuchte, ihn zur Seite zu werfen, aber er war schwerer als ein Bär und hatte so starke Hände, als wären sie aus reinstem Stahl. Er packte mich an den Händen und drehte mich auf den Bauch. Nicht einmal einen Hilferuf konnte ich über meine Lippen bringen. Plötzlich zischte es, und eine Flüssigkeit kühlte meinen Hals.

›Was ist das?‹

›Alkoholspray. Ich will mich ja nicht vergiften. Was für einen Hals hast du? Seit wann hast du dich nicht mehr gewaschen?‹

›Erst gestern abend habe ich geduscht, aber in dieser Halle schwitzen wir wie die Schweine. Hier gibt's keine Klimaanlage.‹

›Klimaanlage? Eine gute Idee, das sollten diese muffligen Pfennigfuchser in der Verwaltung hören. Ich brauchte dann nicht diese teuren Sprays‹, rief er und sprühte noch mal das Zeug auf meinen Hals. Plötzlich spürte ich zwei Stiche. Sie schmerzten nicht sehr

stark, so als ob mich eine Wespe gestochen hätte. Aber mir wurde schwindlig. Ich hörte, wie er mein Blut schlürfte. Ein widerliches Geräusch. Er stöhnte genußvoll dabei: ›Knoblauch und Harissa, o Gott, wie pikant!‹

Als ich wieder zu mir kam, lag ich noch auf dem Boden. Ich hörte das Summen der Drehbank. Müde richtete ich mich auf, schaltete die Maschine aus und schleppte mich nach Hause. Zu Hause rief meine Frau: ›Du siehst aus wie eine Leiche! Was haben sie mit dir gemacht?‹

›Nichts‹, antwortete ich und taumelte unter die Dusche. Tatsächlich sah ich sehr blaß aus. Die zwei Löcher juckten an meinem Hals. Meine Frau wunderte sich, daß ich ihr köstliches Essen mit Harissa und Knoblauch nicht anrühren wollte.

›Hole mir ein paar Oliven und ein Stück Schafskäse! Und zwei große Zwiebeln!‹ befahl ich ihr. Weißt du, Bruder, Zwiebeln sind gut für das Blut. Meine Frau heulte, weil sie sich den ganzen Tag abgemüht hatte, für mich zu kochen. Sie wunderte sich noch mehr, als ich das Amulett vom Hals unseres einzigen Kindes riß, einen silbernen Halbmond aus Mekka. Meine Mutter schenkte es unserem Sohn, um ihn in der Fremde vor dem bösen Blick zu schützen. Meine Frau konnte nicht verstehen, daß ich unseren einzigen Sohn der Gefahr aussetzen wollte. Ich befestigte das Amulett auf meinem Pullover, genau hier über meinem Herzen.

Am nächsten Tag wartete ich den ganzen Vormittag darauf, daß dieser Hurensohn käme, aber er kam nicht, und immer, wenn ich einen Fremden in der Halle sah, zuckte ich zusammen. Ich griff immer wieder zum Amulett und vergewisserte mich, daß das heilige Stück noch da war. Ich hatte noch nie soviel Schrott produziert wie an jenem Tag. Ich stand an der Drehbank, aber in Gedanken war ich immer wieder bei Dracula.

Mein Kollege Günter, der neben mir am Bohrer arbeitet, bemerkte meine Unruhe und fragte mich in der Mittagspause nach dem Grund. Ich antwortete ausweichend. Ich dachte, wenn ich ihm die Wahrheit sage, wird er mich auslachen. Weißt du, die Kollegen sagen oft, wenn ich irgend etwas erzähle: Der Ali, der erzählt schon wieder ein Märchen. Auch wenn ich ihnen sage, in meinem Dorf sausen die Messer nicht den ganzen Tag durch die Gegend, schauen sie mich so an, als hätte ich gesagt, wir melken die Ameisen und reiten auf Wespen in meinem Dorf.

Günter war besorgt und fragte mich immer wieder, ob ich krank sei. Dann nahm ich meinen ganzen Mut zusammen und erzählte ihm von Dracula. Ich war völlig überrascht, denn er lachte nicht. Er hörte zu, und als ich zu Ende erzählt hatte, sagte er: ›Wem

sagst du das. Mich hat er auch lange gequält.‹ Als ich von Günter erfuhr, daß Dracula ihn seit einer Weile in Ruhe gelassen hatte, fragte ich ihn, was ich machen solle, damit er mich auch in Frieden ließe. Günter legte seine Hand auf meine Schulter und empfahl mir, ein kleines Kreuz am Hals zu tragen.

›Ein Kreuz! Das fehlt mir noch!‹ schrie ich ihn an. ›Das fehlt uns noch, daß wir Christen werden wegen eines Stückes Brot. Nein! Mit mir nicht. Lieber will ich mein ganzes Leben Blut lassen als Christ werden. Du wirst sehen‹, sagte ich zu Günter, ›dieser Teufel wird davonlaufen, sobald er den Halbmond aus Mekka sieht.‹

Ich arbeitete den ganzen Nachmittag und machte Überstunden. Günter arbeitete bis sieben, ich mußte bis acht arbeiten. Es war kalt, aber die Straßen waren voll. In München feiern die Leute im Oktober lange und bis in die Nacht hinein. Wenn die Münchner trinken, werden sie lustig und singen laut auf der Straße. Sie umarmen sich, als wären sie Marokkaner. Ich schlängelte mich eilig durch die Feiernden nach Hause. Ich war nun sicher, daß das Amulett mich geschützt hatte, aber ein Gedanke beunruhigte mich seit dem Verlassen der Fabrik. Vielleicht hatte Dracula sich an meinem einzigen Sohn gerächt. Ich verfluchte meinen Leichtsinn und beeilte mich. Plötzlich hörte

ich sein donnerndes Lachen. Er stand an eine Laterne gelehnt. Erst erkannte ich ihn nicht. Er war bunt angezogen wie ein Zirkusclown, aber er rief laut: ›Ali Turki!‹ und kam mir lachend mit ausgebreiteten Armen entgegen.

›Du arbeitest zuviel. Feierst du eigentlich nie?‹ fragte er.

Ich blieb wie angewurzelt stehen, knöpfte meine Jacke auf und zog am heiligen Amulett. ›Verschwinde, du Teufel!‹ schrie ich und riß die Nadel vom Pullover.

›Was ist denn das?‹ fragte das Monster und kam näher, als könnte er aus der Ferne das heilige Stück nicht genau sehen.

›Ein Amulett aus Mekka. Verschwinde, Teufel!‹ rief ich laut.

Dracula nahm das Amulett in die Finger: ›Und was soll das darstellen?‹

Ich vergaß für einen Augenblick, daß er ein Monster war und versuchte, es ihm zu erklären: ›Ein islamisches Kreuz!‹

›Was für ein Zeug? Nicht einmal ein anständiges Kreuz könnt ihr machen. Dieses dumme Ding soll ein Kreuz sein? Es sieht mehr nach einem Dolch aus‹, sagte er und drehte den Halbmond zwischen den Fingern. ›Ein Kreuz sieht so aus!‹ Sein Atem roch widerlich nach Verwesung. Mit seinen Fingern zog er

an der Mitte des Halbmondes, und das Metallstück verformte sich zu einem glänzenden kleinen Kreuz.

Ja, was in der Welt sollte das bedeuten? Bruder, ich weiß nicht, ob du gläubig bist oder nicht, aber ich bin seit jenem Abend, an dem der Halbmond wie Knetgummi zu einem Kreuz wurde, ungläubig geworden.

Ich schreckte zurück, aber Dracula packte mich. Ich flehte die Passanten um Hilfe an. Auch wenn sie nüchtern sind, helfen die Passanten in diesem Lande niemandem. Die Besoffenen lachten nur über meine Hilferufe.

›Hab doch keine Angst!‹ riefen einige. ›Das ist doch nur ein Clown!‹ riefen andere. Ein bärtiger Mann fand es lustig und schob mich zu Dracula hin. Er sprach bayerisch, und ich konnte nichts verstehen. Dracula aber lachte und rief: ›Mein Gott, diese Kanaken verstehen keinen Spaß!‹

Ein Nebel stieg in der Straße auf und fegte sie menschenleer … Ich rief laut um Hilfe, als Dracula mich zu Boden warf, und hörte meine Stimme in den Straßen widerhallen. Der Nebel wurde immer dichter, bis ich nichts mehr sehen konnte. Nur das Schlürfgeräusch des gierigen Dracula dröhnte in meinem Schädel, bis ich in Ohnmacht fiel.

Gefroren habe ich, als ich zu mir kam. Die Straße war

wieder gefüllt mit Tanzenden und Singenden. Zwei Männer machten sich lustig über mich. ›Die Türken vertragen kein Bier‹, sagte der eine. ›Ja, ja, das haut sie um‹, lallte der andere. Ich stand auf und verfluchte ihre Mütter. Sie lachten darüber.

Meine Frau hatte Angst um mich gehabt. Sie weinte und klagte über ihr Unglück in der Fremde, wo keine Nachbarin und keine Verwandten ihr beistehen. Als sie das Amulett sah, schrie sie entsetzt auf. Sie glaubte mir nicht, daß Dracula mein Blut gesaugt, und schon gar nicht, daß dieses Kreuz unser Halbmond sei. Eine ganze Nacht verbrachte ich, um aus dem Blech einer Thunfischdose einen kleinen Halbmond zu machen, aber meine Frau wollte ihn nicht, als ob Gott ein Goldschmied wäre, der nur edle Metalle für würdig halte. Lange betete meine Frau im Bett zu dem Propheten, damit er meinen Geist schütze.

Monatelang ließ mich Dracula in Ruhe. Wären die Narben nicht an meinem Hals, dann hätte ich das Ganze für einen Alptraum gehalten. Meine Frau freute sich besonders deshalb, weil ich etwas früher nach Hause kam und auch mit ihr an den Wochenenden spazierenging. Vor einem Monat passierte es. An einem Montagmorgen kam Günter sehr blaß in die Firma. Montags ist es nicht leicht, aus dem Bett zu

steigen. Vor allem im Winter. Aber das war es nicht, was Günter bedrückte. In der Mittagspause erzählte er mir dann, daß Dracula ihn am späten Sonntagabend erwischt hatte. Er hatte sich über das Kreuz lustig gemacht, das Günter am Hals trug. Nun waren wir sicher, daß dieses Monster weder vor Kreuzen noch vor Halbmonden Angst hatte. Nach der Arbeit gingen wir in die nahe Kneipe, und ich trank zum erstenmal Bier. Es schmeckte mir, und Günter wurde von Glas zu Glas gesprächiger. Wir redeten über alles mögliche. Es wurde spät. Ich war etwas betrunken. Ich machte einen Bogen um die Straße, in der mich Dracula ausgesaugt hatte.

›Nicht nur Dracula, sondern auch die Aufenthaltserlaubnis kann mich am Arsch lecken!‹ schrie ich laut auf deutsch. Die Passanten lächelten, und ich begriff, warum die Leute in diesem tristen Land Alkohol trinken. Auch die blödesten Fratzen scheinen einem freundlich. Ich grüßte alle, die mir entgegenkamen.

Ich wohnte im dritten Stock eines alten Hauses. Ich eilte die Treppen hinauf und sah ihn plötzlich dasitzen, mitten auf der Treppe zwischen dem zweiten und dem dritten Stock. Er trug Jeans, Sportschuhe und ein buntes Hemd, als mache ihm die Kälte nichts aus.

›Wo warst du denn die ganze Zeit?‹ fragte er mich, und seine Eckzähne blitzten im schwach beleuchte-

ten Treppenhaus. Ich spürte keine Angst. Vielleicht war das der Alkohol oder die Vertrautheit. Ob man sich an Monster gewöhnen kann? Ich weiß es wirklich nicht, aber ich hatte an jenem Abend gar keine Angst. Ruhig habe ich überlegt, wie ich ihn loswerde. Als das Licht ausging, drückte ich den Lichtschalter und verließ mich auf meine Überredungskunst.

›Herr‹, rief ich und lächelte, als spräche ich mit einem Nachbarn auf dem Dorfplatz, ›ich esse seit Wochen keinen Knoblauch mehr und kein Harissa. Ich dusche mich nie, und mein Arzt sagte, ich habe eine Mittelmeeranämie; das ist eine Erbkrankheit. Wahrscheinlich hat sich der Hunger der Jahrtausende in unseren Knochen eingenistet. Wir erben und vererben diese Krankheit seit Generationen, wie andere Häuser erben und vererben.‹

›Heute bist du aber redselig wie die Basarhändler von Marrakesch‹, sagte der Teufel zu mir, ›aber es macht nichts, Junge, auch wenn du jahrelang keinen Knoblauch essen würdest, deine Knochen sind voll davon, und sie würzen dein Blut. Ja, die Mittelmeeranämie ist vererbbar, aber sie ist nicht ansteckend. Hat dir der Arzt das nicht gesagt?‹

Und bevor ich die Frage bejahen konnte, wurde es dunkel, und ich fiel zu Boden. Als ich zu mir kam, lag ich noch im Treppenhaus. Meine Frau weinte, neben

mir hockend, da keiner der Nachbarn ihr half. Ich schleppte mich mit ihr in die Wohnung. Ich konnte nichts essen, und meine Frau verstand nicht, warum. Sie schrie mich an, sie hätte es satt in diesem Gefängnis, in das ich sie Tag für Tag steckte, und daß ich zu meiner Geliebten gehe und mit der esse und auch noch Alkohol trinke. Sie kam wieder auf das Amulett. Ich hätte mich mit meiner Geliebten zusammengetan, um meiner Frau das Kind wegzunehmen, da meine Geliebte kinderlos wäre. Ich bat sie aufzuhören, aber sie wurde immer lauter, bis ich sie verhauen mußte. Sie heulte, und ich war mit den Nerven am Ende.

An jenem Abend habe ich meinen Schwur gebrochen. Weißt du, Bruder? Mein Vater schlug oft und ohne Grund meine Mutter. Wenn meine Mutter dann zu uns Kindern ins Zimmer kam, heulte sie lange. ›Liebt ihr mich?‹ fragte sie mich und meine drei Brüder. ›Ja, wir lieben dich‹, antworteten wir. ›Dann schwört bei eurer Liebe zu mir, wenn ihr heiratet, werdet ihr eure Frauen niemals schlagen. Ihr werdet sie verwöhnen und lieben.‹ Wir schworen es. Ich liebe meine Frau, aber dieser Teufel hat mich blind und meine Frau verrückt vor Eifersucht gemacht. Kannst du dir vorstellen, wie ich mich an jenem Abend gehaßt habe?

Ich flehte meine Frau an, mit dem Weinen aufzuhören.

Ich bat sie um Verzeihung, aber sie schrie mich an: ›Gott soll dir verzeihen‹, da schlug ich mir ins Gesicht. Dieselben Worte hatte meine Mutter meinem Vater gesagt, wenn er sie nach dem Gebet um Verzeihung bat. Gott sollte meinem Vater verzeihen. Meine Mutter verzieh ihm nie. Nicht einmal auf dem Sterbebett.«

Ali weinte bitterlich und flüsterte: »Ich wollte nie wie er werden, und doch bin ich dorthin gekommen, ohne es zu merken. Gott verfluche die Fremde!« Ich drückte ihm die Hand und versuchte, ihn zu beruhigen, als der Zug quietschend in den Münchner Hauptbahnhof einfuhr. Ich drehte mich kurz um, meinen Koffer zu holen. Ali rief: »Salam aleikum, Bruder« und eilte hinaus. Ich packte meine Jacke und versuchte, ihn einzuholen, aber der überfüllte Gang machte es mir unmöglich. Ich sah ihn noch vor der Waggontür stehen und rief nach ihm, aber er eilte hinaus. Auf Gleis sieben stieg ich aus. Ali war weit und breit nicht zu sehen.

WIE DAS SALZ INS MEER KAM

Mit geschlossenen Augen und ganz entspannt lag ich im hohen Gras und genoß den Duft wilder Gräser und Blumen. Um mich herum war die Luft erfüllt mit Vogelgesang, Zirpen und Summen. Urplötzlich aber verstummten alle Vögel und Zikaden.
Nur langsam drang diese unnatürliche Stille in mein Bewußtsein. Ich richtete mich auf und blickte um mich. Selbst die Schwalben, die noch vor wenigen Minuten am wolkenlosen Himmel ihre graziösen Schleifen gezogen hatten, waren verschwunden. Weit unter mir in der tiefen Ebene lag ein Baggersee so ruhig, als wäre er zu einem Spiegel erstarrt, der nur noch die blaue Stille des Himmels reflektierte.
Wie kam ich an den Rand dieser steilen Klippe, hatte ich mich doch vorher auf einem sanften Hügel ins Gras gelegt? Ich wollte mich gerade von dem klaffenden Abgrund zurückziehen, da hörte ich Schritte, ein eiliges Fußgetrappel. Die Schritte kamen immer näher, bis winzige, kalkweiße Männchen auftauchten. Sie rannten durch das Gestrüpp der Grashalme, stolperten, standen wieder auf und rannten gehetzt weiter, zielstrebig auf den Abgrund zu. Sie beachteten mich nicht. Tausende dieser eigenartigen Männchen tauchten aus dem Grasgewirr auf und spran-

gen mit großem Bogen in den See hinunter. Eines von ihnen rutschte vor meinen Füßen aus. Es konnte nicht mehr aufstehen. Die anderen trampelten es in ihrer Angst nieder. Es schien, als hätte das kleine Männchen keine Kraft mehr. Ich hob es auf, um es vor den Tritten seiner Freunde zu schützen.

»Ich habe mir ein Bein gebrochen. Kannst du mir helfen?« rief das kleine Wesen mit heller Stimme. Sein durchsichtiger Körper schimmerte bläulich.

»Wer bist du denn? Wie soll ich dir helfen?« fragte ich unbeholfen.

»Ich bin das Salz der Erde«, antwortete der Winzling und schaute ängstlich um sich, »trag mich, bitte, zum Wasser hinunter, bevor die Räuber kommen!«

Ich richtete mich auf und ging vorsichtig den steilen Pfad zum Baggersee hinunter. Unterwegs erzählte mir das Männchen seine unglaubliche Geschichte:

»Unser Volk lebte einst auf der ganzen Erde verstreut. Wir kannten weder Grenzen noch Stacheldraht. Eines hat uns, die Salzwesen, verbunden: Die Liebe zur Sonne, und weil wir die Sonne lieben, fangen wir sie nicht ein. Sie geht durch uns hindurch. Sie wärmt uns, und wir geben ihr die Farbe. Ein grausamer König herrscht seit einer Weile über das Land. Er haßt die Sonne und kann ihre Strahlen nicht ertragen.

Vor einiger Zeit schickte der König seine Soldaten aus. Sie sollten das Salz der Erde einsammeln und in eine tiefe Grube sperren. Im Dunkel sollten wir leben, damit wir die Sonne vergessen. Wir wurden in einer dunklen Grube festgehalten, aber wir konnten die Sonne nicht vergessen. Tag und Nacht überlegten wir, was wir machen sollten. Einige waren verzweifelt und sagten, wir sollten in der Grube bleiben, bis der König sterbe, aber die anderen antworteten, die Salzkönige sterben nie. Ein anderer schlug vor, auszubrechen und vom Land zu verschwinden. Eine weise Salzfrau rief wütend: Was ist die Erde ohne ihr Salz? Ein fader Klumpen! Nein, wir müssen überall und nirgends sein! Die alte, weise Frau strengte sich sehr an, und plötzlich spürte sie, wie sie sich im Schweiße ihres Angesichts auflöste. Sie rief die Losung, und wir stürmten durch den Eingang der Grube, überrumpelten die Wächter und suchten das Meer.«

Unten am See verabschiedete ich mich und ließ das Salzmännchen ins Wasser gleiten.

»Danke dir, Freund!« hörte ich seine Stimme noch, als er sich im Wasser auflöste.

Vom Ufer aus beobachtete ich, wie Tausende dieser Männchen ins Wasser plumpsten. Das Wasser sprudelte und spritzte, und die Winzlinge verschwanden, sobald sie eingetaucht waren. Es dauerte eine

Weile, bis auch das letzte Männchen im Wasser verschwunden war. Der See lag wieder ruhig da und spiegelte einen Himmel voller Schwalben.

Plötzlich packte mich eine kräftige Hand am Kragen. »Wo sind die Salze?« rief der General drohend, der sich hinter mir aufgepflanzt hatte, und trat mich mit seinem Stiefel. Ich fiel flach auf den Boden, spürte den salzigen Geschmack des Wassers in meinem Mund, drehte mich um und wollte aufstehen.

»Wo sind die Salze?« wiederholte der General wütend und drückte mir seinen Stock schmerzhaft in die Rippen. Mit seiner Sonnenbrille sah der General aus wie Pinochet.

»Hier, du Schweinehund«, hallte es in deutscher Sprache aus dem Wasser, dann auf spanisch, italienisch, türkisch, griechisch und in vielen anderen Sprachen. Ich verstand sie nicht, aber ich sah am Gesicht des Generals, daß es keine höflichen Grüße waren, denn sein Gesicht wurde fahl, und seine Lippen zitterten vor unterdrückter Wut.

Als eine tiefe arabische Stimme aus dem Wasser rief: »Hier sind wir, du Enkel von sechzig Zuhältern, verdammt sei dein Urgroßvater«, mußte ich lachen, weil wir Araber immer mehrstöckige Schimpfwörter benutzen, in deren Schatten die einstöckigen deutschen Schimpfwörter wie höfliche Grüße erscheinen.

Das Wasser brodelte. Ich richtete mich auf und sah, daß der kleine Baggersee zu einem weiten Meer geworden war, dessen Wellen sich schäumend überschlugen. Ich drehte mich um und mußte wieder lachen. Eine Reihe von Generälen stand am Ufer und beobachtete mit blassen Gesichtern das tobende Wasser. Manche schlugen sich die Hände vors Gesicht, und ihre Sonnenbrillen baumelten grotesk an einem Ohr.

»Was machen wir bloß, was machen wir bloß?« wisperten sie kläglich.

»Ihr müßt das Meer leersaufen!« brüllte das Salz durch die aufgepeitschten Wellen.

Ein Auto raste auf uns zu, und die Generäle erbebten.

»Was sagen wir bloß? Was sagen wir bloß?« jammerten sie im Chor. Als das Auto näher kam, wunderte ich mich über die Reklame von Erfrischungsgetränken und Waschmitteln, die über das ganze Fahrzeug geklebt war.

Der König, ein älterer Mann mit einer großen Sonnenbrille, stieg aus, ging auf die Generäle zu, die aufgereiht wie Zinnsoldaten dastanden. Er trat jeden kräftig in den Hintern und nahm ihnen einen oder mehrere Sterne von den Schultern. Einer nach dem anderen dieser Unglücklichen fiel auf die Knie und heulte. Mir schien der König ziemlich geübt in seinen Fußtritten, denn jeder Tritt saß genau.

»Ich kann nichts dafür, Sir, ich kann nichts dafür, Sir!« winselten die Knienden.

Leise wollte ich mich entfernen, aber ich hatte noch nicht einmal zehn Schritte gemacht, als ich eine laute Stimme hörte.

»Erschießt ihn, sonst erzählt er weiter, daß das Salz der Erde die Generäle lächerlich gemacht hat! Erschießt ihn!« In panischer Angst rannte ich, so schnell ich konnte. Plötzlich hörte ich Schüsse, stolperte und fiel in ein tiefes Loch, überschlug mich ein paarmal und streckte die Arme aus, um mich irgendwo festzuhalten. Doch ich stürzte weiter und weiter ins Bodenlose.

War es ein Traum?

An der Grenze zwischen Traum und Wirklichkeit zweifle ich seitdem jedesmal, wenn ich im Meer schwimme.

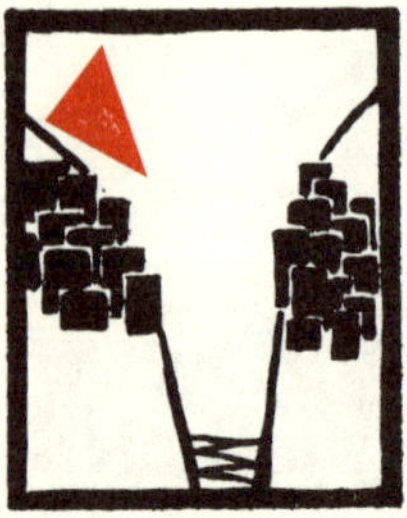

ALS DER MEISTER AUFTRAT

Ich verstehe bis heute nicht, was an jenem Abend passiert ist. Ich sollte ein Märchen erzählen. Ein Märchen für Erwachsene. Die Lesung war von einer Volkshochschule organisiert. An die zwanzig Leute waren gekommen, alte wie junge, Männer und Frauen.
Anders als bei uns im Süden, wo die Leute laut lachen und heulen, wenn sie eine Geschichte hören, sitzen hier die Zuhörer bei einer Lesung ruhig wie in einer Kirche, und mancher Schriftsteller gefällt sich in der Rolle eines Pfaffen. Aber zwölf Jahre haben mir den Blick geschärft, und ich kann die aufgesetzte Maske durchbohren und spüren, ob die Worte meines Märchens die Zuhörer schmerzen oder sie erfreuen.
An jenem Abend krachte draußen der Donner und der Regen peitschte geräuschvoll gegen die großen Fenster. Die richtige Atmosphäre für Märchen, dachte ich, kurz bevor ich anfing, die Geschichte zu erzählen. Ein grausiges Märchen eigentlich, aber ich habe nie im Traum daran gedacht, daß an jenem Abend etwas passieren könnte, was mein Märchen noch in den Schatten stellen sollte. Welche Phantasie muß ein Autor aufbringen, wenn das Leben selbst solche unglaublichen Märchen schreibt?

Es war einmal vor nicht allzu langer Zeit ein König. Er war schöner als der Mond in einer Sommernacht, seine Lippen ließen die Blätter der Rosen erblassen, und in seinen blauen, verträumten Augen spiegelten sich die Meere der Erde. Gierig, wie nun mal Könige sind, war auch der König von Nordland; er war sogar unersättlich. Wie seine Lippen die Rosen und seine Augen die Meere übertrafen, so bodenlos war seine Gier, daß die anderen Könige wie asketische Mönche erschienen. Er führte Kriege, raubte den unterworfenen Völkern ihr Gold, Eisen und Kupfer und wurde immer mächtiger. Seine Schatzkammern waren bis zur Decke mit den erlesensten Gütern der Erde gefüllt.

Da erdachte sich der König eines Tages einen teuflischen Plan: nicht mehr die Güter der Erde ins Nordland zu bringen, sondern einfach das Nordland über die ganze Erde auszudehnen. Er allein und niemand anders sollte die Erde beherrschen. Der Priester des Hofes fand auch die Lösung: »Jawohl«, rief er den erstaunten Nordländern zu, »als Gott der Allmächtige sagte: ›Seid fruchtbar und mehret euch und füllet die Erde und machet sie euch untertan‹, hat er seine Majestät, unseren König, und uns, seine ihm ergebenen Untertanen, gemeint. Gott hat es gewollt!«

Die Nordländer jubelten und riefen: »Jawohl! Gott hat es gewollt!« Der furchtbare Krieg dauerte lange,

doch das Nordland dehnte sich wider Erwarten nicht aus, sondern schrumpfte immer mehr zusammen bis auf eine Ebene und mehrere kleine Burgen.

Zornig und verschwitzt saß nun der König auf seinem Thron. Seine blauen Augen waren rot, seine Lippen überzog eine häßliche blaue Farbe. Er schaute sich verzweifelt um: überall nur Trümmer, und seine Untertanen wühlten im Schutt nach Eßbarem. Einige Untertanen fragten auch schon laut, ob der König nicht verschwinden sollte. Kurz gesagt, der König saß wirklich in einer Klemme, und die Priester beteten Tag und Nacht zum Dämon der Macht und des Reichtums, Akirema; jeden Tag schlachteten sie für ihn zwei Schweine, und am dritten Tag erschien der mächtige Dämon, der Königen aus ihrer Not hilft. Er hörte sich die Ängste des Königs an und nickte nachdenklich. Er verhalf dem König zu Gold und Kupfer, Eisen, Weizen und Mais, und der König versprach dem Dämon ewige Treue.

Danach trat der König in einem glänzenden Gewand auf die Terrasse und rief laut: »Das Nordland hat den letzten Krieg verloren, aber wir werden bald die Welt friedlich beherrschen.«

»Aber wie denn?« rief der Minister Althöfer, der zu den Untertanen übergelaufen war, um sich vor ihrem Zorn zu retten. Er hatte schon immer eine feine Nase

gehabt und roch das Gewitter im voraus. Er spürte, daß die murrenden Untertanen bald die Republik ausrufen wollten.
»Wir haben genug Gold, Mais und Weizen, Eisen und Kupfer!« erklärte der König etwas erbost über den frechen Ton seines Ministers.
Der kritische Minister rief unbeeindruckt: »Ja, aber woher nehmen wir die Männer?«
Die Untertanen und der Minister lachten höhnisch, weil ja die meisten Männer im Krieg gefallen waren.
»Die holen wir uns von meinem Bruder, dem Spaghettikönig. Er wird sich freuen, denn seine Spaghetti gehen langsam zur Neige, und wenn seine Spaghettifresser, diese Hitzköpfe, nichts mehr zu essen haben, werden sie meinem Bruder das Leben sauer machen. Von meinem Bruder, dem König des Knoblauchreiches, holen wir uns einige seiner Knoblauchfresser, denn er kann sonst seinen Knoblauch nicht vor den Gierigen retten, um die nötigen Devisen in sein Land zu holen. Von meinem geliebten Bruder, dem König der Wüsten, holen wir einige seiner Kameltreiber, sonst vertreiben diese blutrünstigen Wilden die Edelkamele vom königlichen Hof, und von meinem Bruder, König der ...« Der König zählte lange und überzeugend seine Brüder auf, so daß sich der Minister seines schlechten Gedächtnisses schämen mußte.

Als die Untertanen wieder anfingen, begeistert zu klatschen, wußte Althöfer, daß auch seine Nase nicht mehr die allerjüngste war. Er warf sich vor die Füße des Königs und bat um Gnade. Der König ließ aber keine Milde walten und bestrafte den Missetäter grauenvoll. Er ließ ihn weder foltern noch den Löwen zum Fraß vorwerfen. Nein, er behielt ihn am Hof. Jedoch mußte Althöfer als Hofnarr von morgens bis abends Purzelbäume schlagen und dabei das Gespött aller Palastbewohner erdulden. Was ist der Tod im Vergleich zu dieser täglichen Demütigung?

Mit der Zeit entstanden zwei Burgen im Land, die Burg der Nordländer und die der Südländer; beide waren durch einen gähnenden Abgrund voneinander getrennt. Unten auf der weiten Ebene waren Felder und Fabriken, wo Nord- wie Südländer gemeinsam schufteten. Nach getaner Arbeit zogen sie sich aber in ihre Burgen zurück. Der König und seine Priester rieten den Nordländern, Distanz zu den südländischen Sklaven zu halten, da ihnen die Messer ziemlich locker säßen. Ab und zu hing in der nordländischen Burg ein Plakat mit dem Bild eines leichtsinnigen Nordländers, der den Südländern zu nahe gekommen war. Das Bild zeigte ein krummes Messer, das in den Rippen des Mannes steckte, und obwohl die Leiche zu lächeln schien, erschraken viele Nordländer vor dem Anblick der furchtbaren Waffe. Die Nordländer nannten die Südländer Knoblauchfresser, Spaghettis, Kameltreiber, Kümmeltürken und dergleichen, wie sie das von den Priestern gelernt hatten. Ordentlich brachten die Nordländer ihren Kindern die genauen Unterschiede zwischen einem Spaghettifresser und einem Kameltreiber bei. Genauigkeit war eine Tugend der Nordländer. Nichts war in ihrer Burg verpönter als die Lässigkeit. Die Priester empfahlen den Kindern, die Südländer im Zweifelsfall »Kanaken« zu nennen, und die Kinder machten oft von dieser Faustregel Gebrauch, da die Südländer in ihren Augen alle gleich aussahen.

Die Südländer ließen sich ebensowenig lumpen: Hanswurst, Kartoffelfresser, Feldwebel, Sauerkraut waren hoch im Kurs, und wenn ein Südländer sichergehen wollte, so nannte er jeden Nordländer Bierbauch.

»Jawohl, Bierbauch«, rief einer der Ausländer aus den hinteren Reihen, und die Zuhörer lächelten, manche aber zogen die Augenbrauen hoch über so viele Synonyme des Wortes »Mensch«.

Nord- und Südländer arbeiteten jeden Tag miteinander, aber sie lebten und dachten verschieden und oft gegeneinander. Wenn abends die Sirenen heulten, eilten die Südländer durch einen Gang zu ihrer Burg.

Über dem Eingang leuchtete Tag und Nacht eine Schrift: »Die Arbeitsamen«. Über dem Gang der Nordländer leuchtete das Wort: »Die Glücklichen«.
Hassan, meine sehr verehrten Damen und Herren, war ein Südländer, und wenn Sie es genau wissen wollen, dann sage ich es Ihnen: ein Araber. Er wurde vom König der Wüste an den König des Nordlandes für zwanzig Jahre ausgeliehen. Hassan war ein lustiger, aber ängstlicher Typ. Er lebte allein in einem ärmlichen Zimmer, denn er wollte eines Tages zurückgehen und einen kleinen Laden in seinem Dorf aufmachen. Mit der Zeit hatte Hassan etwas Geld gespart, und er versteckte die Dukaten in einem Strumpf unter seiner Matratze. Je mehr Dukaten er sammelte, desto größer wurde seine Angst, als blase sich ein zweiter Strumpf in seiner Brust auf, so daß sein Magen und sein Herz immer kleiner wurden. Er lachte immer weniger und verließ im Gegensatz zu den anderen nur noch selten sein Zimmer.
Nacht für Nacht saßen die ermüdeten Südländer zusammen, sangen Lieder, erzählten sich die tollsten Geschichten von ihrer Heimat und überboten sich an Übertreibungen. Die Nordländer wußten von all dem nichts und hielten die Südländer für eine besondere Art Maschine, die zufällig wie ein Mensch aussieht.
Eines Nachts, während die Eltern im Kreis um ein

Feuer saßen, logen, lachten und tranken, saßen drei südländische Kinder am Rande des Abgrundes, ließen ihre Füße baumeln und warfen ab und zu ein Steinchen in die Tiefe. Sie hatten keine Angst, denn der Mensch gewöhnt sich auch an den tiefsten Abgrund.

Plötzlich tauchte aus der Tiefe des Abgrundes eine Fee auf. Sie war wunderschön, so alt wie eine gütige Oma, und doch strahlten ihre Augen, als wäre sie ein vierzehnjähriges Mädchen. Mehmet und Kostas erschraken. Sie wollten wegrennen.

»Habt keine Angst«, flüsterte Giancarlo, der dritte Junge, und hielt seine Spielgefährten fest. »Meine Oma sagt, Feen lieben Kinder.«

Die Fee lächelte. »Ich bin gekommen, um euch einen Wunsch zu erfüllen. Ich komme nur einmal in hundert Jahren.«

»Warum denn?« wollte der immer neugierige Mehmet wissen.

»Ist doch egal, wir sollen uns etwas wünschen«, fauchte ihn Giancarlo an. Mehmet schluckte seine Neugier mit Mühe hinunter.

»Spielen wollen wir, spielen mit den anderen Kindern von drüben«, rief Kostas.

»Ja, spielen«, bestätigte Giancarlo.

»Den Wunsch erfülle ich euch gerne. Nehmt Zweige, jeder einen, und zählt bis drei, dann werft die Zweige

gemeinsam hinüber. Wenn ihr es schafft, entsteht eine Brücke, und euer Wunsch ist erfüllt.«

»Und fallen wir auch nicht hinunter?« fragte Mehmet ängstlich.

»Nein, nein, ihr werdet nie hinunterfallen. Aber ihr müßt aufpassen, die Brücke bleibt nur für einen Tag und eine Nacht!« antwortete die Fee und verschwand so plötzlich, wie sie aufgetaucht war.

Am nächsten Morgen beeilten sich die drei, nahmen drei Zweige und schleuderten sie über den Abgrund, aber erst beim dritten Versuch klappte es. Aus den Zweigen sprossen tausend andere Zweige und verflochten sich zu einer großen Brücke über den Abgrund. Die nordländischen Kinder, die das Treiben der drei eine Weile mißtrauisch beobachtet hatten, erschraken sehr, als die Brücke über den Abgrund wuchs, ließen ihre Bälle und Murmeln liegen und suchten Schutz hinter einem Gebüsch.

Als erster traute sich Kostas über den Abgrund, dann folgte Mehmet und als letzter Giancarlo. Die drei schritten vorsichtig über die wippende Brücke und atmeten erleichtert auf, als sie auf der nordländischen Seite Boden unter ihren Füßen spürten. Sie fingen auch gleich an, mit den bunten Bällen zu spielen, denn solche hatten sie noch nie gesehen. Langsam wagten sich die nordländischen Kinder aus ihrem Versteck, und nach einigem Zögern spielten sie den

ganzen Tag lang zusammen, erzählten sich Geschichten und Witze und entdeckten, daß sich die Eltern im Norden wie im Süden gleichen.

Die Brücke verschwand bei Sonnenaufgang, aber eine Menge nordländischer Kinder waren schon in aller Frühe mit Zweigen zum Abgrund gerannt. Sie zählten eins, zwei, drei, warfen die Zweige, und siehe da, die Brücke gelang beim ersten Wurf. Die südländischen Kinder erblaßten vor Neid.

Ein breites, zufriedenes Lächeln überzog das Gesicht des Volkshochschulleiters in der ersten Reihe, als wäre er der Vater dieser Kinder: Seine Augen glänzten, als wollte er sagen: So ist es recht. Anders lächelten die Ausländer in der hintersten Reihe.

Einen ganzen Tag spielten die nordländischen Kinder auf der südländischen Burg. Erst als es Abend wurde, kehrten sie zurück. Die Eltern wollten es nicht glauben, daß ein Südländer genauso lacht und weint wie ein Nordländer und daß er etwas anderes tut, als den ganzen Tag lang Spaghetti essen und sich mit Knoblauch abreiben. Und die südländischen Eltern lauschten ungläubig den Erzählungen ihrer Kinder, daß ein Bierbauch auch noch einen Kopf hat, der weint und lacht.

Mit der Zeit traute sich auch ein Erwachsener über die Brücke und freute sich über seine Entdeckungen.

Immer mehr Nord- und Südländer lernten sich kennen und entdeckten, daß ihre Namen viel bunter und schöner waren als Knoblauch- und Sauerkrautfresser. Die Brücken aus Zweigen waren wacklig, und manch einer hatte trotz seiner Lust manchmal Angst, den ersten Schritt zu wagen.

Kehrte jemand von einer Feier erst nach Sonnenaufgang zurück, war die Brücke verschwunden.

»Du kannst bei mir schlafen«, rief ihm dann sein Begleiter zu, so daß die Leute mit der Zeit bei- und miteinander schliefen. Sie feierten aber nicht nur. Sie stritten sich auch, und manch einer verfluchte den Augenblick, in dem er seinen Fuß auf die andere Seite gesetzt hatte. Nur Berge streiten sich nie. Sie sehen sich aus der Ferne an und glauben, alle Berge wären sich ähnlich. Sie können einander nicht begegnen. Anders der Mensch. Je näher einer dem anderen kommt, desto mehr kann er ihn nicht nur beglücken, sondern auch verletzen.

Wie Sie wissen, meine Damen und Herren, eine rege Begegnung der Untertanen auf beiden Burgen konnte nicht lange geheimgehalten werden. So erfuhr auch der König, daß die Plakate mit dem krummen Messer in den Rippen niemanden mehr erschreckten. Er rief seinen Priester und bat ihn um Rat.

»Das Volk, Euer Gnaden, hat sich inzwischen vermehrt. Nicht auf einen Schlag solltet Ihr die Südländer zurückschicken wie euer Neffe, der König von Nigeria. Nein, das kann böses Blut geben. Lautlos und permanent heißt die Devise. Ein stetiges Abschieben höhlt die verdammte Burg aus.«

»Und die Brücken?« fragte der König besorgt.

»Unsere Ordnungsmänner werden den Abgrund bewachen. Es ist ein Gesetz, daß ein Abgrund ein Abgrund bleiben muß und nicht mit einer Brücke entweiht werden darf.« Der König lächelte zufrieden.

Am nächsten Tag standen Tausende von Wächtern auf der nordländischen Seite und paßten auf, daß kein einziger Nordländer auch nur einen dürren Zweig über den Abgrund werfen konnte. Viele Nordländer winkten ihren südländischen Freunden auf der anderen Seite zu, die immer wieder versuchten, Brücken zu schlagen. Aber auf der südländischen Burg fingen bewaffnete Wächter an, die Südländer mit der Peitsche in den Süden zu treiben. Hundert an der Zahl trieben die Wächter an diesem Tag fort, aber wohin? In Richtung Süden klaffte ein noch größerer Abgrund, der die Burg von der südlichen Heimat trennte. Die Gepeitschten versuchten verzweifelt, den Wächtern klarzumachen, daß sie sie in den Tod

trieben, aber die Wächter schlugen erbarmungslos auf sie ein und schrien: »Vorwärts!« Die Südländer fielen einer nach dem anderen in den tiefen Abgrund. Am Abend beweinten viele ihre Brüder und Schwestern, Väter und Mütter, die von den Wächtern ins Verderben getrieben worden waren.

Hassan, meine Damen und Herren, den ich am Anfang erwähnt habe, bekam nun die größte Angst seines Lebens, denn jetzt erkannte er, daß es kein Zurück mehr gab und daß es mit dem Laden im kleinen Dorf ein Traum gewesen war.

Eines Abends erschrak er fürchterlich. Es klopfte an seiner Tür. Er zögerte, öffnete dann aber doch. Ein Freund stand vor der Tür. »Gut, daß ich dich treffe. Ein Hexenmeister ist heute nachmittag in unsere Burg gekommen. Für dreihundert Dukaten bekommt man von ihm eine neue Haut und kann dann unbemerkt in der nordländischen Burg leben.«

»Dreihundert!« rief Hassan mit aufgerissenen Augen. »Das ist ja ein Vermögen!«

»Ja, dreihundert. Ich habe fünfzig Dukaten geliehen, damit ich die Summe aufbringe. Ich gehe hin. Was habe ich von meinen Dukaten, wenn sie mich in den Abgrund stoßen«, sagte der Freund und verschwand wieder.

Hassan ging lange auf und ab; die schwer verdienten

Dukaten auf der einen, das Glück auf der anderen Seite. War das Glück mit den Dukaten gesichert? Würden ihn die Wächter in Ruhe lassen? Hassan hatte nie Glück in seinem ärmlichen Leben gehabt, deshalb zählte er von den ersparten vierhundert Dukaten dreihundert ab, verstaute seine Siebensachen in einem alten Koffer und eilte zu dem Haus, in dem der Meister sich aufhielt.
Er staunte, denn vor dem Haus stand schon eine lange Schlange, Männer und Frauen, Alte und Junge, alle mit Koffern in der Hand. Kaum jemand redete ein Wort, als schämten sie sich ihrer Flucht. Kinder sprangen um die Wartenden herum.
Plötzlich tauchten die Wächter auf, zählten hundert von den Wartenden ab und trieben sie vor sich her. Sie fragten nicht einmal, worauf all diese Menschen warteten. Hassan atmete erleichtert auf. Es war gut, daß er sich beeilt hatte, denn die Wächter packten als letzten den Mann, der nach ihm gekommen war.
»Das war knapp«, flüsterte Hassan, der zum erstenmal in seinem Leben ein Glücksgefühl verspürte. »Dreihundert Dukaten!« sagte die Sekretärin im Vorraum.
»Geht's nicht mit hundertfünfzig?« fragte Hassan, einem Händlergesetz folgend.
»Dreihundert und keinen Groschen weniger.«
»Na gut, zweihundert«, erwiderte Hassan entgegenkommend.

»Wir sind hier nicht im Basar. Dreihundert. Ich bin müde und will abschließen. Willst du oder willst du nicht«, herrschte ihn die Sekretärin an.

»Oh, doch! Na ja, haben Sie doch Erbarmen mit mir, ich habe nur zweihundertneunzig Dukaten und ich ...«

»Na gut, gib schon her!« rief die Frau entnervt.

Hassan legte erst die zweihundert hin und suchte dann aus verschiedenen Taschen seiner Jacke und Hose die restlichen Dukaten zusammen. Das war auch eine alte, bewährte Regel in Arabien, um den Eindruck zu erwecken, man kratzte die letzten Groschen zusammen. Die Frau wartete ungeduldig. Sie wußte natürlich nicht, daß in der hintersten Hosentasche noch zehn Dukaten eingewickelt steckten und sich im Koffer weitere hundert unauffällig verbargen.

Hassan trat in den Raum und sah den Meister lesend hinter einem großen Tisch sitzen. In einem Metallbecken glomm leise knisternd die Glut und tauchte das Zimmer in einen rötlichen Schein.

Der Meister legte seine Zeitschrift beiseite und befahl: »Setz dich!«

Hassan setzte sich steif auf die Kante des Stuhles, stellte seinen Koffer neben sich und entdeckte ein hölzernes Schild auf dem Tisch mit den goldenen Buchstaben »Meister Gnussapna«. Was für ein komischer Name, dachte er bei sich.

»Wie willst du in der neuen Haut heißen?« fragte der Meister.
»Hassan natürlich!«
»Nichts ist natürlich. Hassan paßt nicht zu der Haut. Hier, such dir einen passenden Namen aus.« Der Meister reichte Hassan ein kleines Buch, und während Hassan die Seiten durchblätterte, warf der Meister kleine Körner in die Glut. Es zischte laut, und eine Rauchschwade folgte der anderen.
»Siegfried! Ja, Siegfried will ich heißen!« rief Hassan dem von Weihrauch umhüllten Meister zu.
»Zieh dich aus«, sagte dieser leise, und Hassan begann langsam, sich auszuziehen. Er legte seine Kleider über den Stuhl. Der Rauch wurde so dicht, daß er den Meister nicht mehr sehen konnte. »Meister, Meister …«, rief Hassan ängstlich, aber der Meister antwortete nicht. Das Zischen verstummte, die Rauchschwaden sanken hinab und zogen wie ein leichter Nebel über den Boden.
Hassan befand sich nicht mehr im Zimmer, weder der Tisch noch die Glutschale waren zu sehen. Es war dunkel, und Hassan schaute sich um. Er stand in einem langen Korridor. Nur eine kleine Birne flackerte in der Ferne. Plötzlich knallte ein Hieb auf seinen nackten Rücken. Hassan schrie vor Schmerz und bückte sich. Hatten ihn nun doch die Wächter erwischt?

»Wie heißt du?« donnerte eine Stimme hinter ihm. Als er sich umdrehte, sah er einen sonderbar bunt angezogenen Mann, der eine Peitsche schwenkte und ihn mit strengen Augen ansah.

»Hass … an«, stotterte Hassan. Der Mann schlug kräftig auf ihn ein. Hassan zog seinen Kopf schützend zwischen die Arme.

»Wie heißt du?« fragte der Mann noch lauter und zorniger.

»Siegfried … ja, Siegfried!« jammerte Hassan.

»Schön sprichst du deinen Namen aus«, lobte der Mann und kniete vor Hassan nieder, der zusammengekrümmt auf dem Boden lag. Er lächelte ihn gütig an und nahm eine Dose aus der Tasche. »Das haben wir gleich«, flüsterte er freundlich und rieb eine Salbe auf Hassans geschwollene Haut. Die Salbe roch nach Lavendel, und die Schmerzen hörten plötzlich auf. Hassan wußte nicht, ob er träumte oder ob das die Wirklichkeit war. War das derselbe Mann, der ihn gerade noch gepeitscht hatte?

»Nun beeile dich, die Zukunft wartet auf dich«, sagte der Mann und verschwand augenblicklich, als hätte er sich in Luft aufgelöst.

Hassan legte seine Finger auf die gesalbte Haut und roch daran. Sie duftete stark nach Lavendel. Also hatte er doch nicht geträumt. Er stand auf und ging durch den Korridor, immer wieder mußte er sich

durch Vorhänge wühlen, die von der Decke herunterhingen. Als er endlich durch den letzten Vorhang geschlüpft war, stand ein Mann mitten auf dem etwas helleren Gang.

»Sprich mir nach!« sagte der Mann. »Eine Möwe flog über ein Bächlein. Es wäre traurig, dachte die Möwe, wenn ich überhaupt nicht das Vergnügen hätte zu fliegen.« Siegfried verstand nicht den Sinn, aber er wiederholte aus Angst vor der Peitsche: »Eine Mofe flog uber eine Fluß. Vogel mag fliegen uber alles. Ein Spaß.« Der Mann schlug Siegfried mit der Peitsche. Sie traf ihn auf die Brust und aufs Gesicht. Er rutschte aus und fiel auf den Hintern.

»Präzision in der Wiedergabe, und den Akzent sollst du beachten, wiederhole!« befahl der Mann. Siegfried hatte es schwer, den unsinnigen Satz mit den vielen ö, w und ü auszusprechen, die er aus dem Arabischen nicht kannte. Doch nach dem dreißigsten Hieb klappte es wunderbar. Der Mann setzte sich zu dem blutenden Siegfried und salbte seinen Körper. Die Wunden waren im Nu geheilt.

Siegfried ging weiter, aber der Korridor wurde immer niedriger, und er mußte sich erst bücken, dann auf allen vieren kriechen. Nach einer Weile war der Gang nur noch ein enges Rohr. Siegfried kroch weiter. Er war erschöpft, aber ein kleines Licht am Ende des

Rohres gab ihm Mut und Kraft. Die Wände des Rohres waren ölig und dufteten nach Lavendel. Als Siegfried sich endlich aus dem Rohr herausgezwängt und eine Treppe erklommen hatte, sah er den Meister wieder hinter seinem Tisch sitzen. Siegfried sah noch einmal zurück, aber hinter ihm war alles verschwunden.

»Kommen Sie näher, Siegfried, hierher zum Spiegel!«

Siegfried staunte, sein Koffer stand dort, seine Kleider lagen ordentlich gefaltet über dem Stuhl. Statt der Schale mit der Glut stand ein Spiegel hinter dem Meister, und über dem Spiegel hing eine fünfeckige Lampe wie ein rötlicher Stern.

»Nun, sind Sie zufrieden?« fragte der Meister und blätterte in einer Zeitschrift.

Siegfried schaute in den Spiegel und sah einen blonden Mann, dessen goldenes Haar im rötlichen Licht glänzte. Er näherte sich dem Spiegel, und der bartlose Blonde schaute ihn erstaunt an. Erst als er mit den Fingern durch sein glattes Haar fuhr, glaubte er, daß er es war, der aus dem Spiegel glotzte: der bartlose, blonde Siegfried.

»Nicht schlecht, nicht schlecht«, flüsterte er, obwohl er den Verlust seines Schnurrbarts, den Stolz eines jeden Arabers, bedauerte.

Meister Gnussapna legte die Zeitschrift beiseite und lächelte: »Nun sind Sie ein Nordländer geworden. Ein

Hassan hätte entweder leichtsinnig ›extra prima‹ gerufen oder wäre zusammengebrochen und hätte entsetzt gejammert: Scheiße, nix gut! Aber was sagen Sie, Herr Siegfried? Nicht schlecht. Das ist es, was die neue Haut Ihnen gab. Einen Hauch gesunder Skepsis und einen unschätzbaren, feinen Sinn für das Mittelmaß.«

Siegfried lächelte verlegen. Zum erstenmal wurde er »Herr« genannt und mit »Sie« angesprochen. Die Nordländer hatten »du« zu ihm gesagt. Nicht aus Freundlichkeit. War er wirklich so leichtsinnig gewesen, daß er bei der kleinsten Freude gejauchzt hatte und bei der leichtesten Trauer zusammengebrochen war?

»Bismarckstraße vierzehn«, sagte Meister Gnussapna und gab ihm einen Zettel mit der neuen Adresse in der Burg der Nordländer.

Siegfried freute sich seiner neuen Haut und genoß es, unauffällig unter den Nordländern leben zu dürfen. Keine stechenden Blicke mehr und keine gerümpften Nasen. Der Lavendelgeruch machte ihn sicher. In seiner Sicherheit sprach er wenig und leise und war zufrieden. Tag für Tag schlüpfte er durch den Gang der immer Glücklichen in die Bismarckstraße. Seine Haut glänzte glatt, und keine dunkle Stelle, kein einziges schwarzes Haar ließ ihn unsicher werden. Abend für Abend massierte er seine Haut mit einer

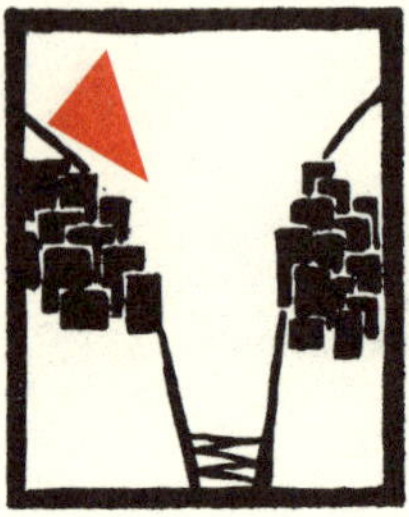

Zaubercreme, die der Haut eine unvergleichliche Geschmeidigkeit verlieh. Eines Abends fühlte sich Siegfried sogar so sicher, daß er seiner Freundin erzählte, er sei früher ein Araber gewesen. Sie lächelte verschmitzt über das Temperament ihres Freundes und dachte, er hätte ein bißchen zuviel Wein getrunken.

Nun, während Siegfried seine Abende genoß und am Tage hart arbeitete, hielt das Leid in der südländischen Burg unvermindert an. Giancarlo, Mehmet und Kostas waren aber nicht mehr allein. Immer mehr Südländer warfen Zweige über den Abgrund, und die Wächter auf der anderen Seite zerstörten die Brücken. Manchmal krachte eine Brücke so laut zusammen, daß einige Nordländer aufgeschreckt zum Abgrund kamen, die Wächter überlisteten und ihrerseits Zweige warfen. Da und dort gelang es einigen wenigen, die Südländer zu erreichen. Sie erschraken, als sie sahen, was mit ihnen getrieben wurde. Aber es waren immer noch viel zu wenige Nordländer, die es wagten, in der nordländischen Burg laut darüber zu reden.

Ein Gerücht verbreitete sich in der südländischen Burg: Die neue Haut ist gut, sie riecht nie nach Knoblauch, sie ist farbecht und wasserfest. Sie hält jedoch einem nicht stand: dem Heimweh. Sobald ein Südländer Heimweh bekommt, reißt die

Haut in Fetzen, denn das Heimweh steckt tief, und wenn es wächst, dann kann keine gesalbte Haut es zurückhalten. Der Meister bekam immer weniger Kunden. Statt dessen wollten immer mehr Südländer nicht mehr untätig warten, sie gingen zum Abgrund und warfen Zweige.

Nun geschah etwas Erstaunliches. Ich traute meinen Augen nicht. Meister Gnussapna persönlich betrat den Raum leise, als wollte er nicht stören. Ich war so verdutzt wie unser Geschichtslehrer damals, als er uns von Kolumbus und seiner Entdeckung Amerikas erzählt hatte. Damals stand plötzlich ein fünfundfünfzigjähriger Seemann in der Tür und sagte: »Entschuldigen Sie bitte, mein Name ist Cristoforo Colombo, ich bin, wie Sie sagen, in Italien geboren. Sie schreiben meinen Namen falsch, aber das ist nicht schlimm. Nur, ich habe Amerika nicht entdeckt. Sie staunen vielleicht. Millionen Menschen haben Amerika vor mir entdeckt. Sie lebten dort seit Jahrtausenden.« »Aber...«, hatte dann der Lehrer mit trockener Kehle gestottert, wie alle bei einem Fehler Ertappten, »das steht doch in allen Büchern, daß Sie es waren, der Amerika entdeckte und den Indianern die Zivilisation des Abendla ... Bücher...« »Entdeckung? Daß ich nicht lache, wenn die Welt für dich am Zaun deines Gartens endet, endet sie nicht wirklich dort, und wenn du das entdeckst, hast du noch nicht die Größe der Welt entdeckt,

denn andere könnten das schon gewußt haben. Du entdeckst nur die Winzigkeit deiner Seele und sonst nichts.« Nach diesen Worten war Cristoforo Colombo so schnell verschwunden, wie er gekommen war. – Nun, so wahr meine Geschichte war, hielt ich doch verdutzt inne, als der Meister persönlich erschien. »Erzählen Sie ruhig weiter, keiner wird Ihnen Ihr Märchen glauben!« rief er mir hämisch aus der letzten Reihe zu und setzte sich hinter die Ausländer. Ich war der Überraschung meines Publikums gewiß; anders als bei den Geschichtslehrern war der Auftritt des Meisters der Beweis der Wahrheit meiner Erzählung, aber bis heute weiß ich nicht, warum ich doch lange stockte und zitterte.

Meine Damen und Herren, Sie werden heute erfahren, wie wahr Märchen sind.

Eines Abends saß Siegfried in einer Kneipe und genoß sein Bier, als sich einer seiner Begleiter zum Nachbartisch umdrehte, an dem sich ein dunkelhaariger Südländer mit einigen nordländischen Frauen und Männern über die Brücke unterhielt.

»Erst nehmen sie uns die Arbeit weg und dann die Weiber«, stöhnte er.

»Weg müssen die Brüder!« bestätigte ein zweiter Bekannter von Siegfried.

Siegfried schaute von einem zum anderen und dann zu dem vermeintlich dunklen Mann. Er wunderte

sich darüber, wie einer mit dunkler Haut auf die Burg der Nordländer gekommen war. Ihm war etwas mulmig in seiner Haut, aber er wollte sich den Abend nicht verderben lassen. »Aber ich bitte dich, wer soll die Straßen reinigen, wenn sie fort sind? Wir werden doch im Müll ersticken!«

»Ich kehre die Straße!« rief der erste.

»Und bevor diese Kanaken kamen, waren die Straßen sowieso immer sauber«, ergänzte der andere säuerlich.

»Du wirst keinen Besen in die Hand nehmen, du räumst ja noch nicht einmal deine Wohnung auf, wenn deine Frau verreist ist«, widersprach Siegfried höflich, aber bestimmt.

»Die Kanaken verschmutzen die Straßen, und wenn sie sie putzen, ist es gerade recht«, rief der erste empört.

»Nein, das nicht, in gewisser Hinsicht hat Siegfried recht«, distanzierte sich der andere.

»Moment«, rief der Südländer vom Nachbartisch: »Wir nix nur Straße putzen. Wir Mensch wie du, gut und Arschloch, verstehen?«

»Oh, Gott, muß er mit seinem gebrochenen Stammeln dazwischenreden und mit den Händen fuchteln?« dachte Siegfried, der seine Mühe zerstört sah.

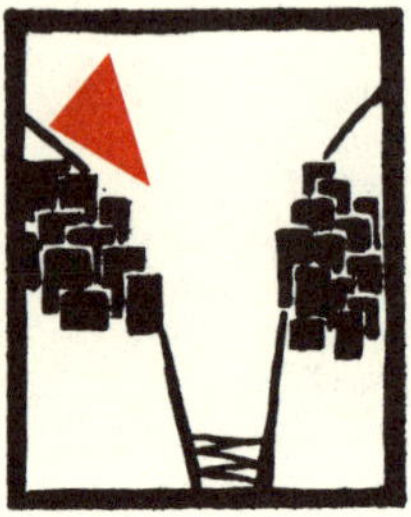

»Das ist es ja, erst kommen sie, dann wollen sie gleich wie wir werden. Das fehlt noch, erst unsere Weiber und dann noch unser Land zu nehmen.«

»Ich nix Weib nehmen. Frau nix Sigarette. Ich nix Land. Nix mein, nix deine Land nehmen. Ich jest leben, verstehen?«

»Verstehst du das?«

»Was will er denn? Leben?«

»Der Kollege meint«, versuchte Siegfried zu erklären, »daß er weder ein Auge auf eure Frauen noch auf euer Land wirft.«

»Doch, Frauen in mein Auge manchmal, wenn Frau wollen mich, warum nix?« widersprach der Dunkelhaarige.

»Na also, ich sage es doch!«

Die Nordländer am benachbarten Tisch lachten über Siegfried und seine Freunde.

»Ja, jest, wenn ihr lacht, fulle ich mein Heimat. Du, du und du, ihr meine Heimat«, der Südländer legte seinen Freunden seine Hände auf die Schulter und fing an zu singen: »Aman, Aman, ja Dahir ...«, ein altes arabisches Lied über das harte Leben der Bauern, über die Emigranten, denen die Sehnsucht nach den Geliebten zu Hause ihren Schlaf raubt. Die Stimme dröhnte Siegfried in den Ohren. Er versuchte, sich mit anderen Gedanken abzulenken, doch die Erinnerung an seine arme Kindheit, an

seine harte Arbeit auf den Feldern zogen ihn in den Bann des Liedes. Ihm wurde immer heißer in der Seele, und er hielt sich mit beiden Händen die Ohren zu, aber die Worte und die Klänge des Bauernliedes drangen tief in sein Herz. Viele Stimmen stiegen in ihm auf und wurden immer lauter. Plötzlich hörte er Risse. Überall platzte seine Haut mit einem häßlichen Laut auf und zerriß.

»Mein Gott, schau seine Haut an!« hörte Hassan eine Frau rufen. Er öffnete seine Augen und starrte in die blassen Gesichter seiner Kumpanen. Seine Blicke fielen auf seine schwitzenden Hände, und er erschrak. Die helle Haut war aufgeplatzt, und seine dicht behaarte, dunkle Haut schaute durch die Risse hervor. Knoblauchgeruch stieg ihm in die Nase, als hätte er große Zehen davon mit den Fingern zerdrückt.

»Oh, Gott, wie er riecht!« entsetzte sich seine Freundin.

Hassan stand auf und stürzte aus dem Raum. Er hörte nicht mehr die Rufe seines Landsmannes. Taumelnd rannte er hinaus in die Dunkelheit und stürzte in den Abgrund zwischen den Burgen.

Die Gesichter des Publikums waren gespannt, einige von Traurigkeit überzogen. Nur der Meister lachte laut in der hintersten Reihe.

Meine Damen und Herren, ich wollte Ihnen nichts vorgaukeln. Meine Märchen schreibe ich vom Leben ab, und im Leben geht ja nicht alles so gut aus, wie manche Märchenerzähler Ihnen vorlügen und damit unser Handwerk in einen schlechten Ruf bringen. Hassan starb letzte Woche, aber die Kinder stehen am Abgrund und werfen Zweige. Nordländische und südländische Kinder, es sind immer noch wenige. Der Meister rennt von Ort zu Ort und versucht, den Südländern eine Haut anzudrehen. Ich habe das Glück, Ihnen zeigen zu können, wie wahr meine Geschichte ist. Sie können den Meister selbst sehen. Dort sitzt dieser große Betrüger!

Dies sagte ich mit erhobener Stimme und zeigte mit der Hand auf den Meister in der hintersten Reihe. Er wurde blaß, das hatte er nicht erwartet. Die Zuhörer drehten sich nach ihm um, dann schauten sie wieder zu mir und lächelten verlegen. Der Meister atmete erleichtert auf. »Sie Idiot, das werden sie Ihnen niemals glauben!« rief er laut. »Doch, doch«, schrie ich, »sie haben Sie doch gesehen!« Die Leute klatschten und erschreckten mich. Der Volkshochschulleiter trat aus der ersten Reihe auf mich zu. »Meine Damen und Herren«, sagte er immer noch lächelnd, »das Märchen war sehr traurig, aber der Schluß war gekonnt. Ich muß zugeben, auch ich habe mich umgedreht. Gut gemacht«, lobte er mich. »Was

heißt hier, gut gemacht, der Meister sitzt doch hinter Ihnen.« Der Volkshochschulleiter lachte und klopfte mir auf die Schulter. Er kündigte den Auftritt einer südländischen Tanzgruppe an. Ich ging kraftlos durch den Saal, gerade als Meister Gnussapna, einen der Ausländer begleitend, den Raum verließ.

WARUM MOMO SICH IN J. R. VERLIEBTE

Mit Hilfe von Freunden schaffte ich es gerade im letzten Augenblick, die Ausweisung eines syrischen Freundes zu verhindern. Eine Kette von menschenunwürdigen Verordnungen konnten wir durchbrechen. Eine Freundin ließ ihr krankes Kind bei ihrer Mutter und rannte mit uns von Behörde zu Behörde. Drei Tage bis zur Ausweisung! Wir hetzten gegen die Zeit. Wir schafften es aber.

Mein Freund bekam eine dreimonatige Aufenthaltserlaubnis. Ein sonderbares Gefühl übermannte mich am Gleis einundzwanzig des Hamburger Hauptbahnhofs beim Abschied von meinem Freund. Er war übermüdet und verwirrt durch das Geschehen der letzten Tage, glücklich über die verhinderte Abschiebung, doch verletzt durch die Demütigungen, die er durch die Behörden erfahren hatte. Er konnte kaum Deutsch sprechen, aber verstand jedes Wort. Immer, wenn ich mich bemühte, ihm eine geschliffene Übersetzung der Unverschämtheit des Beamten zu liefern, winkte er ab: »Ich verstehe alles!«

Die deutsche Freundin, ermattet durch die Hektik der Tage, flüsterte mir beim Abschied zu: »Mach dir keine Sorgen! Wir sind ja da!«

Ich empfand eine zwiespältige Freude über den Sieg, den wir gemeinsam errungen hatten. Eine jämmerliche

Freude. Was für eine Errungenschaft ist das, daß ein Mensch dort leben darf, wo er leben muß. So lächerlich können Siege sein. Erschöpft von diesen Tagen, in denen ich kaum geschlafen hatte, winkte ich ein letztes Mal und schloß das

Fenster meines Abteils, gerade als der Zug den Bahnhof verließ. Drei Tage haben wir gegen den Haß gekämpft. Den Kampf mußten wir bestehen. Es gab keine Zeit zum Nachdenken über Erkältung und Müdigkeit, und erst jetzt spürte ich meine Erschöpfung. Nach ein paar Minuten in dem leeren Abteil fiel ich in einen tiefen Schlaf.

Als der Zug abrupt bremste, schrak ich aus meinen Träumen auf. Ein alter Mann in einfachen Kleidern und mit einem schneeweißen kleinen Bart saß mir gegenüber und lächelte verschmitzt über meinen Schrecken.

»Wo sind wir?«

»Kurz vor Hannover. Du hast lange geschlafen«, antwortete er.

Ich schaute aus dem Fenster. Draußen war es finster. Der Zug hielt mitten auf freiem Feld.

»Ich habe seit Tagen nicht geschlafen!« sagte ich kurz und zündete mir eine Zigarette an.

»Liebeskummer?«

Ich war verdutzt, denn eine solche Frage hatte ich noch nie in der Deutschen Bundesbahn von einem Fremden gehört.

»Schön wäre es!« lächelte ich und erzählte dem alten Mann die Geschichte meines syrischen Freundes. Er hörte aufmerksam zu und fragte nach Einzelheiten, als ob sie ihn selbst angingen.

»Und woher kommst du?«

»Ich?« Der Mann lachte laut »Also der Reihe nach: Am Donnerstag war ich in Kairo, Freitag in Rom, dann bin ich am Sonntag nach Stockholm geflogen. Gestern bin ich nach Hamburg gekommen, und morgen abend fliege ich von München nach New York.«

»Ich meine, woher kommst du?« wiederholte ich, da mir der Reisebericht übertrieben schien.

»Wieso? Ist das wichtig? Ich lebe zwischen den Ländern und weiß gar nicht, woher ich komme und wohin ich gehe. Die Liebe zum Reisen ist meine Heimat!«

»Und wovon lebst du?« fragte ich aggressiv, da ich solche geschwollenen Antworten über Herkunft und Zukunft nicht leiden kann.

»Vom Geschichtenerzählen!«

»Bist du Schriftsteller?«

»Nein! Das nicht, ich verkaufe meine Geschichten an berühmte Schriftsteller und bekomme dafür Prozente. Du weißt ja, die berühmten Schriftsteller haben Geld und Namen, aber keine Zeit zum Nachdenken mehr. Sie jagen von Empfang zu Empfang und von einer Preisverleihung zur anderen. Woher sollen sie da noch die Zeit für frische Ideen nehmen? Eine gewaltige Marktlücke habe ich ent-

deckt, und seitdem habe ich zahlreiche Kunden in der ganzen Welt. Doch aus welchem Land kommst du?«

»Aus Syrien«, antwortete ich.

»Dort bin ich zwei Romane an zwei berühmte Autoren losgeworden. Es ging um den Oktoberkrieg 1973, zwei Bestseller natürlich.«

Ich hätte gelacht, wenn der Mann die letzten Worte nicht in perfektem Arabisch gesprochen hätte.

»Du sprichst verdammt gut Arabisch«, sagte ich und zitterte ein wenig.

»Ich sage dir doch, ich habe dort Kunden, und oft können die berühmten Schriftsteller keine andere Sprache als die eigene, also muß ich die ihre lernen. Ich kann sieben Sprachen perfekt und verstehe fünfzehn.«

»Also die Oktoberkriegs-Romane kannst du vergessen, ein Haufen elendes Papier ist das, womit du protzen willst!« sagte ich zynisch.

»Ich will mit gar nichts protzen. Die bestellen es bei mir, ich lebe davon. Dort ist der Krieg ein großer Renner, hier verkaufen sich Gedichte über Frieden und Liebe wie warme Semmeln. Das ist Geschäftssinn.«

»Die Labert-Wydernix vielleicht?«

»Ich verrate meine Kunden nicht. Aber einen kann ich dir nennen, weil er mich auf den letzten Seiten seines Romans erwähnt hat. Kennst du Momo?«

Mein Magen drehte sich um, nicht nur, weil Gabriel An-

fang tatsächlich den alten Mann am Ende seines weltberühmten Romans erwähnt, sondern weil ich mir durch meine Kritik an diesem neuen Christus viele Freundschaften verdorben hatte.

»Die habe ich dem Gabriel erzählt!« fuhr der Mann fort, als ich wortlos nickte.

»Ein Erfolg hat unzählige Väter«, sagte ich beschwichtigend und dachte an die vielen guten literarischen Arbeiten, die nur eine Mutter haben, die Seele ihrer Schreiber.

»Was heißt hier unzählige Väter?« zürnte der Mann. »Ich bin der Schöpfer. Gabriel zahlt brav die Tantiemen.«

»Dann mußt du ja ein reicher Mann sein!« scherzte ich, aber das Lächeln erstarb auf meinen Lippen, als der Alte, beleidigt durch meinen Scherz, eine dicke Mappe aus seinem Mantel zog und mir einen Scheck entgegenhielt: DM 100000,– in Ziffern und Buchstaben stand darauf. Die Unterschrift Gabriel Anfangs fegte jeden Zweifel hinweg.

»Da staunst du, was?«

Ich war wirklich sprachlos.

»Dabei war ich am Anfang auch ziemlich sauer, denn Gabriel hat die Geschichte vor ihrem Ende abgebrochen. Später verstand ich seinen Kunstgriff, denn zu Ende erzählt hätte sie viele seiner Leser erschreckt.«

»Welches Ende denn?« fragte ich neugierig.

»Er bricht die Geschichte dort ab, wo Momo die Gesellschaft von den grauen Zeitdieben befreit.«

»Ja und?«

»Er sagt, er könne nicht weitererzählen, da ich plötzlich verschwunden sei. Das ist eine Lüge. Ich habe ihm die ganze Geschichte erzählt. Willst du die andere Hälfte hören?«

»Ich kann dir weder etwas zahlen noch ...«

»Du brauchst nichts zu zahlen. Diese zweite Hälfte kannst du gratis bekommen, die kauft dir sowieso keiner ab.«

Der Mann erzählte mir von Hannover bis kurz vor Heidelberg, wo ich ausstieg, die zweite Hälfte der Momo-Geschichte. Ich habe sie vielen Freunden erzählt. Sie waren gefesselt und fanden Antworten auf viele Fragen, die bei der ersten Hälfte offengeblieben waren. Beinahe glaubte ich, der alte Mann hätte sich geirrt, aber nun nach vielen Monaten härtester Arbeit und der siebenunddreißigsten Ablehnung von Verlegern glaube ich: Der alte Mann war kein schlechter Händler. Händler geben nichts gratis, was je ein Geschäft werden könnte. Meine Arbeit, die Korrekturkosten für zweihundertfünfzig Seiten Skript waren vertane Mühe und Aufwand. Und wenn ich jetzt unentgeltlich eine Kurzfassung der Geschichte des alten Mannes erzähle, dann nur deshalb, weil ich von ihrem Wahrheitsgehalt überzeugt bin.

Momo, das kleine Mädchen, das stundenlang zuhören konnte und die Gesellschaft von den grauen Männern, den Dieben der Zeit, befreite, wurde nicht nur in ihrer Stadt und ihrem Land gefeiert: In der ganzen Welt ging ihr Name von Mund zu Mund. Vom Stadtrat bekam sie eine gut eingerichtete Wohnung und eine monatliche Rente. Überall, wo sie vorbeikam, verneigten sich die Menschen vor ihr und grüßten dankbar.

Momo war beruhigt, daß die grauen Männer nie wieder versuchen würden, die Zeit der Menschen zu klauen und sie tot in der Sparkasse aufzubewahren. Aber die Ruhe war nur von kurzer Dauer, denn alsbald fragten die Leute Momo, was sie nun mit ihrer Zeit anfangen sollten. Sie hatten in diesem südlichen, herrlichen Land, in dem Momo lebte, viel Zeit, aber kein Brot. Und Zeit kann der Mensch bekanntlich nicht essen.

Voller Kummer suchte Momo ihre Schildkröte Kassiopeia, die ihr auf alle Fragen eine Antwort gegeben hatte, als sie gegen die grauen Zeitdiebe kämpfte.

»Warum wandern die Leute aus?« fragte sie, als ihr Lieblingstier endlich auftauchte.

»Kein Brot!« stand in leuchtenden Buchstaben auf dem Panzer der Schildkröte.

»Und wo gehen sie hin?«

»In den Norden.«

Momo lief zum Hauptbahnhof, wo die Männer mit gepacktem Karton traurig Abschied von ihren Familien nahmen.
»Bleibt doch! Schaut, wie schön euer Land ist, die Sonne und das Meer!«
»Wir sind keine Touristen, die Sonne brennt auf unseren Köpfen, und das Meer brennt in unseren Augen.«
»Bleibt doch!« rief Momo, aber die Reisenden hörten nicht auf sie und fuhren davon.
»Du bist traurig!« stand auf dem Panzer der Schildkröte geschrieben.
»Ja!« seufzte Momo.
»Dann folge mir!« Und Momo folgte ihr, wie immer, ohne zu fragen; denn sie hatte früh gelernt, Kassiopeia blind zu vertrauen.
Die Schildkröte überquerte Straßen und Gassen und blieb vor einem Hotel stehen.
»Hier wohnt dein Retter!« signalisierte sie auf ihrem Panzer.
Momo ging neugierig in das kleine, schäbige Hotel, in dem der Pförtner hinter einer kleinen Theke schnarchte. Als Momo ihn aufweckte und nach seinen Gästen fragte, antwortete der dicke Pförtner, ein einziger Gast aus einem fernen Land wohne seit einem Tag in Zimmer sieben. Momo ging die Treppe hinauf und klopfte voller Erwartung an die Tür.

»Herein!« hörte sie und machte vorsichtig die Tür auf.

Ein hochgewachsener Mann mit noblen Zügen saß am Fenster. Seine Augen verströmten Wärme. Schwarzes Haar verbarg seine hohe Stirn. Ein seidener, weißer Schal lag locker um seinen schlanken Hals.

»Ich wußte, daß du kommen würdest. Du bist wirklich meine beste Schülerin. Und oft werden Schüler berühmter als ihre Lehrer.«

»Wer bist du?« fragte Momo leise und beschämt, da sie Meister Rudolf nicht kannte.

»Nenne mich Rudi. Ich bin der Gründer der Wieslocher Schule, in der du deine ersten Schuljahre verbracht hast.«

Momo war peinlich berührt, da sie sich kaum noch an die Schule ihrer Kindheit erinnern konnte.

Meister Rudolf erzählte lange von den Gefahren des Materialismus und des Neides, von der Liebe und vom Krieg, daß die Menschen in Europa die bedrohlichen, schweren Wolken nicht erkennen, die eine zweite Sintflut in sich bergen.

Momo war hingerissen. Sie stellte keine Fragen, sie hörte nur zu. Meister Rudolf erzählte ihr gütig und ohne jeden Haß, wie er in seiner Heimat ausgelacht worden war, als er seine Ideen der totalen Freiheit veröffentlicht hatte.

Unzählige kleine Betriebe, die frei produzieren sollten, ohne Maschinen und ohne Gift. Nur Gesundheit sollte herrschen und der Mensch Liebe und Freiheit noch dazubekommen.

Er erzählte ihr, daß er Geld hätte, seine Idee in die Tat umzusetzen, und daß er einen Betrieb aufbauen wolle. Eine kleine Töpferei.

»Ja, dann brauchen die Menschen hier nicht mehr wegzugehen«, rief Momo begeistert, denn Meister Rudolf rührte an ihre offene Wunde.

»Eine Wieslocher Schule soll die Arbeiterkinder den Adelssprößlingen gleichstellen! Alle sollen Lebenskünstler werden.«

Meister Rudolf schaute die dreißig Jahre jüngere, hübsche Momo an.

»Willst du mit mir gehen?« fragte er leise mit samtener Stimme.

Momo war verwirrt und bat um einen Tag Bedenkzeit. Sie spürte beim Abschied die angenehme Wärme von Meister Rudolfs Lippen auf ihrer Hand.

»Überleg es dir nicht lang!« stand auf dem Panzer Kassiopeias.

»Aber Heiraten ist eine ernste Sache!« widersprach Momo leise.

»Nimm den Rudi, er ist dein Meister und Glück!«

Momo stimmte zu, und Meister Rudolf wurde ihr Gatte.

Momo hatte viel zu tun an der Seite ihres Gatten. Die kleine Töpferei konnte zehn Arbeiter beschäftigen, nicht jedoch die Hunderttausende, die die Stadt verlassen mußten. Doch Momo hatte kaum Zeit für deren großen Kummer, denn der Unterricht der Arbeiterkinder in der Wieslocher Schule ermüdete und entkräftete sie. Kehrte sie nach Hause zurück, mußte sie kochen und waschen, und wenn sie fertig war, mußte sie Abend für Abend die Pläne ihres ehrgeizigen Rudolf anhören. Ab und zu hörte Momo nicht zu, da ihr Mann jeden Tag dieselben Geschichten erzählte und es nicht schwierig war, ihm zu folgen, auch wenn sie zwischendurch an ihre Kindheit dachte und sich fragte, ob die grauen Männer sich nicht doch an ihr rächten und ihre Zeit raubten, denn sie fand kaum noch Zeit zum Lesen, Spielen und Spazierengehen.

Die Jahre vergingen. Von Jahr zu Jahr kamen immer weniger Arbeiterkinder in die Schule. Sie wollten nicht so werden wie ihre Eltern, die in der Töpferei arbeiteten, und eilten in den Norden, um Arbeit zu finden. Aber die Adelsfamilien ließen Momo nicht im Stich, denn sie achteten sie und schätzten ihren Kampf gegen die Zeitdiebe sehr. Als sie hörten, daß die Wieslocher Schule in Finanzschwierigkeiten steckte, schickten sie ihre schwierigsten Söhne und

Töchter in die Momo-Schule, denn dort lernte man einander lieben.
Momo kamen Zweifel, denn nach und nach wurde die Schule eine Anstalt der Reichen. Als sie das voller Kummer ihrem Mann eröffnete, sagte dieser, es sei ihm egal, wer die Schule besuche, seine Töpferei sei bedroht, und er könne keinen Pfennig mehr für die Schule aufbringen.
Nur Kassiopeia hatte sogleich eine Lösung parat: »Ob reich oder arm, deine Liebe gehört allen.«
Momo unterrichtete die Kinder weiter.
Als der Hochzeitstag sich zum zehntenmal jährte, wollte Momo ihrem Rudolf eine Freude machen. Sie stand sehr früh auf und eilte in die Küche, wo sie einen Kuchen aus Mehl, Eiern und Butter backte. Sie nahm die beste Qualität reinster Naturprodukte, denn ihr Gatte konnte trotz seiner Armut keinen Kuchen leiden, in dem auch nur ein einziges Körnchen Chemikalie enthalten war. Plötzlich tauchte Kassiopeia auf. Sie taumelte den Gang entlang, und Momo sah besorgt ihre Freundin an.
»Was ist los mit dir? Bist du etwa krank?«
»Nein. Ich und krank. Hicks. Warum. Hicks. Ich fühle mich sauwohl. Hicks.«
Momo las die leuchtenden, in schlechter Schrift geschriebenen Worte und wunderte sich.
»Hast du etwa getrunken?« rief sie empört.

»Einen Schluck nur! Hicks. J. R. ist ein toller Kerl«, stand auf dem Panzer geschrieben.

»Wer ist dieser J. R.?«

»Der Retter deines Gatten!« antwortete Kassiopeia und fiel in tiefen Schlaf.

Momo war verwirrt, aber ihre Verwirrung wurde noch größer, als ihr Rudi abends mit einem stattlichen Mann nach Hause kam.

»Das ist ein Freund aus einem fernen Land. Er ist ein reicher und mächtiger Mann. Sei bitte lieb zu ihm«, flüsterte er ihr in der Küche zu.

»Hallo, junge Frau! Ich habe schon viel von dir gehört. Bei uns im Sternenbannerland hat man keine Zeit, aber dafür viel Geld und Freiheit.«

Seine aufdringliche Art verunsicherte Momo und stieß sie ab, aber die Lebendigkeit, mit der er redete, zog sie wiederum an. Er sprach offen und in einfachen Worten, nicht so geschwollen und umständlich wie ihr Rudolf.

Am ersten Abend schon berührte J. R. Momo so oft wie ihr Gatte in den zehn vergangenen Jahren nicht. Teils im Spaß über dem Tisch, teils heimlich darunter, und als ihr Mann J. R. einlud, das Gästezimmer als das seinige zu betrachten, fühlte Momo eine gewisse Erleichterung.

»Habt ihr ein Telefon?« fragte J. R. um sich blickend. Seine Gastgeber waren verwirrt, denn Meister Ru-

dolf hatte die Apparate immer als Feinde der Menschheit bezeichnet. Man müsse den Menschen begegnen und nicht telefonieren. Doch wie erstaunt war Momo, als ihr Mann beschämt heuchelte: »Wird ab morgen da sein!«
J. R. lehnte es glatt ab, eine einzige Nacht ohne Telefon zu verbringen. Erst am dritten Tag zog er vom Hotel zu Momo um, nachdem die Post endlich im Gästezimmer ein Telefon installiert hatte.
Rudolf erzählte J. R. den ganzen Abend in geschwollenen Reden von seinen Träumen. Momo bemerkte die Langeweile ihres Gastes, der ihr sichtlich zugeneigt war und sie immer wieder streichelte, wenn er Gelegenheit dazu hatte. Unaufhörlich sprang er auf und telefonierte mit fernen Ländern und sprach in verschiedenen Sprachen, die Momo nicht verstand.
»Warum berührt er mich heimlich?« fragte sich Momo in der Küche, während sie spülte.
»J. R. mag dich«, stand in leuchtenden Buchstaben auf der Schildkröte.
»Ja, liebe Kassiopeia, aber ich bin doch verheiratet!«
»Und? Rudolf ist ein Langweiler!« schrieb Kassiopeia. »Wann hat er dich zum letztenmal angefaßt?«
Momo konnte sich kaum noch erinnern, denn immer, wenn sie sich danach sehnte, sagte ihr Rudolf, daß Fleischeslust primitiv sei. Er würde lieber ihre Seele statt ihre Schenkel streicheln, und das tat

er dann, bis Momo die Lust vergangen war.

Als sie wieder ins Wohnzimmer kam, lachte J. R. gerade über ihren Mann.

»Mann, diese Betriebe gehören auf den Schrottplatz. Heute muß alles in Massen hergestellt werden oder gar nicht. Hör doch auf mit Menschenliebe! Wenn du die Menschen liebst, gib ihnen Arbeit, damit sie nicht Kommunisten werden. Liebe muß massenhaft werden und nicht für einige wenige bestimmt sein. Meine Bohrtürme kennen keine Grenzen, überall sind sie zu Hause, und meine Kundschaft ist die ganze Menschheit.«

Der sonst so sprachgewaltige Rudolf war auf einmal verstummt. Er stammelte nur noch vor sich hin: »Ja ... aber ... bist du sicher ...«

»Und ob J. R. sicher ist!« stand auf dem Panzer von Kassiopeia, und Momo vertrieb den Zweifel aus ihrem Herzen und drückte J. R.s Hand.

Die Stadt verwandelte sich in kurzer Zeit in eine einzige Baustelle. Die Bagger schaufelten sich quer durch die Felder, die alte Töpferei, das verfallene Schulgebäude und das kleine Straßencafé. J. R. hatte alles aufgekauft.

Ein großer fünfeckiger Neubau trug den Namen »Wieslocher Schule«, und Momo sah gerührt aus

dem Fenster ihrer kleinen Villa, die sie mit ihrem Rudi und J. R. bewohnte, wie Menschen aus allen Erdteilen in ihre Stadt einzogen.
Kamine stießen Rauch in den Himmel, und Momo freute sich wieder über das Leben. In der Nähe ihres Meisters Rudolf fühlte sie sich geborgen, und mit ihrem Geliebten J. R. konnte sie die schönsten Stunden verbringen. Nicht heimlich! Rudolf wußte davon und akzeptierte es. Vor allem aber freute sich Momo über die Liebe, mit der J. R. ihre Kassiopeia behandelte.
Eines Tages aber kam es wie aus heiterem Himmel. Eine Welle der Unruhe rollte vom Armenviertel heran und überschlug sich auf den Alleen der feinen Gegend der Stadt. Die Jugendlichen rissen wie eine Lawine alles nieder, was ihnen im Wege stand. Schaufenster gingen zu Bruch, und überall verdunkelte der Rauch brennender Autos die Sonne.
Wie aus einem Alptraum erwacht, rannte Momo in ihrem weißen, wallenden Kleid über die Straße. Die Jugendlichen schrien und griffen in ihrer ohnmächtigen Wut nach Steinen. Ein Stein traf Momo an der Stirn. Sie taumelte. Doch der Stein hätte sie weniger geschmerzt, wenn er nicht von einem ihrer besten Freunde, dem Straßenkehrer, geworfen worden wäre. Eine alte Frau packte Momo am Hals: »Was sollen

wir mit unserer Zeit machen, dein Mann hat uns ausgesaugt!«
Sie schüttelte Momo erbarmungslos, daß diese ohnmächtig auf die Straße sank. Als sie wieder zu sich kam, lag sie mit verbundenem Kopf im Bett.
»Was mache ich bloß?« fragte sie sich.
»Du brauchst Ruhe«, war auf dem Panzer ihrer Schildkröte geschrieben.
J. R. trat ins Zimmer.
»Alles in Ordnung, ein paar Chaoten haben das ganze Ding gedreht. Dein Mann ist ein Schlappschwanz.«
Momo fragte J. R., was sie nun tun solle, und dieser wußte, wie immer, einen bis zum letzten Schritt geplanten Weg. »Hier liebt dich keiner außer mir. Ich kenne eine paradiesische Insel. Die Menschen werden dich dort aufsuchen und Liebe in deiner Nähe empfinden. Hier bist du verloren.«
»Und Rudolf?«
»Rudolf ist krankenhausreif, der alte Trottel taugt nichts mehr.«
»Ganz meiner Meinung!« stand auf dem Panzer der Schildkröte.
Momo packte einen kleinen Koffer und verließ ihre geliebte Stadt, die einem Trümmerfeld ähnlich in der Dämmerung lag. Als sie das Flugzeug bestieg, stahl sich eine Träne aus ihrem Auge.

Die Insel war noch schöner, als J. R. sie beschrieben hatte. Momo lag in einer kleinen Hütte und sann über ihr Leben nach.
»Das Äußere ist das Üble, lebt man ihm nach, verliert man sich. Das innen Verborgene ist das einzig Wahre, da gibt es kein Arm und Reich und keinen Krieg. Es ist der absolute Frieden«, sprach Momo am siebten Tag.
»Ist mir zu hoch!« leuchtete die Schrift auf dem Rücken der Schildkröte.
Momo kleidete sich mit einem einfachen, orangefarbenen Gewand und vertiefte sich in ihr Inneres, sie lauschte auf das Klopfen ihres Herzens und wurde von Tag zu Tag zufriedener. Jede Woche flog J. R. zu ihr, und sie freute sich in seinen Armen wie ein Kind.
Nach dreizehn Monaten sah sie dann das erste Boot auf ihrer Insel landen, überbeladen mit jungen Männern und Frauen. Momo wunderte sich, daß die jungen Menschen vor ihr niederknieten.
»Wir suchen bei dir, o Momo, den Frieden!« Momo berührte glücklich die Menschen, die lächelnd zu ihr aufblickten. Nach einer Weile saßen sie wie kleine friedliche Kinder im Kreis um sie herum.
»Eure Augen sollen weder Panzer noch Uhren, sie sollen euer Inneres schauen. Euer Inneres muß geordnet sein, dann wird kein äußeres Chaos euch

stören!« sprach Momo zu den jungen Leuten, und sie riefen im Chor:
»Omo! Omo! O Momo!«
Der Rhythmus ihrer Stimmen versetzte sie in Trance, und sie fühlten sich unendlich glücklich.
Die nächsten Boote kamen, und die Leute trugen schon dieselben orangefarbenen Gewänder und um den Hals Ketten aus hölzernen Kugeln. Das Bild Momos mit gefalteten Händen schmückte diese Ketten. Die jungen Menschen saßen lächelnd im Kreis um Momo herum. Sie berührte sie leicht im Vorbeigehen, und ihre Anhänger versanken in tiefste Stille. In sich gekehrt, betrachtete jeder stundenlang seinen Nabel, der sich in eine bunte Welt verwandelte. Sie sahen sich über Berge und Täler schweben, von Friedenstauben begleitet, und die ganze Welt hörte auf ihre Stimme, ja, der Boden atmete im Takt ihrer Herzen.
Es dauerte nicht lange, und die Nachricht von der wundersamen Verwandlung des Nabels verbreitete sich über die Erde. Viele sehnten sich danach, auch einmal genußvoll Nabelschau halten zu dürfen. Sie verkauften ihre Bücher und Möbel, um die hohen Kosten von »J. R. Tours« für die Reise auf die ferne Insel bezahlen zu können.
Momo lebte im Zentrum der Insel in einer bescheidenen Hütte. Sie hatte alle Hände voll zu tun. In

mehreren Reihen knieten ihre Anhänger vor ihr. »Omo! Omo! O Momo!« flüsterten die Knienden und spürten den tiefen Frieden.

Bald war die Insel übervölkert. Das Grün wich aneinandergereihten Baracken und Übungssälen. Momo erstickte fast im Schweißgeruch der Betenden. Von Tag zu Tag wurde ihr Gesicht faltiger und ihre Stimmung gereizter, denn sie hatte auch Kassiopeia aus den Augen verloren. Tausende von Schildkröten, die ihrer geliebten Kröte zum Verwechseln ähnlich sahen, liefen hinter ihr her. Auch sie gaben Antworten auf alle Fragen. Momo las die farbig blitzenden Antworten und fand sie dämlich. Auf dem Bauch einer Schildkröte entdeckte sie den Aufdruck »Made in Japan«. Angewidert schleuderte sie das arme Tier von sich.

Doch J. R. erklärte ihr sein Massenprinzip. Aus Liebe zur Menschheit hätte er bei den Japanern zwei Millionen Kassiopeias bestellt. Gütig und liebevoll hörte er sich die nörgelnden Beschwerden Momos an, und schneller als bei ihrer treuen Kassiopeia kam die Antwort.

»Dann verläßt du deine Insel und ziehst auf eine andere, einsamere. Dort wirst du nur die Auslese der sich liebenden Menschen betreuen, und für diesen Schrott hier engagiere ich eine alternde Schauspie-

lerin, die dir zum Verwechseln ähnlich ist. Du hast dann deine Ruhe, und die Naivlinge hier können weiter in ihrem stinkenden Schweiß suhlen.«

Momo strahlte vor Glück. Nach drei Tagen stand die Schauspielerin in einem orangefarbenen Kleid vor ihr. Momo war erstaunt über die Ähnlichkeit, denn genau wie sie trug sie eine Narbe auf der Stirn.

Verkleidet wie ein Mann eilte Momo zu dem Hubschrauber, wo J. R. schon auf sie wartete. Niemand bemerkte, wie sich der Hubschrauber erhob, denn in tiefer Versunkenheit hockten die Anhänger um die unechte Momo, die auf der Terrasse der kleinen Hütte ihren Segen austeilte.

»Auf der nächsten Insel mußt du den feinen Liebenden etwas anderes anbieten. Sie halten nicht soviel von Religionen. Was sie brauchen, ist Bewegung!« sprach J. R. zu Momo.

»Vielleicht sollten sie tanzen! Einen Liebestanz?« fragte Momo laut.

»Bauchtanz, wenn ich bitten darf«, leuchteten plötzlich Buchstaben unter dem Sitz hervor. Momo war erstaunt, fischte die Schildkröte hervor und drehte sie um. Kein Aufdruck »Made in Japan« war zu sehen. »Du verdrehst mir den Magen!« stand wieder auf dem Panzer.

Eine Träne rollte aus Momos Augen.

»Kassiopeia! Meine Kassiopeia!« rief sie erleichtert und drückte die Schildkröte an die Brust.
»Ist ja gut!« konnte Momo lesen, als der Hubschrauber auf der Insel landete.
Dort lebt Momo bis heute noch, und sie tanzt nur vor ausgesuchten Freunden von J. R.
Auf unzähligen Inseln dagegen beten und tanzen die vielen unechten Momos.

DER DRACHE VON MALULA

Bittet man Kinder darum, einen Drachen zu malen, dann malen sie sofort einen. Er sieht immer gleich aus, egal ob ihn ein chinesisches oder afrikanisches Kind gemalt hat. Kinder kennen ihn, den einen immer gleich aussehenden Drachen. Nur Erwachsene glauben nicht, daß es Drachen gibt, als hätten sie beim Durchschreiten des Tores zum Erwachsensein die Erinnerung an den Drachen im Garten ihrer Kindheit zurückgelassen.
Ich habe als zehnjähriges Kind einen Drachen gesehen und bin später wahrscheinlich durch das Tor ins Reich der Erwachsenen gegangen, aber ich habe den Drachen nicht vergessen. Ich weiß es noch genau. Es war Sommer, er kam an einem Montagnachmittag. Und wenn du diese Geschichte liest und zufällig auf einer deiner Reisen mein Dorf Malula besuchst, frage nicht die Erwachsenen nach dem Drachen. Sie werden dich auslachen. Frage dort die Kinder. Sie werden dir dieselbe Geschichte erzählen.

Die alte, asphaltierte Straße nach Malula schlängelt sich an kargen Weinbergen vorbei, gesäumt von Steinen, Disteln und dürrem Unkraut. Felsen begrenzen die Hänge hinter den Weinbergen. Das zerklüftete Gestein türmt sich immer höher auf den Hügeln aus trockener Erde, bis es am Anfang des Dorfes sich zu einer gewaltigen Felsmauer erhebt. Sonne, Wind und Regen haben ihre tiefen, geheimnisvollen Zeichen in die Wand gemeißelt. Menschen, Tiere und unvollendete Gestalten scheinen im Spiel von Licht und Schatten zu wechseln. Das Zirpen der Zikaden in der Mittagshitze begleitet den Meißel der Zeit mit rhythmischen Gesängen.

Einzelne verstreute Weinreben, ein paar kleine Feigenbäume mit verschmutzten Blättern schmücken die Weinberge, sonst nur Disteln, Steine und trokkene Erde. Steine, die die Bauern von ihren Feldern gelesen und als Grenze zu den Feldern ihrer Nachbarn aufgehäuft haben, scheinen im Flirren der heißen Luft über den Feldern einen regen Handel zu treiben: ein bißchen trockene Erde von dem einen gegen einige Krumen des Nachbarfeldes.

Hart ist das Leben der armen Bauern von Malula. Sie entreißen mit ihrer schweren Arbeit dem staubigen Boden die Früchte, die sie zum Leben brauchen; freiwillig gibt die Erde ihnen nur Disteln und Steine. Mit einer jahrhundertelangen Erfahrung und großer Geduld bändigen die Menschen diese zerklüftete Gegend. Eine kleine Quelle spendet ein wenig Wasser, das die Bauern sorgfältig untereinander aufteilen, damit die Felder im Tal, spärlich genug, bewässert werden können. Die Straße zieht sich zwischen den

Weinbergen und dem bebauten Tal mit seinen Terrassenfeldern hin. Sie begrenzt das zarte Grün der Gemüse- und Obstgärten und scheint es daran zu hindern, die Berge zu erklimmen; eine unüberwindliche Grenze.
Die blau und weiß getünchten Häuser von Malula mit ihren verfallenen Fenstern schmiegen sich eng an die Felswand. Ein Haufen bunter Kieselsteine in den schützenden Händen eines Riesen. Nur das Kloster zum heiligen Sarkis erhebt sich auf der Felswand hoch über dem Dorf.
Uralt ist Malula, keiner seiner Bewohner weiß genau, wann die ersten Vorfahren diese zerklüftete Landschaft besiedelt haben. Vage sind die Berichte über die Überlebenden eines Massakers im Süden des heutigen Libanon, die im Schatten der hohen Felswand Schutz fanden. Sie hieben ihre Höhlen in den Felsen, die sie erst nach langer Zeit verließen, um sich in kleinen, festgezimmerten Häusern am Fuß der Felswand niederzulassen. Die Bewohner Malulas waren derart mit den Felsen verwachsen, daß diese ihnen wohl auch ihre besondere Sturheit eingehaucht hatten.

Eines Sommertages hatte die Hitze die Menschen in den Schatten ihrer Häuser getrieben. Nur ein paar Hunde dösten am Eingang der kleinen Kirche.
Ich spielte mit dem Sohn des Metzgers Ismail am

Bach, der hinter der Moschee träge am Dorfplatz entlangfließt. Wir legten leere Büchsen auf das Wasser und rannten hinterher, um sie wieder einzufangen. Wir wetteten, wer seine Schiffe am schnellsten fahren lassen konnte. Uns machte die Sonne nichts aus. Mein Vater führte das auf meinen dicken Schädel zurück, in den kaum einer seiner Ratschläge eindringen konnte.

Ein Erwachsener schien einen ähnlich dicken Schädel zu besitzen: der Dorftrottel Hilal. Er saß an jenem Tag in der sengenden Sonne und spielte mit einem roten Ballon. Der fünfzigjährige Verrückte lief immer barfuß. Seinen verhornten Fersen konnten weder die spitzen Steine noch die Glassplitter etwas anhaben. Unrasiert und mit zerfetzten Kleidern sah er furchterregend aus. Hilal erschreckte jedoch nur Fremde. Vor uns Kindern hatte er große Angst, denn immer, wenn wir nichts zu tun hatten, rannten wir hinter ihm her, warfen mit Steinen nach ihm und, wenn wir ihn einfingen, ließen wir ihn nicht eher los, bis er uns erzählte, was die Frau des Bürgermeisters ihrem zwanzig Jahre älteren Mann im Bett sagte. Hilal wiederholte die Worte und wurde immer lauter, bis vorbeigehende Bauern oder Bäuerinnen uns allen eine Tracht Prügel verpaßten.

Hilal liebte Ballons über alles, und wenn er ein paar Piaster erbetteln konnte, kaufte er sofort einen. Er

konnte tagelang damit spielen. Da es in Malula jedoch allzu viele Kinder gab, die auch alle Luftballons liebten, sich aber keine kaufen konnten, konnte Hilal sich mit seinen Ballons nicht vor uns retten. Wir machten uns einen Spaß daraus, sie ihm abzujagen. Wir schlugen gnadenlos auf den Ballon ein und jauchzten, je höher wir ihn in den Himmel treiben konnten. Hilal rannte dann hilflos hin und her, sein Speichel tropfte ihm aus dem Mund, und er flehte uns im Namen der Heiligen Maria an, seinen Ballon nicht zu quälen. Bei jedem Schlag zuckte Hilal zusammen, als hätte er eine Ohrfeige bekommen. Und irgendwann platzt jeder Ballon. Hilal suchte dann die Fetzen zusammen. Er hauchte sie liebevoll an, in der Hoffnung, sie wieder zum Leben zu erwecken, und heulte zum Steinerweichen über sein totes Spielzeug.

An diesem besagten Sommernachmittag war alles sehr ruhig. Plötzlich schrie eine Frau gellend: »Schaut euch dieses Flugzeug an!«

Ich drehte mich schnell um, denn ein Flugzeug ist selten in unserer Gegend, und sah den Drachen. Hassan ließ vor Schreck seine Büchse fallen und rief: »Mama … Mama, komm!«

Der Drache kreiste über dem Dorfplatz. Er spie riesige Flammen aus seinem Maul, und wir konnten das laute Zischen hören. Langsam füllte sich der

Dorfplatz mit aufgeregten Menschen. Sie kamen aus ihren Häusern gerannt und schauten gebannt in den Himmel. Pfarrer Markus eilte mit fliegenden Rockschößen herbei und bekreuzigte sich unablässig. Der Gemüsehändler Tanius trat, nur mit der Unterhose bekleidet, auf seinen Balkon, und die bis dahin trägen Hunde heulten fürchterlich und sprangen in die Luft, als wollten sie dem Drachen ein Bein abbeißen. Dieser schien jedoch weder von den Menschen noch von den Hunden beeindruckt zu sein, er zog ruhig seine Schleifen über dem Dorf, schlug plötzlich jedoch kräftig mit den Flügeln und wirbelte dabei den Staub auf dem Dorfplatz auf. Schnell gewann er an Höhe und glitt über die Straße, die aus dem Dorf führt. Die Dorfbewohner atmeten erleichtert auf, doch die Freude währte nur kurz; denn der Drache kreiste über den Terrassenfeldern, stürzte sich hinab und verschwand hinter den Wipfeln der Bäume. Die Erde bebte, als er landete, und die Versammelten fingen an zu streiten, ob der Drache bei Mahmud oder Mustafa gelandet wäre. Keiner konnte es sehen, aber jeder wollte es genau wissen. Nur einen kümmerte der Drache überhaupt nicht: den Dorftrottel Hilal. Er saß ruhig im Schatten des Felsens und streichelte seinen roten Ballon.

Ein heißer Wind strich über die Felsmauer und ließ feinen Staub über das Dorf rieseln. Trockene Blätter und Papierfetzen zeichneten mit ihren Flugbahnen manchmal zackige, manchmal runde Zeichen einer geheimen Sprache. Sie schwebten zu Boden, stiegen, durch einen neuen Windschub aufgewirbelt, wieder in den Himmel und setzten ihre Erzählungen fort. Sie taumelten endgültig am Rande des Dorfplatzes nieder, wo sie sich, ermüdet durch ihren langen Auftritt, mühsam an den Häuserwänden entlangschoben.

Die wichtigsten Männer des Dorfes trafen sich beim Friseur. Der Bürgermeister, der reiche Schäfer Mustafa, Pfarrer Markus, Scheich Aref und der Gendarmerie-Chef Said. In Malula gab es damals kein Postamt, das einzige Telefon stand beim Friseur, als hätte die Regierung seine Stellung anerkennen wollen, denn bei ihm wurden die bedeutsamsten Nachrichten gehandelt und die wichtigsten Geschäfte getätigt.

Der Bürgermeister war ein erfahrener Mann. Bevor er etwas unternahm, rief er stets in der Hauptstadt an und sicherte sich ab. Diesmal aber wurde er tief beleidigt. Meine Mutter erzählte, was sie von der Frau des Friseurs erfahren hatte. Der Offizier in der Hauptstadt habe unseren alten Bürgermeister besoffener Idiot geschimpft. Drachen gäbe es nicht.

Hilal durfte sich natürlich nicht zu den wichtigsten Leuten setzen. Er stand vor der Tür und lachte. Plötzlich knöpfte er seine Hose auf und pinkelte vor die Tür. Der Friseur schlug empört mit einem Stock auf Hilal ein und schüttete viel Wasser mit Jasminduft vor seine Türschwelle. Wir lachten über den verärgerten Ladenbesitzer. Die Erwachsenen lachten nicht, denn es ging um ihre Felder. Sie standen in kleinen Gruppen herum, Männer und Frauen, alt und jung, und stritten an jenem Tag bis spät in die Nacht. Auch wir Kinder durften lange draußen bleiben, und wir fingen an, an dem Drachen Gefallen zu finden.

Viele hofften ja, der Drache würde schon in der Nacht weiterfliegen, andere hofften, das Ganze sei ein Alptraum, aus dem sie am nächsten Morgen befreit aufwachen würden.

Meine Mutter aber schüttelte zu allem den Kopf, auch als mein Vater ihr seine Hoffnung offenbarte. Nein. Von allein verläßt kein Tier eine saftige Weide. Meine Mutter war ihr ganzes Leben lang ängstlich, aber wenn die Männer mit den dicksten Schnurrbärten zitterten, wurde sie stur und mutig.

Am nächsten Tag wagten sich zwei mutige Männer auf die Felder. Als sie zurückkehrten, erzählten sie, der Drache habe seine Flügel verloren und bereits ein Maisfeld kahlgefressen. Grauer Speichel flösse ihm

aus dem Maul und bedecke das kahlgefressene Feld. Eine Eiche solle der Drache mit einem Biß verschlungen haben, als wäre sie ein Grashalm.

Ein alter Bauer brach in Tränen aus. Er hatte gehofft, daß er mit einer guten Ernte seine Schulden vom vergangenen Jahr bezahlen könnte, und nun sollte der Drache ausgerechnet sein Feld als erstes gefressen haben. Meine Mutter drückte bewegt die knochige Hand des alten Bauern. »Solange wir auch nur ein Fladenbrot haben, wirst du es mit uns teilen«, sagte sie, und ich war stolz auf meine Mutter. Auch viele andere Nachbarn sprachen tröstend auf den schluchzenden Bauern ein. Sie würden alles mit ihm teilen.

Das sagten die Bauern nicht aus Höflichkeit. Unser Dorf hatte deshalb in diesem kargen Gebiet überlebt, weil die armen Bauern zusammenhielten. Sie stritten wegen jeder Kleinigkeit, aber sie schlossen sich bei jeder Naturkatastrophe zusammen. Die letzte hatte das Dorf vor zwei Jahren heimgesucht.

Die Bilder von damals sind heute noch in meiner Erinnerung lebendig, als wäre es gestern gewesen. Der regnerische Winter hatte den Bauern eine gute Ernte geschenkt. Sie trockneten ihre Früchte, Kräuter und Weizengrütze auf dem geebneten Boden ihrer Felder und auf den flachen Dächern ihrer Häuser. Plötzlich zogen dunkle Wolken über das Dorf, und es regnete

in Strömen. Die Menschen rannten auf die Dächer und die Felder, schrien und heulten ohnmächtig vor dem gewaltigen Wasser, das aus den Wolken herunterplatzte und ihre Rosinen, ihren Weizen und ihre Linsen mit sich riß. Das schlammige Wasser wälzte sich auf den Dorfplatz und wurde zu einem reißenden Fluß, der mehrere Häuser und Ställe hinwegspülte und Schafe und Hühner ertränkte. Plötzlich wurde es wieder still. Viele der Bauern knieten noch im Schlamm, mit erhobenen Händen flehten sie zum Himmel. Zitternd und mit durchnäßten Kleidern schlichen sie nach Haus, den Himmel, die Ernte und sich selbst verfluchend.
Hilal, der damals tagelang über einen ertrunkenen Welpen geweint hatte, schien die Katastrophe vergessen zu haben. Er lachte laut und handelte sich damit einen Fußtritt von einem Bauern ein.

Am dritten Tag hörten die Leute auf dem Dorfplatz wie gelähmt den Bericht eines Mannes, der sich nahe an den Drachen herangewagt hatte: Der Drache fraß schon das dritte Feld kahl.
Erst am Nachmittag erfuhren wir, daß der Bürgermeister in die Hauptstadt gefahren war. Er hatte Pfarrer Markus, Scheich Aref und den Vorsteher der Gendarmerie, Said, mitgenommen. Meine Mut-

ter meckerte beim Abendessen über den Bürgermeister, der, ohne jemanden gefragt zu haben, in die Hauptstadt gefahren war, aber mein Vater lachte sie aus. »Soll er dich um Erlaubnis bitten?« höhnte er, und als meine Mutter seine Frage stur bejahte, setzte mein Vater eine ernste Miene auf.

»Wenn er das geheimgehalten hat, dann hat er seine Gründe«, entgegnete er knapp und beschwerte sich ausführlich über das zähe Fleisch, das meine Mutter serviert hatte.

Die Bauern standen den ganzen Abend auf dem Dorfplatz herum. Sie redeten und rauchten in kleinen Gruppen. Als der Dorflehrer seine Idee von einer gewaltigen Steinwurfmaschine erklärte, versammelten sich immer mehr Menschen um ihn. »Mit einem großen Stein können wir den Drachen erschlagen, oder wir vertreiben ihn aus unserem Dorf«, wiederholte er den Versammelten laut seinen Plan. Hilal unterbrach mit einem schallenden Gelächter den Redefluß des Lehrers. Sein lautes Lachen steckte die Bauern an.

Mustafa, ein reicher Schäfer, der den Lehrer nicht leiden konnte, näherte sich ihm, als wollte er dem Lehrer unter vier Augen ein Geheimnis verraten. »Die Maschine muß so groß sein, daß sie die Hauptstadt trifft«, brüllte der zahnlose Schäfer den verdutzten Lehrer an. Angewidert von der Spucke, die

Mustafa, wenn er sprach, großzügig verteilte, trat der Lehrer einen Schritt zurück und wischte sein benetztes Gesicht mit einem sauberen Taschentuch ab.

Ein Bauer fragte begriffsstutzig: »Damaskus? Wieso denn?«

»Bis wir die Maschine gebaut haben, hat der Drache die Hauptstadt erreicht!« rief Mustafa, und die Bauern lachten erneut. Angeekelt schaute der Lehrer sie an, als wäre jeder von ihnen ein Hilal.

Erst später erfuhren die Wartenden, daß der Bürgermeister in der Hauptstadt übernachten müsse. Der Busfahrer, der diese Nachricht mitbrachte, beschwichtigte die enttäuschten Zuhörer. Er wiederholte die Bitte des Bürgermeisters: Ruhe zu bewahren und keine Dummheiten zu machen. Ermüdet gingen die Leute nach Haus.

Am nächsten Morgen ereiferten sich die Bauern noch heftiger über den Drachen: Mancher wollte ihn vergiften, manch anderer wünschte dem Drachen das Fleckfieber. Plötzlich hörten wir Schreie vom Ende des Dorfplatzes. Ich stand neben dem Friseurladen und rannte hin. Einige Männer versuchten verzweifelt, einen wie tollwütig um sich schlagenden Bauern zu beruhigen. »Laßt mich los!« Zornig befreite er sich aus dem Griff der Männer. »Ich werde ihn umbringen!« Schreiend eilte der kräftige Mann den steilen Weg hinauf, der zu seinem Haus führte.

Er wohnte nicht weit vom Dorfplatz entfernt.

Die Bauern verstanden nicht, wie er sich das vorstellte, den Drachen umzubringen. Doch bald ritt der Bauer auf seinem Schimmel furchterregend durch das Dorf. Mit seiner Lanze in der Hand glich er dem heiligen Georg, der einst einen Drachen getötet hatte und im Dorf große Verehrung genoß. Nicht nur hatte jede Familie einen ihrer Söhne nach dem heiligen Ritter genannt, auch die katholische Kirche am Dorfplatz trägt bis heute noch seinen Namen, obwohl der Papst längst dem Ritter seine Heiligkeit abgesprochen hatte. Das ist aber eine andere Geschichte.

Die herumstehenden Bauern sahen also in dem Reiter die leibhaftige Antwort auf ihre Fragen. Viele begleiteten den Bauern mit ihren Gebeten, einige jedoch versuchten flehend, ihn zurückzuhalten. Der Mann aber schaute ins Weite, als hörte er ihre Bitten nicht. Er gab seinem Pferd die Sporen und preschte hinaus auf die Felder. Nur Hilal saß am Bach, als hätte das Treiben auf dem Dorfplatz keinen Eindruck auf ihn gemacht. Er war damit beschäftigt, eine große Papiertüte zum Fliegen zu bringen. Sie fiel aber immer wieder kraftlos zu Boden, und Hilal blies sie geduldig wieder auf.

Am späten Nachmittag kam das Pferd verschreckt ins Dorf galoppiert. Die Frauen schlugen schreiend

ihre Hände vors Gesicht. Ein Gendarm zügelte das durchgegangene Pferd, und nach einer Weile kam auch der Bauer ins Dorf gehinkt. Seine Kleider waren zerrissen, seine Hände und sein Gesicht mit Schürfwunden übersät. Er erzählte von seinem wilden Kampf mit dem Drachen und wäre beinahe in die Geschichte des Dorfes als der mutigste Held aller Zeiten eingegangen, wenn nicht zwei Männer, der Tischler und der Schlosser, ihm gefolgt wären.

Sie erzählten, daß der Ritter das ängstliche Pferd, je näher es dem Drachen kam, nicht mehr halten konnte. Kurz vor dem Feld, in das der Drache eingefallen war, hielt das Pferd, störrisch wie ein Maulesel, an. Der Drache schaute gelangweilt auf die beiden Störenfriede, furzte kurz und schleuderte den stolzen Ritter kopfüber von seinem furchtsamen Roß. Der Bauer war wie ein Stein über den Boden gerollt, und nachdem er sich hochgerappelt hatte, war er mit seinen Hautabschürfungen und in zerrissenen Kleidern eilig von dannen gehumpelt.

Erst im Dunkeln brauste der letzte Bus hupend ins Dorf. Von dem Krach aufmerksam gemacht, rannten viele Kinder hinter ihm her. Der Busfahrer liebte es, auf den letzten Metern noch einmal Vollgas zu geben und direkt auf eine Hausmauer am Ende des Dorfplatzes zuzurasen. Erst kurz davor bremste er dann

scharf mit quietschenden Reifen, als wollte er seinen Fahrgästen noch einen atemberaubenden Abschluß der ansonsten monotonen und langweiligen Fahrt von der Hauptstadt nach Malula bieten. Der Bus wirbelte dabei eine riesige Staubwolke auf, die langsam auf die gespannt Wartenden herabsank.

Als erster stieg der Bürgermeister aus, hinter ihm folgten der Priester und der Scheich. Als letzter zwängte sich der dickliche Vorsteher der Gendarmerie, Said, durch die Tür. Ein alter Bauer fragte Scheich Aref, was den Bürgermeister so lange in der Hauptstadt gehalten habe, aber weder der Scheich noch die anderen Begleiter des Bürgermeisters schienen Lust zu haben, auf die Fragen der besorgten Bauern zu antworten. »Morgen!« schnauzte der Bürgermeister den neugierigen Gemüsehändler an. »Morgen werdet ihr es erfahren.«

In jener Nacht schlief ich unruhig und wachte in der Morgendämmerung von einem Traum aufgeschreckt auf. Draußen war es noch etwas dunkel. Meine Schwestern und mein jüngerer Bruder schliefen fest. Ich schlich auf Zehenspitzen auf die Terrasse hinaus. Eine ungewöhnliche Stille lastete schwer über den Dächern und Straßen von Malula. Die Pappelbäume entlang des Baches schienen verzweifelt ihre Arme nach den Spatzen zu recken, die sonst in dieser

frühen Stunde der Dämmerung einen höllischen Lärm veranstalteten und sich munter im klaren Wasser tummelten. Weit und breit sah ich keinen einzigen Bauern, der seinen Esel oder sein Maultier am Bach getränkt hätte, um noch in der Kühle des Morgens seine Arbeit auf dem Feld aufzunehmen. Das Wasser floß ins Tal hinein, das Plätschern hörte sich wie Gemurmel an, wie flehendes Geflüster, als wollte der Bach den Bauern erklären, wie wertvoll sein verlorenes Wasser sei.

Von den fernen Feldern drang das Geklapper leerer Dosen, als vertrieben sie sich auf den Vogelstangen ihre Langeweile statt der Vögel, die sich nirgends blicken ließen. Seit Tagen hatten wir keinen Hahn mehr krähen gehört. Als hätte ein Traum auch sie aus den Betten geworfen, hockten einige Bauern schweigsam neben dem Gemüseladen. Nur Hilal schien an diesem frühen Morgen von Unruhe gepackt zu sein. Er ging mit eiligen Schritten über den Dorfplatz, blieb für eine Weile stehen, kratzte sich am Kopf und trottete nachdenklich auf die Terrassenfelder hinaus. Dort warf er einen Stein und raste auf den Dorfplatz zurück, wo er sich schweratmend hinter der alten Trauerweide am Bach versteckte, als fürchte er, daß sein Stein den Drachen auf ihn hetzen würde. Tanius, der Gemüsehändler, brachte Tee für die Bauern, die vor seinem Laden hockten. Hilal kam

aus seinem Versteck heraus und wühlte in einem Müllhaufen. Mit langsamen Schritten kam er auf den Laden von Tanius zu, vor den auch ich mich gehockt hatte und wo ich den warmen Tee, die Erwachsenen nachahmend, laut und genüßlich schlürfte.

»Na, Hilal, willst du auch einen Tee?« fragte Tanius den Dorftrottel, der eine Papiertüte aus dem Müll gelesen hatte. Er blies die Tüte zu einem Ballon auf und starrte lange einen der Bauern an, der gerade seine Zigarette anzündete.

»Feuer!« Hilal streckte plötzlich seine verschmutzte Hand dem Bauern entgegen. Dieser zögerte einen Augenblick und warf ihm dann seine Streichholzschachtel hin. Hilal kniete nieder, zündete die Papiertüte an und warf sie in die Luft. Die brennende Tüte segelte zu Boden.

»Der Ballon fliegt«, flüsterte Hilal entrückt. Seine Augen glänzten in seinem lächelnden Gesicht. Ein Bauer zertrat das brennende Papier.

Gegen zehn Uhr tauchte der Bürgermeister auf. Flankiert vom Scheich, dem Pfarrer und Gendarmerie-Chef ging er über den belebten Dorfplatz zum Friseur. Wie eine Bienentraube klebten die Erwachsenen an der Tür des Friseurladens, und ich hatte große Mühe, mich bis zur Tür durchzuwühlen.

»... Und ein großes Gitter sperrt das Tal ab. Malula

hat seine Sensation. Wo gibt es sonst auf der Welt einen Drachen zu sehen. Die Touristen werden in Scharen kommen und mit ihnen das große Geld. Sie werden Eintritt bezahlen, und wir brauchen bloß dazusitzen und zu kassieren. Dem Vieh werden wir mit einem Bruchteil des Geldes genug Futter zum Fressen kaufen können«, erklärte der Bürgermeister. Das ernste Gesicht seiner Reisebegleiter zeigte, daß sie einverstanden waren. Der Friseur und der reiche Schäfer Mustafa waren sich zum erstenmal einig. Sonst konnte Mustafa den redseligen, als Städter herausgeputzten Friseur nie besonders leiden. Sie stimmten dem Bürgermeister kopfnickend zu.

Tanius war begeistert, endlich einmal in diesem verfluchten Dorf Leute mit Geld zu sehen. Er sagte, er würde dann kein Gemüse mehr verkaufen, sondern nur noch Tierfutter, damit könnte er endlich Geld scheffeln. Er hätte gelesen, daß die Touristen aus Ländern kämen, in denen man die Tiere mehr liebt als die Kinder.

Nur einigen Bauern gefiel diese fortschrittliche Idee nicht. »Es ist ja klar, daß ihr das gut findet. Aber ihr lebt ja nicht von euren Feldern! Was sollen wir tun? Schuhe putzen vielleicht oder Diener werden für die Touristen?«

Ruhig erklärte der Bürgermeister, daß die Touristen

feine Leute seien mit viel Geld. Aber die Bauern von Malula waren schon immer stur. Sie lehnten den Vorschlag ab. Mein Vater war hin und her gerissen, er rechnete sich durch den neuen Plan auch einen Profit aus. Aber meine Mutter sagte ihm beim Mittagessen, daß der Bürgermeister ihrer Meinung nach schon ziemlich verkalkt sei.

Nach dem Mittagessen gingen wir wieder zum Dorfplatz, der genau wie am Vormittag überfüllt war. Der Streit um das eine Thema wurde immer heftiger: für oder gegen den Vorschlag des Bürgermeisters. Von Stunde zu Stunde überzeugte der Bürgermeister mehr Bauern, daß sie genug unter der sinnlosen Feldarbeit gelitten hätten, und wenn die Touristen tatsächlich kämen, sie reich und glücklich werden könnten wie die Bauern von Spanien.

Die Feldarbeiter von Malula kannten natürlich keinen einzigen spanischen Bauern, aber der Bürgermeister erzählte ihnen, daß die Bauern in Spanien nur noch Geld kassieren. Den ganzen Tag lang hauen sie die Touristen übers Ohr, verkaufen ihnen Zuckerwasser als Wein und heimsen so, ohne zu arbeiten, das Geld ein.

Ein alter Bauer schob die um den Bürgermeister Versammelten beiseite. »Ja, warum nicht?« Er lachte laut. »Und du machst einen Bauchtanz vor ihnen und

wackelst mit dem Arsch.« Plötzlich sprang Hilal laut auflachend in die Mitte des Kreises. Er klatschte in die Hände, drehte sich, stieß einen lustvollen Schrei aus und wackelte mit dem Hintern vor dem Bürgermeister herum. Der alte Bauer hob seinen Stock und folgte Hilal auf Schritt und Tritt.

»Verfluchter Hurensohn!« Der Bürgermeister sah die Wirkung seiner Erzählung über Spanien vernichtet. Er wollte Hilal treten, aber dieser wich ihm geschickt aus. Der Bürgermeister traf ungewollt den hinter Hilal stehenden Pfarrer Markus in den Bauch. Das dumme Gesicht des Gemeindevorstehers und das des jaulenden Pfarrers ließen die Bauern des Dorfes für einen kurzen Augenblick ihren Kummer vergessen.

Als ich am nächsten Tag aufwachte, war meine Mutter schon längst aufgestanden. Sie saß mit der alten Schneiderin Aischa auf unserer kleinen Terrasse, trank ihren Kaffee und lästerte wieder über den Bürgermeister. Ich sah Hilal unten am Bach sitzen. Mit dünnen Drähten befestigte er eine kleine Büchse an einer Papiertüte.

»Habt ihr Feuer?« rief er uns zu. Meine Mutter warf ihm eine Streichholzschachtel zu. Er zündete den Inhalt der Büchse an. Starker, rußiger Rauch stieg in die Tüte. Es roch widerlich, aber plötzlich fing das Ge-

bilde an, sachte über dem Boden zu schweben.
Hilal starrte sein Werk an. »Der Drache muß fliegen«, rief er.
Meine Mutter umfaßte die Hand ihrer Freundin Aischa. »Schau dir das an, der fliegt.«
Aischa schaute auf die Tüte und kniff einen Augenblick ungläubig ihre kleinen Augen zu. Der kleine Heißluftballon schwebte an uns vorbei und bekam leichten Auftrieb, dann fing die Tüte Feuer, und das Gebilde stürzte zu Boden.
»Genau das wird den Drachen forttragen«, rief Aischa glücklich, und die beiden Frauen eilten zum Friseurladen, wo Pfarrer Markus gerade versuchte, die stursten Bauern zu beschwichtigen, die trotz der langen Reden des gewitzten Bürgermeisters niemandem erlauben wollten, einen Zaun um ihre Felder zu ziehen. Sie waren nur wenige, aber sie waren entschlossen, jeden umzubringen, der ein Gitter aufstellen wollte.
»Der Drache muß fliegen!« rief die alte Aischa laut.
»Wie soll er fliegen, er hat doch keine Flügel mehr«, widersprach der Pfarrer höflich, aber fast verzweifelt.
»Mit einem Heißluftballon. Der Drache spuckt doch Feuer, und wenn wir einen Ballon aus Stoff nähen, dann wird er fliegen.«
»Aber woher sollen wir so viel Stoff in unserem ärmlichen Dorf bekommen«, meldete sich der reiche Schäfer mit krächzender Stimme.

»Jeder hat doch eine Hose, ein Hemd oder einen Vorhang, den er entbehren kann!« antwortete meine Mutter.
»Also, liebe Frau, meine Hose will ich nicht ausziehen!« witzelte der Friseur.
Aischa blickte ihn zornig an. Ihre Blicke wirkten wie brennende Peitschenhiebe, die den Friseur ins Gesicht trafen. Sein Lächeln erstarb. Aischa war sehr angesehen im Dorf. Wenn sie redete, konnte kein Mann, nicht einmal der Bürgermeister, widersprechen.
Am Nachmittag eilten viele der ärmsten Bauern mit Bündeln ihrer gesammelten Kleider, Bettlaken und Vorhänge herbei, und am späten Abend lag ein beachtlicher bunter Hügel in der Mitte des Dorfplatzes. Aischa gab die Anweisungen, und die Frauen nähten Hosen an Hemden und diese an Bettlaken. Immer mehr Bauern brachten ihre wenigen Kleider zum Dorfplatz.
Eine alte Frau, deren steife Finger keine Nadel mehr halten konnten, erzählte die ganze Nacht spannende Geschichten, damit die Frauen nicht müde wurden.
Mir schien das ganze Dorf kopfzustehen. Drei Tage und drei Nächte werkelten die Frauen einträchtig. Die Männer mußten kochen und die Kleiderbündel heranschaffen. Wer müde war, schlief auf seinem Platz ein. Ganz Malula lebte nur noch auf dem Dorfplatz.

Hilal wurde von allen verwöhnt, er bekam sämtliche Ballons, die im Dorf aufzutreiben waren, aber sie schienen ihn mit all ihren Prachtfarben nicht mehr zu interessieren. Er warf uns lächelnd die Ballons zu, und mit den Augen hielt er nur den einen fest, seinen großen Ballon, der den Drachen wegtragen sollte.

Als der Ballon fertig war, wurde ein großer Ring aus Ästen und Zweigen geflochten und an seiner Öffnung befestigt. Eine große Schlinge hing fest an vier starken Seilen.

Im Morgengrauen des nächsten Tages zogen die Menschen zum Dorf hinaus. Sie trugen den zusammengerollten Ballon auf ihren Schultern und gingen auf dem schmalen Pfad durch die Terrassenfelder. Auch wir Kinder durften ihnen folgen.

Heißer Dampf strömte aus den großen Nüstern des Drachen. Kleine Flammen züngelten aus dem leicht geöffneten Maul. Die Männer entrollten leise den Ballon, zwei Frauen hielten vorsichtig die Ringöffnung über den Dampf. Langsam blähte sich der Ballon auf.

Die beiden mutigsten Bauern schlichen zum Drachen, um die Schlinge am Hals des Ungeheuers zu befestigen. Es schlief aber fest, und die Männer konnten unbehelligt die Seile verknoten. Der Ballon wurde immer dicker, und bald hob sich sein Ende

langsam vom Boden ab. Als die ersten Sonnenstrahlen vom hohen Berg in das Tal fielen, wachte der Drache auf. Die Leute um ihn herum sprangen zurück, doch der Drache hatte nur Augen für das riesige Ding vor seiner Nase. Wütend spie er Feuer direkt in das Balloninnere. Das verstärkte den Auftrieb, und der Ballon stand bald aufrecht über dem Kopf des Ungeheuers. Wütend versuchte der Drache, sich am Boden festzukrallen, und spie unentwegt riesige Flammen in den Ballon. Mit einem kräftigen Schub hob der Ballon den Drachen in die Lüfte und stieg hoch hinauf, bis er sich als kleiner bunter Punkt im Blau des Himmels verlor.

DIE HOMSIANER

Vor langer, langer Zeit hatten die Homsianer einen guten Ruf. Weltweit galten sie als besonders gescheit und schlau. Könige, Handwerker, Bauern und Händler holten sich bei den Homsianern Rat. Die Stadträte, gewitzt wie gute Händler nun mal sind, beschlossen, Geld für ihre Ratschläge zu verlangen. Eine Stelle im Rathaus nahm die Fragen entgegen, gab sie an die Gescheitesten der Stadt weiter, holte die Antworten ein und verlangte von den Ratsuchenden einen festen Preis. Für Gemüseanbau kostete der Rat zehn Goldstücke und für ein glückliches Leben gar hundert. Nur Kinder bekamen die Antwort auf alle ihre Fragen kostenlos.

Die Kunden standen Schlange, und das Geld, das eingenommen wurde, verwendete der Rat der Stadt für den Bau von Straßen, Schulen und öffentlichen Bädern. Homs erblühte zu einer Perle der Städte.

Jahr für Jahr stellten sich einige der gescheitesten Leute zur Wahl des Bürgermeisters. Die Homsianer versammelten sich auf dem größten Platz der Stadt und feierten den ganzen Tag. Sie sprachen miteinander über ihre Probleme, tranken und aßen. Gegen Abend stieg ein Kandidat nach dem anderen auf eine kleine Tribüne, aber nicht, um eine schöne Rede zu halten, sondern um den Männern und Frauen Ant-

worten auf deren Fragen zu geben. Die Versammelten hörten sich aufmerksam die Antworten an. Spät in der Nacht trafen sie dann ihre Entscheidung. Die Homsianer feierten mit den Verlierern und wünschten dem Sieger Geduld; denn um kluge Bürger zu regieren, braucht man vor allem Geduld.

Eines Tages wollte ein Lehrer Bürgermeister werden. Er stieg auf die Bühne und beantwortete ruhig und weitsichtig alle Fragen. Er hatte eine gute Chance, sein Ziel zu erreichen, bis ein Kind ihm eine Frage stellte. Darüber geriet er in Zorn, denn er war Lehrer, und manche Lehrer lassen sich nicht gerne von ihren Schülern prüfen. Er weigerte sich also, die Frage des Kindes zu beantworten, was ihm die Homsianer sehr verübelten.

»Wenn er die Fragen unserer Kinder nicht beantworten will, wie kann er dann ihre Probleme verstehen?« murmelten viele und entschieden sich für einen Metzger, der viel geduldiger war.

Voller Groll verließ der Lehrer die Stadt. Er entschloß sich, den König des Nachbarreiches aufzusuchen, der berühmt wegen seiner unstillbaren Gier auf die Ländereien der benachbarten Reiche war. Doch trotz seiner vielen Kriege gegen seine Rivalen war er nicht mächtiger geworden.

»Der Orontes, Majestät, das ist der Grund«, sagte der

Lehrer vor dem König kniend. »Der Fluß ist verzaubert, und wer sein Wasser trinkt, wird klug und weise. Er ist der einzige Fluß weit und breit, der vom Süden in den Norden fließt.«

Der Lehrer traf mit seinen Worten eine alte Wunde des Königs, denn der Herrscher glaubte seit langer Zeit, daß seine Minister, Offiziere und Soldaten die dümmsten seien; wie sonst sollte er seine Mißerfolge erklären. Er wunderte sich insgeheim darüber, wie er selbst nur hatte übersehen können, daß der Orontes tatsächlich vom Süden in den Norden fließt.

Alle Flüsse der Gegend nehmen ihren Lauf vom Norden in den Süden. Der Euphrat und der Tigris sind die größten, aber auch viele kleinere Flüsse fließen, der Regel der Natur gehorchend, vom Norden nach Süden. Nur der Orontes trotzt diesem Gesetz.

»Wie konnte ich bloß übersehen«, fragte sich der König, »daß der Orontes im Volksmund der Rebell heißt?« Wütend über seine eigene Dummheit schaute er den Lehrer an und überlegte, daß dieser kluge Verräter das Geheimnis auch an andere Könige verkaufen könnte.

Und so grausam, wie Könige nun mal sind, ließ er den Lehrer den Löwen zum Frühstück vorwerfen.

Danach blies der König seine riesige Armee zusammen und zog in den Krieg gegen die Stadt Homs. Er fürchtete insgeheim eine Niederlage, weil seine Generäle ihm davon abgeraten hatten, die Stadt der Gescheiten anzugreifen. Aber der König war entschlossen und gab den Befehl zum Abmarsch. Als er Homs erreichte, wunderte

er sich, daß ihm keine Armee entgegentrat. Die Homsianer waren weise, sie brauchten keine Streitkräfte.

Der König zog durch das offene Haupttor in die Stadt ein und staunte über die Menschen, die die Straßen säumten. Sie lachten über die schwitzenden Soldaten, die trotz des Hochsommers ihre schweren, gepanzerten Uniformen trugen. Als die Homsianer erfuhren, was der König wollte, wälzten sie sich gar vor Lachen.

»Soll er doch den Fluß leer saufen, er wird nur dümmer!« riefen sie den erschöpften Männern des Königs zu. Der König ließ das Lager am Fluß aufschlagen und gab den Soldaten den strengen Befehl, nur noch Brot und das Wasser des verzauberten Flusses zu sich zu nehmen.

»Bei Wasser und Brot zu sitzen ist ja schlimmer als im Gefängnis«, riefen die Homsianer belustigt, und nach einem Tag wiederholten die Soldaten diesen Spruch.

»Euch steht das Wasser ja bis zum Hals«, lachten die Homsianer am dritten Tag, und die Soldaten verstan-

den es, denn sie fühlten sich mit ihren aufgeblähten Bäuchen bereits wie wandelnde Flaschen. Nach ein paar Tagen hatten viele Soldaten Durchfall und die Nase voll. Sie jagten ihren König zum Teufel und zogen blaß und entkräftet in ihre Heimat zurück.

Alsbald sprach sich das Geheimnis des rebellischen Flusses herum, und jeder König der benachbarten Reiche suchte sein Glück am Ufer des verzauberten Orontes. Die Homsianer fanden dies nach einiger Zeit aber nicht mehr lustig. Die Felder wurden zertrampelt, und das Wasser reichte nicht mehr, um die Felder zu bewässern.

So beschwerten sich die Homsianer bei ihrem Bürgermeister. Dieser berief sofort den Stadtrat zu einer wichtigen Sitzung ein und stellte eine knappe, seitdem bekannt gewordene Frage: »Was tun?«

Ein Chemiker schlug vor, Gift ins Wasser zu kippen, aber der Bürgermeister winkte ab.

Der Priester besann sich lange und rief plötzlich: »Die schönste Frau sollten wir dem Orontesgott opfern, damit er das Wasser umgekehrt fließen läßt.«

Der Bürgermeister zog die Augenbrauen zu einem vernichtenden Blick zusammen, und der Priester sank in seinem Stuhl zusammen.

Ein Bauunternehmer brachte den Vorschlag ein, hohe Mauern um Homs zu bauen.

Der Bürgermeister war mit seinem Stadtrat überhaupt nicht zufrieden.
»Wir verkaufen den anderen weise Ratschläge, aber wenn es um uns geht, kommt ihr mit so dummen Lösungen«, sagte er vorwurfsvoll.
Traurig ging er nach Hause. Er wollte weder essen noch trinken. Der Kummer der Bauern quälte ihn, denn er war ein guter Bürgermeister, dieser Metzger. Die Sorgen seiner Stadt nahm er sich so zu Herzen, daß er nicht schlafen konnte.
Als die Hähne krähten, hörte der Bürgermeister endlich auf, im Zimmer hin und her zu laufen. Er schloß die Tür leise auf, damit er seine schlafende Frau nicht weckte, und ging zum Flußufer.
In der Morgendämmerung lag das Heer noch im Schlaf. Einige Soldaten schoben Wache, da sie aber nichts zu befürchten hatten, setzten sie sich um ein kleines Feuer herum und lachten über einen Verrückten der Stadt Homs, der im Fluß stand und mit einem Eimer das Wasser gen Süden schüttete, als wollte er den Fluß mit dem Eimer zur Umkehr zwingen. Der Bürgermeister beobachtete lange den Verrückten. Plötzlich erhellte sich sein Gesicht. »Ich habe es!« rief er laut durch die Straßen und Gassen. Die Markthändler, die gerade ihre Kisten auf dem Rathausmarkt aufbauten, wunderten sich über ihren

Bürgermeister, der immer wieder »Ich habe es!« rief und atemlos ins Rathaus rannte. Nach ein paar Minuten eilte der Hausmeister über den Platz und berichtete den Neugierigen hastig: »Eine wichtige Sitzung. Die Stadträte müssen kommen, der Bürgermeister hat die Lösung gefunden.«

Verschlafen und mürrisch hörten die zwölf Abgeordneten der Stadtbezirke den Plan des glücklichen Vorsitzenden.

»Wir werden verrückt!« sprach dieser langsam und entschlossen.

Zuerst dachten die Räte, er wäre wirklich verrückt geworden, aber als der gescheite Bürgermeister seinen Plan erklärte, lachten sie laut und spendeten lebhaft Beifall.

Von Haus zu Haus und Straße zu Straße ergingen die Anweisungen. Und der Tag neigte sich noch nicht seinem Ende, als alle Homsianer Bescheid wußten.

Am nächsten Tag zog die ganze Stadt, die alten und die jungen Homsianer, lärmend zum Fluß. Sie sangen und klatschten. Jeder von ihnen hielt einen Löffel in der Hand. Am Fluß angekommen, stürzten sie sich sogleich in das flache Wasser, schöpften es mit ihren Löffeln und schleuderten es gen Süden.

»Was machen die denn?« fragte der König erregt. Er traute seinen Augen nicht.

»Wir wollen den Fluß umleiten«, antworteten die Homsianer im Chor.
»Mit den Löffeln? Sind die denn alle verrückt geworden?« staunte der König. Als er aber sah, daß viele seiner Soldaten sich zu den Homsianern gesellten, um ihnen mit ihren Löffeln zu helfen, ließ er schnellstens zum Abmarsch blasen.
Wenige Tage später reiste bereits der nächste König von weit her an, doch das, was er sah, erschreckte ihn so sehr, daß er nicht einmal sein Lager aufschlagen ließ. Unzählige Homsianer standen mitten im Fluß und schälten Zwiebeln und Kartoffeln. Sie legten die Schalen behutsam auf das Wasser, das sie davontrug. Dennoch schälten die Homsianer fleißig weiter.
»Was macht ihr denn?« fragte der König entsetzt.
»Wir bauen einen Damm!«
»Einen Damm aus Zwiebel- und Kartoffelschalen?«
»Na klar! Wenn die Schalen zu Früchten werden und die Früchte zu Zwiebel- und Kartoffelbäumen heranwachsen, bilden die breiten Stämme der Bäume einen Damm«, rief der Bürgermeister und lachte.
»Nein, hier bleiben wir nicht! Reingelegt hat man uns, um uns verrückt zu machen!« rief der König zornig und gab den Befehl zum Rückzug.
Ein paar Monate hatten die Homsianer Ruhe, aber dann, es war an einem Dienstagabend, sahen sie in der Ferne Staubwolken. Alle wußten, daß wieder ein-

mal ein König auf dem Weg nach Homs war. Die berittene Armee würde schon am nächsten Vormittag die Stadt erreichen.

»Diesmal schlagen wir sie vor den Toren der Stadt!« rief der Bürgermeister auf dem Rathausplatz.

In ihren festlichen Kleidern feierten die Homsianer am frühen Morgen des nächsten Tages auf der großen Wiese vor dem Haupttor der Stadt. Sie tranken, tanzten und waren ziemlich ausgelassen.

»Was ist denn hier los?« fragte der König empört. »Seht ihr nicht, es ist Krieg!«

»Heute ist Sonntag, und wir führen am Sonntag keine Kriege, tut mir leid!« lallte ein alter Homsianer.

»Es ist doch heute nicht Sonntag«, brüllte der Mathematiker des Königs. Er holte einen Taschenkalender heraus. »Hier steht es! Heute ist Mittwoch!«

»Ja, aber der Mittwoch ist in Homs Sonntag«, erwiderte der alte betrunkene Mann.

»Und was ist dann der Sonntag?« belustigte sich der König.

»Ein Sonntag«, antwortete der alte Homsianer.

»Ist jeder Tag Sonntag in Homs?« wollte der König wissen.

»Nein, das nicht«, antwortete der alte Mann ernst.

»Was ist denn der Montag?«

»Der Montag ist Mittwoch in Homs«, erklärte der Mann.

»Und der Dienstag?« fragte der Mathematiker verwirrt.
»Ganz klar, nach dem Mittwoch kommt Freitag!« sagte der alte Homsianer bestimmt.
»Das gibt es doch nicht! Und wie nennt ihr den Donnerstag?«
»Den Donnerstag gibt es in Homs nicht, dieser Tag ist leer.«
»Und der Samstag?«
»Der bleibt ganz klar ein Samstag.«
»Also noch mal«, sagte der König und kratzte sich am Kopf, »der Montag ist Mittwoch und der Dienstag Freitag, der Mittwoch ist Sonntag, dann kommt ein leerer Tag, dann folgt ... ja, was ist denn der Freitag?«
»Freitag ist Dienstag, Eure Majestät!« ergänzte der alte Mann leise.
»Ja, gewiß, Freitag ist Dienstag, und der Samstag ist Samstag, dann folgt der zweite Sonntag. Und was ist heute für ein Tag?«
»Der Mittwoch, Euer Ehren!« Der Mathematiker rang verzweifelt die Hände.
»Das ist aber Sonntag, du Idiot!« brüllte der König seinen Mathematiker an.
»Aber, Euer Majestät, der kommt erst nach Samstag«, widersprach der Mathematiker leise.
Die Soldaten kümmerte der Streit bereits nicht mehr. Sie hatten den Mittwoch zum Sonntag erklärt, ihre Waffen zu Boden geworfen und waren zu den Homsi-

anern übergelaufen, um gemeinsam mit ihnen zu feiern. Als der König das merkte, machte er sofort kehrt.

Die Homsianer jedoch hatten von da an Ruhe und konnten wieder ihre Felder bestellen, denn es hatte sich schnell bei den Königen herumgesprochen, daß das Wasser des Flusses die Bewohner der Stadt verrückt gemacht hatte.

DAS SCHWEIN, DAS UNTER DIE HÜHNER GING

Auf einem alten Bauernhof lebten einst viele Hühner und Schweine. Sie lebten dort sehr glücklich. Es gab immer genug zu essen und zu trinken. Der Hahn hatte einen prächtigen Misthaufen, auf dem er jeden Morgen die Sonne mit seinem »Kikeriki« begrüßen konnte, und die Schweine hatten eine große schlammige Pfütze, in der sie sich nach dem Mittagessen genüßlich suhlen konnten.

Die Hühner und die Schweine waren sehr höflich zueinander. Wenn sie einander begegneten, sagten sie »Guten Tag, Herr Nachbar« oder »Wie geht es Ihnen, Frau Nachbarin?« Und abends riefen sie »Gute Nacht!«, bevor sie in ihren Ställen schlafen gingen. Aber trotzdem spielte kein Huhn jemals mit einem Schwein. »Ein Schwein kann nicht einmal über den Zaun fliegen«, dachten die Hühner, während gleichzeitig viele Schweine davon träumten, eines Tages fliegen zu können.

Hin und wieder ärgerte sich der Hahn über ein Schwein, wenn es versuchte, vom Misthaufen auf den Hof hinunterzurutschen, dabei kopfüber auf die Nase purzelte und den ganzen Misthaufen durcheinanderbrachte.

Auch die Schweine spielten nie mit den Hühnern. Kein Huhn konnte verstehen, wieso die Schweine sich um die Wette im Schlamm wälzten.

»Nein, meine Federn werden schmutzig. Wir Hühner mögen keine dreckigen Federn«, antwortete deshalb jedes Huhn schnippisch, wenn ein Schwein es zum Spielen einlud. Die Hühner wollten auch nie »Schubsen« spielen, sie hatten Angst zerquetscht zu werden.

»Was können sie denn außer dem blöden Eierlegen und Fliegen?« ärgerten sich dann die Schweine und wandten sich grunzend ab.

Manches Huhn wiederum wollte auch so kräftig wie ein Schwein werden, aber so sehr es auch Körner aufpickte, nie wurde ein Huhn so schön rund und kräftig.

Dennoch waren die Hühner sehr zufrieden mit ihrem Leben, und wenn nicht ab und zu ein gemeiner Fuchs durch das kaputte Fenster in ihren Stall geschlichen wäre und eine ihrer Schwestern gerissen hätte, wären sie die glücklichsten Hühner der Welt gewesen.

Die Schweine hatten natürlich keine Angst vor dem Fuchs, und so waren sie alle rundherum zufrieden.

Alle?

Nein! Das Schwein Albin war unglücklich! Albin hatte von Geburt an eine schneeweiße Haut und

nicht so eine rosige wie alle anderen Schweine. Deshalb wurde er von den anderen ausgelacht. Wenn die Schweine Versteck spielten, wurde Albin immer als erster gefunden, so sehr er sich auch bemühte, still hinter einem Busch zu stehen. Nur einmal blieb er lange unentdeckt. Es war Winter, und überall lag Schnee. Albin stand ganz still und lächelte zufrieden vor sich hin. Als aber ein Hund kam und Albin für einen Stein hielt, sein Bein hob und pinkelte, quiekte Albin entsetzt. Die anderen Schweine wälzten sich vor Lachen.

»Albin ist ein Hundeklo!« riefen sie im Singsang, und seit diesem Tag wollte kein Schwein mehr mit ihm spielen. Auch dann nicht, wenn Albin sich wie die anderen im Schlamm gewälzt hatte. »Ach Gott, wie dreckig du bist!« Die das riefen, waren zwar genauso dreckig, aber bei Albin sah man den Schmutz sofort.

So blieb Albin oft allein und träumte von einer Welt voller weißer Schweine.

Eines Tages sah Albin ein altes Huhn verschreckt gackernd aus dem Stall rennen. Der Hahn hatte es wütend verjagt, begleitet vom wilden Gekeife der anderen Hühner. »Elende Henne! Du sollst selber Eier legen!« Und noch vom Misthaufen herab verfluchte der Hahn das ängstliche Huhn als Dieb.

Keuchend erreichte das alte Huhn die ferne Ecke, in die sich Albin bereits zuvor zurückgezogen hatte.

»Na, was hast du denn angestellt?« brummte Albin gutmütig.

Das alte Huhn holte tief Luft und schüttelte den Kopf. »Ach, nicht der Rede wert, ich bin alt geworden und kann keine Eier mehr legen. Wenn der Bauer das erfährt, wirft er mich in den Topf. Wir sind vierzig Hühner, habe ich ihnen gesagt, und wenn jede Nachbarin mir ab und an ein Ei gibt, wird der Bauer nichts merken.«

»Wie denn? Kann er nicht zählen?«

»Der Bauer zählt die Eier nicht, mal sind es fünfundzwanzig, mal neunundzwanzig. Es macht ihm nichts aus. Wenn er aber sieht, daß immer bei mir ein Ei fehlt, dann wird er mir nicht einmal mehr das Wasser zum Trinken geben, und dann ...« Das Huhn fing bitterlich an zu weinen.

»Ach so!« rief Albin entsetzt.

»Ich habe ihnen gesagt, ich könnte ihren Küken Märchen erzählen, wenn sie keine Zeit für sie haben«, schluchzte das alte Huhn, »aber diese Dummköpfe haben mir nicht einmal zugehört. Der Hahn hat mich verstoßen, jetzt mögen mich alle nicht mehr!«

»Ach was, mir macht es nichts aus. Ich mag dich, auch wenn du keine Eier legst. Wie heißt du denn?«

»Lila!« antwortete das Huhn. »Magst du mich wirklich?« fragte es dann leise.

»Ja, klar, wenn ich es dir sage! Komm, wir spielen zusammen!« rief Albin, und die beiden spielten vergnügt den ganzen Tag.

»Schaut her! Schaut her! Der Albin ist übergeschnappt, er hat ein Huhn als Freundin!« Die Schweine schüttelten verständnislos den Kopf.

»Tja, was habe ich gesagt«, krähte der Hahn. »Sie ist verrückt geworden, kein Wunder bei dem Alter! Schaut euch nur die dreckigen Federn an. So ist es, wenn ein Huhn ein Schwein zum Freund hat.«

Die Hühner fielen natürlich sofort in das Gezeter des Hahnes ein. Aber das machte den beiden Freunden gar nichts aus. Sie erfanden immer neue Spiele und kamen an diesem Tag aus dem Lachen nicht mehr heraus.

Als es Abend wurde, beschlossen beide, draußen auf dem Hof zu bleiben. Sie versteckten sich im Heu, bis der alte Bauer die Stalltüren abgeschlossen und sich mit schweren Schritten ins Haus begeben hatte.

Es war Vollmond. Albin und Lila saßen auf dem Misthaufen und schauten den Mond, die Sterne und die Felder an. Sie erzählten sich Geschichten von ihren Träumen und spürten nicht, wie schnell die Zeit verging. Als es wieder dämmerte, versteckten sie sich tief im Heu. Bald öffnete der Bauer die Türen, der

Hahn krähte, aber Albin und Lila schnarchten in ihrem Versteck bis zum Mittag. Von Tag zu Tag und von Nacht zu Nacht verstanden sie sich besser.

Eines Nachts schauten beide tief in Gedanken versunken in die Ferne. Der Vollmond hatte die Felder wieder mit seinem schönen, silbernen Glanz überzogen. Albin und Lila konnten sich kaum sattsehen am prächtigen Bild dieser Landschaft. Plötzlich schreckte Lila auf. Sie reckte sich, um besser sehen zu können, und wirklich, jetzt sah sie ihn, den Fuchs! Vor lauter Aufregung bekam sie Schluckauf.

»Was machst du denn für komische Geräusche? Hast du dich verschluckt?« fragte Albin.

»Der Fu ..., der Fu ..., der Fuchs«, stotterte Lila.

»Du brauchst doch keine Angst vor dem Fuchs zu haben! Ich bin doch bei dir«, beruhigte Albin sie stolz.

»Ja, aber die anderen ...«, flüsterte Lila leise. Alle Federn standen ihr zu Berge.

»Komm, ich habe eine Idee«, sagte Albin und erklärte Lila seinen Plan. Beide kicherten leise und eilten zum Hühnerstall. Lila stieg auf Albins Rücken und zog den Riegel auf. Und während Albin vorsichtig in den Hühnerstall schlüpfte, rannte Lila zurück zum Schweinestall, flatterte leise durch das zerbrochene Fenster in den Stall hinein und versteckte sich unter der Fensterbank. Kein Schwein hatte es bemerkt, aber drüben im Hühnerstall wachte der Hahn auf, als Albin auf dem Weg zum Fenster auf eine Schüssel trat.

»Jetzt bringt dieses verrückte Huhn auch noch das Schwein mit nach Hause!« rief der Hahn verärgert, und die Hühner gackerten zustimmend.

»Psssst! Seid doch leise! Der Fuchs ist draußen«, flüsterte Albin.

»O Gott, der Fu ..., der Fuchs«, krächzten die Hühner ängstlich.

Der Fuchs erreichte den Hühnerstall und wollte wie gewohnt durch das kaputte Fenster schleichen, doch er bekam einen Riesenschreck, als er Albin dahinter erblickte.

»Na, alter Fuchs! Wie geht's, wie steht's?« fragte Albin den verdutzten Fuchs.

»Ach, danke, es geht so, aber sag mal, was machst du denn hier? Das ist doch ..., das ist doch der Hühnerstall!«

»Nein, hier wohnen jetzt wir. Die Hühner sind in den anderen Stall gezogen«, antwortete Albin laut.

Drüben fing Lila an, leise zu gackern.

»Ich danke dir«, sagte der Fuchs erleichtert, als er das verräterische Gackern hörte. »Ich wußte nicht, daß Schweine den Füchsen helfen, wenn ich das meinen Freunden erzähle, wird keiner mir glauben.«

»Oh, doch«, erwiderte Albin. »Aber paß auf, die Hühner sind dicker geworden.«

»Na, das ist ja prima! Ich habe riesigen Hunger.« Dem Fuchs lief das Wasser im Mund zusammen. Er machte kehrt, lief über den Hof und sprang mit einem Satz in den dunklen Stall hinein ...

Die Schweine quiekten erschreckt auf, rannten blind im Stall umher und trampelten den Fuchs nieder. Und jedesmal, wenn er sich gerade wieder aufrappeln wollte, wurde er erneut von einem Koloß zu Boden geworfen. Der Fuchs schrie so entsetzt und schmerzerfüllt um Hilfe, daß alle Hühner lachten. Denn sie hatten in dieser Nacht zum ersten Mal keine Angst mehr vor dem Fuchs.

»Verfluchter und verhexter Hof! Die Hühner sind zu Schweinen geworden!« Mit größter Mühe hatte sich der Fuchs aus dem Fenster ins Freie gerettet, machte sich davon und schwor laut, diesen Hof nie wieder zu betreten.

»Ich sagte dir doch, sie sind dicker geworden«, klang Albins Stimme noch lange schadenfroh in seinen Ohren.

Der Hahn aber bedankte sich bei Albin und Lila. Er war beschämt, daß er Lila beschimpft hatte, bloß weil sie keine Eier mehr legen konnte. Und die Schweine waren stolz auf ihren Albin, der den

schlauen Fuchs reingelegt hatte. Jetzt wollten sie alle mit ihm spielen, aber er spielte weiterhin am liebsten mit Lila.

»Am besten ist es«, rief er übermütig und auch ein wenig stolz seinen neuen Freunden zu, »jede Sau befreundet sich mit einem Hahn und jedes Huhn mit einem Schwein!«

WARUM DER MÄCHTIGE KÖNIG DAS LACHEN FÜRCHTETE

Ich habe schon viele Geschichten erfunden, diese aber nicht! Ein alter Mann hat sie mir erzählt, und ich habe sie aufgeschrieben. An einem kalten, aber sonnigen Samstagnachmittag ging ich – wie so viele andere – spazieren. Nach einem langen Weg wollte ich mich etwas ausruhen und setzte mich auf eine Bank neben einen alten Mann.

Der einfach gekleidete Mann lächelte die vorübergehenden Leute freundlich an und scherzte mit den Kindern, als hätte er sie alle gekannt. Nach einer Weile drehte er sich zu mir: »Ich kenne dich«, sagte er: »Du schreibst doch Kindergeschichten, nicht wahr?«

Ich nickte erstaunt, denn ich kannte den Mann überhaupt nicht.

»Dann hör dir mal die wahre Geschichte von Gabriela an und erzähle sie den Kindern weiter«, sagte er und erzählte mir die Geschichte von einem Mädchen.

Während er erzählte, kam ein kleiner Dackel angelaufen und schnupperte an meinen Schuhen. Ich streichelte ihn und hörte dem Mann zu. Plötzlich wurde es still. Ich drehte mich zum alten Mann, um ihn zu fragen, wo nun Gabriela lebt. Doch er war verschwunden.

Ich erschrak. Hatte ich eigentlich geträumt oder den Mann tatsächlich getroffen?

Ich habe diese komische Geschichte zunächst nicht geglaubt, aber am nächsten Tag fuhr ich mit der Straßenbahn, und da passierte etwas. Dabei wurde mir siedend heiß und ich wußte auf einmal genau, daß die Geschichte von Gabriela wahr ist. Ich bin nicht mehr einkaufen gegangen, sondern nach Hause zurückgefahren. Ich setzte mich hin und schrieb die Geschichte so auf, wie der alte Mann sie mir erzählt hat.

Gabriela war ein lustiges Mädchen, das gerne und laut lachte. Jedesmal aber, wenn sie lachte, bekamen ihre Eltern Angst.
»Leise doch!« fauchte ihr Vater sie dann an.
»Sei still, sonst hören dich die Nachbarn!« beschwichtigte ihre Mutter sie ängstlich.
Gabriela konnte aber nicht verstehen, warum ihre Eltern eine solche Angst bekamen, wenn sie lachte.
In dem Land, in dem Gabriela lebte, herrschte ein König. Er hieß König Spaßnix. Er war beileibe nicht so streng wie die anderen Könige.
Nur eins konnte er nicht ausstehen: das Lachen. Weshalb und warum, das wußte niemand.
Dreihundertfünfundsiebzig Männer horchten im Land rund um die Uhr jedes Lachen aus. Sie hießen »die Lauscher« und waren gefürchtet; denn wenn sie jemanden beim Lachen erwischten, warfen sie ihn

ins Gefängnis, und König Spaßnix ließ keine Gnade walten.

Gabriela ging gerne zur Schule. Dort hingen überall Schilder, auf denen in großen Buchstaben stand: LACHEN VERBOTEN!
Nur Kami lachte genauso gerne und laut wie Gabriela. Er sah ganz anders aus als die anderen Kinder.
Als Gabriela ihm sagte, sie wünsche sich so schöne schwarze Locken wie seine, lachte Kami und erwiderte, er hätte sich schon immer so seidig blondes Haar, so glatt und weich wie ihres, und eine einzige Sommersprosse wie die siebzehn auf ihrer Nase gewünscht.
Zu Hause rannte Gabriela gleich zu einem Spiegel und zählte ihre Sommersprossen. Es waren tatsächlich siebzehn.
Die Eltern von Kami kamen aus einem fernen Land. Er erzählte viel, und lachte noch mehr.
»Kannst du nicht lesen?« rief der Lehrer wütend, als Kami wieder einmal laut auf dem Schulhof lachte.
Doch – doch«, rief er, »aber ich kann auch lachen!« Kichernd rannte er davon.

Gabrielas Vater war Schmied, und sie ging gerne in die Werkstatt, um zuzuschauen, wie er das glühende Eisen mit dem Hammer bearbeitete, und auch um Onkel Schnurrbart zu sehen.

Onkel Schnurrbart war ein großer, kräftiger Mann, er kam wie Kami aus einem fernen Land und hatte schwarze Haare und einen großen Schnurrbart. Er hieß Muhammad Abdulkader Abu Schanab. Er erklärte ihr, daß sein Nachname nichts weiter bedeutet als »der Schnurrbärtige«.

Jedesmal wenn sie zu ihm kam, bastelte er Spielzeug aus Draht für sie. Er lachte und scherzte mit ihr. Er erzählte ihr aber auch spannende Märchen von Räubern, Drachen und Hexen. Unerschöpflich viele Geschichten wußte er, die er einfach so erzählte, ohne ein Buch in der Hand zu halten.

Eines Tages aber sagte ihr Vater: »In der Werkstatt haben Kinder nichts zu suchen!«

Als Gabriela trotzig fragte »Warum nicht?«, antwortete er nicht.

Sie wurde traurig, weil sie Onkel Schnurrbart nicht mehr sehen durfte.

So freute sie sich nur noch, wenn sie zur Schule ging und heimlich mit Kami lachen konnte, denn Kami hatte keine Angst.

Eines Tages machte sich Kami im Unterricht über eines dieser Schilder »LACHEN VERBOTEN« lustig und rief übermütig:

»Lachen die Sachen? Verboten die Noten!«

Plötzlich ging die Tür auf. Zwei große »Lauscher«,

wie sie der König durchs Land schickte, traten in das Klassenzimmer.

Gabriela schaute ängstlich auf die Männer und stieß Kami in die Seite, aber der lachte immer weiter.

Die Lauscher traten sofort auf ihn zu, faßten ihn schweigend an der Schulter und führten ihn mit grimmigen Gesichtern aus der Klasse.

Gabriela ging nicht mehr gern in die Schule, denn Kami kehrte seit jenem Tag nicht mehr zurück. Die anderen Jungen und Mädchen lachten nie, sie fanden alles, was Gabriela erzählte, langweilig.

So vergingen die Tage, und Gabriela spielte nur noch mit ihrer Katze.

Eines Tages saß sie auf der Schwelle der Haustür und schaute ihrer Katze zu. Diese kroch unter eine alte Schürze und kämpfte mit einem eingebildeten Feind. Sie rannte hin und her, machte Bocksprünge und verwickelte sich in den Schürzenbändern.

Gabriela brach in lautes Gelächter aus. Plötzlich hielt ein Wagen vor der Gartentür. Gabriela erschrak und starrte die zwei großen Ringe über dem Wagendach an, die sich langsam drehten.

Ein großer Mann sprang aus dem Wagen und stieß die Gartentür auf.

»Du bist es also, die den ganzen Nachmittag lacht!« rief er zornig.

Gabriela bekam Angst, denn ihre Eltern waren zu Besuch weggefahren. Sie wollte ins Haus rennen und die Tür hinter sich verriegeln, aber da sprang ihre Katze aus ihrer Ecke hervor und rannte fauchend auf den Mann zu.

Gabriela rannte hinter ihr her, konnte sie wieder einfangen und wollte wieder ins Haus flüchten, aber da spürte sie eine kräftige, kalte Hand.

»Laß mich los!« schrie sie, wand sich unter dem harten Griff und trat mit den Füßen, aber der Mann hob sie wie einen Sack hoch, trug sie zum Wagen und warf sie auf den Rücksitz. Die Katze entglitt ihren Händen und verkroch sich unter dem Fahrersitz.

Das Auto raste durch die Stadt, erst am Schloßtor hielt der Fahrer an. Einer der Wächter schaute grimmig prüfend ins Auto hinein, dann gab er ein Zeichen, und der Fahrer fuhr auf einen großen Hof.

Große Schilder hingen über den Eingängen der Häuser, die den Hof umsäumten. »Küche – Schwimmbad – Reitstall – Vorratskeller«, konnte Gabriela lesen. Vor einem Glashäuschen, in dem ein Wächter saß, hing über einer eisernen Tür ein Schild mit dem Wort »Gefängnis« darauf. Gabriela las es gerade, als der Lauscher sie weiterstieß. Sie stolperte über eine kleine Treppe zu dem Bau, der als einziger kein Schild trug.

Sie lief vor dem Lauscher durch einen unheimlichen

Gang, der kein einziges Fenster zum Hof hatte. Als sie eine Tür am Ende des Korridors erreichte, rief der Lauscher »Halt!« und hielt sie an der Schulter fest. Er klopfte an die Tür. »Herein!« hörte Gabriela jemanden rufen, der Lauscher machte die Tür auf und schob Gabriela vor sich her.

Der Raum war wie der Gang künstlich beleuchtet, weiß gestrichen und hatte keine Fenster. Ein kleiner, beleibter Mann mit stechenden Augen saß hinter einem Tisch. Rechts und links von ihm standen zwei große Wächter. Sie hatten die Arme vor der Brust verschränkt. In der rechten Hand trug jeder von ihnen eine große Peitsche.

»Du kannst wieder gehen«, rief der Mann. Der Lauscher verneigte sich und kehrte um.

»Setz dich«, brummte der Mann, und Gabriela setzte sich auf einen kleinen Stuhl vor dem Tisch.

»Warum lachst du immer?« fragte der Mann grollend. Gabriela zitterte vor Kälte, als strömte ein eisiger Wind aus dem Mund des Mannes.

»Ich – ich mag Lachen.«

»Haben deine Eltern dir nicht gesagt, daß König Spaßnix das Lachen verboten hat?«

»Doch – doch ...«, erwiderte Gabriela leise und klammerte sich an ihre Katze.

Der Mann hinter dem großen Tisch redete lange, aber sie verstand kein Wort.

Sie zitterte vor sich hin und blickte ab und zu verstohlen zu den beiden Wächtern, die stumm wie zwei Säulen dastanden.
Endlich hörte der Mann zu reden auf, sah in einem Buch nach, in dem die Verdienste der Untertanen verzeichnet waren, und schüttelte den Kopf.
»Nur weil deine Eltern noch nie gegen ein Verbot verstoßen haben und weil dein Vater den König durch ein Geschenk erfreut hat, lassen wir dich diesmal laufen. Du sollst aber sehen, was denen passiert, die nichts Besseres zu tun haben, als dumm zu lachen und unseren König Spaßnix zu ärgern.«
Er winkte mit der Hand, und die beiden Wächter kamen auf Gabriela zu. Sie führten sie aus dem Bau zum Hof hinaus. Dort atmete sie erleichtert auf.
Sie folgte den Wächtern, die quer über den Hof zum Gefängnis gingen. Sie hielten vor dem Glashäuschen und klopften an die Tür, auf der in großen, roten Buchstaben geschrieben stand:
WACHRAUM! BETRETEN FÜR UNBEFUGTE VERBOTEN!
Der Mann im Wachraum beachtete die Wächter überhaupt nicht. Er telefonierte gerade.
Gabriela mußte lange warten, ihr Blick schweifte durch die Glastür auf den großen Tisch mit den vielen bunten Knöpfen.
Endlich legte der Mann den Hörer auf, gähnte und

drückte auf einen Knopf. Die Tür ging auf. Die Wächter schoben Gabriela in das Glashäuschen hinein.

»Was ist?« fragte der Mann barsch.

»Besuch!« antwortete der eine Wächter.

»In Ordnung!« nickte der Mann und nahm ein Heft in die Hand.

»Wie heißt du?« fragte er schneidend.

»Gabriela.«

»Der Nachname?«

»Wieser«, antwortete Gabriela und schaute zu Boden.

Die Wächter führten sie wieder hinaus und warteten vor der eisernen Tür des Gefängnisses, bis der Türöffner summte. Gabriela schaute ängstlich in den finsteren langen Gang mit den Gefängniszellen.

Hinter dem Gitter der ersten Zelle standen viele Männer. Ein Clown näherte sich und lächelte ihr zu.

»Ich bin Carlo, der Clown. Was für eine schöne Katze!« sagte er.

»Und du?« fragte Gabriela einen anderen. »Wer bist du?«

Er war kräftig und groß. »Ich bin der Gaukler Hans«, antwortete dieser.

Doch da schoben die Wächter sie weiter.

In der nächsten Zelle waren viele Frauen eingepfercht. Gabriela lernte eine Putzfrau, eine Sänge-

rin und eine Lehrerin kennen. Sie wollte die Lehrerin fragen, warum sie wohl nicht zu ihnen in die Schule käme, aber wiederum schoben die Wächter sie weiter.

In der nächsten Zelle standen wieder viele Männer hinter dem Gitter. Plötzlich sah sie Onkel Schnurrbart.

»Onkel Schnurrbart!« rief sie und wollte ihn durch das Gitter umarmen, aber die Wächter hielten sie zurück und zeigten auf ein Schild, auf dem zu lesen war: GEFAHR! Besuchern ist verboten, sich dem Gitter zu nähern!

Die Katze sprang Gabriela aus den Händen und eilte miauend zwischen den Gitterstäben hindurch zu Onkel Schnurrbart. Dieser nahm sie und streichelte ihr das Fell.

»Gib die Katze her!« herrschte ihn der eine Wächter an.

»Warum? Du siehst doch, sie will bei mir bleiben.«

»Nein, das ist verboten, gib sie her!« schrie der zweite Wächter.

»Schrei doch nicht so«, erwiderte Onkel Schnurrbart.

»Gib sie her, sage ich!« rief der erste Wächter wieder.

Da hörte Gabriela trotz des lauten Gezänks die Stimme Kamis, sie schaute um sich und sah eine kleine Hand aus dem Gitter am Ende des Ganges winken.

Sie eilte hin, und als sie Kami sah, versuchte sie ihn

trotz der Gitterstäbe und trotz des Verbots zu umarmen.

»Das ist Gabriela«, sagte Kami stolz zu den anderen, faßte sie am Kopf und küßte sie auf die Wangen. Gabriela hörte das Kichern der anderen in der Zelle und wurde rot.

»Was machst du hier?« fragte Kami.

»Sie wollen mir zeigen – das heißt, ich soll sehen, was sie mit mir machen, wenn ich lache«, sagte Gabriela leise und schaute zu Boden. »Ich will aber, daß du hier wieder herauskommst«, setzte sie hinzu und blickte Kami, der sie an der Hand faßte, ins Gesicht.

»Ich will es ja auch, aber ich kann hier nicht raus. Gestern habe ich davon geträumt.«

Gabriela sah zur Seite. Die Wächter standen am Gitter und schlugen mit der Peitsche in die Zelle von Onkel Schnurrbart hinein.

Gerade als sie anfingen, Fluchtpläne zu schmieden, kamen die Wächter zurück.

»Hier ist deine verdammte Katze«, rief der eine Wächter und wischte sich Schweißtropfen von seiner Stirn.

»Jetzt haben wir genug Zeit verplempert. Los, raus hier!« rief der andere.

Dann zogen sie Gabriela hinaus auf den Hof.

»Nun geh nach Hause und lache nie wieder, denn

beim nächsten Mal bleibst du drin!« drohten sie.
Gabriela atmete erleichtert auf. Gerade als sie dem Tor den Rükken kehrte, sah sie, wie ein Auto mit zwei sich drehenden Ringen auf dem Dach auf das Tor zufuhr. Ein alter Mann saß auf dem Rücksitz zwischen zwei Lauschern und lachte, obwohl einer der Lauscher ihm den Mund mit der Hand zuhielt.

Der Vater wurde zornig, als Gabriela ihm erzählte, wo sie gewesen war. Ihre Mutter beruhigte ihn und sprach leise auf sie ein. Sie habe Glück gehabt, daß sie noch einmal davongekommen sei, und das auch nur deshalb, weil sie nie gegen ein Verbot verstoßen hätten und weil ihr Vater im letzten Jahr dem König ein besonders schönes Geschenk gemacht habe.
»Aber warum holt Vater nicht auch die anderen aus dem Gefängnis?« fragte Gabriela.
»Das kann er nun wirklich nicht. Keiner kann das in diesem Land«, sagte die Mutter mit trauriger Stimme. »Es ist ja auch ihre eigene Schuld. Wie oft haben wir dem Onkel gesagt, er solle nicht laut lachen, wenigstens nicht bei offenen Fenstern und Türen. Aber er scherte sich nicht darum; er lachte immer wieder, bis sein Lachen lauter als die Hammerschläge auf dem Amboß klang. Da sind die Lauscher gekommen und haben ihn geholt.«

In dieser Nacht hatte Gabriela einen wundersamen Traum: Der Clown hatte sie an der Hand gefaßt und war mit ihr im Gefängnis herumgesprungen, zwischen den Gitterstäben hindurch und um die Wächter herum, die sich nicht rührten und finster vor sich hinstarrten. Der Clown lachte immerfort, und rote, gelbe und blaue Sterne sprudelten aus seiner breiten Hemdtasche und füllten das Gewölbe. Plötzlich verschwand das Gefängnis, und die Sterne stiegen in den klaren Himmel. Gabriela hüpfte mit dem Clown auf eine große Wiese. Die Wächter blieben auf ihren Hokkern sitzen. Ihre roten Nasen wurden so lang wie Gurken. Mit finsteren Blicken riefen sie im Chor: »Brrr, brrr, es ist kalt.«

Am nächsten Tag ging Gabriela gleich nach der Schule zum Palast. Sie wollte durch das Tor gehen, da hielt sie ein älterer Wächter an.
»Wohin willst du?« fragte er etwas verdutzt. »Zu Kami, meinem Freund«, sagte sie leise.
»Wer ist denn dieser Kami? Wohnt er hier bei seiner Majestät?«
»Ja, er wohnt im Gefängnis.«
Der Wächter zog seine Augenbrauen zusammen.
»Das geht aber nicht.«
Tag für Tag ging Gabriela nun zum Palast, immer

wieder blickte sie auf die hohe Mauer. Oben waren viele Fenster. Welches Fenster ist es wohl? fragte sie sich. Sie zählte einhundertzwanzig Fenster.

Darüber war es dunkel geworden, und sie kehrte müde heim. Nein, die Mauer ist viel zu hoch, überlegte Gabriela, und es sind viel zu viele Fenster.

Am zehnten Tag jedoch war ihr ihre Katze gefolgt, denn Gabriela hatte beim Weggehen die Haustür nicht richtig zugemacht.

Plötzlich sah sie einen vollbeladenen Karren, der vor einer kleinen Tür an der Palastmauer anhielt. Zwei Bauernburschen stiegen vom Karren und fingen an, die Fässer und Säcke in den Keller zu tragen.

Gabriela versteckte sich hinter dem Stamm einer alten Trauerweide und beobachtete die Burschen. Sie nahm ihre Katze auf den Arm, damit diese ihr Versteck nicht verriet.

Nach einer Weile machten die beiden Männer eine Verschnaufpause. Sie setzten sich auf das hintere Ende ihres Karrens, ließen die Beine baumeln und redeten miteinander.

Gabriela huschte schnell aus ihrem Versteck; gebückt eilte sie am Karren vorbei in den Keller hinein. Der Raum war groß, Säcke, Fässer, Schinken und Käseräder füllten die großen Regale bis zum Deckengewölbe. Es war ziemlich dunkel, durch die Ritze einer

Holztür am anderen Ende des Kellers kam ein wenig Licht in den Raum.

Gabriela versteckte sich hinter einem großen Weinfaß und wartete. Ihr Herz klopfte laut. Vom Hof des Palastes drangen Stimmen und Rufe zu ihr. Nach einer kurzen Weile trugen die zwei Männer wieder Säcke und rollten Weinfässer in den Keller hinunter.

Als beide ihre Ladung in den Keller verfrachtet hatten, riefen sie nach einem Wächter. Dann hörte Gabriela, wie die Tür von außen verschlossen wurde.

Sie eilte zur anderen Tür und schaute durch die Ritzen. Die Tür führte zum Hof, aber sie war verschlossen. Gabriela suchte nach einem Stück Eisen oder Holz, mit dem sie den Riegel zur Seite schieben konnte, aber sie fand nur große Balken, die sie nicht bewegen konnte.

Plötzlich hörte sie einen Mann mit tiefer Stimme im Hof rufen: »Wo bleibt ihr denn? Ihr müßt Schinken und Fisch holen!«

Diesmal versteckte sie sich schnell hinter einem Stapel Maissäcke neben der Tür. Ein Mann mit einer hohen weißen Kochmütze kam als erster, ihm folgten zwei Gehilfen.

»Mein Gott, was für eine Hetze!« stöhnte der Koch. »Essen für dreihundert Gäste zu kochen, das macht mich fertig!« Dann wandte er sich an seine beiden

Gehilfen: »Klaus, nimm zwei gekochte Schinken, und du, Ali, drei Kästen Rauchfisch!«
Die Gelegenheit war günstig! Gabriela eilte schnell aus ihrem Versteck. Mit einem Sprung stand sie auf dem Hof, der an diesem Tag einem Bienenstock glich. Aus der Küche rannten Gehilfen mit Geschirr, Besteck und großen Schüsseln. Aus dem gegenüberliegenden Gebäude trugen andere Stühle und Tische in den Palastgarten. Kinder rannten über den Hof mit Holzbündeln, Kohle und Blumenvasen. König Spaßnix hatte Gäste aus dem Ausland, und so beeilten sich die Diener, die Feier vorzubereiten.
Keiner bemerkte die Anwesenheit von Gabriela. Sie stand neben einem Kastanienbaum und beobachtete den Wächter im kleinen Glashäuschen. Der saß am Tisch und telefonierte, drückte auf irgendwelche Knöpfe und gähnte. Als eine junge Köchin eine große Salatplatte zum Garten trug, machte der Wächter seine Tür einen Spalt auf und rief hinaus:
»Kriege ich einen Kaffee?«
Die Köchin drehte sich zu ihm um.
»Kannst du haben, aber du mußt ihn dir schon selber holen, du siehst doch, was bei uns los ist!«
Darauf rief der Wächter nach einem Jungen, der gerade ein Bündel Holz zum Garten trug, und redete auf ihn ein, aber der Junge schüttelte den Kopf und

eilte davon. Endlich lehnte der Wächter die Tür an und ging an Gabriela vorbei in die Küche.
Diese rannte so schnell sie konnte. Sie stürzte in das Glashäuschen und stand vor einem großen Schaltpult mit vielen Leuchtknöpfen: roten, gelben und blauen. Sie suchte den Knopf für das Gefängnis, aber das war ungefähr so, als ob sie unter hundert Nüssen eine einzige hohle Nuß finden sollte. Über allen Knöpfen standen Buchstaben, die sie nicht verstand.
Aus Angst, daß der Wächter bald zurückkommen würde, drückte sie eine Reihe der Knöpfe nach der anderen, erst mit einem Finger, dann mit zweien, schließlich mit fast allen Fingern gleichzeitig.
Gabriela wußte nicht, welche Knöpfe sie da reihenweise drückte, und auch nicht, daß diese dazu dienten, daß die Befehle aus dem Palast des Königs sofort ausgeführt wurden.
Wenn im Reitstall ein bestimmtes Schild aufleuchtete, dann hieß das:
»Seine Majestät will reiten!«
Und leuchtete beim Palastfriseur ein Schild auf, dann wußte dieser:
»Seine Majestät wünscht seine Haare kürzer zu tragen!«
Überall im Palast erschienen nun solche Befehle fast gleichzeitig, und die Diener eilten in Scharen zum

König, um dessen Befehle auszuführen.
Verärgert schrie der sie an:
»Nein, ich will weder duschen noch Briefe schreiben!«
»Nein, ich will weder reiten noch schwimmen!«
»Nein, verdammt, ich will weder einen Sänger hören noch meine Haare schneiden lassen!«
Er schrie immer lauter und schickte alle Diener ungnädig fort. Wütend trat er zum Fenster, um sich etwas zu erfrischen. Er erblaßte, als er sah, was gerade in seinem schönen, gepflegten Garten passierte.
Bei der Palastfeuerwehr hatte nämlich auch eine Lampe aufgeleuchtet!
»Der Palast brennt!« lasen die Männer von der Feuerwehr und eilten los. Sie sahen eine Rauchwolke aus dem Garten aufsteigen.
Inmitten der geschmückten Tische, die einen großen Kreis bildeten, grillten Köche über einem großen Feuer mehrere saftige Hammel. Als die Feuerwehrleute den Garten beinahe erreicht hatten, streuten die Köche gerade ein besonderes Gewürz über das Feuer – eine große dichte Rauchwolke stieg auf.
Die Männer von der Feuerwehr konnten weder die Hammel noch die Köche sehen. Sie spritzten eifrig in das vermeintliche Feuer. Asche stob über die Tische, die Köche schrien und hielten sich schützend die Hände vor das Gesicht. Aber die Feuerwehrleute

hörten nichts und spritzten so lange, bis das Feuer gelöscht war und alle Tische umgefallen waren.
Gabriela drückte weiter die Knöpfe, viele schon zum zweiten Mal, und starrte unentwegt zur eisernen Tür, aber die ging und ging nicht auf. Erst als sie vier schwarze Knöpfe am unteren Rand des Schaltpultes drückte, die sie in der Aufregung übersehen hatte, geschah es: Die Tür zum Gefängnis öffnete sich!
Gabriela eilte aus dem Glashäuschen, gerade noch rechtzeitig, denn der Wächter kam aus der Küche, mit einer Tasse dampfenden Kaffees in der Hand. Verwundert schaute er die nassen Diener und Köche an, die schreiend aus dem Garten gerannt kamen.
Als Gabriela in das finstere Gewölbe des Gefängnisses trat, staunte sie: Alle Gittertüren waren aufgegangen, die Gefangenen hatten ihre Zellen verlassen. Sie jubelten und umarmten sie.
Onkel Schnurrbart rief ihnen zu, sie sollten sich beeilen, und so rannten sie gemeinsam mit Gabriela auf dem kürzesten Weg aus dem Palast.
Als der König erfuhr, daß die Gefangenen hatten ausbrechen können, schrie er laut und wütend:
»Holt sie alle zurück, ich will sie alle wiederhaben! Wenn ihr sie nicht fassen könnt, dann bringt ihre Eltern und Freunde ins Gefängnis! Sie bleiben

drin, bis diese Verbrecher sich stellen!«
Die Soldaten eilten in die Stadt und suchten die flüchtigen Gefangenen, aber sie fanden sie nicht, denn Carlo, der Clown, nahm sie alle mit zu einem Freund, der auf einem alten Bauernhof nahe bei der Stadt lebte. Die Leute in der Stadt bekamen große Angst vor den Soldaten, als die Nachricht sich verbreitete, daß der König die Eltern und Freunde der Gefangenen ins Gefängnis werfen wollte. Viele flüchteten über die Grenze in die Nachbarländer, um sich zu retten.
Davon wußten Gabriela und ihre Freunde jedoch nichts.
Am nächsten Morgen frühstückten sie gemeinsam.
Der Clown Carlo machte Witze über König Spaßnix. »Ich gehe jetzt zum König«, sagte er, »und stelle mich vor ihn hin. König Spaßnix, sage ich dann zu ihm, du bist der armseligste Mensch auf Erden, du kannst nicht einmal lachen! Und dann erzähle ich ihm Witze, um ihn zum Lachen zu bringen, aber die müssen natürlich leichtverständlich sein, denn Spaßnix versteht nix.«
Seine Freunde lachten und fingen an, sich Witze über Spaßnix auszudenken, dabei wurden sie immer lustiger und ausgelassener. Ihr Lachen wurde lauter und lauter, es rollte vom Hügel über die Stadt, und das Echo ihres Lachens hallte von Straße zu Straße und

flog gegen den Palast. Da fing der Palast an zu wackeln, als wäre das Lachen ein starker Wind und die hohen Mauern des Palastes nur aus dünnem Papier.

Die Freunde auf dem Hügel sahen das, und ihr Lachen wurde noch mächtiger, und der Palast schwankte hin und her.

Die Bewohner der Stadt wunderten sich über das Lachen, das über sie hinweghallte, und eilten auf die Straße. Sie sahen den Palast wackeln und fanden den Anblick so komisch, daß sie zum ersten Mal dem Lachen nicht widerstehen konnten, und als sie auch noch einige der Witze aufschnappten, stimmten sie von ganzem Herzen in das Gelächter ein. Ihr Lachen schwoll an zum Orkan. Diesem konnten auch die Mauern des Palastes nicht widerstehen, lautlos sank der Palast in sich zusammen.

Lange tat sich nichts. Dann kroch der König aus den Trümmern seines Palastes, duckte sich unter dem verhaßten Gelächter, das auf ihn herabfuhr, und flüchtete durch die Straßen der Stadt, die vom Gelächter seiner Untertanen widerhallten. Es war ein Spießrutenlaufen, bevor König Spaßnix für immer aus dem Land verschwand.

Seit diesem Tag haben die Leute keinen König und keine Angst mehr. Sie lachen, wann immer ihnen danach ist, und leben glücklich und zufrieden in ihrem Land. Nur wenige der armen Freunde und Verwandten, die damals in die Nachbarländer geflüchtet waren und sich dort versteckt hielten, wissen noch nicht, daß das Lachen nicht mehr verboten ist …

Das war die Geschichte des alten Mannes. Wie gesagt, ich habe sie erst nicht geglaubt, aber als ich damals mit der Straßenbahn gefahren bin, sah ich zwei Mädchen, wohl kaum älter als Gabriela. Sie saßen nebeneinander, flüsterten sich irgend etwas zu und kicherten. Plötzlich drehte sich eine ältere Dame zu den Mädchen um und schüttelte mißbilligend den Kopf, andere taten es ihr nach. Ein gut angezogener Mann rief schließlich laut:
»Seid doch still!«
Die Mädchen aber lachten nur und riefen: »Lachen ist doch nicht verboten!«
In diesem Augenblick habe ich die Geschichte geglaubt.

DIE EINSAME RAUPE

Auf einem Maulbeerbaum lebte einst eine kleine Raupe namens Primo. Sie lebte mit Tausenden von anderen schwarzen Raupen zusammen. Die saftigen Blätter boten allen genug Nahrung, und die Raupen fraßen von Sonnenaufgang bis Sonnenuntergang. Nur Primo nicht. Sie stillte schnell ihren Hunger und pfiff dann von morgens bis abends ihre munteren Melodien.

»Was hast du vom Pfeifen? Wir müssen uns durchfressen. Der Saft der Blätter gibt uns die Kraft vom Ei bis zum Kokon, und dann wartet das große Ereignis auf uns«, tadelten die Nachbarn.

»Was für ein großes Ereignis?« fragte Primo.

»Ein Schmetterling zu werden und hoch hinauf in die Lüfte zu fliegen.«

»Und dann?«

»Natürlich Eier legen, aus denen die schönsten Raupen schlüpfen.«

»Aber ich bin doch schon eine Raupe! Ich will mein Leben genießen, und wenn ich pfeife, fliege ich hinauf in den Himmel, höher als jeder Schmetterling.«

»Du spinnst! Wenn du pfeifst, bleibst du auf deinem Blatt! Du bildest dir nur ein zu fliegen. Raupen sind da, um zu fressen und aufzupassen, daß sie nicht gefressen werden.«

»Jawohl!« riefen die anderen und machten sich den Spaß, an Primos Blatt zu knabbern. Diese kroch davon und setzte sich auf ein weitentferntes Blatt. Sie pfiff eine traurige Melodie, und nach einer Weile hörten einige Raupen zu lachen auf und lauschten bewegt.

Eines Tages schien die Sonne warm auf die Felder, und die Zweige wiegten sich mit ihrer Blütenpracht im Wind. Eine Brise, erfüllt vom Duft der Aprikosenblüten, erfrischte Primos Gesicht, als sie gerade ihre Augen öffnete. Sie atmete erleichtert auf, denn sie hatte etwas Schreckliches geträumt: Ein Sturm hatte alle Bäume entwurzelt und die Raupen in den Tod gewirbelt.

Schnell nahm sie zwei Bissen vom Rand ihres Blattes und fing an zu pfeifen, um den bösen Traum zu verscheuchen.

Plötzlich tauchte eine Amsel auf. Die Zweige bebten, und eine fürchterliche Angst ließ Primo mitten im Lied stocken.

»Du bist aber eine komische Raupe! Mickrig klein, aber mit einer wunderschönen Stimme. Alle Achtung!«

Primo zitterte. Trotz der süßlichen Worte verlor sie den kräftigen Schnabel nicht aus den Augen.

»Tja, fett bist du nicht«, fuhr die Amsel fort, »aber wer weiß, vielleicht wird meine Stimme noch schöner,

wenn ich dich fresse. Man soll nichts zu früh verschmähen, es könnte von größtem Nutzen sein.« Die Amsel hackte nach Primo, doch diese sprang zur Seite und wirbelte durch die Luft. Primo schlug hart auf den Boden. Sie rollte sich schnell unter einen morschen Zweig und blieb regungslos liegen. Nach einer Weile pochte ihr Herz wieder ruhiger. Sie kroch zum nächsten Baum und, obwohl ihr Rücken vom Aufprall schmerzte, kletterte sie, so schnell sie konnte, den Stamm des Birnbaums hinauf. Erschöpft setzte sie sich auf das erste Blatt, das sie erreichte. Als sie sich etwas erholt hatte, versuchte sie, ihren Hunger zu stillen. Das Blatt schmeckte ihr nicht, aber sein Saft kräftigte sie wieder. Sie schaute sich ihre neue Umgebung neugierig an und entdeckte eine kleine goldene Raupe auf einem nahen Blatt. Die goldene Raupe war genauso mager wie sie, und sie faszinierte Primo mit ihrem Tanz. Sie bog und drehte sich im Kreis, stellte sich auf die Hinterfüße und malte mit ihrem Körper einen Bogen in der Luft, sprang wieder auf die Vorderfüße und erhob ihren Hinterleib mit einer kreisenden Bewegung. Währenddessen fraßen in der Nähe dicke goldene Raupen gierig die Birnbaumblätter.

Durch den Tanz verzaubert, fing Primo an zu pfeifen, eine Melodie, die bisher tief in ihr geschlummert hatte.

»Schön! Schön!« rief, immer noch tanzend, die kleine goldene Raupe. Primo vergaß ihren Schmerz und pfiff, bis die goldene Raupe erschöpft zusammensank.
»Bravo! Bravo!« Primo klatschte mit vier Füßen begeistert Beifall.
»Wie kannst du nur so eine schöne Melodie pfeifen?« fragte die kleine goldene Raupe noch außer Atem.
»Dein Tanz hat mir das Herz verzaubert«, antwortete Primo.
Sekundo, die kleine goldene Raupe, kletterte über den Zweig. »Ich mag deine Melodie«, sagte sie.
»Hat sie dein Herz berührt?«
»Es heißt deinen Kopf. Wir, die goldenen Raupen, wissen, daß das Herz eine einfache Pumpe ist.«
»Es ist mehr«, antwortete Primo, und sie redeten und stritten den ganzen Nachmittag darüber, ob das Herz nur eine Pumpe oder doch mehr ist. Und als die Sonne unterging, wußten beide mehr vom Herzen.
»Es ist schön, mit dir zu reden und zu streiten«, seufzte Primo, »als ob ich dich seit meiner Geburt kennen würde.«
»Wer weiß, vielleicht haben wir uns bereits lange gesucht«, sprach Sekundo.
Zwei goldene Raupen wellten sich mit ihren prallen Körpern über einen nahen Zweig.
»Iiiih! Wie riechst du denn heute?« fragte die eine Raupe Sekundo, obwohl sie Primo damit meinte.

»Ich habe nichts gegen schwarze Raupen. Sie könnten, wenn sie prall wären, sehr süß aussehen, aber diese hier scheint krank zu sein. Die arme Sekundo«, heuchelte die zweite Raupe.

»Laßt euer Geschwätz und kommt näher! Meine Freundin kommt vom Maulbeerbaum und kann wunderschön pfeifen!« rief Sekundo aufgeregt.

»Keine Zeit! Tut uns leid, das große Ereignis wartet auf uns«, sagten beide im Chor und eilten davon.

»Zum Kotzen mit dem großen Ereignis! Was haben sie davon, nur noch in Eile zu leben«, zürnte Sekundo, als hätte sie Primos Gedanken gelesen.

In der ersten Nacht konnten beide Raupen kaum schlafen. Sie lagen nahe beieinander, küßten und streichelten sich bis zur Morgendämmerung.

»So schön hat mich noch keine Raupe gestreichelt«, sagte Primo, bevor ihr die Augen zufielen. Und Sekundo lächelte ein letztes Mal erschöpft, bevor sie in einen tiefen Schlaf fiel.

Als Primo aufwachte, hörte sie von einem fernen Blatt lautes Streiten. Sie konnte nicht genau hören, worum es ging, aber sah, wie drei Raupen heftig auf Sekundo einredeten. Nach einer Weile verließ diese wütend das Blatt und eilte zurück zu Primo.

»Was ist denn los? Ist es meinetwegen?«

»Ach was, der Kokon ist ihnen zu Kopf gestiegen.

Sie sollen sich zum Teufel scheren. Ich liebe dich und damit basta!«

Primo fühlte sich glücklich, aber sie hatte Angst um ihre Freundin.
»Ich liebe dich auch, aber macht es dir nichts aus, wenn die anderen nicht mehr mit dir spielen wollen?« fragte sie.
»Ich will mit dir spielen und reden. Das ist mein Leben. Komm! Laß uns tanzen!«
»Ich kann nicht tanzen!« Primo zögerte etwas. »Ich mag es auch nicht! Ich pfeife viel lieber.«
»Gut! Dann pfeife, wenn es dich glücklich macht.«
Primo stimmte eine Melodie an, und Sekundo tanzte wie noch nie in ihrem Leben. Und auch in den folgenden Tagen spielten beide Freundinnen miteinander.
Sekundo strahlte vor Glück über das ganze Gesicht. Aber sie lächelte auch dann, wenn sie Schmerz verspürte. So ist es Sitte bei den goldenen Raupen. Sie lernen von Geburt an, ihre Schmerzen zu verheimlichen, und genieren sich zu weinen. Anders Primo. Sie lachte und weinte laut. Wenn jemand ihr unbeabsichtigt auf einen ihrer Füße trat, schrie sie so schrecklich laut, als wäre ihr ein Baum auf den Kopf gefallen.
Die Tage vergingen schnell, und die Kunde vom Glück der beiden verbreitete sich rasch im Birnbaum. Das Glück ist oftmals laut, anders als sein Rivale, das

Unglück. Das naht auf leisen Sohlen, und wenn man erst seine Vorboten zu ahnen glaubt, ist es bereits hereingebrochen. So leise trat das Unglück auch auf die zwei Freundinnen zu.

Sekundo hätte also am liebsten mit Primo getanzt. Doch nun sagte sie sich: »Ach, wenn sie nicht will, dann tanze ich alleine. Das macht mir nichts aus.« Sie war aber doch enttäuscht, und Primo merkte es nicht.

Das war des Unglücks erstes Bein. Wie jeder aber weiß, hat das Unglück immer zwei Beine. Am elften Tag ihrer Freundschaft tauchte eine goldene Raupe aus der Nachbarschaft auf. Sie beobachtete Sekundo lange beim Tanz und schmeichelte ihr mit anerkennenden Zurufen.

»Toll! Solche Leidenschaft habe ich noch nie gesehen, überhaupt bewundere ich eure Liebe«, wandte sich die Raupe an Primo. »Ihr seid so verschieden und doch einander so nah. Mir ist so ein Glück nicht vergönnt.«

Die Stimme der aufdringlichen Raupe war leise und traurig, aber Primo spürte eine eigenartige Kälte.

»Wie heißt du? Und warum bist du so traurig?« fragte Sekundo, sich tanzend im Kreis drehend.

»Ich heiße Terzo. Ich bin unglücklich, weil ich unsicher bin. Ich kann manchmal meinen Kopf nicht von meinem Bauch unterscheiden.«

»Dann tanze! Im Tanz wirst du deinen Bauch fühlen und deine Trauer vergessen.«
Als hätte die Raupe auf Sekundos Worte nur gewartet, sprang sie auf und tanzte. Primo pfiff weiter, obwohl Terzo sie immer wieder an den Rand des Blattes drängte. Sie stockte erst, als die aufdringliche Raupe sie mit einem Tritt verletzte.
»Mach doch bitte weiter!« bettelte Sekundo.
»Ich habe keine Lust mehr«, brummte Primo.
Sekundo und Terzo setzten sich dicht nebeneinander.
»Deine Melodie ist die schönste, die ich je gehört habe«, schmeichelte Terzo. Sie hielt eine Weile inne, schaute Primo lächelnd an, dann kroch sie zu ihr.
»Wollen wir Freunde werden?« fragte sie. Primo antwortete nicht. Sekundo dagegen hatte es sehr eilig, einzuwilligen.
Von diesem Tag an tauchte Terzo schon bei Sonnenaufgang auf und tanzte den ganzen Tag mit Sekundo, mal auf fernen und mal auf nahen Blättern.
»Terzo mag dich sehr. Sie liebt deine Melodien, aber sie hat viele Probleme. Das ganze Leben hängt ihr zum Halse heraus«, erzählte Sekundo, wenn sie erschöpft nach Hause zurückkam.
»Einen komischen Hals hat sie. Kurz und breit. Ich mag sie nicht«, sagte Primo eines Morgens, als ihre Freundin beim hastigen Frühstück fünfmal von Terzo

erzählte, die auf ein Blatt in der Nähe umgezogen war.
Eines Tages merkte Primo, wie Sekundo gierig ein ganzes Blatt auffraß. Sie wunderte sich und fragte sie nach dem Grund.
»Vom Tanzen bin ich hungrig geworden«, sagte diese kurz.
Am nächsten Tag aber fraß sie zwei Blätter. Einige Nachbarinnen bemerkten es erstaunt.
»Endlich wird sie vernünftig.«
»Ja, ja, so ist es recht.«
Sie schauten Primo verächtlich an.
»Du bist zweimal so dick wie gestern.« Primo zitterte, da sie die Vorboten des Unglücks ahnte.
»Ach was, das bildest du dir nur ein«, antwortete Sekundo kurz und verschlang genüßlich ein neues Blatt.
Tag für Tag fraß sie sich weiter durch die Blätter. Ihr Körper glänzte bereits prall in der Sonne.
»Du wirst bald doch ein Schmetterling werden«, sagte Primo. Sie fühlte sich elender als jemals zuvor.
»Ja, mein Glück fliegt davon, und ich muß ihm folgen. Ich habe dich in den letzten Tagen belogen. Es ist mein Fehler. Ich weiß es und kann nicht anders.«
Eines Morgens erwachte Primo aus einem Alptraum und schaute sich um. Sekundo war vom Blatt verschwunden. Sie suchte sie verzweifelt. Erst gegen Mittag sah sie ihre Freundin an einem entfernten

Zweig. Sie spann hastig ihren Kokon und stöhnte dabei:
»Ich beeile mich ja schon. Bald kommt das große Ereignis für Terzo und mich.«
»Was heißt das?« schrie Primo entsetzt. »Terzo spinnt doch überhaupt nicht.« Sie sah Terzo auf einem nahen Blatt mit einer kleinen Raupe tanzen.
»Du lügst! Sie spinnt schneller als ich«, zürnte Sekundo und beeilte sich. Der Kokon wurde immer dichter, und Primo konnte ihre Freundin nach einer Weile nicht mehr sehen.
Traurig setzte sie sich neben den Kokon und schwor, ihre Freundin zu schützen, bis sie sich zum Schmetterling entpuppte, denn Kokons sind wehrlos. Rund um die Uhr bewachte sie den Kokon und vertrieb alle Insekten, die in seine Nähe kamen.
Waren es drei oder fünf Tage und Nächte? Erschöpft fiel Primo irgendwann in einen tiefen Schlaf. Wie lange sie geschlafen hatte, wußte sie nicht mehr. Plötzlich krachte es fürchterlich. Sie schreckte auf und entdeckte, daß der Kokon verschwunden war. Weit entfernt von ihr lag Terzo auf einem Blatt, der Kokon steckte noch in ihrem breiten Rachen. In diesem Augenblick wurde Primo schlagartig klar, weshalb Terzo diesen dicken Hals hatte. Sie ernährte sich von Kokons. Wie vom Blitz getroffen fiel Primo in Ohnmacht.
Als sie aufwachte, befand sie sich auf einem Ahorn-

blatt. Eine grüne Raupe mit roten Füßen streichelte ihr den Kopf.

»Ich dachte, du wirst nie aufwachen«, sagte die Raupe, und ihre Augen glänzten.

»Ich lebe nicht mehr lange. Ich kann nicht mehr.« Der Schmerz drohte sie erneut zu überwältigen.

»Doch, du wirst leben«, antwortete die grüne Raupe. »Ich habe oft deine Melodien gehört und weiß, daß du viel Leben in deinem Herzen hast. Pfeife, vielleicht hilft dir das durch das Tal deiner Schmerzen.«

»Ich kann nicht mehr pfeifen. Mein Herz ist tot, ich pfeife nicht nur mit dem Mund«, schluchzte Primo.

»Laß mal fühlen!« sagte die grüne Raupe und streckte drei ihrer Füße nach Primos Brust aus.

»Es flattert! Es flattert! Dein Herz ist ein Schmetterling geworden!« rief sie erfreut.

Die Sonne neigte sich über die Wipfel der Bäume. Eine leichte Brise zog raunend durch die Blätter. Es klang, als wären tausend Schmetterlinge im Anflug. Leise erhob sich eine traurige Melodie über das Geflüster der Blätter.

Sie wurde immer lauter, und bald verstummten alle Insekten im Wald. Nicht einmal die Zikaden zirpten.

DER ERSTE RITT DURCHS NADELÖHR ODER DER KAMELTREIBER VON HEIDELBERG

Vor nicht allzu langer Zeit lebte ein Junge namens Adel in der alten Stadt Heidelberg. Sein Vater arbeitete als Bäckergeselle, und seine Mutter hatte nach langer Suche eine Putzstelle in einem Altersheim gefunden. Adel ging in die siebente Klasse eines Heidelberger Gymnasiums.

Sein Vater hatte große Pläne mit ihm: »Du wirst ein sehr berühmter Arzt werden. Ich werde den Nachbarn in unserem alten Viertel sagen können: Schaut her! Zwanzig Jahre habe ich die Fremde ertragen. Zwanzigmal habe ich die eisigen Winter erduldet. Ich bringe nicht nur ein Auto, ein Fernsehgerät und zwei Videogeräte mit in die Heimat zurück, sondern auch einen berühmten Arzt. Sie werden alle vor Neid erblassen!«

Adel verstand nicht, warum er ausgerechnet Arzt werden sollte. Am liebsten wollte er Kapitän eines Dampfers sein. Wenn er aber seinem Vater von seinen Träumen erzählte, lachte dieser.

»Genauso wie dein Opa, der war auch immer auf Achse. Nein, mein Lieber! Lebensmittelhändler oder Arzt. Das sind zwei sichere Berufe; denn solange

Menschen leben, müssen sie essen und krank werden. Du hast auf immer Kundschaft.«

Manchmal war es lustig, den Träumen des Vaters zuzuhören; wenn er nur nicht dauernd genörgelt hätte. Kam Adel verschwitzt vom Spielplatz, jammerte der Vater, und wenn er ruhig auf dem Sofa lag und keiner Fliege etwas zuleide tat, sondern seine Abenteuerromane las, entsetzte sich der Vater. Einerlei, ob er spielte oder las, für den Vater war das reine Zeitverschwendung, die sich nur die Kinder der Reichen leisten konnten. So mußte sich Adel notgedrungen immer wieder neue Ausreden ausdenken, wenn er manchmal zu spät nach Hause kam. Und wenn er seine spannenden Räubergeschichten las, versteckte er die Bücher hinter dem großen Mathebuch. Sein Vater sah aus seiner Ecke nur das Schulbuch und war nicht nur zufrieden, sondern hatte manchmal gar Mitleid mit seinem fleißigen Sohn, der sich stundenlang in die Mathematik vertiefte.

Der Mutter war es gleichgültig, ob Adel Arzt oder Bäcker werden würde. Wichtig war für sie, daß ihr einziger Sohn gesund blieb. Je weniger Adel seinem Vater von seinen Träumen und Streichen erzählte, desto mehr sprach er mit seiner Mutter, die ihm aufmerksam zuhörte, lachte oder mit ihm seine Feinde verfluchte. Er erzählte ihr auch jedes Abenteuer,

über das er las, weil die Mutter selbst nicht lesen konnte, aber gerne Geschichten hörte. Dann lachte oder weinte sie und war oft voller Sorge um den Helden der Geschichte. Und damit sie ruhig schlafen konnte, bat sie ihn manchmal, doch zu sagen, was aus den Verliebten wurde, die in Ungnade gefallen waren.

Die Arbeit in der Bäckerei war hart, aber der Vater schien zufrieden zu sein. Er freute sich über die freien Samstagnachmittage und die Sonntage. In Damaskus – Adels Heimatstadt – haben die Bäcker keinen freien Tag, sie arbeiten sieben Tage in der Woche.

Adels Mutter war alles andere als zufrieden. Sie fand das Leben in der Fremde ungemein langweilig. »In Damaskus«, klagte sie oft, »fehlt den Nachbarn immer etwas, mal ein bißchen Zucker und manchmal etwas Reis und immer ein bißchen Nähe. Deshalb besuchen sie sich. Hier fehlt den Leuten nichts. Sie brauchen nicht einmal ihre Alten. Sie stecken sie einfach ins Altersheim. Arme Leute!«

Adel versuchte oft, nach der Schule den Nachbarn und Freund zu spielen, um den Kummer seiner Mutter zu lindern. Er tratschte mit ihr über seine Lehrer, ihre Heimleiterin und den Vater.

Schwer ist das Leben der Männer in der Fremde, doch noch schwerer das der Frauen.

Wenn der Vater aus der Bäckerei kam, wusch er sich,

aß und schlief eine Weile. Und ging er danach nicht in die Stadt spazieren oder einen Freund besuchen, machte er sich einen starken Tee, verschwand im kleinen Zimmer und verschloß die Tür hinter sich.

Eines Tages hörte Adel, wie sein Vater mit jemandem sprach. Er wunderte sich über diesen Gast, den er nicht hatte kommen sehen. Auf Zehenspitzen näherte er sich der Tür. Die tiefe Stimme des Unbekannten war deutlich zu hören, aber als Adel an die Tür klopfte, wurde es still. Nach einer kurzen Weile öffnete sein Vater die Tür und sah ihn verärgert an.

»Mußt du unbedingt stören? Was ist los?«

»Vater, mit wem hast du gerade gesprochen?«

»Mit niemandem!«

Adel versuchte, in das Zimmer zu spähen, sah aber nur ein großes Buch auf dem kleinen Hocker liegen.

»Was ist das für ein Buch?« fragte er neugierig.

»Das ist nichts für Kinder! Nun laß mich in Ruhe!« fuhr ihn sein Vater ungeduldig an und knallte die Tür wieder zu.

Wessen Stimme war das? Warum erzählte sein Vater ihm nicht, was das für ein Buch ist? Diese Fragen gingen Adel nicht aus dem Kopf.

In jener Nacht, das Frühjahr neigte sich dem Ende zu, regnete es in Strömen, und der Wind sang sein Lied durch die Zweige der nahe gelegenen Trauerweide.

Adel konnte lange nicht einschlafen; denn immer wieder drangen leise Stimmen aus dem kleinen Zimmer zu ihm herüber. Wenn der Regen laut an die Fensterscheiben klopfte, konnte Adel für einen Augenblick das Geflüster vergessen, doch beruhigte sich der Wind ein wenig, drang das leise Raunen erneut an seine Ohren und vertrieb die Müdigkeit aus seinen Augen.
Adels Neugier wuchs in den folgenden Tagen ins Unermeßliche. Gründlich durchkämmte er die Wohnung nach dem Buch und entdeckte dessen Versteck: Ein kleiner Schrank, dem Adel bisher kaum Beachtung geschenkt hatte, stand in dem kleinen Zimmer seiner Eltern. Er war gewiß, daß das Buch nur in dem verschlossenen Schrank liegen konnte. Den einzigen Schlüssel trug der Vater allerdings immer bei sich.
Der Schrank wehrte sich standhaft gegen Adels Versuche, ihn mit anderen Schlüsseln zu öffnen. Manchmal vergaß Adel die Stimme und das Buch für ein paar Tage. Dann aber drang das Geflüster Samstag für Samstag unüberhörbar wieder aus dem kleinen Zimmer und bohrte sich gnadenlos in seine Ohren.

Eines Tages wollten Adels Eltern einen kranken Kollegen des Vaters in Mannheim besuchen. Adel fieberte ein paar einsamen Stunden entgegen. Er schob seine Hausaufgaben als Grund vor, daheim

zu bleiben. Die Mutter wollte das nicht gelten lassen, da der Besuch von Kranken für sie wichtiger war als alle Hausaufgaben der Welt.

Der Vater nahm aber seinen Einzigen in Schutz. »Ein Besuch macht noch keinen Arzt«, sagte er bedeutungsvoll. Die Eltern fügten noch hinzu, sie würden erst spät heimkommen, da der Kollege sie nicht ohne Abendessen zurückkehren lassen würde. So ist es nämlich Sitte bei den Arabern, sie nehmen immer an, die Gäste seien hungrig und durstig, und bieten ihnen deshalb Essen und Getränke an. Andere Völker vermuten, daß die Gäste schon übersättigt sind, und bieten ihnen deshalb freundlich nichts an.

Als die Eltern endlich gegangen waren, wartete Adel noch eine kurze Weile, dann hielt er es nicht mehr aus und stürmte in das kleine Zimmer. Aufgeregt stand er vor dem Schränkchen und starrte es an. Plötzlich strahlte er. Er rückte es von der Wand, holte einen Schraubenzieher und löste die vier Schrauben, mit denen die Rückwand befestigt war.

Als wäre das Schränkchen nur für das Buch gedacht, waren die anderen Regale gähnend leer. Auf dem untersten Regal lag das dicke Buch mit der dunklen, ledernen Hülle.

Adel trug es vorsichtig, als wäre es aus Glas, zu einem Hocker. Mit zitternden Händen schlug er es auf.

Auf der ersten, buntgeschmückten Seite las er den in geschwungenen arabischen Schriftzeichen geschriebenen Titel:
»Mein abenteuerliches Leben und meine überaus beeindruckenden Erlebnisse mit Mensch und Tier, aufgezeichnet vom frommen Sklaven Gottes und über alle Maßen gerechten und mutigen Räuber Adel.«
Ein Lächeln umspielte Adels Mund. Er dachte, sein Vater mache ein riesiges Geheimnis um ein einfaches Räubermärchen. Voller Neugier blätterte er die Seite um. Weißer Rauch zischte aus dem Buch und füllte im Nu den Raum. Adel fuhr erschrocken einige Schritte zurück, er wollte zur Tür flüchten, doch er stolperte über vorher nicht dagewesene Matratzen und Hocker.
Als die Rauchschwaden sich verzogen, enthüllten sie einen alten Mann, der in arabischem Gewand auf einem Teppich saß. Das Zimmer war verschwunden. Unendlich weit erstreckte sich die Wüste. Bei einer Feuerstelle nahe dem Zelt spendete eine Palme etwas Schatten. Eine leichte Brise trug den würzigen Kaffeeduft von einer großen Kanne zu Adel herüber. Nur das aufgeschlagene Buch auf dem Hocker war unverändert geblieben.
»Deine Hände zittern, mein Sohn! Sie sind so klein wie die der Kinder. Was ist los mit dir?« sprach der alte Mann auf arabisch.

Adel schaute verwundert den großen, schneeweißen Schnurrbart, das krumme Schwert an der Seite des Mannes und seine großen, knorrigen Hände an.
»Ich bin nicht dein Sohn!« flüsterte er mit trockener Kehle.
»Wie redest du heute? Ich verstehe kein Wort«, wunderte sich der alte Mann.
»Das ist Deutsch«, erklärte Adel auf arabisch. »Ich bin nicht dein Sohn, habe ich dir gesagt. Siehst du das nicht?«
»Nur Lebende haben Augen zum Sehen. Ich höre und fühle dich. Das genügt. Warum zitterst du?«
»Ich habe Angst vor dir. Du bist aus dem Rauch gekommen. Wer bist du?«
»Ich bin Adel der Gerechte. Ich bin die Freude der Armen und der Schrecken der Reichen. Wenn dein Geldbeutel nicht größer als dein Herz ist, brauchst du keine Angst vor mir zu haben. Wie heißt du?«
»Mein Name ist auch Adel.«
»Mein Enkel?!« rief der alte Mann und strahlte über das ganze Gesicht. »Du bist also mein Enkel. Warum versteckt dich dein Vater bloß vor mir. Er sagte, du willst Arzt werden und hältst von der Straßenräuberei nicht viel.«
Adel lachte und erzählte seinem Großvater, dem berühmtesten Straßenräuber in der Geschichte Sy-

riens, welche Wünsche er tatsächlich hatte. Beide lachten laut.
»Aber sag mal, wenn du gestorben bist, wie kannst du aus dem Buch kommen? Bist du ein Geist?«
»Gestorben bin ich schon lange, aber ich erwache zum Leben immer wieder, wenn jemand das Buch sehnsüchtig liest«, antwortete der Großvater und fing an, die Geschichte seines Lebens zu erzählen.
Adel staunte, wie der alte Räuber Zeile für Zeile berichtete, ohne auf das Buch zu schauen. Wenn er anhielt, blätterte Adel die Seite um, und der Großvater erzählte weiter, wie er den Weg vom ängstlichen Bauernknecht zum mutigsten Straßenräuber gegangen war.
Als der alte Mann mit seiner tiefen Stimme stolz von jener Schlacht erzählte, in der er mit achtzig Räubern über zweitausend Soldaten in die Flucht geschlagen hatte, rief Adel: »Du mußt aber sehr mutig sein. Mein Vater bekommt schon weiche Knie, wenn ein Polizist ihn anhält.«
»Mut allein haben nur Dummköpfe. Ein Räuber ist nicht nur mutig. Er ist klug und weiß, was er will. Er muß präzise wie ein Uhrmacher, mutig wie eine Mutter, deren Kinder in Gefahr sind, und lautlos listig wie eine Schlange sein. Ich bin vierzig Jahre lang in den Bergen gewesen, und niemand konnte mich fassen, weil ich überall in den Herzen der Armen geborgen

war. Mein Bett war die Erde und meine Decke der Himmel. Ich mußte Tier und Mensch verstehen. Ein Räuber, der nur Geld scheffelt, ist ein armer Hund.

In meiner Truppe habe ich alles verzeihen können, auch wenn einer meiner Männer einen Teil der Beute versteckt hielt und nicht teilen wollte. Niemals aber habe ich es verziehen, wenn auch nur einer Kinder unter den Reisenden mißhandelte. Den habe ich sofort aus der Truppe entfernt. Kinder muß ein Räuber schonen, sonst ist er ein Schuft, ein schäbiger Kerl! In meiner Satteltasche trug ich immer Bonbons und Nüsse für die Kinder, damit sie sich nicht langweilten, bis wir unsere Arbeit erledigt hatten. Manch ein Kind verriet uns, wo seine Eltern die Geldbeutel versteckt hatten. Die Geizhälse versteckten oft ihre Geldbeutel bei ihren Frauen, obwohl sie ihnen doch sonst keinen Groschen anvertrauten.

Ja, manches Kind rief sogar: ›Geldbeutel her, sonst frißt Adel eure Leber ungebraten.‹ Dir kann ich es ja sagen, ich habe Leber nie gemocht, aber die Reisenden zitterten immer bei der Vorstellung, ich würde es tun, und rückten lieber ihr Geld heraus.«

Der alte Räuber schwieg.

»Und weiter!« rief Adel ungeduldig.

»Blättere um bis zum nächsten Kapitel.«

Adel blätterte schnell um und las laut die Überschrift:

»Wie ich einen Löwen ohrfeigte.«
»Ja, das war in einem Frühjahr. Ich wollte den Staub der weiten Reise loswerden und mich im klaren Wasser eines kleinen Flusses erfrischen. Ich hatte mich noch nicht einmal ausgezogen, als das Wasser sich trübte. Ich schaute auf. Eine Löwin plätscherte zusammen mit ihren drei Jungen im Wasser herum. Ich merkte, daß sie fremd in meinem Gebiet waren; denn kein anderer Löwe hätte es gewagt, mein Badewasser zu trüben.
Ich brüllte sie an: ›Erst zählt der Mensch und dann das Tier!‹ Sie sollten verschwinden, bis ich mich in Ruhe gebadet hatte. Plötzlich tauchte ein mächtiger Löwe auf und brüllte fürchterlich. Ich fragte ihn in Löwensprache, ob er ein paar Ohrfeigen bräuchte. Der Löwe aber rief: ›Das werden deine letzten sein‹ und sprang mich an. Ich gab ihm dreiundneunzig Ohrfeigen und sagte ihm immer wieder, er könnte noch mehr haben. Dann packte ich ihn am Schwanz und schleuderte ihn so lange im Kreis herum, bis ihm schwindelig wurde und er anfing, wie eine Miezekatze zu miauen und um Gnade zu betteln. Ich ließ ihn frei. Er taumelte zu seiner Familie. Seit diesem Tag wußte auch diese Bescheid.«
Der alte Räuber begann zu gähnen.
»Erzähl doch weiter!« bettelte Adel.
»Ich kann nicht. Wer aus seinem Herzen heraus er-

zählt, spürt eine immer größer werdende Leere. Ich muß mich ausruhen!« sagte er und gähnte noch einmal herzhaft.

»Dann warte ich, bis du dich ausgeruht hast!«

»Du mußt das Buch zuklappen!«

Adel klappte widerstrebend den Deckel zu.

Der Großvater, das Zelt und die Wüste verschwanden augenblicklich. Adel schaute auf die Uhr: Es war bereits nach elf.

Schnell stellte er das Buch zurück in den Schrank und schraubte die Rückwand an. Er war gerade fertig, als er im Hof die Stimme seines Vaters hörte. Mit einem Sprung erreichte er das Sofa und nahm das seit dem Nachmittag aufgeschlagene Geographiebuch in die Hand.

Sein Vater strahlte zufrieden, als er seinen fleißigen Jungen sah. »Tüchtig, tüchtig!« lobte er.

Die Mutter stöhnte aus Sorge über die Augen ihres Sohnes.

»Vater, was war Opa eigentlich von Beruf?« fragte Adel listig.

»Er war – wie soll ich sagen – ein edler Ritter!«

»Hatte er eine Burg und viele Knechte?«

»Hm, nein, das nicht!«

»Wovon hat er denn gelebt?«

»Er nahm Gebühren von den Reisenden.«

»War er denn ein Schaffner?«

»Nein, das auch nicht.«
»Dann muß er ein Straßenräuber gewesen sein!«
»Das könnte man so nennen, und jetzt geh schlafen«, stöhnte der Vater verzweifelt.

Die Tage krochen langsam dahin, und Adels Sehnsucht nach seinem Großvater wuchs von Tag zu Tag. Seine Mutter bemerkte seine Unruhe. Sie fragte ihn nach dem Grund, doch Adel schwieg. Zum ersten Mal in seinem Leben spürte er, daß ein Geheimnis nur ihm gehörte.
An einem Sonntag beschlossen die Eltern, eine Familie in Neckargemünd zu besuchen. Adel schob gewitzt eine schwere Hausaufgabe, die er am Montag abgeben mußte, als Entschuldigung vor, damit er zu Hause bleiben konnte.
Mit fiebernden Händen legte er das Buch auf den Hocker. Er schrak nicht mehr vor dem Rauch zurück, sondern wartete ungeduldig auf den alten Räuber.
»Heute zitterst du noch mehr!«
»Ich habe schon ungeduldig eine ganze Weile auf dich gewartet! Nun erzähl doch bitte weiter!«
»Lies den Titel!«
Adel schaute auf die aufgeschlagene Seite.
»Das wunderbarste Tier der Erde: Das Kamel.«
Als er die Überschrift gelesen hatte, fing der alte Räuber an zu erzählen, wie ein Kamel ihm einst das Le-

ben gerettet hatte. Er schwärmte lange von den Eigenschaften des Wüstenschiffes, ohne das die arabische Kultur nicht denkbar gewesen wäre. Die Araber bewunderten das Kamel so sehr, daß sie das Wort »Schönheit« von seinem Namen ableiteten. Er lobte das einzigartige Gedächtnis des Tieres, das sich nicht nur an verschüttete Wüstenwege und Wasserquellen erinnerte, sondern seine Peiniger auch noch Jahre später wiedererkannte und bestrafte.

Lange schwärmte der Großvater vom großartigsten aller Tiere, und Adel wartete geduldig auf das Ende der Geschichte. Sie langweilte ihn etwas, aber er hörte gerne die tiefe Stimme des alten Räubers, und als ob dieser es spürte, erhob er seine Stimme, um die Aufmerksamkeit seines Zuhörers erneut zu fesseln.

»... und das Kamel kann besser als der Mensch eine Oase von einer Fata Morgana unterscheiden. Wären die Menschen Kamele, hätten sie uns einige Dummheiten erspart.«

Ungeachtet der lauten Stimme seines Großvaters gähnte Adel herzhaft. Und als der alte Räuber auch noch von der Kunst der Kameltreiberei schwärmte, wollte Adel beinahe das Buch zuklappen.

»Und ich sage dir, nur die Aquarellmalerei ist schöner!« rief der alte Mann noch ganz erregt.

»Kameltreiber ist doch ein Schimpfwort!« wandte

Adel ein und winkte geringschätzig mit der Hand.
»Was sagst du da? Ein Schimpfwort? Bei welchen Barbaren lebst du!«
»Überall schimpfen die Leute so. Sogar mein Freund Horst sagt es, wenn ich ihn ärgere!«
»Dann ist er kein Freund. Ich kenne ihn nicht, aber ein Dummkopf ist niemals ein guter Freund. Weiß dieser Barbar, daß ein Kamel alle Sprachen der Welt versteht?«
»Ach Opa, du übertreibst! Ein Kamel ist doch noch dümmer als ein Esel.«
»Das ist sein Geheimnis, mein Junge. Schlauer als der Fuchs zu sein und dümmer als der Esel zu erscheinen. Du kannst es erfahren, wenn du willst.«
»Soll ich mit einem Kamel Latein reden?«
»Ich weiß es nicht, ob das Kamel Latein braucht, aber wenn du das Schlüsselwort lernst, es in deinem Herzen trägst und es einem Kamel sagst, wirst du staunen, was ...«
»Was ist das für ein Wort?« unterbrach Adel seinen Großvater neugierig.
»La Dimocratia Bidun Hukuk Alakaliat Wa Huriat Almarat. Al Hal Alwahid Hua Al ...« *(Die fehlenden Wörter verweigert der Autor, damit die Kamele in Ruhe gelassen werden. – Der Verlag)*

Am Freitag war der Vater noch in der Bäckerei. Die Mutter ging einkaufen, und das verabredete Fußballspiel im Verein fiel aus. Adel trieb sich gelangweilt in der Wohnung herum.

Plötzlich erinnerte er sich seines Großvaters und beschloß, die halbe Stunde, bis die Mutter zurückkommen würde, bei ihm zu verbringen. Er holte das Buch und blätterte lustlos darin herum, aber weder Rauch noch der alte Räuber kamen zum Vorschein. Unruhe packte Adel. Er behielt das Fenster im Auge, um die Rückkehr seiner Mutter aus dem Supermarkt nicht zu verpassen. Er blätterte und blätterte, dann warf er das Buch in den Schrank, schraubte die Rückwand zu und eilte hinaus, um seiner Mutter eine der schweren Einkaufstüten abzunehmen. »Was ist mit dem Großvater passiert? Ist er nun zum zweiten Mal gestorben? Oder hat das Buch seinen Zauber verloren?« Hin und her gerissen wuchs in den folgenden Tagen die Unruhe in Adel, und er brannte darauf, das Buch noch einmal in die Hand nehmen zu können. Er aß wenig und spielte kaum mit den Jungen seiner Klasse.

Wie Regen nach einem schwülen Nachmittag erlöste Adel nach ein paar Tagen die Nachricht, die Eltern würden am Samstag zu einem Beschneidungsfest nach Eppelheim fahren. Er schaute den Eltern nach,

stürzte dann ins Zimmer, und schlug das Buch mit zitternden Händen auf.

»Wo warst du? Ich habe mir Sorgen um dich gemacht!« schrie Adel seinen Großvater zornig an.

»Erst grüßt ein Araber, auch wenn er einem Feind begegnet!« tadelte der alte Mann.

»Ja, grüß' dich! Wo warst du?« brummte Adel.

»Ja, auch ich grüße dich herzlich. Ich war immer in deiner Nähe.«

»Aber ich habe es versucht, du kamst nicht heraus.«

»Zu einem guten Buch gehören wie in der Liebe zwei: ein guter Autor und ein guter Leser. Der beste Leser macht ein schlechtes Buch nicht besser, und was nützt die schönste Geschichte, wenn du gelangweilt darin herumblätterst. Hast du mit einem Kamel gesprochen?«

»Ich habe die Formel, dieses komische Zauberwort vergessen!« gestand der Junge.

Adel lernte an jenem Abend nicht nur das Schlüsselwort, sondern genoß wieder aufregende Stunden mit seinem Großvater und dessen Abenteuern.

Am nächsten Tag eilte Adel in den Heidelberger Zoo. Er beachtete weder die Affen noch die Flamingos. Ihn interessierte nur ein Tier.

Da stand das Kamel, kaute und schaute unbeteiligt in

die Gegend. Adel lehnte sich an den Zaun des Geheges. Sein Herz klopfte aufgeregt. Er sprach die Worte laut und deutlich, die er auf dem Weg zum Zoo mehrmals wiederholt hatte. Plötzlich schaute ihn das Kamel mit aufgerissenen Augen an.

»Hallo Junge!« rief es überrascht und rannte zum Zaun.

Adel streichelte es an der Schläfe.

»Wieso kennst du das Schlüsselwort? Du bist doch noch so jung!«

»Mein Großvater hat es mir gesagt. Er war ein berühmter Räuber in Syrien und hat sich mit Kamelen angefreundet, nachdem sie ihm das Leben gerettet haben ...«

»War dein Opa vielleicht Adel der Gerechte?« wollte das Kamel wissen.

»Ja, woher weißt du das?« fragte Adel überrascht.

»Meine Urgroßmutter hat ihn, als er verwundet war, drei Tage auf ihrem Rücken getragen, bis sie ihn in einer Oase in Sicherheit wußte. Überall erzählte sie von seinen edlen Eigenschaften. Er war einer der wenigen Freunde der Kamele. So, so, diese Stammbaum hat dich also zu mir geführt.«

»Mensch Kamel, du redest verdammt gut Deutsch, aber es heißt ›der‹ und nicht ›die‹ Baum.«

»Die Baum ist fruchtbar, und alles Fruchtbare ist

weiblich, ob die Deutschen wollen oder nicht.«
»Meine Güte, wenn dich unser Deutschlehrer hört, kriegt er eine rote Birne. Kannst du wirklich so viele Sprachen?«
»Ich spreche vierzig und verstehe zweiundneunzig Sprachen.«
»Aber warum sprichst du denn nie?«
»Warum sollte ich? Damit ich noch mehr für den Menschen arbeite! Dann reicht es nicht, daß ich seine Lasten trage, dann muß ich auch noch übersetzen.«
Das Kamel schaute zur Seite und hielt inne.
»Still!« flüsterte es. »Jetzt kommt der Rentner. Jeden Sonntag dasselbe!«
Ein alter Mann näherte sich dem Kamelgehege, blieb stehen, kramte aus seiner Tüte ein Stück trockenes Brot und warf es dem Kamel zu.
»Hier, Ham Ham, schmeckt gut?« rief er begeistert.
Das Kamel schaute ihn an, trat auf das Brot und drückte es in den weichen Boden.
»Ja, was ist denn los? Die Brüder werden hier wohl überfüttert! Damals im Krieg hätten wir uns nach einem solchen Stück alle zehn Finger geleckt. Dafür haben sich Leute sogar umgebracht! Und heute! Da ist sich sogar ein Kamel zu gut dafür!«
»Vielleicht mag das Kamel Käsekuchen«, scherzte Adel.
»Käsekuchen?« wiederholte der Mann verwundert.

»Warum nicht gleich einen Obstler?«

»Ja, ein Schnaps wäre nicht schlecht«, rief Adel, und das Kamel zwinkerte ihm unbemerkt zu.

»Blöde Viecher!« zürnte der Rentner und ging leise schimpfend zum Gehege der Ziegen, die ihm dankbar entgegenmeckerten.

»Jeden Sonntag dasselbe, trockenes Brot, das nach gar nichts schmeckt«, beschwerte sich das Kamel.

»Aber der Mann hat es doch gut gemeint. Warum bist du so undankbar?«

»Dankbar soll ich sein? Wofür denn? Ich bin doch kein Hund, der für einen lausigen Knochen ein Haus beschützt, als wäre es das seine. Sie geben mir zu fressen, weil sie etwas von mir wollen. Entweder eine Last tragen, mit der sich ein Elefant nicht vom Boden erheben kann, oder sie sperren mich in den Zoo und weiden sich an meiner Langeweile. Dafür soll ich auch noch dankbar sein?«

»Du übertreibst wie mein Opa. Ein Elefant trägt so viel wie fünf Kamele.«

»Du hast mir nicht richtig zugehört. Dein Großvater hatte bessere Ohren. Ich sprach vom Erheben und nicht vom Tragen. Ein Elefant kann sich nicht mit derselben Last vom Boden erheben. Er hat nicht meinen wunderbaren Hals, mit dem ich die Last ausbalanciere.«

»Und hier im Zoo? Du hast es doch gut hier, kannst gemütlich im Schatten der Bäume fressen. Ich wäre gerne ein Kamel.«
»Ach, junger Freund, wünsche dir das bloß nicht. Hier werde ich nur fett. Ich liebe die Wüste. Sie ist ein Stück meiner Kindheit. Ich träume jede Nacht lange von ihr.«
Adel dachte an seinen Großvater im Zelt und an seine eigene Sehnsucht nach großen Reisen.
»Ich will dir helfen«, murmelte er und fühlte, daß er sich damit vielleicht selbst seinen Traum erfüllen könnte.
»Sage das, lieber Freund, nicht noch einmal. Du weckst in mir Hoffnungen, die ich schon längst begraben habe.«
»Doch, ich will, daß du frei wirst«, rief Adel.

Seit diesem Sonntag war Adel wie verwandelt. Er fand keine Ruhe mehr. Wie könnte er das Kamel aus dem Zoo befreien? Und wie sollte er ihm helfen, in die Wüste zurückzukehren? Als er seinem Großvater von seinem Vorhaben erzählte, strahlte dieser zuversichtlich, aber einen Rat konnte er nicht geben, da er weder Heidelberg noch den Weg in die Wüste kannte. Er sprach Adel jedoch Mut zu.
Auf einem Spaziergang im Wald nahe bei Heidelberg entdeckte Adel eine große Höhle. Der Eingang lag

versteckt hinter einem Brombeerstrauch. Adel eilte zum Zoo, um seinem Freund, dem Kamel, von diesem kleinen Fortschritt zu berichten. Als er das Gehege erreichte, kam das Kamel gleich angelaufen.
»Ich habe dich vermißt. Wo warst du die letzten Tage?« fragte es sichtlich verärgert.
»Ich habe ein Versteck gefunden, in dem du dich aufhalten kannst, bis wir einen Weg in die Wüste wissen.«
»Und ich habe beschlossen, alles zu wagen. Einmal im Leben muß ein Kamel seine Angst besiegen. Steig auf!«
»Was willst du machen?«
»Das, was ich schon längst hätte machen sollen. Steige auf!« brüllte das Kamel entschlossen, als sich gerade zwei Frauen dem Zaun näherten.
Das Kamel ging in die Knie, Adel kletterte über den Zaun und setzte sich auf seinen Rücken.
»Halte dich fest!« rief das Kamel laut.
»Das Kamel spricht Deutsch!« rief die ältere der beiden Frauen verwundert. Gerade wollte sie über Adel schimpfen, als das Kamel Anlauf nahm und über den Zaun sprang.
Entsetztes Geschrei begleitete die beiden durch die Gänge und Wege des Heidelberger Zoos. Ein Wächter kam angerannt, breitete die Arme aus und rief:

»Runter vom Kamel. Das ist verboten. Runter!«
Aber das Kamel sauste an ihm vorbei, rief Adel noch einmal zu: »Halte dich fest!« und sprang mit einem gewaltigen Satz über die Zoomauer.
»Das gibt es doch nicht!« schrie der Wächter und raufte sich die ergrauten Haare.
»Doch Alter! Das gibt's!« rief ein Punk und streichelte die Ratte auf seiner Schulter.
Lange rätselte man an diesem Abend, wohin das Kamel geflüchtet war. Manche Autofahrer wollten es in Karlsruhe, andere es in Schriesheim laufen gesehen haben.
Am nächsten Tag amüsierten sich die Heidelberger über den Zoodirektor. Er hatte erst spät in der Nacht bei seiner Geliebten von der Flucht des Kamels gehört. Ich kann dem Leser aber nicht garantieren, daß folgende Verse vom Zoodirektor stammen. Soweit ich weiß, dichtet er überhaupt nicht, aber zwei Heidelberger, Klaus R. und Manfred M., haben mir versichert, daß der Zoodirektor am späten Abend lallend folgende Verse gesungen habe:

»Ich hab' mein Kamel in Heidelberg verloren
In einer lauen Sommernacht,
Ich war verliebt, bis über beide Ohren
Und widerlich hat das Kamel gelacht.
Eins, zwei g'suffa!«

Auf jeden Fall regte sich die Presse mächtig auf. Ein Kamel sei schließlich keine Mücke, die so einfach verschwinden könne. Am meisten aber war Bürgermeister Lösch verstimmt. Die Wahlen standen an, und er konnte sich einen solchen Skandal nicht leisten. Er rief empört den Zoodirektor zu sich und teilte ihm ungeschminkt seine Meinung mit.

Weit entfernt vom Rathaus saß Adel in der Höhle und streichelte liebevoll das Kamel.

»Mein Opa hat doch nicht übertrieben. Du bist wirklich ein prachtvoller Kerl. Wie hast du nur die ganzen Jahre die Langeweile ertragen, obwohl die hohe Mauer gar kein Hindernis für dich war?«

»Ich konnte vorher nicht über den Zaun springen. Wenn du aber einen guten Freund hast, sind dir Dinge möglich, von denen du bisher nur geträumt hattest. Du hast dich auch wie der beste Kameltreiber gehalten. Bist du jemals geritten?«

»Ich?! Ich hatte sogar Angst, auf einem kleinen Esel zu reiten«, antwortete Adel und bekam noch jetzt eine Gänsehaut bei der Vorstellung, auf dem Rücken eines Kamels eine drei Meter hohe Mauer übersprungen zu haben.

Tag für Tag sah Adel nach seinem Freund, und beide erzählten sich ihre geheimsten Träume. Eines Morgens sagte das Kamel plötzlich:

»Bald werde ich in die Wüste gehen, aber vorher werde ich mit dir ein paar Runden durch Heidelberg reiten!«

»Sie werden uns fassen und dich wieder in den Zoo stecken!«

»Das werden sie bestimmt nicht. Hab Mut!«

Adel sprang auf den Rücken des Kamels und hielt sich fest. Zum ersten Mal verstand er, warum sein Großvater von der Kameltreiberei geschwärmt hatte.

Die Sonne strahlte über Heidelberg. Touristen bevölkerten den Schloßgarten, gerieten über die herrliche Aussicht ins Entzücken und fotografierten die Stadt unten am Neckar. Aus heiterem Himmel stürmte das Kamel vorbei und rannte laut brüllend die Straße zur alten Stadt hinunter. Die ahnungslosen Touristen hielten dies für einen gelungenen Einfall des Bürgermeisters und verknipsten begeistert ihre Filme.

Die Fußgängerzone war, wie immer an sonnigen Tagen, voll von Leuten, die schlendernd den Tag genossen oder, in den Straßencafés sitzend, die Vorbeigehenden musterten. Auf einmal tauchte das Kamel auf, stürmte in großen Schritten über die Hauptstraße und warf Stände und Blumenkübel um. Die schläfrigen Gäste der Straßencafés wurden aus ihrem leichten Schlummer gerissen, sprangen überrascht auf und starrten dem Kamel nach, das in eine Seiten-

gasse, die zum Neckar führte, einbog. Im selben Moment fuhr ein Mann äußerst vorsichtig mit seinem nagelneuen Wagen durch diese Straße. Die am Bürgersteig parkenden Autos ließen nur eine schmale Gasse in der ohnehin engen Einbahnstraße frei. Plötzlich sah der Fahrer das Kamel auf sich zugaloppieren.
»Halt, das ist eine Einbahnstraße!« schrie er entsetzt.
Das Kamel zögerte keinen Moment, trat auf die Motorhaube, dann auf das Dach, auf den Kofferraum und sprang davon. Der Mann, der im letzten Augenblick gebremst hatte, fuhr benommen bis zum Stoppschild am Ende der Straße, als ein Polizist auf ihn zutrat, der das zerbeulte Auto gesehen hatte.
»Was ist denn los?« fragte der Beamte und musterte den aufgeregten Mann.
»Sie werden es mir nicht glauben. Ein Kamel ist über mein Auto hinweggelaufen!«
»Ein Kamel? Sagen Sie, sind Sie sicher, daß es kein Elefant war?«
»Ich kann doch wohl noch ein Kamel von einem Elefanten unterscheiden! Was denken Sie denn von mir!« zürnte der Mann.
Seine Alkoholfahne schlug in die sensible Nase des Ordnungshüters, der erheitert den Kopf schüttelte.
»Blasen Sie erst einmal hier hinein, dann werden wir

sehen, ob es sich nicht doch um einen Elefanten gehandelt hat.«
Er reichte dem Mann auffordernd das kleine Röhrchen. Der Pechvogel blies seine Promille hinein.
Der Polizist kassierte den Führerschein.

In der Zwischenzeit rannte das Kamel über die alte Brücke, bog in die Ziegelhäuser Landstraße ein, lief in großer Geschwindigkeit an den staunenden Autofahrern vorbei und verschwand wieder spurlos.

Die Tage vergingen, und der »Kameltreiber von Heidelberg« wurde zum Stadtgespräch. Adel fühlte sich glücklicher als je zuvor. Bürgermeister Lösch ließ überall Radarkameras anbringen, doch die Bilder zeigten alle überdeutlich den Hintern eines Kamels.
Die wiederholte Frage nach dem Verbleib des Kamels entnervte den Bürgermeister zusehends, und als drei Vertreter einer Protestbewegung noch als Kamele verkleidet in das Rathaus kamen, verlor der gute Lösch gänzlich die Kontrolle über sich. Er prügelte auf die drei ein, erklärte seinen Rücktritt und stürzte unter dem Gelächter der Stadträte aus dem Saal.
Eine seltsame Welle rollte über Heidelberg hinweg. Man bezeichnete sie als das Kamelfieber. Das Lokal »Zum goldenen Ritter« nannte sich nun »Schänke zum Kamelritt«. Das große Aerobiccenter verwan-

delte sich zum Bauchtanzlokal, und der Uniplatz wurde über Nacht in den Kamelplatz umgetauft. Das beste Hotel der Stadt bezeichnete sich stolz als »Karawanserei«.

Adel ging weiter zur Schule, schlich aber immer wieder zum Kamel und ritt auf ihm durch die Stadt. Wie ein Gewitter brachen beide über sie herein, und genauso plötzlich verschwanden sie. So oft Adel konnte, holte er das Buch aus dem Schrank und erzählte seinem Großvater von seinen Abenteuern mit dem Kamel. Dann seufzte der alte Räuber:

»Du hast es gut! Ich sehne mich so sehr nach einem Ritt.«

Und als Adel seinem Großvater erzählte, wie das Kamel in einer Nacht viele Autos in Heidelberg zerbeult hatte, fing der alte Räuber an zu weinen.

»Warum weinst du?«

»Ich weine aus Freude«, schluchzte der alte Mann. »Ich war der berühmteste Räuber Syriens, bis die Autos die Straßen eroberten. Von diesem Zeitpunkt an konnte ich nichts mehr ausrichten. Ich ritt ihnen nach und spürte nur die Abgase in meiner Nase. Ich wurde erst krank und dann arbeitslos. Du hast mich mit deinem Freund an diesen gottverdammten Teufelsmaschinen gerächt!«

Eines Tages erzählte Adel dem Kamel begeistert vom Erdkundelehrer, der fast eine Stunde über den Einfluß der arabischen Kultur auf die Menschheitsgeschichte gesprochen hatte, aber das Kamel schien sich nicht dafür zu interessieren. Es kaute bedächtig und blickte geistesabwesend in die Ferne.

»Du hörst mir heute gar nicht zu«, beklagte sich Adel vorwurfsvoll.

»Doch, aber du freust dich zu früh. Ich wollte, daß die Menschen durch unseren Ritt durch ihre Stadt verstehen, daß du hier zu Hause bist. Daß du zwar anders, aber ihnen doch näher als den Kindern von Damaskus bist. Und was wurde daraus? Schilder, Zigaretten und Bauchtanzlokale. Wir sind nur noch das Feigenblatt ihrer Dummheit. Bald, wenn ich hier verschwunden bin, werden sie uns vergessen und ein anderes Blatt wählen. Feigenblätter verwelken schnell.«

»Willst du bald gehen?« fragte Adel angsterfüllt.

»Ich muß. Meine Sehnsucht nach der Wüste läßt mich nicht mehr schlafen. Du lebst unter deinen Freunden, aber ich ...«

Adel nahm den Kopf seines Freundes in die Arme.

»Nein, du wirst bei mir bleiben!« rief er und weinte.

»Glaubst du wirklich, ich könnte die Tage mit dir vergessen? Ich kann nicht einmal dein Lächeln vergessen. Mein Schicksal ist es, ein gutes Gedächtnis zu

haben. Es ist gleichermaßen eine Gabe und ein Fluch.«

»Es muß doch einen Weg geben!« Adel wischte seine Tränen weg und streichelte mit der flachen Hand den Hals des Kamels.

Lange sprachen die Freunde an diesem Nachmittag miteinander, und als sich Adel am Höhleneingang verabschiedete, war von Trauer keine Spur mehr geblieben. Seine Augen glänzten.

»Versprichst du mir, daß du wach bleibst, bis ich es schaffe?« bat Adel.

»Ja, ich werde in Gedanken jede Sekunde bei dir sein und damit die Müdigkeit vertreiben.«

Adel eilte nach Hause. Tagelang malte er auf großen Blättern immer wieder eine weite Wüste, und wenn seine Mutter abends das Licht ausmachte und zum Vater ins Zimmer ging, sprang Adel aus dem Bett und malte beim Licht der nahen Straßenlaterne weiter. Er war sicher, daß sein Freund, das Kamel, in der Höhle wach geblieben war und an ihn dachte. Hunderte von Blättern verwarf er, bis ihm endlich am frühen Morgen des dritten Tages eine Wüste gelang, die ihn ganz mit Zufriedenheit erfüllte. Er schaute das Bild lange träumend an. Seine müden Augen weiteten sich.

»Bist du es?« fragte er unsicher.

»Wer denn sonst?« antwortete das Kamel und trat in die Bildmitte.

Erschöpft ging Adel in das kleine Zimmer, verschloß

die Tür hinter sich und holte das Buch heraus. Nach einer langen Zeit kam er wieder heraus.

»Jetzt werden wir für immer zusammenbleiben!« flüsterte er und fiel todmüde ins Bett.

Seine Mutter, die in der Mittagszeit nach Hause kam, wunderte sich über ihren schlafenden Sohn, der nicht aufstehen wollte, auch dann nicht, als sie ihm sagte, seine Freunde wollten mit ihm Fußball spielen.

Und am nächsten Tag, einem Samstag, machte Adels Vater große Augen, als er das Buch aufschlug. Der Rauch wich zurück. Alles war wie immer. Das Zelt, die Palme, die Feuerstelle, und der alte Räuber saß wie gewöhnlich auf seinem Teppich. Nur ein Kamel stand jetzt neben dem Zelt, knabberte an einem dürren Strauch und lächelte ab und zu geheimnisvoll. Als Adels Vater den alten Räuber fragte, woher das Kamel so plötzlich käme, rief dieser:

»Das ist eine lange Geschichte, die du mir nie glauben wirst, aber ich erzähle sie dir trotzdem.

Vor nicht allzu langer Zeit lebte ein Junge namens Adel in der alten Stadt Heidelberg ...«

ALS DER GERUFENE GEIST NICHT MEHR ZURÜCK WOLLTE

Vor langer, langer Zeit, als die Uhren noch langsamer gingen und die Füchse noch Vegetarier waren, lebte der König Talal in seinem Königreich Burgenland sehr unzufrieden. Er war machtgierig wie alle Könige und hätte, wie sie, am liebsten die ganze Welt beherrscht. Er führte Kriege, trieb Handel und versuchte listig, Freund und Feind hereinzulegen. Mächtiger machten seine vielen Kriege ihn aber nicht; denn nach einiger Zeit fiel keiner seiner Feinde mehr auf seine Kriegslisten herein.

Der letzte Krieg lag nun bereits fünfzehn Jahre zurück. König Talal war gealtert, seine Mißerfolge hatten ihn noch grimmiger gemacht.

An seinem siebzigsten Geburtstag saß der König verbittert in seinem Prunksaal, und während die Sänger seine Macht priesen, blickte er auf seine drei Söhne, die nur noch seinen Tod herbeisehnten. Er schloß müde die Augen. Wofür hatte er eigentlich gelebt? Er sah sein offenes Grab, sah seine Söhne sich bis zum letzten Blutstropfen bekriegen, sah König Luka, den schlauesten seiner Feinde, auf einem Schimmel über Burgenland reiten und schadenfroh lachend den Ort seiner letzten Ruhe schänden.

»Aufhören!« schrie der König, klatschte in die Hände und winkte angewidert ab. »Die Gäste sollen verschwinden, und dieser Trottel soll zu singen aufhören. Sonst kann er den Fischen im Meer etwas vorsingen.«
Der Saal leerte sich im Nu. Nicht einmal seine Söhne wagten zu widersprechen, obwohl der älteste bereits fünfzig und der jüngste über dreißig Jahre zählte.
»Holt mir den Fysikos her!«
Der Gelehrte Fysikos wohnte in einem großen Schloß am Meer. Schon lange Jahre stand er im Dienste des Königs. Er mixte Gift für die Pfeile, erfand riesige Steinwurfmaschinen und plante immer größere Burgen. Das alles lag aber weit zurück. Seit zehn Jahren blieben seine Experimente erfolglos.
Ängstlich betrat Fysikos den Saal, er ahnte den Ernst der Stunde. Der König sah blaß aus. Die drei Prinzen und die Minister schauten ihn stumm an. Nur der Polizeiminister grinste.
»Fünfzehn Jahre habe ich Gnade mit dir gehabt. Du liegst mir auf der Tasche und ruhst dich auf deinen Lorbeeren aus. Zu was bist du eigentlich noch nütze!« schrie der König Fysikos an.
Fysikos wollte erzählen, daß er an einem neuen Gift arbeitete, von dem die Feinde nicht mehr geheilt werden könnten. Doch der König unterbrach ihn barsch: »Hühner fressen, was! Wein saufen auf meine Kosten!

Ich gebe dir ein Jahr Zeit. Zaubere eine Kraft, die mir Herrschaft und Reichtum verschafft!« Und als ob der König die Gedanken des Gelehrten lesen konnte, fuhr er fort: »Gifte hin, Gifte her! Die Feinde lachen uns doch aus. Sie haben schon ein Gegenmittel, bevor meine Soldaten den ersten Pfeil abgeschossen haben. Ich will eine Kraft haben, hörst du? Eine zerstörende Kraft! Wenn du es nicht schaffst, lass' ich dich köpfen!«
Fysikos schüttelte den Kopf, verneigte sich unterwürfig und verließ den Saal. Die Worte »ein Jahr Zeit« hallten noch lange in seinen Ohren. Er rief mit Gebeten und Weihrauch die Seelen seiner Ahnen, doch als diese in später Stunde erschienen und seine Frage nach einem Kraftmittel vernahmen, zuckten sie nur mitleidig die Schultern.
»Du wirst mit den Jahren immer dümmer. Was willst du deinen Kindern geben, eine bessere oder eine schlechtere Welt?«
»Eine bessere«, antwortete Fysikos beschämt.
»Dann laß die Finger davon, dein Kopf wird ohnehin bald rollen. Durch das Schwert des Königs oder das der Zeit. Hab doch keine Angst«, mahnte ein Urahne, bevor alle wieder im dichten Rauch des Kamins verschwanden.
Ich habe keine Angst«, flüsterte Fysikos. Doch statt das verbliebene Jahr seines Lebens die gebratenen

Hühner und den süßen Wein des Palastes zu genießen, machte er sich noch am gleichen Abend an die Arbeit. Lange schritt er in seinem Zimmer auf und ab, bevor er zu dem Entschluß kam, es mit einem Kraftpulver zu versuchen. Doch soviel er auch mischte, brutzelte und rührte, es blieben nach dem ausgeklügelten Schmelzvorgang nur Rauchwolken und ein jämmerliches, nach Kalk schmeckendes weißes Pulver zurück. Die Soldaten bekamen keine Kraft davon, sie bekamen Verstopfung.

Danach probierte er es mit einem Zaubertrank. Er mixte Säfte aus exotischen Blättern und Körnern, doch der Trank schmeckte nicht nur widerlich und gab auch keine Kraft, sondern führte bei den Soldaten zu Durchfall, so daß sie sich weigerten, weiterhin als Versuchskaninchen zu dienen. Die Offiziere teilten Fysikos aufgebracht mit, daß sie eine Armee zum Kämpfen bräuchten und keine, die nur zwischen Bett und Abort hin- und herliefe.

Wenn man die Monate um langsames Voranschreiten bittet, verstreichen sie schnell. Der Oktober war bereits vergangen, und Fysikos hatte nicht einmal einen Brei erfunden, um damit seine Haushälterin zu kräftigen.

An einem kalten Novembernachmittag ging er ver-

zweifelt am Meer spazieren. Wind wirbelte das Laub des nahe liegenden Waldes auf. Die Wellen zerschlugen an dem dunklen Felsen, schäumten auf und brachen erneut mit lautem Getöse zusammen.

Plötzlich sah Fysikos etwas glänzen. Ein Glassplitter, der in den Strahlen der untergehenden Sonne glitzert, dachte er zuerst. Doch das Blinken vom Felsen herab hielt auch an, als die Sonne schon längst hinter den Bergen untergegangen war. Durch die immer dunkler werdende Dämmerung strahlte es sogar noch heller und schlug Fysikos in seinen Bann. Seine Neugierde erwachte wie zur Zeit seiner Jugend, in der er nächtelang gespannt die Geburt des Unbekannten erwartete, das sich aus den bekannten Zutaten in seinen Gläsern und Kolben zusammenbraute.

Entschlossen machte sich Fysikos auf den Weg hinauf zum Felsen. Er wollte das Geheimnis lüften. Andere sollten ihm nicht zuvorkommen. Mühsam kletterte er über die glitschigen Steine, die Gefahr mißachtend, in die Tiefe des Meeres zu stürzen. Sein langes weißes Gewand blähte sich im Wind und verhedderte sich zwischen seinen Beinen. Auf halbem Weg zog er es aus und kletterte nackt weiter. Erschöpft erreichte er den Gipfel des Felsens.

Was er fand, versetzte ihn in Staunen: eine alte Öllampe. In ihr brannte kein Docht, sie selbst strahlte,

als wäre sie aus demselben Stoff wie die Sonne. Mißtrauisch näherte sich der Gelehrte diesem Wunderding. Erst jetzt spürte er seine trockene Kehle, in die sein Herz aufzusteigen schien. Vorsichtig streckte er seine rechte Hand aus. Die Lampe schien trotz ihres hellen Scheins keine Wärme auszustrahlen. Er tastete mit der Spitze seines Zeigefingers nach dem Henkel der Lampe. Sie erlosch, als er ihn berührte. Fysikos hob die Lampe auf und wendete sie mehrmals in seinen Händen. Was für ein Geheimnis barg sie? Oder war seine Mühe umsonst gewesen?
»Vielleicht war es doch eine Täuschung«, brummte er vor sich hin. »Alles umsonst ... Mein Leben habe ich wegen dieser alten Lampe aufs Spiel gesetzt. Er hob sie hoch und wollte sie den Felsen hinab ins Meer schleudern.
»Deine Mühe war nicht umsonst. Du hast alles auf dich genommen, um die Wahrheit zu erfahren. Jetzt liegt sie in deiner Hand.«
»Wer spricht da?« fragte Fysikos erschrocken.
»Ich bin der Kraftgeist, den du mühsam suchst. Ich liege seit Jahrtausenden in dieser Lampe verborgen und warte auf meinen Befreier.«
Fysikos zitterte am ganzen Leibe. Er setzte sich auf den Felsen, die Lampe hielt er ehrfürchtig in seinen Händen.

»So etwas habe ich in alten Büchern gelesen, also gibt es dich doch.« Seine Stimme klang unsicher. »Aber sage mir bitte, bist du gut, wie es die einen, oder böse, wie es die anderen Bücher behaupten?«

»Ich und böse? Niemals! Ich erfülle jeden Wunsch meines Befreiers. Ich bin ein Sklave, wie die Hand dem Kopf versklavt ist«, antwortete die Stimme aus der Lampe umschmeichelnd und werbend.

»Gut. Es heißt aber in einigen Büchern, daß du nicht mehr zurück in die Lampe willst, wenn du einmal befreit worden bist.« Fysikos hatte sich vom Schreck erholt und seine alte Skepsis zurückgewonnen.

»Aber ja doch. Weil ich die Kraft der Sonne in mir trage, bin ich klar wie ein Sonnenstrahl.«

»Was heißt das? Kehrst du nun zurück oder nicht?«

»Doch! Ich kehre zurück, wenn du es willst. Aber jedesmal wird mir dann ein Zwillingsbruder geboren. So ist das Gesetz meiner Natur. Warum soll ich dir das verschweigen? Ich bin bereit, noch ein paar tausend Jahre auf meinen Befreier zu warten. Mir macht die Zeit nichts aus. Du mußt es dir genau überlegen, bevor du mich befreist.«

»Das stand in keinem Buch!« rief Fysikos erstaunt.

»Den Stubengelehrten ist die Wahrheit über mich entgangen. Sie philosophierten über Wunderlampen, doch gesehen hat mich bis jetzt noch niemand. Jahr-

tausende lag ich im tiefsten Meer. Heute erst hat mich eine starke Welle herausgeschwemmt.

»Und wo wird der zweite Kraftgeist geboren?« fragte Fysikos hinterlistig.

»Wie die Sonne, die Mutter aller Kraft, rund ist, werden meine Brüder in Kreisen um mich herum geboren. Das erste Dutzend hundert Kilometer von dem Ort entfernt, an dem ich zum ersten Mal herauskomme, das zweite Dutzend zweihundert Kilometer, das dritte dreihundert Kilometer, das vierte vierhundert ...«

»Ist ja gut, wir wollen doch die Erde nicht mit Wunderlampen übersäen«, unterbrach Fysikos den Kraftgeist. »Aber sage mir noch, kannst du mir deine Zwillingsbrüder herholen, wenn ich es will?«

»Aber sicher. Keiner spürt meine Brüder so gut auf wie ich.«

Fysikos atmete erleichtert auf.

»Gut, dann will ich es probieren. Wie kann ich dich heraus- und wieder zurückbringen?«

»Um mich herauszuholen, mußt du dreimal über die Lampe streichen und dabei ›bin ban bon‹ rufen.«

»Und wie gehst du wieder zurück?« fragte Fysikos ungeduldig.

»Auch ganz einfach. Du klopfst mit deinem linken Zeigefinger auf die Lampe und rufst ›bon ban bin‹. Im Nu bin ich wieder drinnen.«

»Muß ich schreien, damit du mich hörst, wenn du draußen bist?«

»Nein, nein! Auch wenn du flüsterst, höre ich deinen Befehl.«

»Nun gut!« Fysikos strich mit der Hand dreimal über die Lampe und sprach die magischen Worte, dann stellte er die Lampe behutsam vor sich auf den Felsen.

Weißer Rauch stieg aus ihrem engen Hals in den dunklen Himmel, breitete sich aus und formte sich zu einem übermächtigen Riesen.

Bei diesem Anblick befielen Fysikos Zweifel, ob er auch richtig gehandelt hatte. Doch schnell vertrieb er sie aus seinem Kopf. Der Riese stand mit seinen Füßen tief unten im Meer, sein Kopf ragte weit in den Himmel hinein. Als er sich vor Fysikos verbeugte, erschrak dieser so sehr, daß er sogleich auf die Lampe klopfen wollte. Doch der Riese schien friedlich zu sein. Lächelnd verbeugte er sich erneut vor seinem Befreier.

»Hebe mich hoch zu dir.« Fysikos ergriff die Lampe, und der Riese setzte ihn sanft in seine Handfläche. Die Reise hinauf verlief jedoch so schnell, daß dem Gelehrten übel dabei wurde. Oben angekommen, erblickte er die prächtige Hauptstadt, die tief unter ihm in ihrem Lichterglanz schimmerte.

»Jetzt fliege mich nach Hause!« befahl Fysikos dem Geist, der auch rasch die Küste entlangflog

und das Haus des Gelehrten erreichte.
»Setz mich auf die Erde, aber langsam ... Du bleibst in der Luft!« Fysikos hatte Angst, der Riese könnte ihm den Garten mit seinen Füßen verwüsten.
Gehorsam blieb der Riese wie eine gewaltige Wolke über dem Haus schweben. Schnell klopfte Fysikos auf die Lampe und rief »bon ban bin«, und der Kraftgeist verwandelte sich in eine Rauchschwade, die lautlos durch den Hals in die Wunderlampe zurückkroch. Weit vom Haus des Gelehrten entfernt wurde in diesem Augenblick eine Wunderlampe in die Welt gesetzt.
Erst jetzt spürte Fysikos die Kälte. In der Eile hatte er sein Gewand auf dem Felsen vergessen. Schnell klopfte er an die Tür. Und bevor seine Haushälterin sich von ihrem Schreck über den mit Moos und Erde bedeckten Körper des Gelehrten erholt hatte, rief Fysikos: »Ich habe es gefunden!« Sein Gesicht strahlte.
Die Haushälterin dachte, der alte Kauz wäre nun endgültig verrückt geworden. Als dieser aber nach einem erfrischenden Bad und einem herzhaften Nachtmahl bis tief in die Nacht hinein mit ihr scherzte, beruhigte sie sich wieder. Sie wagte aber nicht, nach der grünschimmernden Lampe und dem Verbleib des teuren Gewandes zu fragen.
Am nächsten Morgen nahm Fysikos die kleine Truhe

mit der Wunderlampe und verabschiedete sich von seiner Haushälterin.

König Talal war vom sicheren Auftreten des Gelehrten beeindruckt. Er ließ sofort seine drei Söhne und die Minister zusammenrufen.
»Nun, wo ist die Kraft, die du erfunden hast?« fragte der König ungeduldig.
Fysikos atmete tief. »Nicht aus Angst um meinen Kopf, sondern aus Liebe zu deinem Reich habe ich weder Kraft noch Zeit gespart, die Wahrheit zu erfahren«, sprach er erhobenen Hauptes.
»Nun, wo ist die Kraft?« Der Polizeiminister blickte spöttisch.
Doch Fysikos lächelte ihn an. »Hier!« rief er und öffnete die Truhe, nahm langsam die Wunderlampe heraus und stellte sie auf einen kleinen Tisch.
Der Polizeiminister hatte nie etwas von Fysikos gehalten. »Das ist lustig«, rief er unter schallendem Gelächter. »Sollen wir den Feinden mit der kupfernen Lampe auf die Schädel hauen und ihnen damit heimleuchten?«
Doch Fysikos blieb gelassen.
»Glaubst du wirklich, du kannst dir diesen dämlichen Spaß mit mir erlauben?« herrschte König Talal den alten Gelehrten an.
»Im Traum erlaubte ich es mir nicht, Eure Majestät.

Hier ist der Kraftgeist, der dir die Herrschaft über die Welt verleiht. In diese Lampe habe ich alle Kräfte der Natur gepreßt. Wenn du befiehlst, kann ich sie befreien. Der Kraftgeist ist mein ... er ist Euer Sklave.«
Das Gelächter der Minister und der drei Königssöhne erstarb.
»Na, dann beeile dich!« rief der König ungeduldig.
»Sofort, Majestät!« Mit ausgebreiteten Armen wandte sich Fysikos zur Lampe. »Tfar ... Krehcs ... R ... R ... Eht ... si ... Tfar ... Kmota ... So sei doch mein Sklave ... so werde nach meiner Formel.« Fysikos bückte sich zum Tisch, strich dreimal über die Lampe und flüsterte: »Bin ban bon.«
Beim letzten Wort strömte Rauch aus der Lampe, stieg zur Decke und füllte die hohe Kuppel des Saals. Donnerartiges Lachen ließ die Wände erzittern und die Fensterscheiben zersplittern. Mit angstverzerrten Gesichtern hatten sich die Versammelten in ihre Sessel gepreßt.
Nur Fysikos blieb gelassen. Der Riese hatte seine Hände über der Brust gekreuzt und erwartete die Befehle seines Befreiers.
Fysikos drehte sich ruhig zum König. Ein zufriedenes Lächeln umspielte seine Lippen.
»Gewaltig ...«, flüsterte der König beeindruckt. »Tut er uns nichts an?«

»Nein, er ist mein und jetzt auch Euer Sklave. Der Riese tut alles, was ich ihm befehle. Im Guten und im Bösen.« Bei den letzten Worten schaute Fysikos den Polizeiminister an.

»Im Bösen? Was meint er damit? Hat er etwas mit uns vor?« wandte er sich mißtrauisch flüsternd an den König.

Doch den König interessierte das nicht. »Nun haben wir seine gewaltige Gestalt gesehen. Jetzt sollen seine Taten sprechen, lieber Fysikos. Befiehl dem Riesen, ins Goldland zu fliegen und alles Gold bis zur letzten Münze zu holen.«

Fysikos befahl dem Riesen, den Wunsch des Königs zu erfüllen. Der Riese streckte sich zum breiten Fenster. Doch seine mächtigen Schultern ließen es winzig klein erscheinen. Die Mauer gab nach und stürzte in einer dunklen Staubwolke zusammen. Hustend klopfte der König den Staub von seinem roten Gewand.

»Das hätten wir uns denken können.« Er schaute durch das riesige Loch dem Kraftgeist nach, der auf dem Weg ins Goldland in der Ferne verschwand.

Es dauerte nicht lange, bis er zurückkam. Bereits von weitem konnte man den glänzenden Goldhaufen erkennen, den er in seinen ausgestreckten Händen trug.

»Hierher!« rief Fysikos und deutete auf einen freien Platz in der Mitte des Hofes. Der Riese ließ die Goldmünzen zu Füßen des Königs fallen und flog erneut davon.

»Es ist kaum zu glauben! Echtes Gold!« Immer wieder griff der König in den großen Haufen und ließ die Münzen durch seine Finger rieseln. Nur der Finanzminister prüfte die Münzen genau und zweifelte an ihrer Echtheit.

»Natürlich sind sie echt, du Idiot!« rief der König aufgebracht. »Schau dir doch das Siegel an.« Eine neue Ladung Münzen regnete bereits vom Himmel.

»Die Wache soll das Gold in deine Schatzkammer bringen. Wenn sich dieser Reichtum herumspricht, kann man die Gier des Pöbels nicht bremsen«, riet der Polizeiminister dem König. Und während Hunderte Soldaten das Gold in Eimern in die gut bewachte Schatzkammer trugen, schaffte der unermüdliche Geist auch den letzten Heller aus Goldland heran.

»Endlich habe ich diesen Gauner von Goldland in die Knie gezwungen.« Befriedigt rieb sich der König die Hände.

An diesem Tag freuten sich aber auch viele Bewohner des Burgenlandes; denn aus den vollen Händen des Riesen fielen zahlreiche Münzen hinab auf die Erde und markierten seinen Weg. Der Reichtum sprach sich schneller herum, als der Polizeiminister befürchtet hatte, so daß sich bereits nach kurzer Zeit

Tausende von Neugierigen vor den Toren des Palastes drängten und den Riesen bestaunten.

»Hundert Paläste werde ich bauen, mit goldenen Türen und Fenstern.« Fröhlich betrachtete der König seine Soldaten, die unaufhörlich das schwere Metall in seine Schatzkammer schleppten.

»Das kostet aber sehr viel Geld«, wandte der Finanzminister ein.

»Du elender Kramer, wozu brauche ich dich eigentlich. Du hast mich mit deiner Rechnerei zum Wahnsinn getrieben. Ab heute bin ich mein eigener Finanzminister.«

Der Finanzminister verneigte sich demütig und beeilte sich, aus dem Palast zu verschwinden.

»Noch heute werde ich mir Ölland und Kupferland unterwerfen.«

»Ist das nicht ein bißchen viel auf einmal? Die Soldaten …«, widersprach der Kriegsminister.

»Die Soldaten? Du Idiot! Kein Wunder, daß wir keine Kriege mehr gewonnen haben, seitdem du mein Minister bist. Du denkst heute wie gestern, obwohl wir die Kriegsmaschine von morgen besitzen. Auch dich brauche ich nicht mehr. Die Armee wird mit der Polizei zusammen für Ordnung sorgen. Die Kriege führe ich allein. Ich bin der größte Feldherr aller Zeiten!«

Der Polizeiminister lachte sich ins Fäustchen. Er war sich seiner Sache sicher. Kriege kann der Riese führen, aber Ordnung im eigenen Land schaffen ist nichts für Riesen. Nur tagtägliche Kleinarbeit kann Revolten im Keim ersticken, und kein König hat etwas davon, auf einem wackligen Stuhl die Welt zu beherrschen.

Der Landwirtschaftsminister jedoch bangte noch um seinen Posten. Er nahm sich vor, niemals dem Allmächtigen zu widersprechen.

»Nun laß den Riesen den König von Goldland herbeischaffen. Er soll mein persönlicher Sklave werden.«

Der König trat vor dem Palast den versammelten Burgenländern entgegen. »Heute Goldland, Kupferland undÖlland und morgen die ganze Welt!« Die Untertanen jubelten.

Seine Rede wurde vom Riesen unterbrochen, der den zu Tode verschreckten König von Goldland unsanft auf den Boden setzte. Dieser fiel sogleich vor König Talal auf die Knie und flehte: »Ich und mein Volk sind deine Diener. Hab Erbarmen mit uns!«

Doch König Talal beachtete ihn kaum. »Ab heute wird mein ältester Sohn Goldland beherrschen. Der Riese soll sich sofort mit ihm auf den Weg machen.«

Nach ein paar Stunden war auch Kupferland in die Hand des Königs gefallen. Und er machte seinen

zweiten Sohn zum Statthalter der neuen Provinz.

»Nun ziehe los und unterwerfe mir Ölland!« befahl der König dem Riesen. Doch dieser rührte sich nicht.

»Ich habe Hunger.« Es klang wie Gewittergrollen.

»Was?! Essen diese Ungeheuer auch?« Der König wandte sich an seinen Gelehrten.

»Eure Majestät, von nichts kommt nichts. Nach so einer Arbeit wäret auch Ihr hungrig geworden.« Alle lachten erleichtert auf.

»Gebt ihm zu essen und zu trinken; denn heute noch muß ich Ölland besitzen.«

Der Riese flog zum Weinberg, setzte sich auf den Hügel und zerstörte dabei unzählige Weinreben. Er packte eine Kuh von der nahe gelegenen Weide, stopfte sie in sein großes Maul, als wäre sie eine Erbse, und ließ innerhalb kurzer Zeit vierzig weitere Kühe folgen. Dann entwurzelte er eine Eiche, schälte ihren Stamm und stocherte damit in seinen Zähnen. Die Bauern verfolgten entsetzt, auf den Dächern ihrer Häuser stehend, das grausige Schauspiel.

Das ist heller Wahnsinn, dachte der Landwirtschaftsminister.

»Solange er mir die Herrschaft sichert, kann er so viele Kühe fressen, wie er will.«

»Aber sicher, Majestät«, murmelte der Landwirtschaftsminister und zwang sich zu einem Lächeln.

Doch viele Bauern weinten um ihre Felder und Kühe, und verfluchten den König und dessen Kraftgeist.

»Jetzt hat er aber genug gefressen. Hole ihn her!« wies der König Fysikos an. Doch der Riese gähnte laut und knickte die Obstbäume der umliegenden Plantagen: »Riesen arbeiten nach dem Essen nicht.«

»Hole ihn schnell in die Lampe, sonst fegt er unsere Stadt hinweg«, rief der Polizeiminister.

Fysikos nahm die Lampe, klopfte dreimal dagegen und rief: »Bon ban bin«. Der Riese verwandelte sich in Rauch, der lautlos in die Lampe zurückkroch.

»Jetzt hat er nur diese drei Worte gebraucht. Das komplizierte Gelaber diente allein dazu, uns zu täuschen«, dachte der Polizeiminister. Leise sagte er zu seinem König: »Ich muß diesen Zauberspruch bald wissen, sonst mußt du dein Weltreich mit diesem Verrückten teilen.«

Weit entfernt vom Palast wurde in diesem Augenblick eine Lampe geboren, die der ersten wie ein Zwilling zum Verwechseln ähnlich war.

Am Abend ließ König Talal eine große Tafel decken. In der Ecke des Saales spielte der Hofmusikant auf der Harfe.

»Ihr seid meine Freunde«, rief der König und hob sein Glas. »Laßt uns die heutigen Siege begießen und uns auf die morgigen freuen. Mein Sohn, morgen bist du Statthalter von Ölland.« Alle leerten die Gläser. Der Polizeiminister gab ein Zeichen, dem Gelehrten sofort nachzuschenken, während er selbst an diesem Abend nur Orangensaft trinken und hellwach bleiben wollte. Er verleitete Fysikos, einen Becher Wein nach dem anderen zu trinken. Nach einiger Zeit lallte Fysikos nur noch unverständliche Worte.

»Jetzt ist es soweit«, flüsterte der Polizeiminister dem König zu, und dieser schickte mit einer Handbewegung alle Diener und Musikanten aus dem Saal.

»Kannst du jetzt noch den Riesen herausholen?« fragte der Polizeiminister spöttisch.

Fysikos schaute überrascht vom Huhn auf, das er mit beiden Händen festhielt. »Natürlich ... kann ... ich«, lallte er.

»Das glaube ich nicht!«

Fysikos fühlte sich in seiner Ehre gekränkt, legte sein Huhn zurück in die große Schüssel, wischte sich die fettigen Hände ab und schaute den König verwundert an.

»Zeig es ihm«, grinste der König.

Mit unsicheren Schritten bewegte sich Fysikos zum Tisch neben dem König, auf dem die Wunderlampe

stand. Er nahm sie in die Hand, strich dreimal mit dem Finger darüber und rief: »Bin ban bon.« Und sofort stieg Rauch zur Decke auf. »Seht … Ihr … ich kann … es … immer. Auch … wenn ich betrunken … bin.«

»Ihn herauszuholen war leicht, kannst du ihn aber auch in die Lampe zurückbringen?«

»Nichts … leichter … als … das. Bon ban bin.« Fysikos klopfte dreimal auf die Lampe, und der Rauch zog gehorsam in die Lampe zurück.

Der Polizeiminister begriff schnell, daß nur diese einfachen Silben den Riesen aus der Lampe holten. Er wußte aber nicht, daß weit vom Palast entfernt eine weitere Lampe geboren wurde.

Listig veranlaßte er Fysikos noch einmal, den Riesen herauszuholen und ihn wieder verschwinden zu lassen.

»Jetzt aber genug gespielt!« befahl der König, der sich jetzt auch des Spruches sicher war. »Gib die Lampe her!« Er klatschte in die Hände und befahl den herbeieilenden Wächtern, Fysikos ins Gefängnis zu werfen. Das Gelächter des Polizeiministers übertönte laut das Zetern des Gelehrten.

»Nun laß es uns probieren.« Der König strich dreimal über die Lampe. »Bin ban bon.« Rauch stieg auf. Der König fand ein so großes Gefallen an dem Spiel, daß er in dieser Nacht den Riesen noch elfmal heraus-

holte und wieder verschwinden ließ. Auch er ahnte nicht, daß in dieser Nacht elf weitere Ebenbilder des Riesen geboren wurden.

Müde geworden, fragte er zu später Stunde seine zwei Minister: »Wer von euch beiden will die Wunderlampe verwahren?«

»Bei mir ist sie bestens aufgehoben. Ich lasse hundert Polizisten mein Haus rund um die Uhr bewachen«, prahlte der Polizeiminister schnell.

»Und wie steht es mit dir?« wandte sich der König an seinen Landwirtschaftsminister.

»Ich verstehe von diesen Dingen nichts. Die Wunderlampe ist am besten bei Eurer Majestät aufgehoben.«

Der Polizeiminister erbleichte. Er erkannte, daß ihn der alte König hereingelegt hatte, und ärgerte sich, seine Habgier nicht bezwungen zu haben.

»Du elender Gierschlund. Ich habe es immer gewußt. Du dachtest, ich sei verkalkt, und es wäre für dich ein leichtes Spiel, Lampe und Macht an dich zu reißen.«

Der König befahl seinen Wächtern, den Polizeiminister den Löwen zum Frühstück vorzuwerfen.

Bereits am nächsten Tag wurde für den König im südlichen Teil des Palastes ein neuer Thronsaal eingerichtet.

König Talal war an diesem Morgen etwas beunruhigt. Ölland mußte erobert werden. Erst als der Riese

seine Ergebenheit bekundete, atmete König Talal erleichtert auf.
»Fliege nach Ölland und unterwirf es mir. Wenn die Bewohner sich widersetzen, mache das Land dem Erdboden gleich. Nimm meinen Sohn mit, denn er ist ab heute Statthalter von Ölland, unserer neuen Provinz.« Und zum Sohn gewandt: »Vergiß nicht, ich bin dein Vater und König. Du weißt, wie ich Abtrünnige strafe.«
Als der Riese durchs Fenster entwich, stürzte die Mauer des Saales zusammen. Der König zog in einen kleinen Saal im östlichen Teil des Palastes um und schwor, den Riesen nur noch draußen aus der Lampe zu holen.
Stunden vergingen. König Talal schritt unruhig auf der Terrasse hin und her.
Erst gegen Mittag kehrte der Riese zum Palast zurück und erzählte, daß das Volk von Ölland verbissen gekämpft und er deshalb den Befehl ausgeführt hätte, das Land zu zerstören. Das ganze Land stünde in Flammen.
»Und wo ist mein Sohn?« fragte der König entsetzt.
»Ich habe ihn auf den höchsten Gipfel des Landes gebracht. Dort ist er vor den Flammen in Sicherheit.«
»Du Idiot, was soll er auf dem Berg. Geh hin und hole ihn wieder hierher!« Verärgert zog der König sich in seinen Palast zurück.
Schon nach kurzer Zeit kam der Geist mit dem jüng-

sten Sohn des Königs herbeigeeilt. Krachend zerbrach die Mauer des östlichen Saales.

»Kannst du nicht warten, bis ich mit der Lampe auf die Terrasse hinaustrete?«

»Ich erfülle alle deine Befehle.«

»Jetzt zieh nach Silberland, und mache es mir untertan!«

»Ich habe Hunger«, antwortete der Riese, als hätte er den Befehl nicht vernommen.

»Dann geh und friß. Danach kannst du mir Silberland auch noch untertan machen.«

Der Riese setzte sich auf die Wiese. Eine Kuh nach der anderen wanderte in seinen Rachen.

»Ist er noch nicht fertig?« wollte der König nach einer halben Stunde vom Landwirtschaftsminister wissen.

»Majestät, er hat bisher zweiundneunzig Kühe gefressen.« Blaß beobachtete der Minister die Szene. Das Ungetüm warf die dreiundneunzigste Kuh in sein Maul, stand dann aber auf und flog zum großen Fluß. Dort schlürfte er mit ohrenbetäubendem Lärm das reißende Wasser, bis nur ein klägliches Rinnsaal blieb. Unzählige kleine Schiffe wurden vom Sog erfaßt und zerschellten hinter dem Riesen auf dem Grund des Flusses. Die Fische verendeten unter der sengenden Sonne.

»Eine Katastrophe!« Mit zitternden Händen ergriff der König die Lampe. Er klopfte verzweifelt, aber der Riese verwandelte sich nicht zu Rauch.

»Der Spruch, Majestät, der Spruch!«

Und erst als der König die Zauberworte rief, kehrte der Riese in die Wunderlampe zurück. Das Wasser des Flusses stürzte jetzt in hohen Wogen herbei und riß die Boote des oberen Laufes mit sich.

König Talal zog mit seinem Sohn und dem Minister für Landwirtschaft in den westlichen Teil des Palastes. Lange betrachtete er die Lampe. Dann brach er sein Schweigen: »Ist sie nun ein Segen oder ein Fluch?« Weder der Prinz noch der Minister antworteten.

Lautes Geschrei unterbrach die wieder eingetretene Stille. Die drei eilten zum Fenster und sahen den zweiten Sohn des Königs, der sich, zerlumpt wie er war, nur mühsam den Weg durch die neugierigen Hofleute bahnen konnte.

»Was ist passiert? Warum bist du nicht in Kupferland geblieben?« fragte ihn der König.

»Was soll ich da? Der Riese hat alles kurz und klein geschlagen. Nur ein alter Mann saß noch vor seiner zerstörten Hütte. Als ich ihn aufforderte, wieder das Land zu bebauen, sagte er zu mir, ich wäre der Zerstörungskönig. Ich sollte über Asche und Leichen herrschen und mit ihm auf den Tod warten.«

Die vier schwiegen sich lange an und starrten auf die Wunderlampe, die ihnen immer unheimlicher wurde.
Ein tiefes Grollen riß sie aus ihren Gedanken.
»Ergebt euch. Ihr seid die Sklaven Husseins. Wenn nicht, mache ich alles dem Erdboden gleich.« Ein Riese kreiste über dem Palast.
»Das verstehe ich nicht«, flüsterte König Talal entsetzt mit trockener Kehle. Seine Wunderlampe stand noch immer vor ihm auf dem Tisch. »Wer ist dieser Hussein?«
Hussein war ein Bauer. Er lebte weit entfernt vom Palast, liebte seine Kühe und achtete den König und dessen Soldaten, bis sie seine Kühe beschlagnahmten. An diesem Tag verließ er seinen Bauernhof und irrte ziellos durch die Wälder. Dort stieß er auf eine Wunderlampe. Zunächst wollte er sich nur an dem König rächen, doch dann überlegte sich der schlaue Bauer, er könnte auch so mächtig werden wie König Talal selbst. Er beauftragte den Riesen, ihm das Burgenland zu unterwerfen und den König auszuliefern.
König Talal zitterte vor Wut. Er strich dreimal über die Lampe und sprach die magischen Silben.
»Geh hinaus! Schütze mein Reich und töte den Riesen!«
Der Riese flog durchs Fenster, zerstörte dabei die

Mauer des Saales und stieg in den Himmel hinauf, wo der andere Riese seine Kreise zog. Doch zur grenzenlosen Empörung des Königs kämpften die beiden Riesen nicht miteinander, sondern begannen, wild miteinander zu tanzen. Sie entfachten dabei einen Sturm, der die Bäume wie Streichhölzer knickte.

Drohend versammelten sich die aufgebrachten Bauern vor dem Palast und forderten vom König, den Riesen zurückzurufen und sich Hussein zu ergeben.
»Lieber tot sein, als ein Sklave!« Der König klopfte sich auf die Brust und befahl mit heiserer Stimme seinen Soldaten, die aufgebrachte Menge zu vertreiben. Doch die liefen mit dem Ruf »Dann stirb lieber alleine!« zu den Bauern über.
»Nieder mit dem König!« Der tausendstimmige Chor brandete immer lauter gegen den Palast. Frauen und Männer stürmten hinein, ergriffen den König, seine Söhne und den Minister und warfen sie ins Gefängnis. Dort fanden sie Fysikos, der ihnen die wahre Geschichte der Wunderlampe erzählte.
»Zuerst muß der Riese alle Wunderlampen einsammeln. Wir probieren alle Lampen aus, bis der zweite Riese in seiner Lampe verschwindet«, meinte ein Metzger.
»Dann entsteht aber eine neue Lampe«, wandte einer der Soldaten ein.

»Wir lassen den Riesen auch diese suchen.«
»Und was machen wir mit dem Riesen? Soll er auch zurück in die Lampe?« wollte eine Frau wissen.
»Auf keinen Fall. Wir müssen ihm eine Aufgabe stellen, die er nie lösen kann.« Die Bäuerin lächelte verschmitzt.
Ein Bauer nahm die Wunderlampe, tat, wie ihm Fysikos gesagt hatte, und befahl dem Riesen, alle Lampen einzusammeln. Der andere Riese dagegen setzte sich schweratmend auf die Weide und verspeiste die restlichen Kühe.
Mittlerweile beratschlagten die Menschen im Hofe des zerstörten Palastes, welche Aufgabe sie dem Riesen stellen könnten.
»Vielleicht könnte er die Wolken sammeln«, meinte ein alter Mann.
»Die Idee ist gut, aber der Riese bleibt dann hier und frißt weiterhin unsere Kühe.«
»Er muß von der Erde verschwinden«, überlegte ein anderer.
»Jawohl!« nickte ein Schuster eifrig. »Er soll zur Sonne fliegen und sie bewachen, damit sie nicht ausgeht.«
Nach längerer Zeit kehrte der Riese mit einer großen Zahl sich genau gleichender Wunderlampen zurück. Sofort begannen die im Palast versammelten Menschen, sie auszuprobieren.

Minutenlang konnte man nur das »bon ban bin« hören.
Plötzlich ein Schrei! »Der Riese löst sich in Rauch auf!« Tatsächlich, dort wo der Riese noch vor kurzem gierig Kuh um Kuh verschlungen und sich dann laut gähnend zur Ruhe gelegt hatte, stand eine Rauchwolke über der Weide, die fast lautlos zurück in eine der Lampen strömte.
Der Metzger befahl dem letzten Riesen, auch die neu entstandene Lampe zu holen. Der Riese tat, wie ihm geheißen.
»Und jetzt, deine wichtigste Aufgabe«, befahl eine Bäuerin dem Riesen stolz. »Nimm diese Streichhölzer und fliege hinauf zur Sonne. Du mußt sie bewachen, damit sie nicht ausgeht!«
Der Riese flog davon, und die Versammelten verfolgten seinen Flug mit den Augen, bis der Riese zu einem kleinen Punkt wurde, der im blauen Himmel verschwand.

Die Bauern hatten Angst, die Wunderlampen ins Meer oder ins Feuer zu werfen. Sie entschlossen sich, sie in einen Sack zu stecken und an einem geheimen Ort in der Wüste zu vergraben. Drei junge Leute ritten tagelang hinein in die Wüste; sie kehrten gerade noch rechtzeitig zurück, um den letzten Tag des großen Festes zu erleben, das die Burgen-

länder feierten, weil sie nun vom König und dem Riesen befreit waren.

Weit entfernt von der Erde umkreist der Riese die Sonne, und dabei lächelt er sonderbar; denn in einem von euch gar nicht so weit entfernten Wald ließ er eine kleine alte Lampe zurück, deren Strahlen bis heute durch das dichte Laub der Bäume hindurchdringen.

DIE TAPFEREN FLÖHE

Kan ya ma kan, es war oder es war nicht, eine Frau namens Maria. Sie besaß weder ein Haus noch ein Feld, nur einen kleinen aufklappbaren Tisch und zwei bunte Schachteln. In der einen lebten ihre zehn Flöhe, und in der anderen bewahrte Maria winzige Karren, Stühle, Regenschirme und ein kleines Klavier auf. Das war ihr Flohzirkus, und sie war so stolz darauf, als wären die Schachteln prächtige Schlösser und die Flöhe edle arabische Pferde.

Sie zog von Stadt zu Stadt und von Dorf zu Dorf, und wenn sie einen Dorfplatz oder eine belebte Straße in einer Stadt erreichte, klappte sie ihren kleinen Tisch auf und rief mit kräftiger Stimme: »Meine Damen und Herren! Die Attraktion des Tages! Der schönste Flohzirkus der Welt gastiert heute und hier! Kommen Sie näher und schauen Sie meinen Artisten zu! Sie sind eine Sensation. Kommen Sie näher, und sehen Sie selbst die Kunst meiner Flöhe! Sie tanzen und spielen Musik für Sie. Es kostet nichts! Meine Damen und Herren! Kommen Sie näher!«

Sie rief immer lauter, bis sich die Neugierigen um sie versammelten. Dann machte sie die große Schachtel auf und stellte die Karren, Stühle und das winzige Klavier auf einen Tisch und baute ein kleines Hoch-

seil auf. All das machte sie ganz langsam, so daß die Spannung des Publikums wuchs. Sie prüfte noch ein letztes Mal, ob alles seinen richtigen Platz hatte, dann strahlte sie ihr Publikum an und sprach leise:

»Ich bitte um Ruhe, damit die Flöhe meine Stimme hören können.« Das Publikum lachte, doch dann wurden die Leute ruhig, weil Maria nichts tat, solange sie nicht ganz still waren.

»Guten Morgen«, sagte sie, als sie die kleine Schachtel öffnete. Die Flöhe antworteten im Chor: »Guten Tag, Maria.«

Natürlich hatte keiner die Stimmen der Flöhe gehört. Sie dachten, es sei alles nur ein großer Spaß. Maria aber konnte tatsächlich mit ihren Flöhen reden.

»Fix, Dix und Mix, wollt ihr mit dem Karren spielen?« fragte sie höflich, und die Zuschauer staunten, als drei Flöhe, die man kaum sah, die drei kleinen, bunten Karren hin und her schoben.

»Danke, das ist genug! Applaus, bitte Applaus für meine hervorragenden Artisten!« rief Maria. Die Leute applaudierten belustigt. Nur die wenigen, die vorne standen, konnten sehen, daß die Flöhe sich wie Zirkusartisten dankend verneigten.

»Und nun, meine Damen und Herren, bitte ich um Ruhe, denn jetzt werden Bil und Dil über das gefährliche Hochseil balancieren und einen Schirm tragen.

Sie sind die einzigen Flöhe auf der Welt, die sich ohne Netz auf das hohe Seil wagen.«

Die Menschen reckten ihre Hälse, um besser sehen zu können. Bil und Dil sprangen munter aus dem kleinen Kasten, nahmen zwei kleine rote Regenschirme und sprangen mit einem Satz auf das Seil hinauf. Mancher Zuschauer hielt mit offenem Mund den Atem an, denn das Seil war tatsächlich sehr hoch für einen kleinen Floh.
»Danke Bil, danke Dil, Applaus für die Tapfersten unter den Tapferen!« Und das Publikum spendete gerne Beifall.
»Und nun die Sensation!« rief Maria laut. »Meine Damen und Herren, bei mir sehen und hören Sie die einzigen, aber wirklich einzigen Flöhe der Welt, die Musik spielen können. Darf ich Sie um Ruhe bitten?« Sie blickte in den kleinen Kasten. »Meine Lieben, Ding, Dang und Dong, darf ich bitten?« fragte sie mit sanfter Stimme, während einige Leute in der hintersten Reihe »Pssst, Pssst!« riefen, damit auch sie noch etwas hören konnten. Da ertönte plötzlich eine muntere Weise auf dem Klavier, und die vorderen Leute konnten sehen, wie die Tasten von den springenden Flöhen gedrückt wurden.
»Es ist die Kleine Nachtmusik!« riefen einige Zuschauer erstaunt.
»Es hört sich gut an«, bestätigten andere, und aus den

hinteren Reihen hörte man wieder das »Psst, Psst«, weil man dort nichts mehr hören konnte. Die Leute vorne verstummten wieder, so daß alle die Melodie bis zum Ende verfolgen konnten.

Maria lächelte zufrieden und bedankte sich bei den Flöhen.

»Und nun, meine Damen und Herren, frage ich meine lieben Flöhe Li und Bi, ob sie Lust haben, ein Spiel vorzuführen. Sie sind berühmt für ihre Sprünge. Sie haben schon über einen Meter geschafft, sie sind die absoluten Weltmeister. Doch seit einer Weile sind sie ineinander verliebt und wollen den ganzen Tag nur noch schmusen.«

Sie wandte sich zu dem kleinen Kasten und fragte laut: »Na, ihr Lieben, wollt ihr heute springen?«

Und als sich nichts rührte, sagte sie:

»Nein, sie wollen weiter schmusen. Es ist auch schöner.« Maria schloß leise den Kasten.

»Nun, meine Damen und Herren, wenn Ihnen mein Zirkus gefallen hat, bitte ich Sie um eine kleine Spende. Wer nichts bezahlen kann oder will, war mein Gast. Er braucht sich nicht zu genieren. Es ist schön, Gäste zu haben. Kinder sind sowieso meine Gäste.«

Die Zuschauer klatschten und legten viele Münzen auf den Tisch. Auch Kinder holten ihre Groschen und wollten zahlen, aber Maria streichelte ihre

Haare. »Kauft euch lieber etwas Leckeres«, sagte sie, und die Kinder hatten tagelang kein anderes Gesprächsthema.

Für das Geld kaufte Maria etwas zu essen und zu trinken und suchte dann einen verlassenen Hof oder eine alte Scheune, um dort zu übernachten. Denn so sehr die Leute Maria lustig fanden, keiner wollte sie zu Gast haben. Sie hatten alle Angst, einer der Flöhe könnte die Schachtel verlassen und sich unter ihren Kleidern einnisten. Sie wußten natürlich nicht, daß die Flöhe sich bei Maria wohl fühlten und sie um nichts in der Welt verlassen hätten.

Eines Tages verirrte Maria sich auf dem Weg zu einem Dorf. Nach langen Tagen der Wanderung sah sie endlich eine Stadt in der Ferne. Sie freute sich, denn die lange Reise hatte sie sehr ermüdet.
Die Stadt hatte hohe Mauern. Maria wunderte sich, daß sie diese Stadt noch nie auf ihren Reisen gesehen hatte. Sie staunte über die vielen kleinen Hütten, die alle gleich ärmlich aussahen, und hörte im Vorbeigehen das Geklapper von vielen Webstühlen. Die Bewohner der Stadt eilten durch die Straßen. Sie sahen in ihren Lumpen sehr bekümmert aus.
Als Maria weiter in die Stadt hineinging, sah sie ein Schloß mit noch höheren Mauern als die der Stadt. Soldaten bewachten das große Tor und blickten

streng auf jeden, der ihnen nahe kam. Maria wollte auf dem Platz vor dem Schloß ihren Tisch aufbauen, aber einer der Wächter fuhr sie barsch an:
»Weitergehen und nicht herumlungern!«
Maria erschrak, klappte ihren Tisch wieder zusammen und eilte davon. In einer entfernten Straße hielt sie an und stellte dort ihren Tisch auf, aber so sehr sie sich auch bemühte, keiner der Leute blieb bei ihrem kleinen Zirkus stehen. Und selbst wenn Kinder, die schwere Stoffballen schleppten, Maria neugierig anschauten, riefen ihre Eltern, sie sollten sich beeilen.
Von einem alten Mann erfuhr Maria schließlich, daß die Weber für einen Stadtherrn, einen grausamen Riesen, den ganzen Tag und manchmal auch in der Nacht bunte Stoffe weben mußten. Wer seinen Stoff nicht rechtzeitig ablieferte, wurde von den Wächtern abgeholt und vom Riesen aufgefressen.

Kurz vor Sonnenuntergang erschien der Riese auf der Mauer seines Schlosses. Er trug ein purpurrotes Gewand.
»Wo bleibt ihr denn so lange! Soll ich wieder einige von euch verspeisen?«
Maria erschrak. Die Weber eilten, niedergedrückt von den Stoffballen, zum Schloß und legten ihre Last vor dem Eingang ab. Der Riese lachte schallend und

zufrieden, während die Wächter die Ballen in das Schloß trugen.

Als die Dunkelheit hereingebrochen war, lud der freundliche alte Mann Maria zu sich ein. Er teilte mit ihr sein karges Essen und fragte sie spät in der Nacht, ob sie lieber auf dem Sofa oder auf der Matratze schlafen wollte. Maria staunte über die Gastfreundschaft des alten Mannes.
»Hast du keine Angst vor meinen Flöhen?« fragte sie.
»Ach was, ich hab selber welche. Einer mehr oder weniger, was macht das schon?« Der alte Mann lachte verschmitzt. »Vielleicht freuen sich meine, auch einmal einen Zirkus zu sehen.«
Maria stellte den Tisch mitten in das kleine Zimmer und führte dem alten Mann und seinen Flöhen ihre Artisten vor.

Abend für Abend beobachtete Maria den Riesen, der Tag für Tag größer wurde und immer neue, bunt glänzende Kleider trug.
»Irgend etwas stimmt nicht mit diesem Riesen. Seine Hände sind riesig, seine Beine mächtig, und seine Schultern werden von Tag zu Tag breiter, aber sein Kopf ist immer noch so groß wie am ersten Tag«, murmelte sie am siebten Tag leise vor sich hin. Plötzlich hellte sich ihr Gesicht auf.
»Ja!« rief sie begeistert. »Ja, es sind seine Kleider, die

ihn groß machen. Man müßte sie ihm wegnehmen. Aber wie?«
Abends sprach sie mit dem alten Mann darüber. Doch der nickte nur bekümmert.
»Das wissen einige bereits, aber keiner wagt es, in das Schloß hineinzugehen. Die Wächter sind sehr brutal.«
Das hatte Maria selbst erfahren. Immer, wenn sie dem Schloß zu nahe kam, scheuchten die Wächter sie grimmig davon.
»Wie könnte man ihm nur seine Kleider wegnehmen?« Diese Frage stellte sich Maria in den folgenden Tagen immer wieder. Plötzlich hörte sie einen der Flöhe gegen den Deckel seiner Schachtel klopfen.
»Mach doch mal auf!« hörte sie seine leise Stimme.
Sie öffnete den Deckel.
»Ich klopfe schon seit einer Ewigkeit«, rief der Floh etwas verärgert.
»Ja, Bi hat eine gute Idee«, fügte Li stolz hinzu.
»Wir können den Riesen zwingen, seine Kleider auszuziehen und nur noch nackt herumzulaufen«, sagte Bi.
Maria schaute beide Flöhe verwundert an.
»Ihr? Wie denn? Das können noch nicht einmal zehn tapfere Männer!«
»Ja, aber wir sind tapferer als zwanzig Männer. Wir lieben uns nämlich«, antwortete Li und wäre fast vor Stolz geplatzt.

»Und was wollt ihr machen?« fragte Maria voller Sorge. »Ihr seid doch viel zu klein!«
»Ach was, klein! Um so besser, du wirst sehen!« antwortete Bi und hüpfte mit Li aus dem Kasten. Sie verabschiedeten sich von Maria, sprangen mit einem gewaltigen Satz zur Tür hinaus und machten sich auf den Weg zum Schloß. Die anderen Flöhe stöhnten voller Sorge.
Maria schaute besorgt auf das Schloß und die hohe Mauer und fragte sich, wie ihre zwei Flöhe wohl hineingelangen wollten. Doch als einer der Wächter anfing, sich zu kratzen, lächelte sie still in sich hinein.
Li und Bi hielten sich im dichten Haar des dicken Wächters verborgen und schmuggelten sich so in das Schloß hinein. Sie konnten auch unbemerkt in die Räume des Riesen hüpfen, denn keine Tür und kein Wächter konnten sie aufhalten. Sie schlüpften einfach durch die Ritzen der Türen und die Beine der Wächter, ohne daß diese es bemerkten. An ihrem Ziel angelangt, erblickten sie den Riesen.
Dieser saß auf seinem Thron, seine riesigen Arme und Beine waren weit ausgestreckt, während Diener auf Leitern und Holztreppen standen und ihn fütterten. Einer gab ihm Essen, der andere wischte ihm seinen Mund ab, der dritte goß ihm Wein in den Rachen, und ein vierter sagte nach jedem Schluck oder Biß: »Wohl bekomm's«. An die

zehn Diener rannten um einen Tisch herum und schnitten Brot, Fleisch und Käse in kleine Happen und reichten sie weiter die Treppe hinauf.

Mit weiten Sprüngen durchquerten Li und Bi den großen Saal und schlüpften durch die Hosenbeine des Riesen. Hundertdreißig Hosen trug dieser übereinander, und als Li und Bi die letzte Hose erreicht hatten, stellten sie erstaunt fest, daß die Beine des Riesen aus Blech waren.

»Wie ist das möglich?« fragte Li und schnappte müde nach Luft. »Kann Blech denn leben, essen und trinken?«

»Nein, natürlich nicht«, antwortete Bi.

Plötzlich erbebte das Bein, und Li und Bi mußten sich an der Hose festklammern, damit sie nicht herunterrutschten. Das Blechbein war sehr glatt.

Der Riese begann laut zu brüllen, die Diener sollten verschwinden. Li und Bi konnten hören, wie diese mit schnellen Schritten aus dem Zimmer eilten. Dann bewegte sich der Riese mit großen Schritten auf das Badezimmer zu, wo zwei seiner treuesten Vasallen ihm ein Kleid nach dem anderen auszogen, damit er sich baden konnte. Nachdem der Riese auch das letzte Hemd ausgezogen hatte, sahen Li und Bi, daß er in Wirklichkeit ein Winzling war. Er stand auf hohen blechernen Beinen und trug

lange blecherne Arme. Der kleine Riese stieg über eine Leiter von dem Blechgestell herunter und legte sich wohlig in die marmorne Badewanne.
Li und Bi kochten vor Wut. »Warte nur ab!« brummten sie gemeinsam und verschwanden.
Nach ein paar Tagen bekamen sie Hunderte von Kindern, die alle in die Kleider des Riesen krabbelten, aber sich sehr still verhielten. Und nach einigen weiteren Tagen zählte die Familie von Li und Bi dreitausendfünfhundertsiebenundneunzig Kinder und Kindeskinder.
»Zweitausend bleiben bei uns und dem Riesen, die anderen verteilen sich auf alle Wächter und Diener des Schlosses. Sobald der Riese am Abend das erste Wort von der hohen Mauer herab spricht, beißt ihr euch in sein Fleisch hinein und laßt nicht mehr los. Jetzt habt ihr noch ein bißchen Zeit, um eure Zähne zu schärfen, dann geht es los.«
Die Flöhe verabschiedeten sich kichernd und verteilten sich wie verabredet. Bi rief ihnen noch zu: »Kinder, das wird unser größter Auftritt!« Danach war kein einziger Floh mehr zu sehen.
Der Riese erschien an diesem Tag etwas früher als sonst, als hätte er es eilig, die Stoffballen einzutreiben. Er holte tief Luft und wollte laut: »Na, ihr Faulenzer« schreien, aber er hatte das erste Wort noch

nicht zu Ende gesprochen, als er Tausende Stiche am ganzen Körper spürte. Und mit seinen blechernen Händen konnte er sich nicht einmal kratzen.

»Kratzt mich doch mal, ihr blödes Pack, es juckt mich!« befahl er laut seinen Dienern, aber die wälzten sich genau wie die Wächter bereits auf dem Boden; denn es juckte sie genauso wie den Riesen. Um sich besser kratzen zu können, zogen sich einige sogar ihre Kleider aus.

Der Riese wäre gerne ihrem Beispiel gefolgt, doch er konnte sich ja nicht alleine von seinen vielen Kleidern befreien. Er zappelte hilflos auf seinem Blechgestell, bis er so stark schwankte, daß er den Halt verlor und zu Boden krachte. Nur mit größter Mühe konnte er sich aus seinen Kleidern winden. Die Weber sahen den kleinen rundlichen Mann und lachten staunend und erleichtert auf.

»Oh, wie mickrig du doch bist!« verhöhnten sie ihn, der sich auf dem Boden wälzte und immer wieder verzweifelt schrie: »Diener, wo seid ihr denn, kommt sofort her und kratzt mich!«

Doch die Diener hatten jede Angst und allen Respekt vor ihrem Herrn verloren. »Das kannst du selber machen!«

Die Weber erstürmten unterdessen die Lagerhäuser, die bis zur Decke mit wertvollen Stoffen und glänzendem Gold vollgestopft waren. Sie brachen die Türen auf und teilten untereinander diesen großen Schatz.

»Ihr Diebe, laßt mir meinen Stoff und das Gold! Ich werde euch alle fressen! ... Auaaah ...« Das wütende Geschrei erstarb in einem kläglichen Gejammer. Die Flöhe hatten wieder zugebissen.

Der winzige Riese verließ fluchtartig die Stadt, und die Bewohner feierten bis zum frühen Morgen. Maria hatte noch nie so viele Zuschauer in ihrem Zirkus gehabt wie in dieser Nacht. Am nächsten Tag packte sie jedoch ihre Sachen und machte sich mit ihren Flöhen auf den Weg. Die Stadtbewohner wünschten zwar, daß Maria bei ihnen bleiben sollte, doch sie wollte weiterziehen, denn in vielen Dörfern und Städten warteten die Kinder auf sie.

DAS WUNDERSAME ERLEBNIS DES JUNGEN HOFFMANN MIT DEM HOECHST MERCKWÜRDIGEN BAYER

Vor nicht allzu langer Zeit eröffnete ein junger Arzt namens Hoffmann eine etwas sonderbare Praxis in der Bahnhofstraße zu Biberberg.
»Dr. Hoffmann, Hundezahnarzt« stand auf dem kleinen Schild, und mancher Passant schüttelte lachend den Kopf, wenn er es zufällig bemerkte. Hunde bekamen in Biberberg keine Zahnschmerzen. Ihre Zähne dienten ihnen treu bis zum letzten Atemzug ihres ohnehin kurzen Lebens.
Keiner ahnte aber, daß Dr. Hoffmann sich seiner Zukunft sicher war. So sicher, daß er trotz fehlender Kunden Tag für Tag die große Praxis öffnete und in seinem blankgescheuerten Behandlungszimmer Zeitung las. Auch das Schild auf dem Tisch besagte nicht zufällig »Wer zuletzt lacht, lacht am besten«. Woher sollten die Biberberger auch wissen, warum ein Zahnarzt unbedingt Hundezähne behandeln wollte, und weshalb er sich so sicher war, daß er zuletzt lachen würde.
Dr. Hoffmann stammte aus einer Zahnarztfamilie. Seine Eltern waren vermögend, und sie brachten ihm von klein auf die Liebe zu Kranken bei. Sein Vater

prägte ihm ein: »In der Krankheit liegt deine Gesundung.« Er sprach überzeugend, wie einer, der durch sein eigenes Leben diese Weisheit bestätigt sah. Zahnmedizin zu studieren war zu seiner Zeit in Biberberg nur einer Auslese von Studenten möglich gewesen.

Das änderte sich aber bereits, als der junge Hoffmann, dem Rat seines Vaters folgend, im ersten Semester das Fach Zahnmedizin belegte. Die Japaner überschwemmten gerade den Markt mit »dynamischen Gebissen«. Für 19,30 DM konnte man sie in jedem Kaufhaus erstehen. Zwei Gebisse bekam man schon für lausige 30 DM, und bei einem Familieneinkauf von zwölf Gebissen kostete das einzelne nur noch lächerliche 10 DM.

Dieses paßte in jeden Mund. Aus elastischer Masse geformt, konnte jedes Kind es sich in den Mund drücken. Man brauchte nur ein, zwei Handgriffe, und nach einer halben Stunde Trockenzeit konnte man das zäheste Fleisch damit zermalmen.

Die Bewohner von Biberberg bekamen immer schlechtere Zähne. Mit zwölf Jahren hatten die meisten sie schon verloren. Am Anfang dachten die Zahnärzte, das sei ein Segen, aber ihre Freude war nur von kurzer Dauer, denn, wie gesagt, die Japaner waren schon da, um dem Übel abzuhelfen. Und so ließen sich immer mehr Einwohner bei der kleinsten

Störung gleich alle Zähne ziehen, um ein für allemal Ruhe zu haben. Sie konnten ja gleich ins nächste Kaufhaus gehen und sich ein prächtiges »dynamisches Gebiß« zulegen.

In der ersten Zeit war es der neueste Schrei, und die Leute fragten stolz ihre Bekannten: »Hast du auch schon eins?« Manches Kaufhaus bot als besonderen Kundendienst kostenlos das Zahnziehen an, natürlich mit der Auflage, das »dynamische Gebiß« zu kaufen. Der Zahnzieher brauchte auch kein Zahnmedizinstudium, sondern nur starke Muskeln, denn er zog Zähne wie am Fließband.

Plomben und lästige Brücken waren nicht mehr gefragt. Es war ja viel leichter, einfach die wackligen Quälgeister entfernen zu lassen und im Kaufhaus einen schönen Satz »dynamischer Gebisse« zu kaufen. Diese lösten sich zwar mit der Zeit auf, aber sie waren billig und in jeder Farbe zu bekommen. In Regenbogenfarben für Jugendliche, dezent für Politiker und glänzend weiß für Schlagersänger.

Die Zahnärzte gingen natürlich auf die Barrikaden. Erst sagten sie, die Dinger seien giftig, aber die Japaner erstickten alle Argumente im Keim. Sie ließen Professor Sandos, einen der berühmtesten Toxikologen, klar und deutlich bestätigen, die »dynamischen Gebisse« seien nicht giftiger als Äpfel und Brot, Wasser und Luft. Die Bauernverbands-, Che-

mieindustrie- und Kernindustrie-Lobbyisten intervenierten natürlich, und die Diskussion über die Giftigkeit der »dynamischen Gebisse« verschwand plötzlich aus der Presse. Viele Zahnärzte mußten zum ersten Mal in ihrem Leben stempeln gehen.

Nun, Geld hatte der junge Hoffmann genug; denn sein Vater hatte, wie viele Ärzte in Biberberg, von Bodenspekulationen genauso viel verstanden wie von Karies und Parodontose, vielleicht sogar noch mehr. Aber Geld allein macht nicht glücklich. Das sagen sogar die Reichen. Der junge Hoffmann jedenfalls war in der Tat unglücklich. Tag für Tag sah er die Wege in die Zukunft verbaut, und an ihre Stelle trat die Sackgasse einer einzig gebliebenen Möglichkeit: Immobilienmakler zu werden. Ein Makler konnte reich werden, aber in Biberberg waren die Makler ruhmlos, und der junge Hoffmann wollte Ruhm und Reichtum in einer guten Ehe vereinen.

Als aber seine hübsche Verlobte, die Tochter eines berühmten Zahnarztes, mit einem erfolgreichen Vertreter der japanischen »dynamischen Gebisse« durchbrannte, stürzte der junge Hoffmann ins Unglück. Die schlaflosen Nächte und zeitraubenden Therapien zehrten an seiner Gesundheit. Er wurde blaß, und tiefe Ringe umsäumten seine Augen. Vater

Hoffmann riet seinem Einzigen, doch ein paar Wochen in den Bayerischen Wald zu fahren, wo die Familie eine Villa besaß. Der junge Hoffmann war ein gehorsamer Sohn, er packte einen kleinen Koffer, nahm ein paar Kriminalromane mit und fuhr zur Erholung in die Sommerfrische.

Die Tage in der Einsamkeit vergingen nur sehr langsam und ohne die ersehnte Erholung zu bringen.

»Spazierengehen sollten Sie«, schlug die Haushälterin vor.

Der junge Hoffmann stand auf und machte sich folgsam auf den Weg, aber er konnte weder die Farben der Blumen noch das Zwitschern der Vögel genießen. Am Abend kehrte er erschöpft zurück und fiel alsbald in einen tiefen Schlaf. Als er aufwachte, stand die Sonne schon hoch im Zenit. Die Haushälterin strahlte beim Anblick ihres ausgeschlafenen Gastes.

»Immerhin bin ich völlig ausgeschlafen. Zum ersten Mal seit Monaten«, sagte dieser fröhlich und sprang aus dem Bett. Er frühstückte und ging danach pfeifend aus dem Haus, als ob er an diesem Tag noch ein großes Ereignis erwarten würde. Man kann es kaum glauben, aber der junge Hoffmann hatte sich nicht geirrt.

Zum ersten Mal genoß er den Duft der Wiesen und hörte den Gesang der Vögel. Der Tag verging schnell,

und als die Sonne hinter den Wipfeln der Tannen unterging, machte der junge Hoffmann kehrt. Plötzlich sah er eine Gestalt mitten auf dem Pfad im grünen Thal stehen. Es war eine hoechst merckwürdige Gestalt, ein alter Mann mit einem schneeweißen, langen Bart und weitem, lilafarbenem Gewand, von dem ein starker Lilienduft ausging. Hoffmann roch es und wunderte sich.

»Hab keine Angst, ich will dir helfen«, sprach der alte Mann mit einem deutlich bayerischen Akzent. Seine beruhigende Stimme vertrieb das Unbehagen aus den Gliedern des jungen Hoffmann.

»Wer bist du denn?«

»Nenne mich einfach Bayer.«

»Und wie willst du mir helfen?« fragte Hoffmann und schnupperte den Lilienduft.

»Es gibt drei Arten von Menschen. Die Ewiggestrigen leben in der Vergangenheit. Sie haben keine Gegenwart, aber doch eine Zukunft, die das Ebenbild ihrer Vergangenheit ist. Die zweiten, das sind die dummen Gegenwärtigen. Sie kleben an der Gegenwart und leben von Sekunde zu Sekunde, sie verdrängen die Vergangenheit und haben deshalb auch keine Zukunft.«

Eine leichte Bö verstärkte den Duft der Lilien.

»Und die dritten«, fuhr Bayer fort, »das sind die Wei-

sen. Sie leben in der Gegenwart, atmen die Zukunft, vergessen aber nicht das Wesentliche der Vergangenheit. Wer willst du sein, mein Junge?«
»Weise, äh … Zukunftsluft atmen«, stotterte Hoffmann unbeholfen, da er den Zusammenhang nicht verstand.
»Das wußte ich doch. Also laß die Menschengebisse den Japanern und widme du dich den Hundezähnen. Die Zukunft kommt noch auf den Hund.«
»Aber die Hunde haben doch alle prächtige Zähne«, widersprach Hoffmann vorsichtig.
»Haben, haben! Aber muß es so sein!?«
Hoffmann verstand die weise, einfache und doch verschlüsselte Antwort nicht.
»Bald wird ein neues Institut seine Tore öffnen. Hundezahnmedizin. Privat, versteht sich. Du schreibst dich ein! Du wirst einsam sein, aber schaue nicht nach hinten! Wenn du stark genug bist und das Gelächter der Spötter erträgst, wirst du siegen. Wenn du den Verlust deiner Liebsten verkraftet hast, kannst du auch die Zukunft erobern. Du mußt die Geduld aufbringen, sieben Monate nach dem ersten Durchfall zu warten, erst dann kannst du in deiner Person Reichtum und Ruhm vereinigen.«
»Und was willst du dafür?« fragte Hoffmann, dem Grundsatz folgend: Für nichts gibt's nichts.
»Ein Viertel deines Einkommens«, sprach Bayer fest.

»Das ist nicht viel, auf welches Konto soll ich es überweisen?«
»Konto? So ein Schmarrn! In bar. Ein Vertreter kommt zu dir. Du wirst ihn an seinem Duft erkennen.« So sprach Bayer und verschwand auf hoechst merckwürdige Weise, wie er auch im grünen Thal erschienen war.
Jubel herrschte gerade nicht im Haus der Hoffmanns, als der Junge völlig entspannt zurückkam und von seinen Plänen erzählte. Doch weder die Tränen der Mutter noch der Zorn des Vaters konnten den jungen Hoffmann seiner Gewißheit berauben. Wie sollten sie auch. Das Institut wurde tatsächlich nach ein paar Tagen eröffnet. Er war der einzige Student. Und seine ehemaligen Kollegen? Die lachten ihn aus. Genauso wie Bayer ihm prophezeit hatte.

In Biberberg gab es keine einzige genießbare Milchsorte, aber zweiunddreißig verschiedene Hundefutter. Es mangelte an Kindergärten, aber drei Hundewiesen waren für die vierbeinigen Freunde und Helfer freigegeben.
Plötzlich und wie aus heiterem Himmel tauchten große bunte Plakate auf. Sie kündigten das neue, weltweit patentierte Hundefutter »Supermix« an. Studenten in bunten Kleidern verteilten als Aushilfen kleine Probepackungen. Entscheidend wirkte aber

ein gelungener Reklamefilm im Fernsehen:
Bello, ein großer Bernhardiner, schubste mit einem kräftigen Hieb drei Futternäpfe weg. Sein Frauchen brach in Tränen aus. Plötzlich verdoppelte sich die Frau, die eine heulte weiter über ihr Unglück, während die andere sich lächelnd über sie beugte und fragte:
»Was gibt's denn hier zu weinen?«
»Keiner liebt mich, mein Mann sowieso nicht und nun auch Bello nicht mehr. Er nimmt kein Fressen mehr aus meiner Hand!«
»Na, na, beruhige dich doch. Hast du schon Supermix versucht?« fragte die Fröhliche.
»Supermix?? Was ist das?«
»Hier!« Die Strahlende reichte ihrem unglücklichen Ebenbild eine rote Dose mit der Aufschrift »Supermix«. In diesem Augenblick verging die Schizophrenie, und die beiden Frauen vereinigten sich elektronisch und geräuschlos zu einer einzigen, die rief:
»Oh, da bin ich aber gespannt!«
Sie schüttete die Brocken in einen Napf, und Bello stürzte sich gierig auf das Fressen. Sie leerte den Rest aus der Dose, und die gelungene Mischung aus Eisbär und Hase verschlang den ganzen Inhalt, bellte zufrieden und schleckte dem Frauchen dankbar die Hand und das rechte Bein ab.

»Für mich gibt es nur noch Supermix!« rief die Frau erleichtert in die Kamera, als Bello sich an sie schmiegte und im Hintergrund der Ehemann mit einem großen Strauß roter Rosen das Zimmer betrat.
Am nächsten Tag sprachen bereits viele Hunde auf den Wiesen von Supermix, und es vergingen keine drei Tage, bis alle Hunde davon erfahren hatten. Hunde sind nun mal redselig; anders als die wortkargen Katzen. Und wie die Hunde auch hießen, ob Fifi, Bello oder Wotan, und wie sie auch immer aussahen, wie ein Pferd, ein veralteter Pelzkragen oder gar wie eine sympathische Ratte, sie verlangten mit Nachdruck ihr Supermix.
Die Kaufhäuser erlebten einen ungewöhnlichen Ansturm, die Regale waren im Nu wie leergefegt.
»Supermix! Haben Sie denn kein Supermix?« Die Hölle schien ihre Tore für alle Verkäuferinnen in den Tierfutterabteilungen geöffnet zu haben. Von den anderen zweiunddreißig Sorten wollte niemand mehr etwas wissen. Trotz Sonderangeboten!
Die Tierärzte der Stadt wunderten sich über die neuen Symptome: Trägheit, die Hunde ließen sich nicht mehr Gassi führen, Fettsucht und Durchfall. Alsbald schossen Hundegymnastikinstitute wie Pilze aus dem Boden. Sie nannten sich vornehm Kanaille Aerobic-Center. Dem schlechten Ruf von Supermix,

entstanden durch den unangenehmen Durchfall, machte ein neues Mittel namens »Lochfix« ein Ende.

Dr. Hoffmann las lächelnd die Berichte über die Trägheit, Fettsucht und den Durchfall. Zufrieden und sicher verfolgte er die erhitzten Debatten über die Psyche der Hunde. Er wußte nun: Die Stunde seines Erfolges nahte.

Auf den Tag genau am ersten Tag des siebten Monats nach dem ersten Durchfall eines Hundes kam eine Frau mit ihrem Hund zur Behandlung. Resultat: zwei Plomben. Und da die Krankenversicherung neuerdings auch Hunde als Mitglieder aufnahm, zahlte sie anstandslos.

Die Tage vergingen schnell, und der Wartesaal wurde von Tag zu Tag voller, denn in Biberberg gab es nur Dr. Hoffmann als Spezialisten für Hundezähne. Während die Leute mit ihren jaulenden Hunden ungeduldig warteten, strahlte der junge Doktor über das ganze Gesicht. Wer zuletzt lacht, lacht am besten.

Fräulein Müller, die früher alle Kreuzworträtsel der Regenbogenpresse gelöst hatte, hatte nun alle Hände voll zu tun, und sie kam nicht einmal dazu, auch nur ein einziges Mal ihr Horoskop zu lesen.

Vertreter der verschiedensten Firmen gaben sich gegenseitig die Klinke in die Hand und warteten gedul-

dig zwischen den jaulenden Hunden. Sie boten ihre Antibiotika, Analgetika, chirurgischen Instrumente und Verbandszeug an. Die Sekretärin hätte sie am liebsten allesamt hinausgeworfen; denn früher war kein einziger von ihnen in die Praxis gekommen, es sei denn, er war neu im Gebiet. Dann hatte er sich vielleicht einmal zu ihnen verirrt, in die leere Praxis geschaut und sich höflich entschuldigt, daß er überhaupt hereingekommen war. Vertreter leben eben in der Gegenwart, Zukunftsmelodien überhören sie.

Fräulein Müller war erstaunt, als Dr. Hoffmann ihren Wutanfall über einen besonders lästigen Pharmavertreter lächelnd ertrug und sagte:

»Lassen Sie diesen Herrn mal herein!«

Und wenn einer dieser Vertreter eingelassen wurde, bekam er zu seiner Überraschung freundlich einen Platz angeboten. Doch der Arzt hörte sich weder die vorbereitete Eröffnung des Gesprächs an, persönliche Fragen nach dem Wohlbefinden von Dr. Hoffmann und seiner Gattin, noch die Anpreisungen des Produktes, das alle Konkurrenzpräparate in den Schatten stellen sollte. Er schnupperte an dem Vertreter herum, verunsicherte diesen immer mehr und ging dann entschlossen zur Tür.

»Fräulein Müller!« rief er laut. »Nehmen Sie diesem Klinkenputzer zwei Kugelschreiber und eine Hand-

creme ab, und geben Sie ihm den Stempel.«

Nur einmal wunderte sich Fräulein Müller bis zur Empörung. Ein Vertreter huschte an ihr vorbei, als wäre sie ein Nichts mit Brille. Sie wartete auf den Rausschmiß, aber statt dessen hörte sie aus dem Behandlungszimmer schallendes Gelächter. Die Hunde im Wartezimmer jaulten bei jedem neuen Lachanfall fürchterlich, und wenn das Herz Fräulein Müllers nicht so geübt gewesen wäre, wäre es aus lauter Mitleid zersprungen. Es ist nicht leicht, Hunde mit Zahnschmerzen zu ertragen.

»Bis zum nächsten Mal!« rief der kluge Arzt seinem Besucher zu, den er freundlich bis zur Tür seiner Praxis begleitete.

Fräulein Müller roch den aufdringlichen Liliendu ft, musterte Dr. Hoffmann empört, schaute kurz auf die Anmeldungen vor sich und bat den nächsten dummen Hund herein.

WIE DIE MOHNBLUME EINE NEUE WELT ENTDECKTE

Es war einmal eine kleine Mohnblume, die mit vielen anderen Blumen zusammenlebte, weißen, gelben, violetten und roten. Sie lebten unter einem großen braunen Stein und spielten glücklich miteinander. Gemeinsam freuten sie sich, wenn ein Schmetterling oder eine Biene sie besuchten.

Eines Abends hörte die Mohnblume einer Großmutter zu, die ihren Enkeln eine Geschichte erzählte. Als die Großmutter, eine Margerite, deren Blätter schon ein wenig welk geworden waren, die Geschichte beendet hatte, fügte sie noch nachdenklich hinzu: »Und so seht ihr, meine Lieben, daß klein sein auch sein Gutes hat, man sollte dankbar dafür sein.«

Die Mohnblume aber wollte wissen: »Warum?«

Die Enkel lachten, und ein kleines Gänseblümchen lispelte spitz: »Es ist nun mal besser, aber du hast ja nicht richtig zugehört.«

Die Mohnblume war traurig, weil sie wirklich die Geschichte genau verfolgt, sie aber trotzdem nicht verstanden hatte. Deshalb fragte sie am nächsten Tag die Margerite: »Großmutter, du sagst immer die Welt, die Welt, was ist die Welt?«

»Ach Kind, du hast immer Fragen! Unsere Welt ist

der Himmel, die feuchte Erde und ein großer brauner Stein, hinter dem die Welt zu Ende ist.«
»Aber ich höre doch oft Klänge, Singen und Lachen. Auch wenn es dunkel ist, und sie kommen von der anderen Seite des Steines«, sagte die Mohnblume sehnsüchtig.
»Armes Kind«, antwortete die Margerite und streichelte den Kopf der neugierigen Mohnblume. »Hinter dem Stein ist das Nichts. Du hörst auch nichts, sondern bildest es dir nur ein.«
Die Mohnblume seufzte, weil sie sich eine andere Antwort gewünscht hatte. Sie dachte den ganzen Nachmittag nach und beschloß, in der Nacht wach zu bleiben. Als es dunkel wurde und die anderen Blumen mit einem schönen Lächeln ihre Blüten schlossen, lauschte sie und hörte wieder die Klänge von der anderen Seite des dunklen Steins. Die Melodie berührte die Seele der kleinen Blume so tief, daß sie sich bis zur Morgendämmerung munter hin und her wiegte.
Es wurde hell, und die Blumen öffneten ihre Kelche.
»Ich kann es einfach nicht glauben, daß die Welt nur aus dieser feuchten Erde und diesem Himmel besteht und daß sie am Stein endet«, sagte die Mohnblume zu ihrer Freundin, der Butterblume.
»Willst du nun spielen oder nicht?« wollte diese wissen.

»Ich habe oft Singen und viele andere Laute in der Nacht gehört. Sie kommen von der anderen Seite des Steins«, versuchte die Mohnblume zu erklären.
»Jetzt mach aber mal halblang!« befahl der Löwenzahn. »Du verbreitest hier nur Unruhe mit deinem dummen Gerede.«
»Die spinnt wohl«, flüsterte die Glockenblume.
»Bleibt doch nur eine Nacht wach, und ihr werdet es auch hören«, schrie die Mohnblume, den Tränen nahe.
»In der Nacht wach bleiben? Um am Tage verschlafen zu sein wie du?« Die Butterblume drehte sich empört zu den anderen. »Nun, wollt ihr weiterspielen oder nicht?« fragte sie.
»Ja ..., ja, doch«, riefen die anderen und wandten sich von der Mohnblume ab, die ratlos und allein dastand.
»Ich muß es versuchen«, sagte sie sich und schaute zu dem braunen Stein hinauf. Ihre Augen leuchteten entschlossen. Langsam begann sie, auf den braunen Stein zu klettern, und ihre Freundinnen starrten ihr hinterher.
»Sie hat den Verstand verloren!«
»Sie stürzt noch ab!« raunten sie sich leise zu. Die Mohnblume aber kletterte unbeirrt weiter den rauhen Stein hinauf. Plötzlich donnerte ein höhnisches Lachen aus der Tiefe des Steines.

»Ich bin der Größte ... Ha, ha, ha ... Du wirst zurückkehren, denn du reibst dich nur wund an meiner Panzerhaut.«
Die Mohnblume zitterte vor Angst. Ihre Hände begannen bereits zu schmerzen.
»Komm bitte zurück«, rief ihr eine Blume nach.
Und die tiefe Stimme des braunen Steins dröhnte wieder wie ein Echo: »Es hat keinen Sinn, du wirst doch scheitern.«
»Nie im Leben«, ächzte die Mohnblume und kletterte entschlossen weiter.

Nach einigen Stunden sahen die Wiesenblumen nur noch ihren schmalen Körper, der sich fest an den Stein klammerte, ihren Kopf konnten sie nicht mehr sehen. Die Stimme des braunen Steines schallte nicht mehr so laut und verächtlich, eher war es ein tiefes Brummen.
»Was hast du davon, viele Blumen haben es vergeblich versucht. Du hast bis jetzt großen Mut bewiesen. Kehre zurück, die anderen werden jetzt mehr Respekt vor dir haben.«
Und leise drangen Stimmen zur Mohnblume hinauf.
»Vielleicht ist sie doch schon tot.«
»Sie ist schon verloren.«
»Vielleicht spinnt sie doch nicht.«
Die Mohnblume sah den Gipfel des Steines vor sich.

»Nur noch ein bißchen«, machte sie sich ein wenig Mut.

»Ich bewundere dich«, flüsterte der Stein. »Kehre zurück, und ich werde dir helfen, die Königin aller Blumen zu werden. Du bist die mutigste aller Blumen, laß uns doch Freunde werden!«

Doch die Mohnblume rief ganz außer Atem: »Um nichts in der Welt gehe ich zurück!«

Plötzlich sah sie zum ersten Mal die Welt hinter dem braunen Stein. Eine goldene Sonne, viele Blumen, kleine bunte Vögel, einen Fluß mit glitzerndem, klarem Wasser, in dem sich die Blumen, die Sonne, die Bäume und die Gräser spiegelten.

»Die Welt ist so groß«, rief die Mohnblume begeistert und atmete tief, als eine leichte Brise ihr müdes Gesicht streifte. Sie drehte ihren Kopf und sah die weiten Felder, die bis zu den Bergen reichten, und den Wald mit seinen riesigen Bäumen. »Ein Winzling bist du in dieser Welt«, sagte sie verächtlich zum braunen Stein.

Nun hörte sie auch, daß sie sich die Klänge hinter dem braunen Stein nicht eingebildet hatte. Es war das plätschernde Wasser des Flusses, der Wind, der mit den Zweigen der Trauerweide spielte, und der Gesang der bunten Vögel, es war dieses Lied der Natur, das sie so tief in der Seele berührt hatte. Die Mohnblume schaute erstaunt die Sonne an und verliebte sich sofort in sie.

»Willst du mit mir spielen?« rief sie ihr zu.
Die Sonne lachte ihre neue Freundin an. »Ja, gerne«, sagte sie und reichte ihr zwei glitzernde Strahlen.
Die Mohnblume griff danach und spielte den ganzen Tag mit der schönen Sonne, bis diese müde wurde und hinter den Bergen schlafen ging.
Am nächsten Tag spielte die Mohnblume mit den Vögeln und den Schmetterlingen und schlief bei Sonnenuntergang erschöpft ein. Mitten im Schlaf spürte sie ein leichtes Streicheln. Sie öffnete die Augen und sah, wie alles um sie herum in silbernes Licht getaucht war.
»Und wer bist du?« fragte sie den lächelnden Vollmond.
»Ich bin der Mond. Meine Mutter, die Sonne, hat mir von dir erzählt.«
»Willst du mit mir spielen?« fragte sie.
»Ich kann nicht gut spielen, aber wenn du, wenn du magst, kann ich dir Geschichten erzählen«, antwortete der Vollmond schüchtern.
»Oh, ja!« rief die Mohnblume begeistert und erschreckte einen in ihrer Nähe schlafenden Spatzen, der aber nach einem müden »Ein wenig leiser, wenn ich bitten darf« sofort wieder in Schlaf fiel. Der Mond erzählte der roten Blume viele Geschichten und strei-

chelte mit seiner silbernen Hand ihren Kopf, bis sie einschlief.
Als sie aufwachte, lachte die Sonne vergnügt, denn sie stand schon sehr hoch am Himmel.
»Na! Hat dir mein Sohn den Schlaf geraubt?«
»Oh, nein! Er erzählte sehr schön«, antwortete die Mohnblume und gähnte.
»Nun komm, wir spielen noch ein paar Stunden!« ermunterte die Sonne ihre Freundin.
»Ich möchte schon gerne, aber wenn meine Freunde heraufklettern und mitspielen könnten, wäre es noch schöner. Laß mich nach ihnen rufen«, bat diese.
»Ja, das wird bestimmt lustig, beeile dich«, stimmte ihr die Sonne zu, und die Blume begann, ihre Eltern und Freunde zu rufen. Immer wieder schrie sie ihre Namen und lauschte auf eine Antwort, aber sie hörte nichts.
Eines Tages ging der Wind spazieren. Er sah die Mohnblume fröhlich tanzen. Verärgert fragte er:
»Was machst du hier? Du gehörst nach unten, an den Fuß des braunen Steins.«
Die Mohnblume reckte ihren Kopf. »Warum, wer sagt denn das?«
Der Wind zürnte: »Das ist nun mal so! Und du störst mich hier. Immer wenn ich über diesen Stein gleiten will, kratzt du mich.«
»Dann geh doch einen anderen Weg, bald kommen

meine Geschwister, und sie kratzen dich noch mehr«, erwiderte die Mohnblume und rief wieder nach ihren Freunden.

Der Wind wurde plötzlich freundlich und raunte: »Schau, warum können wir nicht Freunde werden? Laß deine Freunde da unten und krieche, wohin du willst. Schau dir den Efeu an, der ist vernünftig. Er paßt sich allen Dingen an, nie kratzt er mich, wenn ich über die Steine streiche. Er ruft auch nie nach seinen Freunden.«

»Aha, weil er seine Freunde im Stich läßt, magst du ihn. Er liegt ja auch immer flach auf der Nase. Nein, weißt du, ich glaube, wir werden keine Freunde.«

»Du wirst für deine Sturheit noch zahlen!« Der Wind zog sich verbittert zurück.

Am nächsten Tag erwachte die Mohnblume aus einem schrecklichen Traum. Sie suchte die Sonne überall am Himmel, aber diese war nirgends zu finden. Weit und breit war kein Vogel zu sehen, und der Fluß spiegelte nur das Grau des dunklen Himmels.

Eine eisige Kälte fuhr ihr in die Glieder, über die Ebene fegte ein gewaltiger Sturm, der Bäume und Blumen mit sich riß. Als er den Fluß erreichte und die Mohnblume mit seinen kräftigen Krallen packte, schrie diese vor Angst. Sie schlug heftig auf seine Klauen und taumelte im Kampf. Die Welt kreiste vor

ihren Augen, und sie sah die vielen Blumen und Blätter, die durch die Luft wirbelten. Wütend verbiß sie sich in der Klaue des Sturmes, der sie erbarmungslos beutelte. Zerschunden lag die Mohnblume auf der Erde neben dem braunen Stein, der wieder schallend zu lachen begann. Die Wiesenblumen rannten zu ihr. Einige lachten höhnisch, andere weinten. Der Löwenzahn drängte sich durch die Versammelten und sagte gehässig: »Das hast du davon!«

Doch die Mohnblume lächelte. »Hört nicht auf ihn«, flüsterte sie. »Die Sonne ist so schön, eine ganze bunte Welt wartet auf euch ... Dieser braune Stein ist mickrig klein ... Ich habe es euch doch zugerufen! Habt ihr mich nicht gehört?«

»Oh, doch«, schluchzte die Butterblume.

»Und sie sagten zu mir, ich bilde es mir nur ein«, jammerte die Glockenblume.

»... Dieser Stein ist nichts im Vergleich zur Welt, und die Geschichten des Mondes sind die schönsten, die ich je gehört habe. Mit seiner Hand kann er die Dunkelheit hinwegfegen und die Welt in einen silbernen Glanz tauchen ... Habt ... keine Angst ... Die Sonne wartet auf euch ...«, stieß die Mohnblume mit letzter Kraft hervor.

Die kleinen Blumen verabschiedeten sich von der sterbenden Mohnblume, und eine nach der anderen

begann, auf den braunen Stein zu klettern. Manche wurden weggefegt, doch die anderen gaben nicht auf und kämpften verbissen weiter.

Und seit diesem Tag leben keine Blumen mehr unter den Steinen, sondern klettern so lange, bis sie mit den Strahlen der Sonne spielen und die Geschichten des Mondes hören können.

ES GESCHAH IM KARTOFFELREICH

Das Kartoffelreich erstreckte sich vom weiten Meer im Norden bis zu den schneebedeckten Bergen im Süden und vom breiten Fluß im Westen bis zu den grünen Weiden im Osten. Man nannte das Land Kartoffelreich, weil dort die Kartoffeln sehr gut gediehen; sie wurden so groß wie die Fäuste der Bauern, die sie anbauten, und sie schmeckten köstlich, gebraten wie gekocht.

Unsere Geschichte begann, als ein Mechaniker am Hofe des Königs einen gewaltigen Bulldozer erfand. Die Straßen, deren Bau früher Jahre gedauert hatte, wurden nun innerhalb weniger Tage fertig, und die Ernte war im Nu zusammengeschaufelt. Die Bulldozer machten die alten Hütten dem Erdboden gleich, und Hochhäuser überzogen bald darauf die Landschaft. Raps, Rüben und Weizen aber litten im Schatten dieser Hochhäuser, nur die Kartoffeln wuchsen und gediehen prächtig. Ein Chemiker konnte Benzin aus der Kartoffel gewinnen, ein anderer erfand eine Faser und ein dritter Kopfschmerztabletten. So hatten die Bulldozer ihren Treibstoff, die Leute zogen Kartoffelkleider an und heilten ihre Kopfschmerzen mit der Kraft der wunderbaren Knollen.

Als der König mehr Geld zum Bau von Autobahnen

und Hochhäusern brauchte, überfiel er das reiche Südland. Die Soldaten des Südlandes konnten mit ihren Schwertern die Bulldozer nicht aufhalten; innerhalb weniger Tage ergab sich die ganze Armee, und die Bulldozer schaufelten Mais, Weizen und Gold zum Hafen, wo große Schiffe die schwere Last aufnahmen und in den Norden brachten.

Jahr für Jahr drangen die Bulldozer immer tiefer in den Süden vor und ließen eine staubige, karge Landschaft zurück. Einige Südländer wurden daran reich, denn sie machten große Geschäfte mit den Nordländern, aber die Mehrheit der Leute lebte im Elend, deshalb verdingten sich viele in den Norden. Im Hafen des Kartoffellandes musterten die reichen Bauern die schwarzhaarige Ladung, prüften ihre Zähne, ihre Hände, klopften auf ihre Schultern und drückten auf ihre Muskeln, und jeder reiche Bauer war bemüht, die Jüngsten und Kräftigsten für sich auszuwählen.

Ali und seine drei Söhne Mahmud, Mustafa und Hassan wurden vom reichen Bauern Hermann angeworben, und sie lebten in einer der vielen Hütten auf dem großen Anwesen. Die armen Eingeborenen, die die anderen Hütten bewohnten, beobachteten die Neuankömmlinge mit Mißtrauen, denn die Pfarrer hatten sie immer vor dem Dunklen gewarnt,

aber mit der Zeit befreundeten sie sich doch miteinander. Ali liebte es, Gäste zu haben. Er konnte schöne Geschichten erzählen, und noch besser den anderen zuhören.

Ali und seine Söhne ernteten jedes Jahr Kartoffeln. Sie arbeiteten viel und aßen wenig. Jahr für Jahr wurde der Vater kleiner. Mustafa und Mahmud merkten das nicht, nur Hassan, dem Jüngsten, fiel es auf.

»Vater, hast du schon bemerkt, daß du immer kleiner wirst? Du sinkst Jahr für Jahr weiter in den Boden.«

»Mein Sohn«, antwortete dann der Vater verärgert, »die Bäume wachsen in den Himmel, nur der Mensch bleibt stehen.«

»Vater, du sinkst in den Boden, du konntest im ersten Jahr noch über die Mauer schauen und mit unserem Nachbarn reden, jetzt überragt die Mauer um zwei Steine deinen Kopf.«

»Mein Sohn, auch die Mauern der Welt wachsen, nur der Mensch bleibt so groß, wie er ist.«

Eines Abends kam Mahmud, der älteste Sohn, spät nach Hause. Er konnte sich kaum auf den Füßen halten, und sein Gesicht blutete aus mehreren Wunden. Während sein Bruder ihm die Wunden säuberte, erzählte er von der Bande, die ihn auf dem großen Platz im Dorf beschimpft und zusammengeschlagen hatte, als er auf dem Weg nach Hause war.

»Sie drohten mir, sie würden mich umbringen, wenn ich morgen nicht zurück in den Süden ginge.«
»Und was taten die anderen?« fragte Hassan empört.
»Nichts! Sie sahen die Verbrecher mit den schwarzen Lederjacken ja nicht.«
»Was? Sie stehen doch alle den ganzen Abend auf dem Dorfplatz herum!«
»Trotzdem sahen sie nichts!« antwortete Mahmud verzweifelt.
»Das kann ich nicht verstehen, sie waren doch unsre Freunde!« rief Hassan laut, und da erzählte der Vater dem Jungen, warum die Leute nichts sehen konnten.
»Vor zwei Jahren brach eine Krankheit über das ganze Land herein und machte die Augen der Bevölkerung kaputt. Nur die Südländer blieben gesund. Allah und sein Prophet haben den Teufel von uns gehalten.«
Tatsächlich war vor zwei Jahren folgendes passiert: Das Radio gab bekannt, daß ein Virus die Augen der Nordländer befallen hatte, der sie kurzsichtig machte. Alle mußten von dieser Zeit an eine Brille tragen. Nur die Reichen konnten sich eine Hornbrille leisten. Die Mehrheit mußte sich mit einer Brille aus Kartoffeln zufriedengeben. Ja, aus Kartoffeln. Die Brille sah gut aus, nur die Gläser waren milchig. So sahen die Nordländer die Südländer nicht mehr genau, und

wenn diese grüßten, antworteten sie nicht. Ansonsten hatten die Nordländer kaum Probleme, auch nicht mit der Straßenüberquerung, denn dafür war gesorgt: An jeder Kreuzung stand ein elegant angezogener Herr und führte die Passanten über die Straße. Sie folgten ihren Führern brav wie kleine Kinder.

Die Wintertage vergingen schnell, und Ali freute sich, daß seine Söhne langsam wieder ihre Angst verloren. Er hatte nämlich oft insgeheim gedacht, sein Sohn Mahmud würde seine Furcht doch etwas übertreiben. Bald war Frühlingsanfang, und das ganze Dorf schmückte sich zum Festtag; die Menschen trugen bunte Kleider, tanzten und lachten. An diesem Tag kleidete sich auch Mahmud sorgfältig und sagte dem Vater, er wolle sich eine Weile das Fest anschauen, sei aber spätestens nach einer Stunde wieder zurück. Doch der Vater wartete vergebens. Am späten Abend schlug die Nachricht wie ein Blitz ein: Mahmud war erschlagen am Waldrand aufgefunden worden.

»Sie wollen uns alle umbringen!« rief Mustafa, der zweitälteste Sohn, als der Polizist berichtete, daß keiner der Passanten etwas gesehen hätte.

»Es war dunkel, und sie trugen alle ihre Kartoffelbrillen«, sagte dieser entschuldigend.

»Trug denn kein einziger eine Hornbrille?« wollte der Vater verzweifelt wissen.
»Nein, die feinen Herren feiern doch in ihren Schlössern und nicht unter dem Gesinde«, antwortete der Polizist barsch.

Monatelang trauerte Ali um seinen Sohn und wurde immer wortkarger. Mustafa dagegen wurde immer gereizter, er schimpfte auf den Vater, auf die Nordländer und auf die Kartoffeln. An einem grauen Morgen rief Mustafa beim Frühstück: »Gestern haben sie mich auch bedroht. Weißt du, was unser Nachbar machte? Er drehte sich um und tat so, als hörte er nichts!« Sein Vater sah ihn stumm an.
»Ich haue ab, bevor meine Füße so tief sinken wie deine! Du kannst dich nicht mehr befreien«, rief Mustafa wütend, als suchte er Streit. Aber sein Vater sah ihn nur wie versteinert an. Dann stand er auf und holte einen kleinen Sack. »Hier, nimm das mit«, sagte er und reichte ihn Mustafa. »Es sind sehr gute Kartoffeln, und wenn du Hunger hast, dann iß die kleinen auf. Die großen mußt du in Südland pflanzen. Die Leute werden staunen, was für schöne Kartoffeln du hast. Sie werden bei dir kaufen, und wenn du zehn Jahre lang Kartoffeln verkauft hast, wirst du ein reicher Mann sein. Du wirst ein großes Haus bauen und eine Familie grün-

den, und dann holst du uns hier heraus.«

Mustafa wollte aber das Geschenk nicht annehmen.

»Vater, diese Kartoffeln sind das einzige, was du hast«, sagte er und wollte den Sack zurückgeben.

»Nimm sie, mein Sohn. Hier im Sack sind sie tot, sie sehnen sich nach guter Erde. Nimm sie!« befahl er und umarmte seinen Sohn. Beide weinten bitter. Lange blickten Hassan und der Vater Mustafa nach, der sich voller Hoffnung auf den Weg gemacht hatte ...

Jahre vergingen, und Ali wartete geduldig auf eine gute Nachricht von seinem Sohn. Als aber das zehnte Jahr vergangen war und er immer noch nichts von seinem Sohn gehört hatte, wurde er unruhig. Neuankömmlinge aus seinem Dorf schüttelten den Kopf, wenn er sie nach Mustafa fragte.

Zwei Südländer erzählten von ihren Söhnen, die nach einer langen Reise zerlumpt und halb verhungert zurückgekommen waren.

»Meiner fand das Dorf nicht«, erzählte ihm einer der Männer. »Denn hinter den schneebedeckten Bergen führt nicht mehr der vertraute, von Zypressen gesäumte Weg in den Süden, sondern ein gewaltiges Bündel endloser Autobahnen. Immer wieder tauchen Kreuzungen auf, und mein Sohn drehte sich jahrelang im Kreis. Er fand unser Dorf nicht, aber er traf

viele, die auch herumirrten und ihre Heimat nicht mehr fanden, und es blieb ihm nichts anderes übrig, als zurückzukehren und sich bei einem reichen Bauern zu verdingen.«

Ali wurde an diesem Abend sehr unruhig. Da schwor ihm Hassan, seinen Bruder zu suchen und das Dorf zu finden.

»Paß auf dich auf, und wenn du das Dorf findest, pflanze diese Kartoffeln und ...«, wollte ihm der Vater erklären.

»Nein, Vater, ich werde keine Kartoffeln mitnehmen, sie machen nur meinen Rücken müde. Ich will so schnell wie möglich unser Dorf erreichen!« sagte Hassan bestimmt.

Er machte sich auf den Weg. Er ging aber nicht auf der Landstraße, sondern lungerte so lange im Hafen herum, bis er sich unbemerkt im Bauch eines großen Schiffes, das in den Süden fuhr, verstecken konnte. Nach ein paar Tagen erreichte das Schiff seinen Bestimmungsort, und während die Seeleute Mais und Weizen verluden, schlich sich Hassan an Land. Er hatte Glück, der Hafen lag in der Nähe seines Dorfes. Sogleich machte er sich auf den Weg. Doch als er es endlich erreichte, erkannte er es kaum wieder, denn die Leute dort sprachen nicht mehr ihre alte, singende Sprache, sie redeten ein häßliches Nordlän-

disch, und überall standen große Hotels, wo früher kleine, weißgetünchte Häuser malerisch sich an den Hügel gedrückt hatten. Er suchte seine Kindheitsfreunde, aber diese waren inzwischen auch in den Norden gefahren.
Touristen schlenderten auf und ab und fotografierten Esel und Kamele, die bunt bemalte Sättel trugen. Ein Einheimischer hielt die Zügel der Tiere in der Hand und lächelte in die Kameras. Die Touristen knipsten begeistert und warfen ihm kleine Geldstücke vor die Füße.
Andere Touristen sonnten sich in den Straßencafés. Laute Musik drang aus den Lokalen, dieselbe, die auch im Norden immer wieder gespielt wurde. Erst gegen Mittag sah Hassan seinen Onkel. Erfreut wollte er ihn begrüßen, doch dieser erkannte ihn nicht, sondern schimpfte nur auf die Touristen und die Hochhäuser und ging seines Weges. Nach einigen Tagen hielt er es nicht mehr aus und beschloß, zu seinem Vater zurückzukehren. Er hatte wieder Glück, denn er konnte unbemerkt auf dasselbe Schiff schleichen, mit dem er gekommen war.
Zu Hause angekommen, sprach Hassan lange über die Eindrücke, die er im Süden gewonnen hatte, und der Vater bereitete immer wieder Tee für die Gäste, die mit ihm die Rückkehr seines Sohnes feierten.

»Alle sind hiermit aufgerufen, ihr Bestes zu tun, um die Wirtschaft wieder anzukurbeln. Die Ernte dieses Jahres wird sehr schlecht ausfallen. Seine Majestät ist persönlich auf die Felder gegangen und hat geschworen, nur noch Kartoffeln zu essen, bis es wieder aufwärts geht.«

Ali machte das Radio aus. »In der letzten Zeit spricht dieser Mistkasten nur noch von Katastrophen, dahinter steckt doch etwas!« sagte er zu seinem Sohn Hassan, als sie miteinander frühstückten.

Am nächsten Tag versuchte dieser, seinem Freund Giorgios seine Bedenken mitzuteilen, aber auch der winkte ab.

»Wenn sie alle sagen, die Ernte sei schlecht, dann ist sie schlecht. Die Zeitung beschuldigt uns, und da hilft auch dein Gerede nichts.«

»Warum gerade uns?« fragte Hassan wütend.

»Sie schreiben, wir hätten zu große Füße, und wir zerstampften den Boden, und die Saat ginge deshalb nicht auf«, antwortete Giorgios und spuckte aus.

Draußen war es kalt, aber in Hassans Brust brannte die Wut wie Feuer, als er sah, wie ein Südländer, statt auf den Füßen zu gehen, vorsichtig auf seinen Händen lief. Er sah auch Südländer, die ihre Haare blond gefärbt hatten und auch Kartoffelbrillen trugen. Er lief von einem zum anderen und sprach sie an: »Warum gehst du auf Händen? Und du, warum hast du deine Haare gefärbt und trägst eine Brille? Es ändert doch nichts daran, daß ihr Südländer seid, man wird es immer sehen, nichts kann eure dicken Südländernasen verbergen.« Doch sie schüttelten ihn ab und wollten nicht auf ihn hören.

Eines Sonntags kam Giorgios zu Hassan und erzählte ihm vom achten Weltwunder, zu dem die Menschen an ihrem freien Tag in Scharen pilgerten. »Sie nehmen Essen mit und verbringen dort den ganzen Tag. Es muß wunderschön sein. Laß uns auch dorthin gehen, wir brauchen mal eine Abwechslung.«
Beide machten sich auf den Weg, und bald sahen auch sie das achte Weltwunder, von dem sie schon so oft gehört hatten. Tausende Menschen staunten über ein seltsames Schauspiel: Riesige Kühe fraßen üppiges Gras. Ihre Euter waren an automatische Melkmaschinen angeschlossen, die über längere Schläuche mit einer Molkerei verbunden waren, aus der am anderen Ende Butter ausgeworfen wurde. Haushohe Bulldozer schoben die Butterklumpen zu einem riesigen Berg zusammen. Auf der anderen Seite des Butterberges fraßen Schweine ihre Bäuche voll und wurden im Nu so dick wie Nilpferde. Sie wurden von anderen Bulldozern aufgeschaufelt und

in den Trichter eines mächtigen Fleischwolfes geworfen. Eine große Fabrik verarbeitete die durchgedrehten Schweine zu Dünger. Gewaltige Düsen spritzten diesen auf die umliegenden Weiden, deren Gras in Sekundenschnelle wieder nachwuchs.

»Schau dir diese Idioten an, ob Kartoffelbrillenträger oder Südländer, alle glotzen dieses widerliche Schauspiel mit offenen Mäulern an und fressen dabei ihr Schinkenbrötchen«, rief Giorgios empört und drehte sich zu Hassan um.

Aber auch Hassan lächelte.

»Schau dir diesen jungen Knecht an, er ist alles andere als begeistert«, rief er und eilte zu einem jungen Mann, der blaß seine Kartoffelbrille in den Händen hielt und angewidert den Fleischwolf anstarrte.

»Die Kartoffelbrille ist der Grund«, rief der blonde Knecht, und Hassan nickte zustimmend. Lange sprachen die drei miteinander. Am nächsten Tag brachte der junge Knecht noch jemanden mit. »Mein Freund, ein Schmied«, stellte er ihn vor. Auch Giorgios kam vorbei, und Ali machte Tee für seinen Sohn und dessen Freunde.

Miteinander heckten sie einen gut durchdachten Plan aus. Als es dunkel wurde, schlichen sie in die Häuser der Dorfbewohner. Von Schlafzimmer zu Schlafzimmer sammelten sie alle Kartoffelbrillen ein,

und weil die nordländischen Knechte immer ordentlich ihre Brillen auf den Nachttisch legten, hatten sie keine große Mühe damit. Bevor der Morgen dämmerte, hatten sie alle Brillen eingesammelt. Danach stiegen sie in die Palastkellerei ein und schleppten kistenweise guten Wein und riesige Pakete Fleisch zum Marktplatz.

Am nächsten Morgen suchten alle Dorfbewohner ihre Brillen, und bei der Suche bemerkten sie plötzlich, daß sie ohne ihre Kartoffelbrillen viel besser sehen konnten. Durch die Fenster konnten sie wieder Sonnenschein und ihre Nachbarn sehen.

»Heute abend feiern wir ein großes Fest. Ihr müßt alle kommen. Es wird genügend Wein und Essen geben«, riefen Hassan und seine Freunde den Leuten zu.

Am Abend war der große Platz voller Menschen. Die Nachricht vom Fest hatte sich in Windeseile verbreitet. Zur Freude aller gab es gebratene Kartoffelbrillen, Kartoffelbrillensalat und gegrillte Kartoffelbrillen, gutes Fleisch und viel Wein. Nordländer und Südländer tranken, sangen und waren fröhlich. Irgend jemand rief: »Jeder soll seine eigene Brille essen!«, und alle stimmten begeistert zu. Eine riesige Menschenmenge strömte zum Palast, um noch mehr Wein zu holen.

Im Palast erschraken der König, seine Minister und

alle Hornbrillenträger, denn sie hatten große Angst, daß auch sie ihre unverdaulichen Hornbrillen essen sollten, und so flüchtete der König mit seinem Gefolge aus dem Land.

Und wie es im Kartoffelreich weiterging, ist eine lange und spannende Geschichte, die ich ein anderes Mal erzählen werde.

INHALT